BRIGITTE RIEBE | Die sieben Monde des Jakobus

Das Buch
Nach dem Tod ihres Mannes muss die mittellose junge Witwe Clara Weingarten mit ihrem Sohn nach Genf zu Verwandten ziehen. Doch hier kann die Katholikin ihren Glauben nur heimlich leben, die orthodoxen Calvinisten verfolgen Mitte des 16. Jahrhunderts jeden Abtrünnigen. Aber Clara ist stolz und mutig genug, um der Stimme ihres Herzens und ihrem Glauben zu folgen. Sie wagt die Pilgerreise ins ferne Santiago de Compostela, begleitet von ihrem Sohn und dem Ring ihres verstorbenen Mannes, der sie wie ein Amulett zu beschützen scheint. Am Ende des Weges wartet nicht nur das Grab des Apostels Jakobus auf sie, sondern sie hofft auch, die Spur der weit verzweigten Familie ihres Mannes zu finden, deren Geschichte viele Generationen zuvor in Spanien ihren Anfang nahm ...

Über die Autorin
Brigitte Riebe ist promovierte Historikerin und arbeitete zunächst als Verlagslektorin. Zu ihren bekanntesten historischen Romanen zählen »Schwarze Frau vom Nil«, der große Mittelalterroman »Pforten der Nacht« und der erfolgreiche erste Jakobsweg-Roman »Straße der Sterne«. Zuletzt erschien bei Diana der Roman »Die Hexe und der Herzog«. Die Autorin lebt mit ihrem Mann in München.

Lieferbare Titel
»Auge des Mondes« (978-3-453-35149-3)
»Palast der blauen Delphine« (978-3-453-35196-7)
»Straße der Sterne« (978-3-4-53-35213-1)
»Liebe ist ein Kleid aus Feuer« (978-3-453-35226-1)
»Pforten der Nacht« (978-3-453-35231-5)
»Die Sünderin von Siena« (978-3-453-35287-2)
»Die Hexe und der Herzog« (978-3-453-26521-9)

BRIGITTE RIEBE

Die sieben Monde des Jakobus

Roman

Diana Verlag

Mix
Produktgruppe aus vorbildlich
bewirtschafteten Wäldern und
anderen kontrollierten Herkünften

Zert.-Nr. SGS-COC-1940
www.fsc.org
© 1996 Forest Stewardship Council

Verlagsgruppe Random House FSC-DEU-0100
Das für dieses Buch verwendete
FSC-zertifizierte Papier *München Super*
liefert Arctic Paper Mochenwangen GmbH.

Vollständige Taschenbuchneuausgabe 05/2009
Copyright © 2005 und Copyright © 2009
by Diana Verlag, München,
in der Verlagsgruppe Random House GmbH
Umschlagmotiv | © Bridgeman Art Library
Umschlaggestaltung | Hauptmann & Kompanie Werbeagentur,
München – Zürich, Teresa Mutzenbach
Druck und Bindung | GGP Media GmbH, Pößneck
Printed in Germany 2009
978-3-453-35466-1

www.diana-verlag.de

Für Daxi

*Wanderer, es sind deine Spuren,
der Weg, und nichts weiter.
Wanderer, es gibt keinen Weg;
man erschafft ihn im Gehen.
Im Gehen erschafft man den Weg,
und wenn man den Blick zurückwendet,
sieht man den Pfad,
den man nie wieder zu gehen hat.
Wanderer, es gibt keinen Weg – nur Kielspuren
eines Schiffes im Meer.*

Antonio Machado (1875–1939)
(aus dem Spanischen übertragen von B. Haab)

Inhalt

Prolog – BRAUTNACHT 11

Erstes Buch
AUFBRUCH

Eins 17
Die Träume des Condors 1: Das Nest 57
Zwei 67
Die Träume des Condors 2: Der Krieger 107
Drei 119
Die Träume des Condors 3: Die Prüfung 153

Zweites Buch
WANDLUNG

Vier 165
Die Träume des Condors 4: Die Flucht 205
Fünf 215
Die Träume des Condors 5: Die Frau 251
Sechs 265
Die Träume des Condors 6: Der Sturz 305

Drittes Buch
HEILUNG

S̀ieben 319
Die Träume des Condors 7: Der Stein 355
Acht 367
Die Träume des Condors 8: Der Flug 397
Neun 403

Epilog – JAKOB 415

Historisches Nachwort 419
Literaturempfehlungen 425
Danksagung 427

Prolog
BRAUTNACHT

Blätter, vergilbt und brüchig, bedeckt mit einer kühnen, steilen Handschrift.

»Was ist das?«, fragte sie leise. Sie hatte bei ihm gelegen, kannte seinen Geruch und sein Morgengesicht, aber plötzlich war er ihr fremd.

»*Er kam wie verabredet mit den Schatten der Dämmerung*«, begann er halblaut vorzulesen. Sie liebte seine helle Stimme, die so gut zu seinem umgänglichen Wesen passte. »*Mein Herz begann zu rasen, als ich seine hohe Gestalt mit dem rotblonden Haar erblickte, das ihm in Wellen bis auf die Schultern fiel...*«

Schon die ersten Worte berauschten sie. Genauso hatte sie empfunden, als sie Heinrich zum ersten Mal gesehen hatte. Aber woher kannte der unbekannte Schreiber ihre heimlichsten Gefühle?

»*Es war wahnsinnig, was wir taten. Es würde uns beide ins Verderben stürzen...*«

»Was ist das?«, wiederholte sie. Eine innere Unruhe hatte sie erfasst, die sie sich nicht erklären konnte. »Was liest du da?«

»Blancas Vermächtnis«, sagte er nachdenklich. Heinrich hielt die Ledermappe mit den vergilbten Blättern in seinen Händen wie einen Schatz. »Und die Kommentare ihrer Tochter Pilar. Aufzeichnungen, die sich schon seit Jahrhunderten im Familienbesitz befinden. Ich habe lange überlegt, was ich damit anstellen soll, aber nun weiß ich es endlich.«

»Und was wird das sein?«, fragte sie.
Er lächelte, wie sie es so an ihm mochte.
»Drucken will ich sie. Ja, ich werde sie drucken, um die Erinnerung für alle Zeiten zu bewahren. Von der Vergangenheit kann man sich ebenso wenig trennen wie von seinem Schatten. Alles, was geschehen ist, gehört zu uns.«
Clara wollte nach den Blättern greifen, er aber legte die Mappe beiseite und nahm stattdessen ihre Hand.
»Das siehst du dir später einmal genauer an. Wenn alles fertig ist. Denn hier ist noch etwas Wichtiges, was zu uns gehört.«
Ihr Herz hatte schneller geschlagen, als er zum ersten Mal das kleine Ladengeschäft ihres Vaters unter den Arkaden betreten hatte, wo es nach Met und Bienenwachs roch, weil der Lebzelter nicht nur die bei allen beliebten Süßigkeiten buk, sondern als Wachszieher auch das Münster mit seinen Kerzen belieferte. Clara hatte gewusst, dass auch sie ihm gefiel, und trotzdem war der Anfang alles andere als einfach gewesen. Zunächst hatte sie Heinrichs Schüchternheit für Hochmut, seine Zurückhaltung für Kälte gehalten. Inzwischen zweifelte sie nicht mehr an seiner Liebe. Und dennoch gab es in ihr noch immer die Angst, es könne trotz allem viel zu schnell vorbei sein.
Der Ring, den er ihr ansteckte, war schwer. Er saß wie angegossen am Mittelfinger ihrer linken Hand.
»Er hat uns stark gemacht, er hat uns schwach gemacht, darin liegt sein Geheimnis«, sagte Heinrich. »So viele Schicksale hat er schon gesehen.«
Zwei Steine, durch ein breites Goldband miteinander verbunden. Milchig blau der eine, von gelben Blitzen durchzogen, sobald sie die Hand bewegte, der andere strahlend grün. Niemals zuvor war ihr solch ein Schmuckstück begegnet.
»Der blaue ist ein Labradorit, den man auch Stein der Wahrheit nennt; er verkörpert die Treue. Der grüne Smaragd gilt als der Stein der Hoffnung. Eins kann ohne das andere

nicht existieren, sie brauchen sich gegenseitig, und Liebe verbindet sie. Es sollen einmal zwei Ringe gewesen sein«, fuhr er fort. »Vor langer Zeit. Aber die Spur des anderen hat sich irgendwann verloren. Gefällt er dir?«

Sie nickte, zu überwältigt, um zu sprechen.

»Mit diesem Ring nehme ich dich zu meiner Frau«, sagte er. »Ich verspreche, dich glücklich zu machen bis zum Ende meiner Tage. Und sollte ich es einmal vergessen, dann musst du mich an diese Nacht erinnern. Versprichst du mir das, Clara?«

Sie nickte abermals.

Morgen würde der Priester sie im Freiburger Münster zu Mann und Frau erklären, und sie hatte sich seit Wochen auf das laute Läuten der Angelusglocke gefreut. Tausendmal und mehr war Clara im Geist schon in der kleinen Nikolauskapelle gekniet, wo die Trauung stattfinden sollte, über ihren Häuptern das alte Steinrelief: Apostel Jakobus, der einen Pilger krönte.

Heinrich schien zu erraten, woran sie dachte.

»Ja, morgen sollen alle mit uns feiern«, sagte er, »Verwandte, Nachbarn und Freunde. Morgen werden wir sie bewirten, mit ihnen lachen, trinken und tanzen. Diese Nacht aber gehört uns.«

Endlich war der Bann gelöst. Ihre Augen lächelten, und die Antwort kam einfach und frei.

»Ich verspreche, dich glücklich zu machen bis zum Ende meiner Tage. Mit diesem Ring nehme ich dich zu meinem Mann. Solange ich lebe, bleibt er an meiner Hand.«

Sie hörte seinen Atem, der schneller ging bei ihren Worten, dann berührte er zart ihren Wangenknochen und zeichnete die Konturen nach, als wolle er sie sich für immer einprägen. Clara hatte ihr Gesicht zu seinem erhoben, und als seine Lippen ihre berührten, erwiderte sie seinen Kuss. Sie schlang die Arme um ihn und wollte ihn nicht mehr loslassen – nie mehr.

Erstes Buch

AUFBRUCH

Eins

Genf, März 1563

Alle hatten Heinrich geheißen, jeder erstgeborene Sohn in der Familie ihres Mannes. Seit rund drei Jahrhunderten, so bezeugte es die Ahnentafel, die einst ihre Stube geschmückt hatte. Nun lag sie mit einer vergilbten Muschel und dem Rest von Heinrichs Druckwerk in einer Truhe.

Heinrich, so hieß auch ihr Sohn, allerdings erst mit zweitem Namen. Für Clara war es Fügung gewesen, dass er am Geburtstag ihres Lieblingsheiligen zur Welt gekommen war. Schon von Kindheit an verehrte sie den Apostel Jakobus. Seine Statue zierte die sechste Säule im Freiburger Münster; unter seinem steinernen Relief hatten sie geheiratet. *Von Gott gesegnet*, das bedeutete sein Name, ein Segen, den sie ihrem Sohn zukommen lassen wollte. Deshalb hatten sie mit der Tradition gebrochen und ihn Jakob genannt: Jakob Heinrich Weingarten.

Sie konnte seinen Atem in hellen Wölkchen aufsteigen sehen, so kalt war es in dem Kellergewölbe, in dem sie sich heute Nacht versammelt hatten. Der Geruch von vergorenem Obst schlug ihnen aus den leeren Fässern entgegen, aber das nahmen sie kaum wahr. Sie waren vorsichtig, wählten jedes Mal einen anderen Ort, sofern sie überhaupt eine Zusammenkunft wagten. Allen war bewusst, was sie riskierten. Bei einer Entdeckung drohten mehr als Ausschluss vom

Abendmahl oder Verbannung. Im Bannkreis der Stadt Calvins an einer katholischen Messe teilzunehmen, hieß, die Todesstrafe in Kauf zu nehmen.

Den Jungen hatte Clara deshalb so lange wie möglich von allem fern halten wollen. Schlimm genug, dass er als Halbwaise aufwachsen musste, ohne die väterliche Liebe, die er so sehr vermisste. Sie hielt an ihrem Glauben fest, war in Jakobs Gegenwart jedoch zurückhaltend, um ihn nicht zu gefährden. Aber sie hatte die Rechnung ohne ihren Sohn gemacht. Je mehr man vor ihm zu verbergen suchte, umso hellsichtiger schien er zu werden. Dann wurde Clara jedes Mal ängstlich zumute. Denn sie lebten in einer Welt voller Einschränkungen und Verbote.

»Ich weiß längst, wohin du gehst«, hatte Jakob geflüstert, als sie sich aus dem Bett stehlen wollte. »Ich sage nichts. Nicht einmal Suzanne verrate ich ein Wort. Aber ich will mit.«

»Ausgeschlossen! Das ist viel zu gefährlich.« Es kam ihr nicht in den Sinn, zu leugnen. Sie hatte ihren Sohn noch nie angelogen, dazu liebte sie ihn viel zu sehr. »Schlaf weiter, Jakob. Ich bin zurück, bevor es hell ist.«

»Ich möchte mit dir gehen.« Er war aufgestanden, stand zerzaust und mager, aber sehr aufrecht vor ihr. Nicht mehr lange, und er würde sie überragen. Das Mondlicht, das durch das Fenster fiel, ließ sie erkennen, dass er sich vorsorglich in seinen Beinlingen schlafen gelegt hatte. »Außerdem habe ich Vater ebenso wenig vergessen wie du.«

Er behauptete stets, sich genau an Heinrich zu erinnern. Dabei war Jakob beim Tod des Vaters nicht einmal fünf gewesen. Aber ihr Mann lebte unübersehbar in ihm weiter. Sie konnte es sehen an dem dichten Schopf, der die abstehenden Ohren verbarg und dessen Farbe sie an herbstliche Eichenblätter erinnerte. An dem weich geschwungenen Mund. Vor allem jedoch waren es die tiefbraunen Augen, in denen manchmal so viel Wissen lag, dass sie sich abwenden musste.

Vielleicht brachte gerade diese Ähnlichkeit ihren Schwager immer wieder dazu, auf Jakob loszugehen. Jean Belot, verheiratet mit Heinrichs Schwester Margarete, hatte Heinrich stets beneidet. Jetzt, wo er tot war, schien Jean geradezu darauf versessen, Jakob zurechtzustutzen, als könne er sich damit endlich vom Schatten seines Schwagers befreien.

Seit acht Jahren lebten sie nun schon in seinem spitzgiebeligen Haus, das ihr ebenso grau und bedrückend erschien wie ganz Genf, in dem *Maître* Calvin mit eiserner Faust seinen Gottesstaat errichtet hatte. Clara hatte ihre Entscheidung oftmals bereut, und manchmal war sie sogar überzeugt, mit dem Umzug an die freudlose Rhônestadt den Fehler ihres Lebens begangen zu haben. Aber was hätte sie in jenem kalten Frühling auch anderes tun sollen, als Heinrich plötzlich am Fleckfieber gestorben und sie unter der Zinslast, die für seine neuen Druckerpressen anfiel, schier zusammengebrochen war? So niedergeschlagen war sie gewesen, so kraft- und mutlos, dass sie wie eine Schlafwandlerin durch die Tage taumelte.

Ihre Eltern lebten nicht mehr. Sie hätte einen von Heinrichs Zunftgenossen heiraten müssen, um das Handwerk als Meistergattin weiter auszuüben. Damals wie heute jedoch war ihr der Gedanke, ein anderer könne Heinrichs Platz einnehmen, absurd erschienen. Außerdem hatte Jean sein wahres Wesen schlau zu verbergen gewusst, ihr Trost gespendet und sie so lange beschworen, mit ihm, Margarete, den Töchtern Suzanne und der neugeborenen Hannah zu leben, bis sie schließlich nachgegeben hatte.

Clara hatte nicht einen Augenblick daran gedacht, die neue Religion anzunehmen. Aber sie hatte auch keine Vorstellung davon, was sie in Genf erwarten würde. Und selbst, wenn jemand ihr den Alltag in der Stadt am See beschrieben hätte, so hätte sie es vermutlich als übertrieben abgetan. Alles schien damals so klar und einleuchtend: Die Belots waren die nächsten Verwandten. Außerdem stammten ihre

Vorfahren aus dem Elsass und sie verstand leidlich Französisch.

Sie wurde erst stutzig, als Jean schon nach wenigen Wochen das Glaubensbekenntnis nach der Lehre Calvins von ihr forderte, Voraussetzung dafür, vollwertige Bürgerin zu werden. Ihr Entschluss, es vorerst beim Status einer geduldeten Fremden zu belassen, war eine Entscheidung mit Konsequenzen gewesen, wie Clara inzwischen wusste. Denn die Genfer, seit Jahren überflutet von Flüchtlingswellen aus Frankreich und Deutschland, behandelten jeden, der sich nicht ganz zu ihnen bekannte, als Gegner.

Dabei lagen ihr Selbstmitleid und Verzagtheit fern. Selbst im tiefsten Schmerz war Clara eine Frau geblieben, die an ein Morgen glaubte. Heinrich war tot – aber es gab Jakob, für den sie sorgen musste. Zudem war sie erleichtert, die Schulden auf diese Weise abtragen zu können. Die junge Witwe schämte sich nicht dafür. Schließlich war sie nicht mit leeren Händen, sondern mit den neuesten Druckerpressen gekommen, auch wenn heute am liebsten niemand mehr etwas davon wissen wollte: weder Jean, der regelrecht besessen davon schien, Mitglied des Consistoriums zu werden, Rat der zwölf Ältesten und damit verantwortlich für die strengen Zuchtgesetze der Stadt. Noch Margarete, zermürbt von Kindbett und Fehlgeburten.

Es war schlimmer geworden seit dem letzten Herbst. Seitdem es mit dem kleinen Jean endlich den ersehnten männlichen Erben gab, schien Jakob seinem Onkel nur noch im Weg zu sein. Der Junge sprach nicht darüber, aber die oftmals zusammengepressten Lippen ihres Sohns ließen Clara ahnen, wie sehr er litt.

»*Dominus vobiscum.*«

Jeder von ihnen wusste, warum Pater Laurens so leise sprach.

»*Et cum spirito tuo.*«

Die kleine Gemeinde antwortete ebenso gedämpft. Nicht

einmal ihre Kirchenlieder wagten sie mehr anzustimmen, sondern begnügten sich damit, sie zu summen.

Es waren nur ein paar Gläubige, die sich im Schutz der Nacht in diesem Gewölbe versammelt hatten, das einst als Weinkeller gedient hatte: Manon und ihr Mann Robert, der Müller; Alfonse, dem früher ein Wirtshaus gehört hatte, bevor das Consistorium unter Androhung strengster Strafen jede Art von Vergnügungen verboten hatte. Die Schwestern Simone und Marthe, einst die besten Klöpplerinnen der Stadt, als Kleiderordnungen noch nicht das Tragen von Spitzen untersagten und der Klerus ihr Hauptabnehmer gewesen war; Madeleine und ihr Cousin Philippe, der Bäcker, dazu ein paar andere Frauen und Männer. Und natürlich Mathieu Colbin, der weißblonde Apotheker, der niemals fehlte.

»*Credo in unum Deum. Patrem omnipotentem, factorem caeli et terrae, visibilum et invsibilum ...*«

Das Glaubensbekenntnis war nur ein Flüstern, kam aber so andächtig von allen, dass Clara Gänsehaut bekam und unwillkürlich die gewalkte Schaube enger um ihre Schultern zog.

Jakob betete lautlos, mit geschlossenen Augen. Sie musste daran denken, wie oft sie früher ihr Gesicht in sein weiches Kinderhaar gedrückt hatte, um seinen Duft einzuatmen. Jetzt warfen die Wimpern Schatten auf seine schmalen Wangen. So jung sah er aus, so verletzlich, dass eine Welle von Liebe und Angst sie zu überfluten drohte.

Clara musste geseufzt haben, denn Mathieu, wie immer neben ihr, berührte leicht ihren Ellbogen und sah sie fragend an. Sie schüttelte den Kopf, aber es dauerte, bis er den Blick wieder nach vorn richtete, wo der provisorische Altar mit dem Kreuz stand, das Calvin zusammen mit allen Bildern und Skulpturen aus den Genfer Kirchen verbannt hatte.

»*Et unam sanctam catholicam et apostolicam Ecclesiam ...*«

Ja, daran glaube ich, an die heilige, katholische Kirche,

dachte Clara, während sie im Chor mit den anderen die vertrauten lateinischen Sätze sprach. Niemand wird mich davon abbringen.

Heinrich, der sein Latein in der Freiburger Domschule gelernt hatte, hatte ihr den Text der Messe übersetzt. Er brachte ihr auch Lesen und Schreiben bei, und ihr wachsendes Interesse an allem Schriftlichen hatte wiederum ihn begeistert und gerührt. Dabei schien es ihm nichts auszumachen, dass die Buchstaben sie foppten und Clara einen regelrechten Kampf mit ihnen auszufechten hatte.

»Du bist eben eine Frau der Tat«, tröstete er sie, als sie wütend einen frisch gedruckten Bogen zu Boden schleuderte, weil die Lettern wüsten Schabernack mit ihr trieben. »Du kannst andere Dinge als ich. Und glaube mir, mein Liebes, die sind kein bisschen weniger wert.«

Viele Stunden hatte sie dabei zugesehen, wie er in der Werkstatt mit seinen Gesellen und Lehrlingen die Schwarze Kunst ausübte: das Einheben der Form, das sorgsame Auftragen der Farben, bis dann endlich das Ziehen beginnen konnte, wie der eigentliche Druckvorgang hieß.

Sie bewunderte den leidenschaftlichen Ernst, mit dem ihr Mann seinem Handwerk nachging, und liebte die Geschicklichkeit seiner Hände. Clara vermisste Heinrich, daran hatte auch die Zeit nichts geändert. Er war noch immer bei ihr. Und jeden Frühling, wenn sein Todestag sich jährte, wurde die Sehnsucht nach ihm unerträglicher. Nicht einmal ihr Garten unten am See, der sie sonst für so vieles entschädigte, konnte sie dann davon ablenken.

Tränen liefen über ihre Wangen, als sie die Hostie empfing, und als sie wieder an ihren Platz zurückkehrte, bemerkte Clara, dass auch die Augen der anderen feucht geworden waren. Wenigstens sah Jakob gelöster aus, nachdem der Priester sie mit seinem Segen entlassen hatte.

Sie umarmten sich, bevor sie die kleinen Boote bestiegen. Sie ruderten mit Abstand und legten an verschiedenen Stellen an. Sich irgendwo in Genf zu versammeln, wagten sie nicht mehr, seitdem man Marcel erwischt und Hostien bei ihm gefunden hatte. Zwar hatten in der Fragstatt weder Eiserne Jungfrau noch Spanischer Stiefel den jungen Advokaten zum Reden gebracht, aber er hatte die Tortur nicht überlebt. Mit fatalen Konsequenzen, denn nun mussten sie damit rechnen, dass man beim nächsten Fall noch grausamer vorgehen würde.

Calvins Gott will nicht gefeiert sein, dachte Clara, während sie sich auf die Holzbank setzte. Auch nicht geliebt, sondern nur gefürchtet. Er scheint es für Überheblichkeit zu halten, wenn wir Menschen versuchen, uns ihm in Ekstase zu nähern, anstatt ihm ehrfürchtig von fern zu dienen. Mein Gott aber ist gütig und lebt in meinem Herzen und in dem meines Sohnes.

»Wann kommst du nun endlich in die Apotheke?«, fragte Mathieu Colbin, früher von allen *Maître* Colbin genannt. Jetzt freilich stand der Ehrentitel nur noch Calvin zu; ihn unrechtmäßig zu verwenden, konnte Kerkerhaft bedeuten. »Michel wird mir mit seiner Langsamkeit allmählich unerträglich, und hören tut er auch immer schlechter. Ich könnte einen neuen, tüchtigen Lehrling gut gebrauchen.«

Jakob versuchte einen Einwand, aber er ließ ihn nicht ausreden.

»Ich weiß doch, wie viel deine Mutter dir von ihrem Kräuterwissen schon beigebracht hat.«

Im Mondschein sah Clara, wie Jakob freudig errötete. Und dennoch wusste sie schon im Voraus, was er erwidern würde.

»Ich will aber Drucker werden«, sagte er. »Wie mein Vater.«

Mathieu Colbin war ein geübter Ruderer. Gleichmäßig glitten die Hölzer in den nachtdunklen See. Clara spürte trotzdem, wie angespannt er war.

»Ihr hättet es beide besser bei mir«, sagte der Apotheker nach einer Weile. »Um vieles besser. Wieso zögert ihr?«

»Ich danke dir, Mathieu«, sagte sie leise. »Aber du kennst die Antwort. Lass uns nicht immer wieder davon anfangen.«

Er schien in sich zusammenzusinken. Dann wandte er sich jäh zu Jakob um. »Drucker willst du werden? Glaubst du wirklich, das wird er zulassen – jetzt, wo er endlich einen eigenen Sohn hat?«

»Ich weiß nicht«, sagte Jakob. »Die Pressen meines Vaters sind genau betrachtet doch nur eine Leihgabe. Vielleicht, wenn ich ...«

»Belot wird nicht ruhen, bis ihm alles gehört. Und dann gnade euch Gott. Denn der Gott, zu dem er betet, kennt keinerlei Gnade.«

Der Tonfall verriet, wie verzweifelt Mathieu war.

»Ich weiß nicht, wie lange wir noch so weitermachen können«, flüsterte er. »Dieser Druck. Die ständige Angst. Und niemals Zeit, auszuruhen. Sogar in den römischen Katakomben haben die Christen schon Ostern und Weihnachten gefeiert – und was tut er? Calvin hat alle Heiligenfeste gestrichen, alle altvertrauten Gebräuche verboten. Was, wenn ich nicht stark genug bin, um auf Dauer dagegenzuhalten? Ich, ein Einzelner, ohne Frau an meiner Seite, ohne Familie?«

»Du hast uns«, sagte sie sanft. »Und du hast Gott. Vergiss das nicht.«

»Wozu das alles, Clara, sag mir, wozu, wenn du doch niemals mit mir leben wirst?«

Der Nebel, der tief über dem See gehangen hatte, lichtete sich, als sie sich dem Ufer näherten. Die Äste der großen Bäume waren noch kahl, aber es konnte nicht mehr lange dauern, bis das erste Grün sich zeigen würde.

»Ich will nicht dafür verantwortlich sein, dass deine Seele bitter wird«, sagte sie. »Such dir eine andere, Mathieu. Eine, die dich lieben kann. Du brauchst eine Frau. Aber nicht mich, ich bin die Falsche.«

»Nein, du bist die Einzige«, flüsterte er, ohne jede Scham vor Jakob, der bislang schweigend zugehört hatte. »Ich will keine andere – niemals!«

»Sie kann nicht, Mathieu«, sagte der Junge jetzt. »Spürst du das nicht? Quäl sie nicht länger.«

Clara warf ihm einen besorgten Blick zu. Ich bürde ihm zu viel auf, dachte sie nicht zum ersten Mal.

Vielleicht gab es doch eine Möglichkeit, nach Freiburg zurückzukehren, wenn sie nur gründlich genug darüber nachdachte. In Jeans Werkstatt wurden auf den Pressen des Verstorbenen viele von Calvins Traktaten gedruckt, die weit über die Grenzen Genfs hinaus Absatz fanden. Die Einnahmen stiegen von Jahr zu Jahr, während die Schulden schmolzen. Allerdings hatte sie die Bücher schon ziemlich lang nicht mehr zu Gesicht bekommen. Aber es gab diese Abmachung zwischen ihnen, und sie war überzeugt, dass nicht einmal er sie anzutasten wagte: die Nutzung der Pressen gegen eine Beteiligung am Gewinn.

Jeans Gegenwart im Tausch gegen Jakobs Zukunft.

Sie war so tief in Gedanken, dass sie erschrak, als sie wieder festen Boden unter dem Kiel spürte. Mathieu blieb sitzen, als sei er zu kraftlos, um aufzustehen.

»Und du bist dir wirklich sicher, Clara?«, sagte er. »Nicht die kleinste Hoffnung für mich?«

»Ich glaube, meine Schwägerin weiß sehr genau, was sie tut.« Drei Köpfe flogen zu der storchenbeinigen Gestalt im dunklen Umhang, die am Ufer auf sie gewartet hatte. Jean Belots Stimme war kalt. »Manchmal vielleicht sogar zu genau. Ich hoffe nur, sie hat auch jetzt eine plausible Erklärung parat, was sie mitten in der Nacht mit dir auf dem See zu schaffen hat. Und das in Gegenwart meines Neffen.«

Clara erhob sich und strich den Rock glatt. Ihr Herz zog sich zusammen, aber es gelang ihr, ruhig zu antworten.

»Die Kleine von Marie Essertine ist endlich zur Welt gekommen«, sagte sie. »Drüben in Pregny.« Jeans Blick glitt zu ihrem Kräuterkorb, das Alibi, ohne das sie wohlweislich zu keiner der heimlichen Messen aufbrach. »Wir waren keinen Augenblick zu früh. Ohne Mathieu hätte es übel für Mutter und Kind ausgehen können.«

»Und mein Neffe?«, sagte Jean barsch. Eine Windböe fuhr in seinen zotteligen Vollbart, mit dem er selbst äußerlich seinem verehrten Vorbild Calvin nacheiferte. »Was hat Jakob ausgerechnet in einer Wöchnerinnenstube zu suchen?«

»Hast du schon vergessen, dass Maries Mann vor drei Monaten vom Baugerüst in St. Pierre zu Tode gestürzt ist?« Allmählich verebbte das Zittern ihrer Knie. Marie hatte tatsächlich eine Tochter entbunden, allerdings früher und ohne ihre Hilfe. Aber sie besuchte wie Clara heimlich die katholische Messe und würde jedes ihrer Worte bestätigen. »Jakob hat auf ihre kleinen Söhne aufgepasst, während wir das Kind geholt haben.«

»Du wirst noch eine Memme aus ihm machen«, erwiderte Jean missmutig, weil er ahnte, dass sie wieder einmal das letzte Wort behalten würde. »Aber ohne mich. Ich werde das zu verhindern wissen. Damit musst du rechnen.«

»Tod und Leben gehören zusammen, Jean«, sagte sie. »Wir beide wissen es, und kein Kind kann es früh genug lernen. Lass uns jetzt nach Hause gehen. Ich bin so müde, dass ich fast im Stehen einschlafe.«

Er schlich sich zum Großvater, wie so oft. Jakob war gern bei ihm, auch wenn der Junge sich nicht sicher war, ob er ihn überhaupt bemerkte. Es störte ihn nicht, dass er seine Augen meistens geschlossen hatte und es nach Alter und Krankheit roch. Für Jakob war die stickige Kammer eine Zuflucht.

Vorsichtig legte er seine Hand auf die runzlige mit den unzähligen braunen Flecken, die sich wie mürbes Pergament anfühlte. Die Haut war warm und schien seine Berührung zu mögen. Jeans Vater hatte wegen seines Zitterns schon jahrelang nicht mehr als Goldschmied arbeiten können, aber es gab im Haushalt der Belots noch ein paar Beweise seiner einstigen Kunstfertigkeit: Becher aus getriebenem Silber, die keiner mehr benutzte, ein paar Broschen mit bunten Edelsteinen, die niemand mehr tragen durfte, weil sie nun als teuflischer Tand verpönt waren.

Sonst war meist nur Stöhnen zu hören, heute jedoch schlug der Alte die Augen auf. Klar und wasserblau sahen sie ihn an.

»Er war wieder da«, sagte er leise. »Die halbe Nacht. Bis es hell wurde. Ich glaube, jetzt ist es bald so weit.«

Jakob verstand, was er meinte. Auch am Bett seines Vaters hatte er damals eine Gestalt gesehen, über ihn gebeugt, als wolle sie ihn halten. Manchmal träumte er davon, diese Umarmung zu spüren. Ein weiches, schwereloses Gefühl, als versinke man in tiefem Wasser.

»Er kommt als Trost«, sagte er. »Du musst keine Angst haben. Er bleibt bei dir – bis zuletzt.«

»Ich habe Singen gehört. Dann Rauschen.« Es war schwer, ihn richtig zu verstehen, denn der alte Mann hatte die meisten seiner Zähne verloren. »Und ich habe Weihrauch gerochen. Wie früher in der Kathedrale. Als alles noch so feierlich lateinisch war.«

Die Hand wurde rastlos. Jakob gab sie frei, und jetzt zitterten die Finger über die Decke, als müssten sie etwas wegwischen.

»Sie hätten nicht alles verbieten sollen. Nicht den Weihrauch und nicht die Musik.« Der Atem ging rasselnd. »Wie sollen die Menschen sonst Frieden finden? Ich sehne mich so sehr danach.«

Die Hand fuhr zu seiner Brust. Unter der Decke schlugen die mageren Beine aneinander wie in einem grotesken Tanz.

»Spürst du wieder die Dornen im Herzen?«, fragte Jakob.

»Soll ich dir etwas von Mutters Kräuteraufguss geben, damit die Enge weggeht?«

Clara hatte eine Tinktur aus Borretschblättern und Nieswurz zubereitet, die herzstärkend wirkte, wie sie Jakob erklärt hatte, und dem Alten gut bekam.

»Keine Dornen. Ich bin nur müde. Unendlich müde.« Die Lider flatterten und fielen schließlich ganz zu.

Es wurde still in der Kammer.

»Du siehst ihn?«, murmelte der Großvater, als Jakob schon dachte, er sei eingeschlafen. »Du kannst ihn tatsächlich sehen?«

»Manchmal«, sagte Jakob. »Damals bei Vater. Und neulich, als der kleine Jean so stark gefiebert hat. Er stand neben seiner Wiege und hat ihn gestreichelt.«

»Er wird verrückt, wenn er seinen Sohn verliert«, sagte der Großvater überraschend deutlich. »Jean trägt den Krieg im Herzen. Du musst dich vor ihm hüten.«

»Das versuche ich ja. Aber es ist so viel Zorn in ihm. Warum hasst er mich? Warum tut er mir all die hässlichen Dinge an?«

»Weil du …« Dumpfes Röcheln. »Weil er nicht wie …« Der schlaffe, blutleere Mund stand offen. Speichel lief über sein Kinn.

Die Tür sprang auf. Celine, die Magd, brachte die Morgensuppe, frische Windeln und einen Krug mit Wasser. Margarete folgte ihr. Sie runzelte die Stirn, als sie ihren Neffen sah.

»Was hast du dauernd hier zu suchen? Du regst ihn bloß wieder auf«, sagte sie säuerlich, als er sich erhob, um Platz zu machen. »Als hätte ich nicht schon genug am Hals!«

Neben der Magd mit den bräunlichen Wangen und dem Zopf, der sich wie eine dunkle Schlange bis zum Gesäß ringelte, wirkte sie blass. Der Wollstoff, aus dem die schlichten Frauenkleider zu sein hatten, spannte über ihrem Bauch, als sei sie noch oder bereits wieder schwanger. Nur zu Hause durften die Frauen die gestärkte Haube ablegen, doch ihr flachsblondes Haar war keine Zierde, sondern klebte wie feuchte Federn am Kopf. Auf der linken Brust prangte ein Milchfleck. Margarete lamentierte ständig, wie schlecht der Kleine trank und welche Pein das Stillen ihr bereitete. Aber Jean hatte ihr verboten, den Jungen zu einer Amme zu geben, und auf Kuhmilch reagierte der Säugling mit Geschrei und Koliken.

Der Großvater drehte den Kopf zur Seite, als Celine ihn füttern wollte.

»Er will nicht«, sagte sie anklagend zu Margarete. »Es liegt nicht an mir. Du siehst selbst, wie störrisch er ist.«

»Wie sollst du denn wieder zu Kräften kommen, wenn du nicht essen willst?« Margaretes Tonfall war süßlich, Jakob aber entging die Schärfe nicht, die darunter lag. Sie setzte sich ans Bett und griff nach seiner Hand, der alte Mann jedoch versteckte sie unter der Decke. »Du musst essen, bitte! Schon deinen Enkeln zuliebe.«

»Später«, murmelte der Großvater. »Vielleicht. Wenn Clara ... Clara soll ...«

»Clara! Immer nur Clara!« Jähe Röte schoss in ihre Wangen. »Was kann sie dir schon geben, was ich nicht kann?« Sie versetzte der Tonkanne einen zornigen Stoß. »Ihre Zauberkräuter werden dich noch ins Grab bringen. Aber sag nicht, dass ich dich nicht gewarnt hätte. Meine Kinder rührt sie jedenfalls nicht an!«

Für einen Augenblick schien sie Jakobs Anwesenheit ganz vergessen zu haben. Der Junge stand an der Tür mit hochgezogenen Schultern. Sein Blick war mitleidig.

»Und du brauchst mich gar nicht so anzuglotzen!«, fuhr sie ihn an. Ihre blassen Lippen zitterten. »Ihr bildet euch ein, etwas Besseres zu sein, du und deine Mutter, aber da irrt ihr euch. Geht doch zurück in euer Pfaffen-Freiburg – von mir aus lieber heute als morgen. Ich bin froh, wenn ich keinen von euch mehr sehen muss.«

Sie brach in wildes Schluchzen aus.

Jakob machte vorsichtig einen Schritt auf sie zu und noch einen, bis er nah genug war, um ihren dünnen Arm zu berühren, während die Magd angestrengt zu Boden starrte.

»Das hab ich nicht so gemeint«, sagte Margarete schließlich und wischte sich die Augen trocken. Ihr Gesicht war noch fleckiger geworden. »Manchmal weiß ich einfach nicht mehr weiter. Meine Kopfschmerzen. Die Kälte. Hannahs Schnupfen. Suzanne, die niemals hören will. Und wenn jetzt auch noch der Großvater stirbt…«

»Er stirbt nicht«, sagte Jakob leise. »Noch nicht.«

»Woher willst du das wissen?«

»Weil der Todesengel ihn sonst nicht verlassen hätte«, entgegnete Jakob. »Er bleibt bei den Sterbenden. So lange, bis sie beim Himmlischen Vater sind.«

Celine schlug ein hastiges Kreuzzeichen.

»Ich hab dir ja gesagt, welch gotteslästerliche Reden er führt«, sagte sie zu Margarete. »Wenn das der Herr hört, wird er sehr wütend werden. Aber er muss es doch wissen! Und auch, dass Clara wieder Fenchelsamen auf ihren Kammerboden gestreut hat, um die Dämonen zu vertreiben. Von ihren Teufelsnesseln ganz zu schweigen, die sie mir vor ein paar Tagen ins Gesicht geschlagen hat. Ich werd es ihm sagen, wenn er zum Essen nach Hause kommt.«

»Hat Clara dir das beigebracht?«, sagte Margarete zu Jakob, ohne auf Celines Lamento einzugehen. »Und versuch bloß nicht, mich anzulügen!«

»Mutter? Nein. Sie sieht ihn nicht. Außerdem weißt du, dass ich nicht lüge.«

»Mach, dass du endlich in die Schule kommst.« Margarete gab ihm einen hilflosen Stups. »Sobald du zurück bist, hilfst du beim Holzmachen. Bei dieser Kälte brauchen wir neue Vorräte.«

Der Junge schien erleichtert, endlich verschwinden zu können.

»Und du hörst auf, vorlaute Reden zu führen«, herrschte sie Celine an. »Mach dich an die Arbeit und wasch den Großvater! In diesem Haus bestimme immer noch ich, was mein Mann zu hören bekommt, verstanden?«

Der Alte bäumte sich auf bei ihren Worten, zitterte stärker und begann Schleim zu spucken. Margarete beugte sich über ihn. Sie sah den kalten Blick nicht, den die Magd ihr zuwarf.

*

Der Kompost war gut gelungen. Die Feuchtigkeit des Seeklimas hatte Astern und robuste Springkrautstängel verrotten lassen. Auf diese Unterlage hatte Clara eine Heuschicht, dann Blätter, Gräser und feinere Pflanzen geschichtet. Dazu Hühnermist aufgehäuft und die Küchenabfälle schichtweise mit Erde und Sand bedeckt. Jetzt war es Zeit, die Beete zu düngen, um neues Wachstum anzuregen.

Ihren Garten schlossen keine Mauern ein, sondern ihn umgab ein lebendiger Zaun aus Schlehe, Weißdorn und Holler, der sich zunächst selbstständig angesiedelt hatte. Die Beeren bereicherten als Mus den Speiseplan oder ließen sich zu Wein weiterverarbeiten; Rinde, Wurzeln und Blätter halfen gegen verschiedenartige Leiden.

Jedes Jahr gab es eine regelrechte Invasion von Unkraut: Löwenzahn, den sie im Frühling gerne aß, Butterblumen und Kletten. Sie hatte auf dem kleinen Grundstück in Seenähe aber auch Beete angelegt, in denen Küchenkräuter gediehen. Ihre besondere Liebe freilich galt den Heilpflanzen, von denen sie Salbei, Rosmarin und Wermut besonders schätzte. Beinahe abergläubisch, fühlte sie sich aufgefordert, zu hegen und zu pflegen, was sich ansiedeln wollte. Was wachsen will, soll wachsen, so ihre Devise.

Ihr Kräuterwissen basierte nicht allein auf praktischer Erfahrung. Eines der Bücher aus Heinrichs Druckerei war der

»Gart der Gesundheit« eines Frankfurter Arztes, in dem Clara Jakob immer wieder nachschlagen ließ, weil das Lesen ihr Mühe machte. Sie hegte das einzige Exemplar, das ihr geblieben war, und hatte sogar gezögert, es dem Apotheker auszuleihen.

Manchmal schämte sie sich beinahe dafür, wie viel Vergnügen ihr diese Arbeit bereitete, und sie hütete sich, den anderen davon allzu viel vorzuschwärmen. Schon genug, dass Jean und Margarete sie scheel musterten, wenn sie spät am Abend zurückkehrte und die Sonne ihre helle Haut verbrannt hatte. Zum Glück hatte Calvin vor einiger Zeit in einer seiner Predigten die menschliche Seele mit einem Garten verglichen, den man pflegen und sauber halten müsse. Seitdem war es etwas einfacher für sie geworden.

Sicherlich war auch nicht unwesentlich, dass Clara ihre Ernte großzügig teilte. Ihre Kräuter würzten den vorgeschriebenen Eintopf, ihre Kompotte waren vor allem im Winter eine willkommene Abwechslung, und nicht einmal jetzt, da der Frühling sich bereits ankündigte, schmeckte das Kraut bei den Belots so muffig wie in anderen Haushalten, weil sie es auf spezielle Weise eingelegt hatte.

Jakob ging ihr gelegentlich zur Hand. Aber auch die kleine Hannah und besonders ihre ältere Schwester Suzanne kamen, wann immer Gelegenheit dazu war, in den Garten, wenngleich Jean es nicht gern sah.

Seit dem letzten Sommer hatte sie noch einen weiteren Helfer, erst als Zaungast, schließlich aber, weil sein stummes Gaffen ihr lästig geworden war, als tüchtigen Handlanger: den krumpen Görgl, der sich nur hinkend bewegen konnte, weil sein linkes Bein nach einem Bruch verkrüppelt geblieben war. Eines Tages war der verwahrloste, geistig zurückgebliebene Junge von irgendwoher aus dem Alemannischen in Genf aufgetaucht, Waise, wie er beteuerte, um vom Bettel zu leben, weil er nicht mehr Heu, sondern lieber Brot essen wolle.

Man hatte Görgl eingesperrt, später der Stadt verwiesen, und abermals eingesperrt, er aber war unverdrossen immer wieder erschienen. Er war zwar auch jetzt noch klapperdürr, aber erstaunlich kräftig, mit wilden, dunklen Brauen in einem Gesicht, das aussah, als sei ein Gewitter hineingefahren; seinen Lebensunterhalt bestritt er inzwischen als Gehilfe des Scharfrichters, vor allem war er mit dem schmutzigen Gewerbe des Abdeckers befasst.

Der Henkergörgl, wie die Kinder ihn boshaft nannten, schien nur darauf gewartet zu haben, dass Clara ihre Gartenarbeit wieder aufnahm. Sie nahm an, dass der Scharfrichter ihn irgendwo in seinem Haus am Stadtrand unterbrachte, aber es war bestimmt nur eine sehr einfache Unterkunft, denn er stank nach Schmutz und alten Lumpen.

»Kann den Mist für dich rühren«, rief er. »Görgl macht's Stinken nix aus.«

Sie wies ihn an, den Kompost zu lockern und zu belüften, während sie die trockenen Triebe ihrer mehrjährigen Gewürze entfernte. Für die Aussaat neuer Kräuter war es noch zu kühl. Aber am kommenden Freitag war Markttag, und sie hoffte, dass die Bauern aus dem benachbarten Frankreich reichlich Petersilien-, Kerbel- und Dillsamen mitbringen würden.

Als Nächstes wandte sie sich ihren Sträuchern zu. Es war Clara eine Freude, die toten Zweige abzuschneiden. Sie konnte den Anblick der neuen Knospen kurz vor dem Aufspringen kaum noch erwarten. In einer windgeschützten Ecke stand ihr ganzer Stolz. Zärtlich strich sie über seinen schlanken Stamm. Nichts kam ihrer Fantasie vom Paradies so nah wie ein blühender Kirschbaum.

»Wo ist Jakob?«, fragte Görgl, als sie ihn später mit Most, Brot und Pflaumenmus belohnte, das verblüffend schnell zwischen seinen schiefen Zähnen verschwand. Die meisten grauten sich vor dem, was er zu tun hatte, aber ihr tat er

irgendwie Leid. Clara gehörte auch zu den wenigen, die nicht wegsahen, wenn Rossin, der Scharfrichter, sie grüßte, ein großer, leicht gebückter Mann mit schweren Lidern.
»Hab ihn lange nicht gesehen!«
»In der Schule«, sagte sie ausweichend. Sie hatte Jakob angewiesen, Görgl nicht zu verspotten, wie die anderen Kinder es taten, aber sie hielt auch nichts davon, dass die beiden zusammensteckten.
»Und das schöne Mädchen mit den gelben Haaren?«, sagte er versonnen.
»Zu Hause. Bei ihrer Mutter«, erwiderte sie noch vorsichtiger.
Sie hatte sofort verstanden, wen er meinte: ihre Nichte Suzanne, die vor kurzem dreizehn geworden und ebenso hübsch zu werden versprach, wie einst Margarete es gewesen war. Das Schönste an Suzanne waren die veilchenfarbenen Augen, die sie von ihrem Vater geerbt hatte, die die Welt aber nicht feindselig, sondern voller Neugierde betrachteten. Jakob und sie waren so unzertrennlich, dass die kleine Hannah manchmal vor Eifersucht weinte.
Es war ein kristallblauer Märztag. Die Sonne wärmte ihren Rücken. Über dem See kreisten Vögel. Clara beschloss, Seidelbast zu pflanzen und noch ein paar Rosen, weil sie den Duft so liebte. Bald würden die Geißblatsträucher ausschlagen und das erste Frühlingsgrün liefern. Dann konnten sie auch endlich wieder Brennnesselsuppe und Bärlauchgemüse kochen. Sie sehnte das Ende von Sauerkraut und wurmstichigen Äpfeln herbei. Clara konnte fast schwermütig werden, wenn die Erde in Schnee gehüllt war, besonders an bleigrauen Tagen. Dann verschmolzen Himmel und See, und sogar die Nadelbäume wirkten schwarz, als sei alle Farbe aus der Welt entschwunden.
»Görgl möcht sie wieder sehen«, dröhnte er in ihre Überlegungen hinein. »Das schöne, gelbe Mädchen. Görgl freut sich.«

»Das lässt du besser bleiben«, sagte Clara, jäh aus ihren Tagträumen gerissen. »Suzanne ist noch ein Kind. Und mein Schwager, ihr Vater, ist sehr, sehr streng.«

»Nein, großes, schönes Mädchen«, beharrte er. »Görgl Sehnsucht. Große Sehnsucht!«

»Schlag dir das aus dem Kopf.« Claras Ton wurde schärfer. »Du lässt sie in Ruhe. Verstanden?«

Er senkte den Kopf. Seine Füße waren schmutzstarrend und unförmig. Claras Blick glitt weiter zu seinen Händen, dann zu den Schultern, über denen der grobe Stoff spannte, schließlich weiter zu seinem Gesicht. Er war längst kein Junge mehr. Vielleicht musste sie deutlicher werden. Sie wollte ihm nicht wehtun, aber sie war sich nie ganz sicher, was sein bisschen Verstand umriss.

»Hör zu, Görgl, du kennst doch die Leute hier. Am eigenen Leib hast du gespürt, wozu sie fähig sind. Willst du etwa wieder in den Kerker oder eines Tages selbst am Galgen landen?«

Kopfschütteln.

Sie war erleichtert. Er schien zu begreifen, gottlob.

»Also tu bitte, was ich sage, und halte dich von dem Mädchen fern. Sonst wirst du ...«

»Görgl hat dich auch gesehen«, fiel er ihr ins Wort. »Und den Weißen. In der Nacht. Wasser. Boote. Viele Boote. Über den See.«

Der Garten schien sich enger um sie zu schließen.

»Was hast du gesehen?«, fragte sie leise.

Seine plumpen Finger zeichneten ein Kreuz in die Luft. Dann brachte er einen seltsamen Laut hervor, der ein verunglücktes »salve« sein mochte.

»Lieder gesungen. Priester gesegnet. Im Keller. Alter Weinkeller.«

Ihr Körper fühlte sich taub an, nur ihr Verstand schien noch zu funktionieren, wie eine präzise, saubere Mechanik.

»Du musst dich irren.« Die eigene Stimme kam ihr ganz fremd vor. »Ich weiß genau, dass du dich irrst, Görgl!«

»Nein. Görgl hat dich gesehen. Dich und den Weißen.« Er fing an, sich zu gebärden, als liefen Feuerameisen unter seinen Achseln. »Görgl still, ganz still. Aber das Mädchen. Görgl will Mädchen – Mädchen!«

Er versuchte, sie zu erpressen!

Clara spürte, wie sie zornig wurde. Aber Görgl war so laut geworden, dass sie Angst bekam. Sie musste ihn zur Ruhe bringen, zu viel stand für alle auf dem Spiel.

»Vielleicht kommt Suzanne ja irgendwann in den Garten.« Es fiel ihr schwer, den Köder auszulegen, denn sie wusste, was sie damit riskierte. »Aber du musst Geduld haben. Das hängt nicht von mir ab.«

Heftiges Nicken. Dann verdrehte er seine Augen, bis nur noch das Weiße zu sehen war.

»Görgl Geheimnis«, stieß er prahlerisch hervor. »Görgl stark. Görgl hat mit dem Deifi getanzt.«

Sie legte einen Finger auf ihre Lippen und musterte ihn streng.

»So etwas darfst du nicht sagen. Niemals! Damit bringst du dich in große Gefahr. Hast du das verstanden?«

»Aber Görgl *kann* Ferkel machen«, sagte er kleinlauter. »Weiße und rote. Willst sehen?«

»Ich hab jetzt endgültig genug von deinem Unsinn. Und du gehst auch besser nach Hause. Kannst wiederkommen, wenn du klar im Kopf bist.«

Clara nahm Schaufel und Hacke, um sie in dem kleinen Schuppen zu verstauen, er aber packte so fest ihren Arm, dass sie aufschrie und das Werkzeug fallen ließ.

»Görgl kann Ferkel machen«, wiederholte er. »Hat der Deifi ihm gezeigt. Schwarzer Mann. Und kalt!«

»Was hab ich dir eben gesagt?«, fuhr sie ihn an. »Willst du unbedingt auf dem Scheiterhaufen landen? Also halt deinen Mund, beim gütigen Gott! Versprichst du mir das?«

Seine Züge entspannten sich, der Blick wurde wieder klarer.

»Heim«, murmelte er. »Görgl will heim.«

»Ja«, sagte sie. »So ist es gut. Du musst dich nicht aufregen. Geh heim und ruh dich aus. Ich back dir einen schönen Kuchen. Mit Honig und Rosinen. Und du hältst, was du mir versprochen hast. Kein Wort – zu niemandem!«

Er strahlte sie an und nickte eifrig. Dann humpelte er davon.

Clara lehnte sich gegen den Kirschbaum, als er außer Sicht war. Die Taubheit wich allmählich aus ihren Gliedern, aber ihr Herz schlug noch immer viel zu schnell.

*

Die Brotsuppe war hoffnungslos versalzen, aber Jean tat so, als ob nichts daran zu beanstanden wäre. Lustlos tauchte Clara ihren Holzlöffel in die große Schüssel in der Tischmitte. Am liebsten wäre sie aufgestanden und aus dem Haus gelaufen, aber sie musste das verhasste gemeinsame Abendessen noch durchstehen.

Den anderen schien es ebenso wenig zu schmecken. Hannah aß wie ein Vögelchen, Jakob verzog bei jedem Bissen das Gesicht, und Suzanne lächelte angestrengt, wie jedes Mal, wenn Streit in der Luft lag. Jean hatte das Tischgebet mit bleierner Stimme gesprochen. Seitdem schwieg er, fuhr mit seinem Löffel in die Suppe, dass es spritzte, und kaute und schluckte mit wütender Verbissenheit.

Schließlich schob Clara den Stuhl zurück und stand auf.

»Wir essen«, knurrte der Schwager sie an. Seine Augen waren im Schein der Talgfunzel gewitterblau. »Ist das deine Dankbarkeit für die Nahrung, die der Herr uns in seiner Gnade gewährt hat?«

Claras Übelkeit verstärkte sich. Es war wie immer übertrieben eingeheizt, das Einzige, woran Jean niemals sparte.

Dazu kam der Gestank nach verbranntem Tierfett, der aus der Schale quoll. Wie sehnte sie sich nach dem Duft der Wachskerzen, in deren Schein sie Abend für Abend mit Heinrich gesessen hatte! Aber sie verlor kein Wort darüber, weil Jean sonst unweigerlich wieder eine seiner Tiraden über die verderbte Eitelkeit einer Metsiedertochter losgelassen hätte.

Stattdessen ging sie schweigend hinaus und kam mit einem kleinen Tongefäß zurück.

»Getrocknete Petersilie.« Sie streute etwas davon in die Suppe. »Jetzt wird sie genießbarer.«

Die Mädchen nickten erleichtert, nachdem sie gekostet hatten, und selbst Margarete griff herzhafter zu. Jean dagegen schien den Appetit verloren zu haben.

»Ich mag deine Kräuter nicht«, sagte er mit drohendem Unterton. »Und noch weniger mag ich, was du damit tust.«

»Geht es vielleicht etwas genauer?«, fragte sie.

Jeans Unterlippe zuckte, wie stets, wenn einer seiner Ausbrüche drohte. Bei seiner Heirat mit Margarete war er stattlich gewesen, ein großer Mann mit kühner, fleischloser Nase und Augen, die keiner vergaß. Jetzt sah er mit seinem räudigen Bart und den eingefallenen Wangen wie eine schlechte Kopie Calvins aus.

»Du bestreust den Fußboden mit Hexenkörnern und benützt Teufelsnesseln, um ...«

»Wanzen und Läuse mögen Fenchelsamen nun einmal nicht besonders«, erwiderte sie. »In ein paar Wochen, wenn es warm und trocken ist, können wir das Stroh lüften und neu aufschütten, aber bis dahin müssen wir uns anders behelfen. Und getrocknete Schafgarbe stillt Jakobs Nasenbluten am besten. Du hast mit Celine gesprochen, nicht wahr? Sie ist wieder mal deine Quelle.« Sie machte eine müde Geste. »Dann hätte sie dir aber auch verraten sollen, dass ich mich strikt geweigert habe, ihr die Zukunft vorauszusagen. Weil ich die Zukunft nämlich nicht kenne.«

Ärgerlich schüttelte er den Kopf.

»Du sprichst mit Bäumen, und du beschneidest nachts deine Kräuter«, beharrte er.

Sie fühlte seinen bohrenden Blick auf ihrem Ring und dachte einen Augenblick sogar daran, die auffallenden Steine nach innen zu drehen. Aber sie tat es nicht. Der Ring war Heinrichs Geschenk; sie trug ihn als Erinnerung an ihren toten Mann.

»Du bist wunderlich, Schwägerin. Manche meinen sogar, mehr als das. Du meidest die Rechtschaffenen und gibst dich mit Gesindel ab. Es gibt Gerede. Das missfällt mir.«

»Lass sie reden.« Sie gab sich alle Mühe, ihren Unmut nicht sichtbar werden zu lassen. »Ich weiß, dass ich nichts Unrechtes tue, und du weißt es auch, Jean.«

»Hast du vergessen, dass ich dich aufgenommen habe – und deinen Sohn?«, sagte er drohend.

»Wie könnte ich das«, erwiderte sie nicht ohne Schärfe. »Es vergeht ja kaum ein Tag, an dem du uns nicht daran erinnerst.«

»Du lebst in meinem Haus, das allen ein Vorbild sein soll. Außerdem besagt die Schrift, dass der Mensch ein Knecht der Sünde ist. Und ein mit Sünde gefülltes Herz kann nichts als die Früchte der Sünde hervorbringen.«

Clara wusste, worauf er es anlegte: dass sie in Tränen ausbrach und ihm demütig zustimmte. Aber sie brachte das Weinen und die erzwungene Reue nicht über sich – nicht an diesem Abend. Alles in ihr schien zu vibrieren, so unruhig war sie. Ihr Kopf glühte, und in ihrem Leib verspürte sie ein Brennen. Wenn sie nicht bald eine Möglichkeit fand, mit Mathieu zu sprechen, konnte es vielleicht zu spät sein.

»Warum so streng, Schwager? So unduldsam? Ist Jesus nicht für unsere Sünden gestorben?«, sagte sie, mühsam beherrscht. »Der Sohn Gottes hat uns vergeben. Also sollten wir uns auch vergeben.«

»Du sollst den Namen Gottes nicht missbrauchen!« Jean

war wütend aufgesprungen. »Damit versündigst du dich gegen das dritte Gebot. Sein heiliger Name darf durch nichts und niemanden beschmutzt werden.«

Die Kinder starrten ihn erschrocken an, sogar Margarete war noch blasser geworden.

»Ich habe Gott noch nie gelästert.« Clara betonte jedes Wort. »Ich diene ihm auf meine Weise, mit meinem Herzen, meiner Seele – und meiner Arbeit.« Sie nahm ihren Mut zusammen. »Deshalb muss ich jetzt auch zu Colbin. Der Großvater hat Schmerzen. Er braucht dringend neue Medizin.«

»Jetzt?«, murrte Jean.

»Warum nicht ich?«, bot Suzanne eilfertig an. Ihr dreieckiges Gesicht war rosig geworden, so strengte sie sich an, gute Stimmung zu machen. »Ich würde so gern etwas für ihn tun.«

»Kommt nicht in Frage«, sagten Jean und Clara wie aus einem Mund.

Er rang sich zu keinem Lächeln durch, aber sie bemerkte doch, wie seine Miene sich kurz entspannte. Hätte er gewusst, woran sie dachte, er hätte nur noch grimmiger dreingesehen. Allein die Vorstellung, der krumpe Görgl lauere womöglich irgendwo im Schutz der Dunkelheit auf das Mädchen, bereitete ihr großes Unbehagen.

»Aber ich könnte doch gehen, Mutter«, sagte Jakob und sah sie bittend an. »Du musst müde sein, und mir macht es nichts aus. Wirklich nicht!«

»Nein, das erledige ich selbst«, sagte sie abschließend. »Der Großvater soll doch eine ruhige Nacht haben.«

Sie nickte ihrem Sohn aufmunternd zu, der seltsamerweise bei ihren Worten den Kopf senkte und auf den Tisch starrte.

»Dann tu es meinethalben, wenn es wirklich so dringend ist«, sagte Jean. »Aber sorg dafür, dass es nicht wieder vorkommt. Es missfällt mir, dass du dich ständig nachts herumtreibst. Das schickt sich nicht für ehrbare Frauen.«

»Ich beeile mich.«

»Jakob?« Jeans Stimme war ausdruckslos. »Steh auf. Du begleitest mich nach nebenan. Es gibt Arbeit.«

Schon halb im Hinausgehen bemerkte sie, wie der Körper ihres Sohnes noch mehr zusammensank, anstatt der Aufforderung nachzukommen.

»Jakob?«, wiederholte Jean scharf. »Soll ich dir Beine machen?«

»Ich komme.« Der Junge erhob sich schwerfällig wie ein Greis. »Ich komm ja schon.«

*

Er betrat die Kammer so leise, wie er konnte, aber Clara schreckte trotzdem aus dem Schlaf hoch.

»Kein Licht«, sagte er schnell, als sie nach dem Flintstein neben ihrem Bett tastete. »Ich will dich nicht wach machen.«

»Wo warst du denn die ganze Zeit?«, sagte Clara schlaftrunken. »Wieso kommst du erst jetzt?«

»Bei Jean.« Sein Zögern war fast unmerklich. »Es hat eben lange gedauert.«

»Ich frage mich schon seit geraumer Zeit, welche Arbeit er dich eigentlich verrichten lässt.«

»Ein anderes Mal.« Er ließ die Kleider fallen und schlüpfte unter seine Decke. Er hatte sich wieder im Dunkeln ausgezogen, wie immer in letzter Zeit. Es fiel ihr auf, nicht zum ersten Mal, aber sie war zu müde, um diesen Gedanken weiterzuverfolgen. Sie würde ihn danach fragen – morgen, gleich nach dem Aufstehen.

»Was hat der Apotheker gesagt?«

Schon lag ihr die ganze Wahrheit auf der Zunge, aber sie entschied, sie für sich zu behalten. Was machte es für einen Sinn, ihren Sohn mit Görgls Geschwätz zu belasten?

Sie hatte Mathieu nicht bei seinen Salbentöpfen und Flaschen angetroffen. Er sei zu einem Kranken gerufen worden, hatte ihr sein Gehilfe, der wortkarge Michel, mitgeteilt. Sie wagte nicht, zu lange zu warten, und ging, als sie die gewünschte Tinktur erhalten hatte. Sie würde wiederkommen, um mit Mathieu zu reden, sobald wie möglich, ohne Verdacht zu erregen. Aber sie mussten besonders vorsichtig sein, noch vorsichtiger als bisher.

»Er war gar nicht zu Hause. Michel hat mir die Medizin für den Großvater gegeben. Schlaf jetzt, Jakob. Aber vergiss dein Nachtgebet nicht.«

Sie hörte ihn murmeln, dann war eine Weile alles still.

»Gott sieht doch alles, Mutter, oder?«, sagte Jakob plötzlich. »Die guten, aber auch die bösen Dinge? Gott bleibt nichts verborgen.«

»Daran glauben wir. Weshalb fragst du, Jakob? Gibt es etwas, was du mir sagen möchtest? Deine Stimme klingt so seltsam.«

Er zog die Luft zwischen die Zähne.

»Nein, es ist nichts«, sagte er leise. »Ein anderes Mal.«

Sie schlief bereits, als er sich die Decke über den Kopf zog und haltlos zu weinen begann.

*

Ihre Höhle war die schönste von allen, und Jakob war stolz, dass er sie entdeckt hatte. Eigentlich war es Zufall gewesen, als er mit Jeans Gesellen im letzten Sommer zum Holzfällen auf den Salève geschickt worden war, der sich als breiter Bergrücken südlich der Stadt über dem See erhob. Außer Suzanne teilte noch einer sein Geheimnis, André, der Älteste in Jeans Werkstatt; aber André war ein wortkarger Mann und deshalb ein idealer Verbündeter.

Manchmal hatte Jakob schon befürchtet, es würde nie wieder Frühling werden. Der Schnee hatte den Bäumen zu schaffen gemacht; viele Äste waren abgebrochen, und manchmal hatte er unter der bleiernen Wolkendecke der vergangenen Wintermonate das Gefühl gehabt, kaum mehr atmen zu können. Aber jetzt hatten die Nächte und Tage der letzten Woche alle Erinnerungen an die traurige Zeit vertrieben.

Nur mit seinem Feuer war er noch nicht richtig zufrieden. Dabei hatte er alles ganz genauso gemacht, wie André es ihm gezeigt hatte: die Feuersteine fest gegeneinander geschlagen, den trockenen Zunderpilz sorgfältig darunter gebettet, um den Funken aufzufangen. Seine Hände schmerzten schon, so strengte er sich an. Endlich gelang es. Jakob hielt den Zunder an den Glutpunkt und steckte das glimmende Zunderstück in ein lockeres Bündel Heu. Er blies in sein Brennmaterial hinein, wieder und immer wieder.

Die Stichflamme!

Jetzt brauchte er nur noch das vorsorglich höher gelagerte Holz aus der Nische zu holen, das sich als erfreulich trocken erwies. Jakob war zu beschäftigt, es auf die richtige Art und Weise zu schichten, um sie zu hören.

Erst als ihr warmer Atem ihn streifte, bemerkte er sie.

»Suzanne!«

»War gar nicht leicht, mir die passende Ausrede einfallen zu lassen. Aber ich hatte solche Sehnsucht nach unserer Höhle, dass ich einfach kommen musste!«

Jakob nickte, plötzlich zu verlegen, um zu sprechen. Er sah sie jeden Tag, aber sie hier zu treffen, war etwas anderes. Das Mädchen dagegen redete unbefangen weiter.

»Hast du die jungen Marder schon entdeckt?«

Im letzten Jahr hatte die Höhle die Brut eines Steinmarders beherbergt, und beide hofften auf eine Fortsetzung.

»Ich hab noch gar nicht richtig nachgesehen«, sagte Jakob. »Ich wollte zuerst Feuer machen. Ich weiß, du magst es, wenn es hell ist.«

»Lange kann ich aber nicht bleiben. Papa ist so seltsam in letzter Zeit. Ist dir das auch aufgefallen?«

Jakob schüttelte den Kopf. Er hatte Angst, loszuheulen, wenn er erst einmal zu reden anfing. Und er wollte sie doch nicht mit seinen Schatten belasten. Sie liebte ihren Vater. Außerdem war wahrscheinlich alles ohnehin seine Schuld, wie der Onkel ihm immer wieder versicherte. Sein Trotz. Seine Widerworte. Vor allem sein Herz, das einfach nicht rein war.

»Vielleicht hat er Ärger in der Werkstatt«, fuhr das Mädchen fort. Sie war im Winter gewachsen und nun so groß wie Jakob – ein winziges Stück größer sogar, wenn man ganz genau hinsah. »Ich hab ihn und Maman streiten hören. Es ging um einen großen Auftrag, den er gerne hätte. Aber es gibt da wohl Schwierigkeiten. Ein Konkurrent, der ihm Sorgen macht. Letztlich entscheidet ohnehin alles *Maître* Calvin. Und das ist sicher auch richtig.«

Sie nahm nach kurzem Zögern ihr wollenes Schultertuch ab, faltete es zusammen und legte es auf den Boden.

»Hier«, sagte sie und sah ihn aufmunternd an. »Damit es uns nicht zu kalt wird. Willst du nicht sehen, was ich mitgebracht habe?«

Zu seinem Erstaunen holte sie ein Stück Schinkenspeck aus ihrem Korb, dazu Brot, getrocknete Früchte und einen Krug Apfelsaft.

Jakob starrte begehrlich auf die raren Köstlichkeiten.

»Keine Angst, ich bin nirgendwo eingebrochen.« Suzanne kicherte. »Das sind alles Geschenke. Von Marthe und Simone.«

»Du kennst die beiden Klöpplerinnen?« Ihm war plötzlich ganz heiß geworden, weil er an deren hingebungsvolle Gesichter bei der heimlichen Kommunion denken musste.

»Du nicht? Ich hab ihnen neulich beim Nähen geholfen. Kleider für die Waisenkinder, und sie sagten, ich stelle mich gar nicht ungeschickt an.« Sie steckte sich einen Apfelschnitz in den Mund und kaute genüsslich. »Dabei kann ich Nähen eigentlich nicht ausstehen. Ich würde viel lieber die

Akademie besuchen. So wie du. Aber Papa besteht darauf, mich persönlich zu unterrichten.«

Ihr Gesicht wurde ernst.

»Weil ein Mädchen andere Dinge lernen soll. Aber dann hab ich ihn wenigstens mal für mich. Seitdem der kleine Jean auf der Welt ist, sieht er mich ja kaum noch.«

»Stell dir das bloß nicht zu schön vor! Die Lehrer sind streng, die Kameraden rau, und was Mathematik und Physik betrifft, so …«

»Und warum kannst du es dann Morgen für Morgen kaum erwarten, aus dem Haus zu rennen? Außerdem kenn ich niemanden, den die Zahlen so mögen wie dich. Und jetzt lüg mich bloß nicht an – dafür kenn ich dich nämlich viel zu gut!«

Verlegen zog er die Schultern hoch.

Suzanne konnte er nichts vormachen. Manchmal war sie für ihn die Schwester, die er nie gehabt hatte, weil seine eigene zu schwach gewesen war, zu atmen, als sie geboren wurde. Clara hatte ihm einmal davon erzählt, schon vor langer Zeit, und war inzwischen überzeugt, er hätte es längst vergessen. Aber Jakob, der sich an alles erinnerte, erinnerte sich auch daran.

Und eigentlich stimmte es auch nicht genau. Suzanne war eher seine Freundin, eine Vertraute, der er alles sagen konnte – jedenfalls fast alles. In ihrer Gegenwart fühlte er sich geborgen. Wären da nicht diese seltsamen Gefühle ihr gegenüber gewesen, die ihn in letzter Zeit manchmal ohne Vorwarnung überfielen.

Plötzlich unsicher geworden, stocherte er in der Glut und legte neues Holz nach. Dann zog Jakob sein Messer heraus, von dem außer André niemand etwas wusste, schnitt dünne Scheiben von dem Speck ab und dickere von dem Brot und reichte beides dem Mädchen.

Beide aßen, schweigend, gierig, bis nichts mehr da war. Suzanne warf ihm einen Blick zu, dann begann sie sich die Finger abzulecken, einen nach dem anderen.

Jakob starrte sie an. Ein Kribbeln stieg in seinem Bauch auf und ließ ihn kaum mehr atmen.

»Ich muss gehen«, sagte Suzanne und erhob sich.

»Ich auch.« Jakob stand ebenfalls auf und hoffte, dass sie nicht bemerkte, wie wacklig seine Beine waren.

Sie nahm ihr Tuch, schüttelte es aus und legte es sich um die Schultern.

»Aber die Höhle erkunden wir noch weiter zusammen, eines Tages«, sagte er leise. »Versprochen?«

»Versprochen!« Ihre Stimme war ein Flüstern. »Ich gehe jetzt. Es ist besser, wenn uns niemand zusammen sieht. Du weißt ja, wie die Leute sind.«

Sie bewegte sich nicht. Jakob hielt den Atem an.

Ungelenk legte er schließlich einen Arm um sie. Er hätte weinen können, jubeln, singen. Sie roch nach verbranntem Holz, nach Gras und verströmte zusätzlich einen warmen Duft, der ihn ganz schwindelig machte.

Furchtlos sah sie ihn an. Dann nahm sie seinen Kopf zwischen ihre Hände und zog ihn nah zu sich heran.

Ihre Lippen waren weich, als sie seine berührten. Beide Kinder atmeten tief. Danach blieben sie stehen, aneinander gelehnt, gewärmt, getröstet.

Sie hatten die Augen geschlossen.

Nur wenige Schritte entfernt drückte sich der krumpe Görgl tiefer in die Felsnische. Er musste sich in die plumpe Faust beißen, um nicht gellend zu schreien.

*

Das ohnehin blasse Gesicht des Apothekers wurde so fahl, dass sie Angst bekam, er könnte jeden Moment die Besinnung verlieren.

»Atme, Mathieu, atme«, sagte Clara. »Noch ist ja nichts geschehen.«

»Aber es wird etwas geschehen, das fühle ich, nein, das

weiß ich. Etwas Fürchterliches, das uns alle vernichtet. Was haben wir nur getan, Clara? Niemals hätten wir so unvorsichtig sein dürfen!«

»Wir haben Gott geehrt«, sagte sie. »Das ist keine Sünde. Außerdem *waren* wir vorsichtig.«

»Und wie konnte uns dann dieser Idiot aufspüren? Ausgerechnet der Henkergörgl – ich fass es nicht!«

Mathieu begann so heftig in seinem Mörser zu rühren, dass es staubte. Er hatte eine Reihe Gefäße vor sich aufgebaut, aus feinstem Akazienholz, die er offenbar neu füllen wollte. Trotz ihrer Unruhe konnte Clara den Blick kaum davon lösen. Was hätte sie für diese Sammlung gegeben! Aber es blieb ihr nichts anderes übrig, als mit den Erzeugnissen aus dem eigenen Garten zufrieden zu sein.

»Das weiß ich auch nicht«, sagte sie. »Und es wird kaum aus ihm herauszubekommen sein. Görgl redet nur, wenn er will. Manchmal denke ich sogar, er stellt sich dümmer, als er ist. Benutzt die Dummheit wie einen Schutzschild. Weil er keinen anderen hat.«

»Umso schlimmer!« Schweißtropfen standen auf Mathieus hoher Stirn. »Was hat er vor? Ob er schon beim Consistorium war?«

Sie wandte sich ab. Mathieu packte Claras Arm und zwang sie, ihn anzusehen.

»Du hältst doch etwas zurück. Rede!«

»Wenn du es ganz genau wissen willst: Er hat versucht, mich zu erpressen.«

»Was will die Kreatur – Geld?«

»Nein. Görgl hat sich offenbar in meine Nichte verguckt. Er möchte Suzanne sehen.«

»Diese Teufelsbrut und das unschuldige Mädchen! Du wirst ihm doch nicht das Kind zuführen, damit er …«

»Natürlich nicht«, sagte sie scharf. »Aber ich habe Angst, verstehst du? Was, wenn er ihr irgendwo auflauert? Ich kann wachsam sein, aber ich kann Suzanne nicht Tag und Nacht zu Hause einsperren. Was soll ich ihren Eltern sagen? Margarete würde auf der Stelle losheulen und sofort zu Jean rennen.«

Sie lockerte ihren engen Kragen. Allein der Gedanke war unerträglich. »Und Jean würde natürlich mir die Schuld zuschieben. Er lauert ja nur darauf, dass ich einen Fehler mache! Dieses Mal allerdings müsste ich ihm fast Recht geben. Ich hätte mich nicht darauf einlassen dürfen, dass Görgl für mich arbeitet.«

»Du musst die Bestie anzeigen«, sagte Mathieu. »Damit sie hinter Schloss und Riegel kommt.«

»Wie soll die Anklage lauten? Und was, lieber Freund, wird er dann wahrscheinlich erzählen?«

»Du hast Recht, Clara. Dann wird er uns bestimmt verraten!« Seine Stimme stockte. Er machte eine hilflose Geste, die die Regale hinter ihm einschloss. »Ich werde alles verlieren – und mein Leben dazu. Das kann ich nicht. Ich bin nicht so mutig wie du.« Seine Unterlippe zitterte, die Augen erinnerten an ein gefangenes Kaninchen.

»Manchmal haben wir keine andere Wahl«, sagte sie und entschied sich, ihn zu bemitleiden, anstatt sich vor ihm zu ekeln. »Ich muss nachdenken, Mathieu. Ich bin sicher, dass mir eine Lösung einfallen wird.«

Sie hatte schon die Türklinke in der Hand, eine schön gegossene Löwenpforte aus polierter Bronze, das Zeichen für Stärke und Würde.

»Ich bin bereit, meinen Glauben aufzugeben«, rief er ihr hinterher. »Was nützt er mir, wenn ich tot bin? Rechne nicht mehr mit mir, Clara. Nicht in dieser Hinsicht. Ich will nichts mehr damit zu tun haben. Ab jetzt müsst ihr eure Messen ohne mich feiern. Das ist mein letztes Wort.«

Langsam drehte sie sich zu ihm um. Ihre hellen Augen leuchteten.

»Und du meinst, das wird dich retten? Dann behüt dich Gott, Mathieu!«

»Aber wo willst du hin? Was hast du vor, Clara? Du wirst doch keine Dummheiten machen?«

»Ganz im Gegenteil. Ich gehe mich beraten. Mit dem einzigen Freund, der mir geblieben ist.«

Seine Augen wurden noch größer.

»Zu Jakobus. In die Kathedrale. Dort werden wir gemeinsam überlegen.«

Endlich draußen, beschleunigte Clara ihre Schritte, obwohl ein Regenguss das Kopfsteinpflaster schlüpfrig gemacht hatte und sie aufpassen musste, nicht auszurutschen. Sie brauchte neue Schuhe; die Sohlen waren so abgelaufen, dass kein Schuster sie mehr retten konnte. Und Jakob war schon eine ganze Weile aus seinen Kleidern herausgewachsen. Sie überschlug die kleinen Rücklagen, die die Ernte vom letzten Jahr eingebracht hatte.

Sie war es so leid, dieses ständige Knausern!

Aber das Thema Geld nur anzuschneiden, bedeutete, Jean in üble Laune zu versetzen. Dabei schuldete er ihr Auskünfte. Sie entschloss sich, ihn anzugehen, sobald sich eine Gelegenheit dazu ergab. Dann würde sie endlich wissen, woran sie war.

Als die drei schlanken Türme von St. Pierre näher kamen, stieg ihr Mut. Glücklicherweise stand jetzt keine der kargen Andachten bevor, in der das Kirchenschiff von Männern und Frauen in strengen, dunklen Gewändern gefüllt war. Sonntag für Sonntag musste sie es über sich ergehen lassen. Zum Gottesdienst zu erscheinen war Pflicht; wer fern blieb, riskierte eine Visitation des Consistoriums – mit den entsprechenden Konsequenzen.

Durch das große Portal betrat sie das Gotteshaus, und für einen Moment wurde ihr klamm ums Herz. Unwillkürlich sah sie sich um. Aber sie war zum Glück allein. Niemand beobachtete sie.

Die Kühle des großen Raums umfing sie. Ihre Hand machte inzwischen nicht mehr die Bewegung zur Weihwasserschale hin; an der Wand sah man nur noch den hervorspringenden Stein, der sie einst getragen hatte.

Es gab keine Heiligenbilder mehr, keine Statuen, nicht einmal ein Kreuz. Der Altar war durch einen schlichten Abendmahltisch ersetzt worden. Aber Gott war überall, wenn man sein Herz für ihn öffnete. Außerdem gab es noch das, was ihr am wichtigsten war.

Clara näherte sich dem hohen, schmalen Glasfenster, von wo aus der Apostel Jakobus auf sie heruntersah. All die anderen Fenster hatten sie zerschlagen, damit künftig kein Tand die ernste Frömmigkeit ablenken konnte. Dies eine war verschont geblieben. Der Tod von Maries Mann, der, den Hammer schon in der Hand, vom Gerüst in den Tod gestürzt war, hatte es gerettet.

Clara kniete nieder. Den harten Boden spürte sie nicht.

»Ich weiß nicht mehr weiter«, sagte sie leise. »Bitte hilf mir! Plötzlich habe ich das Gefühl, alles falsch zu machen. Aber ich muss doch etwas tun. Oder meinst du, ich soll einfach vertrauen und abwarten?«

Die untergehende Sonne ließ den Purpurmantel des Heiligen aufleuchten. Am liebsten hätte sie die Arme ausgestreckt und sich im Licht gebadet.

»Sollen wir bleiben und uns weiterhin verstecken? Oder sollen wir fortgehen? Du hast damals nicht gezögert, dein Leben für den Menschensohn zu opfern. Ich wünschte, ich hätte mehr von deinem Mut. Aber du hast für dich gehandelt, Jakobus. Um Christi willen. Und ich bin nicht allein. Ich muss vor allem an Jakob denken. Ich möchte, dass er glücklich ist. Dass er endlich wieder ausgelassen lachen kann.«

Der Sonnenstrahl verlosch. Dämmerlicht senkte sich über das Kirchenschiff.

Clara schloss die Augen. Ihr Atem wurde ruhiger, und irgendwann begann sie zu lächeln.

»Ich hab verstanden«, sagte sie schließlich und stand auf.

»Ich danke dir. Ich werde es versuchen. Und wenn ich es beim ersten Mal nicht schaffe, dann komm ich wieder zu dir.«

*

Ausnahmsweise gab es Nachspeise. Clara hatte in der Speisekammer noch etwas von ihrem Kirschkompott entdeckt, das die Kinder so liebten. Nur das Schaben der Holzlöffel in den Schüsseln war zu hören, als Celine plötzlich hereinkam.

»Drei Männer«, sagte sie ehrfürchtig. »Sie sagen, sie sind vom Ältestenrat. Und sie wollen den Herrn sprechen.«

Jean stöhnte auf.

»Die Visitation!«, rief er nervös. »Ausgerechnet heute.« Sein Zeigefinger fuhr in die Luft. »Ich warne euch – alle zusammen. Ihr wisst, was für mich davon abhängt! Wieso ist es hier eigentlich schon wieder grässlich kalt?«

»Stören wir?«, sagte Arnaut, der Pfarrer war und zudem als Erster Sekretär Calvins einen ganz besonderen Rang in der Stadt genoss.

»Keineswegs!«, versicherte Jean. »Bitte nehmt doch Platz. Darf ich euch etwas anbieten? Meine Familie und ich – nun ja, wir haben unser schlichtes Mahl gerade beendet.«

»Wir bleiben nicht lange. Nur keine Umstände!«

Ein kleiner, fetter Mann, ganz in Schwarz. Seine unfreundlichen Augen flogen über den Tisch. Hannah zog die Unterlippe ein, als würde sie im nächsten Augenblick losweinen, während Suzanne vielsagende Blicke mit Jakob wechselte.

»Wir wollen uns lediglich einen Eindruck über deine häuslichen Verhältnisse verschaffen«, sagte der Zweite, Bédier, Tuchhändler mit zahlreichen Auslandskontakten. Man munkelte, er habe mehr Geld, als er zählen könne, aber sein dunkelbrauner Rock war fadenscheinig und saß eng wie eine zweite Haut. »Was man von dir hört, klingt bescheiden und gottesfürchtig. Aber wie wir wissen, trügt der Schein mitunter.«

»Da gibt es nicht viel zu sehen«, sagte Jean eifrig. »Wir leben fromm und schlicht. So, wie der Herr es befiehlt. Aber das ganze Haus steht euch natürlich offen – schaut euch um, ich bitte euch, nach Belieben! Wir haben keine Geheimnisse.«

»Deine Kinder?«, sagte fragend der Dritte, Garin, der reichste der Uhrmacher, über den gemunkelt wurde, die Mahlzeiten in seinem Haus seien so knapp bemessen, dass man stets hungrig vom Tisch aufstehen müsse.

Margarete hielt ihm den kleinen Jean entgegen, der ausnahmsweise einmal nicht schrie.

»Unser Jüngster«, sagte sie. »Wir mussten so lange auf ihn warten! Und dann haben wir noch die beiden Mädchen hier.«

»Und der große Sohn?«, erkundigte sich Garin. »Was ist mit dem?«

»Er ist nicht mein Vater!«, kam es prompt. »Ich bin Jakob Heinrich Weingarten, Schüler an der hiesigen Akademie.«

»Mein Neffe. Ich hab ihn und meine Schwägerin vor vielen Jahren aus christlicher Barmherzigkeit aufgenommen. Als der Bruder meiner Frau starb ...«

»... sind wir mit den Druckerpressen meines Mannes nach Genf übersiedelt«, sagte Clara. »Ich denke, sie leisten auch hier gute Dienste.«

Jakob verzog bei ihren Worten das Gesicht, aber es gelang ihm gerade noch, eine verräterische Grimasse zu unterdrücken.

»Das genau ist einer der Gründe, weshalb wir heute hier sind«, sagte Arnaut. »*Maître* Calvin interessiert sich sehr dafür.«

Jean wurde abwechselnd blass und rot.

»Es hat alles seine Ordnung damit«, sagte er. »Das kann ich beweisen. Und inzwischen gehören die Pressen ohnehin längst mir.«

»Das wüsste ich aber«, sagte Clara ruhig. »Oder sollte ich unsere Abmachung so falsch verstanden haben?«

Die Augen der drei Visitatoren richteten sich mit unverhohlener Neugierde auf Jean.

»Nun ja, genau genommen ist es natürlich das Nutzungsrecht, das mir zusteht«, sagte er fahrig. »Aber das dafür in vollem Umfang. Ihr müsst mir glauben. Ich würde mich nie auf einen unehrlichen Handel einlassen!«

»Er hat Recht«, kam Clara ihm überraschend zu Hilfe. »Und außerdem sind wir doch eine Familie, nicht wahr?«

Jean nickte erleichtert.

»Einer aus unserem Rat ist gestern zum Herrn heimgegangen«, sagte Garin. »Jesus Christus sei seiner Seele gnädig! Daher sind wir auf der Suche nach einem würdigen Nachfolger, damit unsere Zahl wieder vollständig ist. Ein Drucker käme uns dabei durchaus gelegen, aus vielerlei Gründen. Du wärst an der Auszeichnung interessiert?«

»Interessiert?« Jean sprang auf. »Es ist mein Herzenswunsch, seit langem schon! An eurer Seite über die Zuchtgesetze unserer Stadt zu wachen – es gibt nichts, was ich lieber täte!«

»Du bist in der engsten Auswahl«, sagte Bédier. »So viel kann ich dir heute schon verraten. Und falls der Ältestenrat sich zu deiner Wahl entschließen sollte, würde er dir vermutlich auch den Auftrag geben, die neue Bibelausgabe zu drucken.«

Er strich über seinen Bart.

»Vorausgesetzt natürlich, du verfügst über die notwendige Ausstattung. Denn die Weisheit von *Maître* Calvin ist weit über die Grenzen unserer Stadt hinaus gefragt! Die Auflage wird dementsprechend hoch sein, sagen wir tausend Exemplare oder sogar mehr. Könntest du das auf einmal bewältigen?«

»Das will ich meinen! Ich habe drei Gesellen und zwei Lehrlinge. Und bei Bedarf kann ich weitere Hilfskräfte einstellen.« Jean redete wie um sein Leben. »Außerdem habe ich große trockene Räume und gut gewartete Pressen. Wir arbeiten bis tief in die Nacht. Wenn ihr wollt, auch sieben Tage die Woche.«

»Du sollst den Sabbat ehren.« Garins Blick bekam etwas Missmutiges. »So steht es geschrieben in den Zehn Geboten. Keiner verlangt von dir und den deinen, dich dagegen zu versündigen.«

»Wir würden niemals den Kirchgang versäumen«, sagte Jean. »Weder ich noch irgendeiner meiner Leute, dafür stehe ich gerade. Aber die Bibel des großen Reformators drucken zu dürfen, ist doch wie ein Gebet!«

Den Visitatoren schien seine Antwort zu gefallen.

»Komm übermorgen um elf in die Rue de l'Hôtel 14«, sagte Arnaut. »Dort wirst du Weiteres erfahren.«

Jeans Miene verriet seine Verblüffung.

»Habe ich richtig verstanden? Aber das hieße ja, dass ich persönlich zu…«

»*Maître* Calvin erwartet dich. Sei pünktlich. Verspätungen sind absolut unerwünscht. Er verbringt die Nächte am Schreibtisch und schont sich kaum. Wir müssen Rücksicht auf seine zarte Gesundheit nehmen.«

Die Stundenuhr von St. Pierre hatte Mitternacht geschlagen, als Jean barfuß die Stube betrat. Celine kauerte vor dem Kamin und legte Holz nach. Das Leinenhemd spannte über dem kräftigen Gesäß.

Er näherte sich von hinten, ohne zu sprechen, und umschlang sie. Sie stieß einen erstickten Laut aus, als seine Hände unter den Stoff fuhren und ihre Brüste kneteten.

»Und ich dachte schon, du hättest mich ganz vergessen«, sagte sie und wand sich genüsslich. »Ich dachte, ich muss jede Nacht umsonst auf dich warten!«

»Wie könnte ich das? Jetzt, wo endlich alles gut wird!«

Er schob das Hemd hoch und berührte ihre Schenkel, die Wölbung ihres Bauches, dann den Schoß.

»Willst du mehr Feuer?«, sagte sie leise. »Ich könnte dir dabei behilflich sein.«

Jean lachte lüstern.

»Ja«, sagte er. »Ein wenig mehr von deiner Hitze könnte mir jetzt gefallen, Celine.«

DIE TRÄUME DES CONDORS 1:
DAS NEST

Urubamba, Mai 1540

Ich war nicht wie die anderen.

Ich wusste es, als mich die großen Kinder ins Farbbecken stießen. Es war kein Spiel, das begriff ich, obwohl ich sie lachen und kreischen hörte. Ihre Stimmen klangen nicht so ausgelassen wie sonst, wenn sie sich zwischen den niedrigen Lehmbauten gegenseitig jagten. Ich kannte ihre Spiele, alle. Denn ich war gewohnt, ihnen zuzusehen. Mit sechs Jahren war ich längst alt genug zum Mitspielen. Keines der Kinder hatte mich je dazu aufgefordert.

»Das muss dich nicht kümmern«, sagte der Großvater und zerstampfte die grünen Blätter der Mamacoca in seinem Tonmörser eine Spur schneller. Sie mieden seine Tochter und mich, seinen Enkel, sein Wissen aber brauchten sie. In seiner Gegenwart wagten sie nicht einmal zu tuscheln. »Es sind dumme Jungen, nichts weiter. Eines Tages wirst du klüger und mächtiger sein als sie alle zusammen. Du bist ein Kind gemischter Geister, Ilya. Du stehst unter ihrem ganz besonderen Schutz.«

Ich verstand nicht, was er damit meinte. Er wollte mich trösten, das spürte ich. Aber was er sagte, machte mich nicht froh. Und auch er sah so bekümmert dabei aus, dass ich am liebsten geweint hätte.

Mutter hantierte an der Feuerstelle, obwohl sie lieber an

ihrem Webstuhl arbeitete. Das Kochen überließ sie sonst Tuzla.

Nur sie, die alte Tuzla, die vierte und letzte unserer kleinen Familie, rief meine Mutter manchmal noch bei ihrem alten Namen. Quilla hatte sie geheißen, wie die Mondgöttin, die Frau des großen Inti, aber das war lange her.

Wenn Großvater guter Laune war und niemand sonst ihn hören konnte, nannte er meine Mutter Huaca, weil sie auf dem heiligsten Berg gelebt hatte. Mir hatte er verboten, darüber zu reden, aber wem hätte ich es schon erzählen sollen? Meistens aber sagte er einfach Ususi zu ihr, was »Tochter« bedeutet. Die anderen Leute im Dorf nannten sie einen »Schandfleck«. Sie schrien es ihr nach und gaben ihr noch gemeinere Namen, so niederträchtig und hässlich, dass meine Feder sich sträubt, sie niederzuschreiben.

Früher trugen die Kinder der Sonne ihre Gesänge vor oder versteckten die alten Geschichten in kunstvollen Knotenschnüren. Niemand verstand sich besser darauf als sie. Aber wer soll die Lieder weiter überliefern, wenn alle Sänger verstummt sind, und es schon bald die nicht mehr geben wird, die das Geheimnis der heiligen Knoten zu entschlüsseln wissen?

Wenn ich daher, wie unsere bärtigen Eroberer, mit Tinte und Papier erzähle und nicht mit Faden und Webstuhl wie die Frau, die mir das Leben geschenkt hat, so stelle ich mich doch ganz in ihre Tradition. Die kunstvolle Arbeit, die sie mit ihren Händen geschaffen hat, ist für immer verloren; die Mühen vieler Monde zu Asche verbrannt.

Und dennoch gilt für mich wie für sie das gleiche Prinzip: die Wahrheit festzuhalten, ohne die Gefühle derer zu verletzen, die man liebt. Früher erschien es mir einfach, weil ich die Lüge von ganzem Herzen verabscheute. Inzwischen ist so viel geschehen, dass ich meine einstige Sicherheit verloren habe. Am eigenen Leib habe ich erfahren, wie schwer diese Aufgabe sein kann, und mein Respekt vor dem, was

Quilla allein vollbracht hat, ist mit den Jahren immer größer geworden.

Ich hatte Angst. Ich fror.

Es war mitten im Winter, kurz bevor wir im Land der vier Winde das Fest der Sonnwende feiern, und sie hatten mir meine Kleider weggenommen. Ohne die warme, bunte Wolle, die mich sonst schützend umhüllte, war es erbärmlich kalt.

Ich zitterte. Ich schämte mich.

Im Färbehaus war es dämmrig. In den verschiedenen Becken waberte der Sud, blau wie der Himmel über den mächtigen Bergen, rot wie der Sonnenuntergang, braun wie die satte Erde, die uns alle ernährt. Durch einen Spalt zwischen Mauerwerk und Strohdach sah ich Schneeflocken tanzen, zart wie die weißen Brustdaunen des Condors.

Ob sie mich sterben lassen wollten?

Ich hatte in das dunkelste Becken steigen müssen, und sie hatten mich untergetaucht, wieder und immer wieder, bis die Farbe tief in meine Haut eingedrungen war, und ich sie im Inneren meines Körpers spüren konnte. Ich war tiefbraun, außen wie innen, davon war ich überzeugt. Ich glaubte, mein Blut nicht mehr rot, sondern dreckfarben durch meine Adern fließen zu sehen. Ich war ihr Gefangener. Ich hörte, wie sie flüsterten und lachten, wie sie sich an meiner Furcht weideten, und ich hasste sie dafür. Sie waren viele; ich war allein.

»Ihr seid feige!«, rief ich, so laut ich konnte, und erschrak im selben Augenblick über das, was ich tat. »Ihr könnt mir keine Angst machen. Ich werd es euch zeigen, eines Tages!« Ich schrie gegen meine Furcht an, gegen meine Einsamkeit, ich schrie gegen das Gefühl an, das ich schon so lange kannte. Anders zu sein.

Irgendwann schienen sie genug zu haben. Sie riefen noch ein paar lustlose Beschimpfungen, die dieses Mal nicht meiner Mutter, sondern mir galten. Dann waren sie verschwunden.

Die Kälte war mir bis in die Fußspitzen gekrochen. Meine Zehen spürte ich nicht mehr. Tuzla hatte mir Geschichten von Wanderern erzählt, die in den Bergen vom Weg abgekommen und deren Füße im Schnee erfroren waren, aber ich biss die Zähne zusammen. Ich weinte nicht. Diesen Triumph sollten sie nicht haben.

Irgendwann, als es draußen dunkel war, kletterte ich heraus und rannte nach Hause, nackt, wie ein neugeborenes Kind.

Meine Mutter weinte, als sie mich sah. Und sie hörte nicht auf zu weinen, während sie mich mit Pflanzenfasern abrieb und warmes Wasser über mich goss, wieder und wieder.

»Es ist meine Schuld«, sagte sie leise. »Ich hätte es besser wissen müssen, damals schon. Bitte verzeih mir, dass ich so selbstsüchtig war.«

Ich kniff meine Augen zu, damit das Seifenkraut nicht brannte. Ich verstand sie nicht. Es machte mich traurig.

Dunkel rann die Farbe an mir herunter, bis schließlich meine Hautfarbe wieder zum Vorschein kam. Bislang hatte ich niemals darüber nachgedacht, aber heute fiel mir auf, dass sie heller war als die der anderen im Dorf – viel heller.

Als ich später trocken und satt vom dicken Maisbrei unter meinen Decken lag, betastete ich mein Gesicht. Es war nicht so breit wie das meiner Mutter, für mich das schönste, was ich mir vorstellen konnte: flächig, mit schwarzen Augen, starken Wangenknochen, einer breiten Nase und schmalen Lippen. Ich hatte ihre dichten, schwarzen Haare geerbt, wenngleich meine sich seltsam zu ringeln begannen, sobald sie feucht wurden.

Aber das war auch schon alles.

Mein Gesicht war länglich, der Mund voll. Der schmale Nasenrücken ließ den späteren Höcker bereits erahnen. Damals wusste ich noch nicht, wie stark mein Bartwuchs einmal sein würde.

Dass ich das einzige Kind im Dorf mit grünen Augen war,

das wusste ich. Nicht erst, seit sie angefangen hatten, mich »Krötenkopf« zu nennen und es bei jeder Gelegenheit hinter mir her zu schreien.

*

In der Nacht überfiel mich das Fieber. Es stieg so hoch und wollte nicht mehr sinken, dass sie fürchteten, ich müsse sterben. Tag und Nacht saßen abwechselnd Mutter oder Tuzla an meinem Bett, rieben mich mit kalten Tüchern ab und flößten mir bitteren Tee ein, der meinen Gaumen taub machte. Aber die Kraft der Mamacoca war zu tief in dieser Medizin verborgen, um sich wecken zu lassen.

Wenn ich kurz aufwachte, sah ich Mutters gerötete Augen. Sie hatte ihr Haar nicht wie üblich zu Zöpfen geflochten, es hing wirr herab. Als würde sie bereits um mich trauern. Aber ich lebe doch noch!, hätte ich ihr gern gesagt. Ich kann dich sehen und hören.

Doch meine Lider wurden schwer, und ich döste wieder ein.

Ein seltsames Geräusch drang in mein Delirium. Es kam aus meinem eigenen Ohr. Großvater hatte es mit Tabaksaft gefüllt; der scharfe Geruch stieg mir in die Nase. Mit einem seiner winzigen, durchbohrten Stäbe begann er, ihn herauszusaugen. Nach jedem Zug spuckte er sorgfältig aus, damit die Krankheit nicht auch noch seinen Körper vergiftete, und spülte anschließend den Mund mit Maisbier aus. Er hatte seinen Pumaumhang umgelegt, das schimmernde Fell des Silberlöwen, den er im Kampf – Mann gegen Katze – überwältigt hatte. Ich hatte mir die Geschichte so oft von ihm erzählen lassen, dass ich sie Wort für Wort wiederholen konnte. Bislang hatte ich mich an seiner Stärke erfreut, heute aber machte sie mir Angst.

Eine überwältigende Schwäche machte sich in all meinen Gliedern breit, und als er die Prozedur endlich abgeschlossen hatte, war es, als hätte er mit dem Gebräu auch meine ganze Lebensenergie aus mir herausgesogen.

Hilf mir!, wollte ich rufen, aber ich war völlig kraftlos.

Großvater schien mit dem Ergebnis nicht zufrieden. Ich spürte mehr, als ich es hörte, wie er mein Bett ruhelos umkreiste.

»Es bleibt nur die große Zeremonie«, sagt er schließlich. »Meine letzte Hoffnung. Sonst werden wir ihn verlieren.«

»Aber Ilya ist doch noch ein Kind.« Mutter weinte. »Nur für ihn hab ich überlebt!«

»Soll er denn nie erfahren, wer er ist? Wer seinen Schatten nicht kennt, hat keine Zukunft, das weißt du am besten, Ususi.«

»Sieh ihn an. Sein Atem geht zu schnell. Und wie mager er geworden ist. Das übersteht er nicht! Und wenn, wird er mich dann nicht für immer hassen?«

»Wenn er nicht lernt zu sehen, wird die Dunkelheit ihn verschlingen, heute oder irgendwann später. Siehst du nicht, wie stark sie ist? Soll er sterben, nur weil seiner Mutter der Mut fehlt? Weil sie nicht damit fertig wird, was geschehen ist? Ist es das, was du willst?«

»Nein, nein, natürlich nicht. Früher einmal hab ich darum gebetet, aber jetzt liebe ich ihn doch viel zu sehr...«

Ihre Worte sickerten in mich ein wie Gift. Ich konnte keinen Arm mehr rühren, kein Bein, nicht einmal die Lider vermochte ich noch zu öffnen. Großvater war bei mir. Wenn einer mich heilen konnte, dann er, der *curandero*, der furchtlose Wanderer zwischen den Welten.

Seine Bewegungen waren geschmeidig und beruhigten mich.

Die Hand, die in das Stoffsäckchen mit den Cocablättern griff und exakt die richtige Menge herausholte.

Der Anteil, der Cocamama davon gebührte und vor ihrem unbewegten Steinantlitz in einer kleinen grünen Schale geopfert wurde.

Der ausgehöhlte Kürbis, der den Kalk enthielt.

Sein gleichmäßiges Kauen, das die beiden Substanzen zu einem Ball verband.

Die Kaktuslauge, in der er den Ball anschließend schwimmen ließ, bis er sich voll gesogen hatte.

Dann öffnete Großvater meinen ausgetrockneten Mund und schob mir den Ball in die rechte Backe.

»Kau!«, befahl er, und erstaunlicherweise gehorchten meine wackeligen Milchzähne seinem Befehl.

Sein Jaguaramulett legte er beiseite. Er suchte etwas. Ich hörte ihn kramen und dabei brummen. Dann spürte ich die angenehme Kühle. Er fächelte über mir mit der langen Schwanzfeder des Condors.

Ein Schwindelgefühl stieg in mir auf, und der Schweiß brach mir aus allen Poren. Meine Magenwände zogen sich zusammen, als wollten sie etwas ausstoßen, aber ich hatte schon seit vielen Tagen nichts mehr gegessen. Ich krümmte mich. Der Schmerz wollte mich auffressen – dann plötzlich öffnete sich etwas in mir.

Ich fühlte mich leicht.

»Flieg«, sagte er, laut und bestimmt. Ich spürte meinen Körper nicht mehr.

Ich flog.

*

Meine Schwingen sind weit. Ohne einen Flügelschlag gleite ich über die hellen Strohdächer, dem Fluss entgegen, der wenig Wasser führt, denn wir haben Sommer. Schließlich wende ich in einem großen, ruhigen Kreis und kehre wieder zurück. Auf einem hohen Balken lasse ich mich nieder. Ich sitze ganz ruhig.

Nichts, was meine Sicht noch stören könnte.

Es ist November, der Monat des alljährlichen Tributs. Im Dorf herrscht Aufregung, denn endlich sind die Abgesandten aus Cuzco eingetroffen, um die Mädchen zu begutachten. Alle haben sich herausgeputzt. Es ist eine Ehre, erwählt zu werden. Die Mädchen haben ihre schönsten Webereien mitgebracht, denn nur wer geschickte Hände hat, taugt zur Sonnenjungfrau.

Ein kleines Mädchen mit blitzenden Augen und breitem, fröhlichem Gesicht. Meine Mutter.

Sie steht ganz vorne, aufgeregt, kaum kann sie ihre Füße still halten. Hinter ihr der Großvater, den ich erst nicht erkenne, denn sein Haar ist noch schwarz und lang. Seine Hand liegt auf ihrer Schulter, um ihr Mut zu machen, denn er darf nicht mit ins Zelt. Sie ist erst acht Jahre alt.

Ins Zelt müssen alle allein gehen – die erste der Prüfungen.

Im Vorraum werden die Webereien begutachtet. Quilla hat Glück; ihre landet auf dem richtigen Stoß.

Drinnen herrscht gedämpftes Licht. Eine fette Frau öffnet ihr den Mund und prüft ihre Zähne, als sei sie ein junges Lama. Dann hebt sie Quillas Rock und greift ihr grob zwischen die Beine. Sie muss sich umdrehen, und wieder wird sie eingehend inspiziert.

Das Mädchen presst die Lippen aufeinander. Kein Ton ist von ihr zu hören. Sie weiß, was alles davon abhängt, erwählt zu sein.

Die Frau gibt ein anerkennendes Schnalzen von sich und schiebt sie weiter. Quilla bekommt eine Schnur in die Hand mit drei dicken Knoten.

Für heute ist sie entlassen.

Der Großvater lacht, als sie heraustritt. Er winkt ihr zu, und sein Herz zieht sich zusammen. Quilla, seine Kleine, ist zur Novizin gekürt. Ihm steht ihre Mitgift zu, aber sie wird ihn verlassen. Niemals wird er sie wiedersehen, so lautet das Gesetz. Im Dezember, wenn das Sonnwendfest gefeiert wird, bringen kastrierte Krieger die kleinen Mädchen vom heiligen Tal hinauf ins goldene Cuzco – zum Sohn der

Sonne, dem sie von nun an mit Leib und Seele gehören werden, bis sie ihren letzten Atemzug tun ...

Meine Schwingen sind schwer. Das Gefühl eines tiefen Sturzes ins Nichts, dann öffne ich die Augen.

*

Ich hörte das Krächzen meiner Stimme. Aber ich war kein Vogel mehr, hatte Arme und Beine zurück. Mein Magen glühte. Kalter Schweiß lag auf meiner Haut. Ich rümpfte die Nase. Ich stank, als hätte ich Aas gefressen.

Großvater musterte mich besorgt. »Es geht dir besser?«
»Ja«, sagte ich. »Ich glaube schon.«

Noch leicht benommen, unterschied ich die vertrauten Gegenstände unserer bescheidenen Behausung. Die Kessel und Töpfe. Die Feuerstelle. Mutters Webstuhl. Die Spindel, die sie selten aus der Hand legte.

»Wo ist sie?«, sagte ich. »Wohin ist sie gegangen – nach Cuzco?«

»Nein«, sagte er. »Cuzco gehört jetzt den spanischen Konquistadoren. Die goldene Stadt ist für immer verloren.«

Konquistadore – ich kannte das Wort. Man flüsterte es sich zu im Dorf, hinter vorgehaltener Hand. Es hatte einen harten, hässlichen Klang. Und trotzdem erzeugte es eine seltsame Resonanz in mir, als sei es mir schon seit langem vertraut.

»Sie sind unsere Feinde«, sagte ich. »Sie wollen uns töten.«

»Das ist ihr Handwerk«, erwiderte er bitter. »Davon verstehen sie am allermeisten.«

»Wo ist Mutter?«, wiederholte ich und verstand nicht, warum mir auf einmal wieder so klamm zumute wurde. »Werden sie ihr etwas tun?«

»Sie würden sie auf der Stelle töten, wenn sie ihnen in die Hände fiele. Deine Mutter ist eine weise Frau, Ilya. Und sie bewahrt ein großes Geheimnis. Einmal schon war Huaca in großer Gefahr. Doch gelang ihr die Flucht. Im letzten Augenblick. Du schwammst bereits in ihrem Bauch. Sie hat es für dich getan. Hier, in unserem kleinen Dorf, ist sie sicher. Hier wird keiner nach ihr suchen.«

Seine große Hand lag warm auf meinem Kopf. Müdigkeit umfing mich sanft. Das klamme Gefühl verschwand. Ich spürte kein Gift mehr, keine Angst, keinen Schmerz. Solange er bei mir war, konnte mir nichts geschehen. Jetzt würde ich schlafen, lange schlafen, um wieder gesund zu werden.

»Aber die Mädchen«, flüsterte ich noch. »Die vielen schönen Mädchen. Und die Soldaten ...«

»Du hast sie also gesehen.« Er klang zufrieden. »Das ist gut. Sehr gut. Ein wichtiger Anfang.«

»Mutter war so klein ...« Ich kämpfte mit jedem Wort. »Und du hattest langes, schwarzes Haar ...«

»Und jetzt ist es ganz weiß, nicht wahr?« Er lachte. »Das die ist Zauberkraft der Zeit, Ilya, unsere größte Meisterin, die keiner von uns besiegen kann. Deine Mutter wird größer werden in deinen Träumen – und du auch. Hab Geduld. Du warst ein Condor, mein Junge?«

Ich nickte.

»Deine Schwingen werden dich noch weit tragen. Eines Tages wirst du alles verstehen.«

Zwei

Genf, April 1563

Sie wusch den Großvater mit lauwarmem Wasser und langsamen Bewegungen. Seine Arme waren dünn wie Stöcke und beinahe genauso steif, unter ihren behutsamen Berührungen aber schien er sich zu entspannen.

»Heiß«, sagte er auf einmal. »Immer alles viel zu heiß.«

»Ich weiß«, sagte Clara. »Das gehört zu deiner Krankheit. Ich hab dir Baldriantee mitgebracht. Den trinkst du in kleinen Schlucken. Aber es ist auch draußen lange nicht mehr so kalt. Die Gänse schreien schon im Schilf. Endlich ist es Frühling geworden!«

»Und ihr seid immer noch da«, sagte der Alte, so leise, dass sie zunächst meinte, sich verhört zu haben. »Weshalb?«

»Weil das jetzt hier unser Zuhause ist. Und weil wir ...« Clara konnte nicht weiterreden.

Seine hellblauen Augen ruhten auf ihr.

»Ich hatte bislang einfach nicht den Mut, Jean zu fragen«, sagte sie schließlich. »Du weißt doch, wie er sein kann.«

»Du musst«, sagte der Großvater. »Wegen Jakob. Geht!«

Kälte legte sich um ihr Herz. Sie schüttelte den Kopf, als könne sie damit abschwächen, was er eben gesagt hatte, wenn schon nicht ungesagt machen.

»Wie kommst du darauf?«, sagte sie leise. »Was ist mit Jakob? Gibt es etwas, was ich wissen sollte?«

Er deutete auf seine Brust und begann zu husten. Clara half ihm hoch, aber es dauerte lange, bis der Anfall vorüber war.

»Es ist dein Gefühl«, sagte sie, als sein Atem wieder ruhiger ging. »Habe ich Recht?«

Er nickte.

»Ein starkes Gefühl?«

Er sah sie unverwandt an.

»Du magst meinen Jungen?«

Clara schämte sich, dass sie überhaupt gefragt hatte. Sie verspürte den Wunsch, ihm etwas von sich zu erzählen, damit er sie besser verstand.

»Als Jakob geboren wurde, fand ich es zunächst befremdlich, dass er kaum geschrien hat wie andere Kinder. Er hat mich nur angesehen mit seinen großen, dunklen Augen. Schon damals habe ich gewusst, dass er etwas Besonderes ist. Seine Seele ist heller als die der meisten anderen. Das ist etwas Schönes, das weiß ich, doch es macht mir auch Angst, und dann möchte ich es am liebsten vergessen.«

Plötzlich fiel es ihr schwer, zu schlucken. Sie räusperte sich, aber der Kloß im Hals wollte sich nicht auflösen.

»Ich will nicht, dass jemand ihm wehtut«, sagte sie leise. »Ich muss ihn doch beschützen.«

Seine Augen waren voller Wärme.

Sie versuchte, ihm etwas Tee einzuflößen, aber der Kranke hielt die Lippen fest geschlossen.

»Du willst erst später trinken? Dann geh ich jetzt und werde tun, woran du mich erinnert hast.«

Er schien zu lächeln.

Clara deutete auf die Schüssel, die er ebenfalls nicht angerührt hatte.

»Keinen Hunger?«

Die dünnen Lippen machten Anstrengungen, ein Wort zu formen. Der Hustenanfall schien ihn sehr geschwächt zu haben. Sie musste sich tief über ihn beugen, um zu verstehen, was er sagen wollte.

»Jakob?«, fragte sie.

Für einen Moment schloss er die Augen.

»Jetzt?«

»Morgen«, flüsterte der Großvater.

»Ich schicke ihn zu dir.«

»Clara?« Von unten ertönte Margaretes weinerliche Stimme. »Beeil dich um Himmels willen. Der Kleine hat sich schon wieder fürchterlich erbrochen!«

*

Aus den Zwingern drang lautes Bellen. Görgl öffnete die vergitterte Türe und stellte die Näpfe ab. Die Tiere stürzten sich auf die Pansen und verschlangen sie im Handumdrehen. Den kleinen Braunen mit den spitzen Ohren hatte er am liebsten. Ein Bastard, so wie er. Einer, der immer hungrig war.

Er lockte ihn in eine Ecke und warf ihm ein Extrastück Speck zu. Der Braune verschluckte es in einem gierigen Satz, begann mit seiner gebogenen Rute zu wedeln und kläffte erwartungsvoll zu ihm hinauf.

»Höchste Zeit, dass diese Köter endlich verschwinden«, brummte Rossin, der Scharfrichter, mürrisch, als Görgl wieder draußen war. »Was für ein Unsinn, sie erst zu füttern und ihnen dann doch den Hals umzudrehen! Wenn du nicht endlich zulangst, muss eben ich ...«

»Görgl macht's«, sagte er schnell. »Aber nicht den Braunen. Der Braune ist Görgls Freund.«

»Der Gerber kommt in drei Tagen. Dann muss eine ganze Fuhre Hundefelle fertig sein. Die aus Evian können gar nicht genug kriegen von dem geschmeidigen Handschuhleder! Also beeil dich! Und jetzt bequem dich endlich zum Ratzenklauben. Oder sollen die Leute auf der Schmier ausrutschen und sich die Knochen brechen?«

Görgl machte sich auf den Weg. Das Humpeln war kaum zu bemerken, weil er seine Arme auf die Schubkarre stützen konnte, in der die Eimer und sein einfaches Werkzeug lagen. Nicht einmal das holprige Kopfsteinpflaster störte ihn heute.

Männer und Frauen wandten den Blick ab, sobald sie ihm begegneten, Mütter zogen ihre Kinder an sich. Görgl war längst daran gewöhnt. Meist starrte er ohnehin auf den Boden, um nicht hinzufallen, heute aber war die Sonne so hell und warm, dass er allen freundlich zunickte. Hin und wieder blieb er stehen, sammelte Kot mit einem angespitzten Stab auf und ließ ihn in die Eimer fallen. Er war guter Dinge und pfiff vergnügt vor sich hin, hoch und grell.

Vor dem Haus der Klöpplerinnen hielt er inne. Vielleicht hatte er heute Glück und das Mädchen mit den gelben Haaren kam wieder heraus, wie schon an vielen anderen Tagen. Aufzuklauben gab es hier kaum etwas, aber er humpelte eifrig auf und ab und inspizierte dabei den Boden so eingehend, als wolle er sich jeden Stein einzeln einprägen.

Irgendwann sprang die Türe auf.

»Hast du hier etwas verloren?«, keifte eine Stimme. Es war die dicke Klöpplerin, eine grauhaarige Frau, die er sehr hässlich fand. »Was hast du hier zu schaffen?«

»Görgl räumt die Gass«, sagte er schnell. Ihm wurde heiß. Es gefiel ihm nicht, dass sie ihn ertappt hatte. »Wie Rossin ihm aufgetragen hat. Görgl räumt ...«

»Die Gass ist blitzsauber«, fiel sie ihm ins Wort. »Und jetzt mach, dass du endlich weiterkommst.«

Er nickte, blieb aber stehen.

»Hast du nicht verstanden?« Ihre Stimme war schrill. »Verschwinde und lass dich hier nicht mehr blicken!«

Er hatte sie gesehen, zusammen mit dem Weißen und der Frau, die den großen, bunten Garten unten am See hatte.

Vielleicht würde das schöne Mädchen bald dorthin kommen. Die Frau hatte es ihm versprochen. Er konnte ihr trauen. Bisher war sie immer freundlich zu ihm gewesen. Aber er wartete schon so lange. Viele, viele Tage.

»Salve«, sagte er leise und schlug ein ungelenkes Kreuzzeichen. »Boote. Boote in der Nacht. Über den See ...«

Die dicke Frau starrte ihn entsetzt an.

»Salve«, sagte er, etwas lauter. Vielleicht fielen ihr gleich die Augen aus dem Kopf? Wenigstens hörte sie ihm jetzt aufmerksam zu. »Salve!«

Das Wort gefiel ihm, auch wenn er nicht wusste, was es bedeutete. Aber es klang weich und freundlich. Beinahe wie ein Lied. Vielleicht hatte er es sich deshalb gemerkt.

»Salve, salve, salve ...« Er begann zu singen, genauso wie der kleine Mann mit der braunen Kutte in dem alten Keller gesungen hatte.

»Was willst du?« Ihre fleischigen Lippen waren blass geworden. »Weshalb bist du gekommen?«

»Marthe? Was machst du denn da draußen? Hast du den Verstand verloren? Komm sofort ins Haus!« Die dünne Klöpplerin packte die dicke am Arm und zog sie energisch nach drinnen.

Die Türe krachte ins Schloss.

Aber Görgl hatte bereits erspäht, wonach er so sehnlich Ausschau gehalten hatte: sein schönes, gelbes Mädchen. Direkt hinter der Klöpplerin.

Er lachte. Jetzt war er richtig froh.

Er musste nur etwas Geduld haben. Dann würde er bekommen, was er wollte.

*

Der Geruch flog sie an, kaum dass sie die Werkstatt betreten hatte. Druckerschwärze – das klebrige, schwarze Zeug, das Heinrich niemals ganz von seinen Händen bekommen hatte, sosehr er sie auch geschrubbt hatte. Wie oft hatte sie ihn deswegen liebevoll geneckt! Doch jetzt war nicht der Augenblick, sich an seine zärtlichen Berührungen zu erinnern. Clara bemühte sich, ihre Gedanken abzuschütteln, aber es gelang ihr nur schwer.

»Deine schöne Schwägerin, Meister«, rief einer der Gesellen, der erst seit dem letzten Jahr in der Druckerei war, ein sommersprossiger Mann mit einem Fuchsgesicht, der ihr schon einige Male frech hinterhergepfiffen hatte. Ein Setzer. Sie erkannte es an dem Winkelhaken, den er in der Hand hielt. »Welch freudige Überraschung!«

»Was willst du hier?« Jean hatte sichtlich unwillig seinen Platz an der Messingspindel verlassen, mit der die größte Presse betrieben wurde. Im Vorbeigehen schlug er die Tür zum Nebenraum beiläufig zu. »Siehst du nicht, dass wir zu tun haben?«

Er drängte sie in eine Ecke.

»Also, was ist?«

»Ich will die Bücher sehen.« Clara hatte sich vorgenommen, es sofort zu sagen, damit der Mut sie nicht wieder verließ.

»Die Bücher?« Er zog die Stirn kraus. »Weshalb?«

»Um zu wissen, wo wir stehen.«

»Das kann ich dir auch ohne Bücher sagen. Aber nicht jetzt und hier. Du willst doch nicht, dass *Maître* Calvin mir den Auftrag entzieht, weil ich seine Bibel zu spät liefere?«

Seit seinem Besuch in der Rue de l'Hôtel gab es für ihn keinen anderen Gesprächsstoff mehr. Die Wahl ins Consistorium hatte man verschieben müssen, weil einer der Ältesten mit Lungenentzündung daniederlag und der Rat vollständig sein musste, wenn alles seine Richtigkeit haben sollte. Aber Jean führte sich auch so auf, als sei der Geist Calvins bereits in ihn eingefahren. Mindestens ein Dutzend Mal hatte er die kurze Begegnung in allen Einzelheiten geschildert, und selbst das schien ihm nicht zu genügen. Die Familie hatte unablässig seinen Belehrungen zu lauschen, was der alte Reformator wünsche und was nicht.

»Die Bücher«, beharrte sie. »Eigentlich wäre es an dir gewesen, sie mir unaufgefordert vorzulegen. Vielleicht hast du ja gute Gründe, es nicht zu tun.«

Er kam so nah, dass ihr seine säuerliche Ausdünstung unangenehm in die Nase stieg. Margarete hatte sich mehrfach heimlich bei ihr darüber beklagt, und sie konnte ihre Schwägerin nur zu gut verstehen. Vielleicht war Jeans ausgeprägte Vorliebe für Zwiebeln ja auch der Grund für seine gelbliche Gesichtsfarbe. Unwillkürlich wich Clara zurück, aber die Wand hinter ihr verwehrte ihr eine weitere Flucht.

»Die Dinge ändern sich«, sagte Jean drohend. »Hast du das noch immer nicht begriffen? Du weißt doch sonst immer alles, Clara!«

»Ja, die Dinge ändern sich«, wiederholte sie. »Aber vielleicht nicht immer so, wie *du* es am liebsten hättest. Die Bücher, Jean! Heute Abend. Und bitte keine Ausrede. Oder wäre es dir lieber, wenn ich deine neuen Freunde vom Consistorium dazubäte? Mir erschienen sie neulich sehr aufgeschlossen für dieses Thema.«

»Das würdest du nicht wagen.« Seine Augen waren schmal geworden.

»Es wird vor allem gar nicht nötig sein.« Clara spürte die neugierigen Blicke des Setzers und beschloss, die unerfreuliche Begegnung zu beenden. »Du weißt ja, was wir vereinbart haben. Und ich weiß es auch.«

Sie atmete tief durch, als sie wieder draußen war, dankbar um die frische Frühlingsluft. Die Nächte waren noch immer kalt und die meisten Morgen kristallklar, aber die Kraft der Sonne wurde stärker. Es würde nicht mehr lange dauern, und die Magnolien würden blühen. Sie liebte es, die Knospen zu berühren, grau mit einem sanften Flaum wie Katzenfell. Auch ihr Kirschbaum stand bereits in voller Blüte. Am liebsten hätte sie den Garten jetzt gar nicht mehr verlassen, um seine strahlend weiße Pracht zu genießen. Aber sie hatte Angst.

Angst, dort auf den krumpen Görgl zu treffen.

Er war zu ihrer Überraschung nur einmal wiedergekommen seit jenem Tag im März, den sie nicht vergessen würde, wortkarger als sonst, nicht willens, auch nur einen Finger für sie zu rühren, selbst dann nicht, als sie ihm den versprochenen Kuchen ausgehändigt hatte. Clara war erleichtert darüber und hatte ihn für immer wegschicken wollen. Görgl tat, als sei er schwerhörig, stand ungelenk herum, ließ sie aber dabei nicht aus den Augen.

»Das Mädchen?«, sagte er irgendwann. »Mädchen mit gelben Haaren?«

Scheinbar gleichgültig hatte sie die Achseln gezuckt.

»Viel Arbeit zu Hause. Ich sehe sie selbst kaum. Du musst Geduld haben.«

»Geduld«, wiederholte er. »Görgl muss Geduld haben.«

Dann war er verschwunden.

Am liebsten hätte Clara die Angelegenheit damit für beendet abgetan, aber ein untrügliches Gefühl sagte ihr, dass dem nicht so war. Die innere Unruhe ließ sich nicht zum Schweigen bringen. Sie vermisste die anderen, die sich seitdem nicht mehr zu versammeln wagten. Wenigstens wussten inzwischen alle Bescheid; die schlechte Nachricht hatte sich wie ein Lauffeuer verbreitet. Mathieu schien vollständig in seiner Angst erstarrt. Er traute sie kaum noch zu grüßen und vergrub sich in seiner Apotheke. Spitznasig schielte er zwischen den Arzneien hervor, überzeugt, dass das Consistorium schon im nächsten Augenblick an seine Tür klopfen würde.

Clara fehlte die heilige Messe, die ihr immer wieder neue Kraft gegeben hatte. In wenigen Tagen war Palmsonntag, dann begann die Passionswoche, wie die Anhänger Calvins die Karwoche nannten. In jenen stillen Tagen hatte sie stets das Gefühl, die graue Stadt würde sich noch enger um sie schließen. Nicht einmal der Ostersonntag war hier ein Jubelfest, sondern wurde verhalten und im Gebet begangen.

Sie beschleunigte ihre Schritte, als sie lautes Meckern hörte. Die Ziege, die die Klöpplerinnen ihr ausleihen wollten, würde die nötige Milch geben, mit der sie das ständige Bauchgrimmen des kleinen Jean kurieren würde. Sie hatte Margarete noch nicht in ihren Plan eingeweiht, aber Clara war überzeugt, dass die Schwägerin der Entlastung erleichtert zustimmen würde. Es war nicht zu übersehen, wie sehr das lange Stillen ihr zusetzte.

Die Ziege war im kleinen Garten mit dem Hinterlauf an einen Stock angebunden und graste friedlich. Ein junges, gesundes Tier, das bestimmt ordentlich Milch gab. Sie fuhr mit der Hand durch das zottlige Fell, als ein Geräusch sie auffahren ließ.

Clara wandte sich um.

Ein Mann humpelte davon, so schnell sein verkrüppeltes Bein es erlaubte – Henkergörgl, die Arme fest auf eine mit Unrat gefüllte Schubkarre gestützt. Beunruhigt ließ sie den Klopfer gegen das Holz krachen.

»Tante Clara!« Suzanne umarmte sie stürmisch. »Bist du eigens gekommen, um mich abzuholen?«

Clara hielt sie einen Augenblick fest in den Armen und erfreute sich an ihrer Wärme und der Zartheit ihrer Haut. Suzannes Augen sprühten vor Lebensfreude; ihr Mund war weich und rot. Und wie groß sie geworden war! Wenn ihre Kleine hätte leben dürfen, wäre sie bestimmt auch zu solch einem anmutigen Mädchen herangewachsen …

Sie verbot sich diese Gedanken. Sie durfte sich nicht in Tagträumen verlieren, sie musste endlich handeln. Sie liebte ihre Nichte und würde alles tun, um sie vor Görgl zu schützen. Aber sie wollte und konnte die Last nicht mehr alleine tragen.

»Ja, ich bring dich nach Hause«, sagte sie und bemühte

sich um einen fröhlichen Tonfall. »Zusammen mit unserer neuen Ziege. Und dort werden wir beide jede Menge zu tun haben.«

*

Es war nach Mitternacht, als Jakob die Feder zur Seite legte.
»Nun?«, sagte sie erwartungsvoll. Er rieb sich die geröteten Augen und verschmierte dabei sein Gesicht mit Tinte. »Wie stehen wir da?«
»Ich hab es zunächst nicht verstanden«, sagte er bedächtig. »Ich dachte, ich müsste mich verrechnet haben, weil es mir so unwahrscheinlich vorkam. Aber ich habe keinen Fehler gemacht. Alles ist, wie es sein sollte.«
»Was willst du damit sagen, Jakob?«
»Komm zu mir. Dann will ich dir zeigen, was ich meine.«
Steifbeinig erhob sie sich von dem harten Hocker, auf dem sie die vergangenen Stunden zugebracht hatte. Für die besondere Gelegenheit hatte Clara ein paar von ihren letzten Kerzen geopfert, die inzwischen heruntergebrannt waren. Aber es war hell genug, um in Jakobs Augen ein Funkeln zu sehen, das sie nur zu gut kannte.
»Ich dachte, er würde uns reinlegen«, sagte der Junge. »Aber Jean hat alles absolut korrekt aufgeführt.«
Seine Finger, langgliedrig wie die seines Vaters, fuhren über die Seiten. Claras Augen folgten ihnen, aber sie spürte schnell, wie die verhasste Hitze in ihr aufstieg. Sie schämte sich vor dem eigenen Sohn.
»Ich kann nicht.« Verlegen wandte sie sich ab. »Du weißt doch. Die Buchstaben und die Zahlen. Mir wird schon vom Hinsehen ganz schwindelig.«
»Aber es ist doch so einfach! Er hat alles genau aufgeschrieben. Und er hat ordentlich gewirtschaftet.« Jakob lächelte, und sie spürte, wie dumm ihre Gedanken waren. Es gab keinen Grund, sich vor ihm zu schämen. Nie würde er

sie wegen ihrer Schwäche verachten. »Wir sind nicht nur schuldenfrei, Mutter. Wir sind reich!«

»Reich?«, wiederholte Clara ungläubig.

»Ja. Oder würdest du zweihundert Gulden nicht reich nennen?«

»Zweihundert Gulden! Bist du wirklich sicher?« Er nickte und strahlte. »Aber das hieße ja ...« Claras Gedanken überschlugen sich. »Wir könnten dieses Haus verlassen und ein neues Leben beginnen ...«

Sie hielt inne, als sie sein erschrockenes Gesicht sah.

»Und ich dachte immer, du bist nicht besonders gern hier«, sagte sie vorsichtig.

»Das bin ich auch nicht. Aber Suzanne ...«

»Suzanne bleibt deine Base, wo wir auch leben. Außerdem seid ihr schon bald erwachsen. Dann gelten andere Regeln.«

Jakob sah sie wartend an. Ihre Argumente überzeugten ihn nicht.

»Wir werden morgen zusammen darüber nachdenken«, sagte Clara. »Nach einer guten Nachtruhe sind auch die Gedanken wieder klar und frisch. Dann rede ich mit Jean. Ich bin richtig gespannt auf sein Gesicht. Damit hat er bestimmt nicht gerechnet. Aber er wird ab jetzt wohl noch mit ganz anderen Dingen rechnen müssen. Komm, gehen wir endlich schlafen.«

Sie löschte die Kerzen bis auf die letzte.

»Einen Augenblick«, sagte Jakob. »Ich will noch nach dem Großvater sehen.«

»Du willst jetzt noch zu ihm?« Dann fiel ihr ein, was sie dem Kranken versprochen hatte.

»Er ruft mich. Ich bin bald zurück.«

Schneller als sonst lief Jakob die Treppe hinauf, und als er die Türe öffnete, wusste er, dass sein Gefühl ihn nicht getrogen hatte. Der Alte hatte sich freigestrampelt, das Leinenhemd war hochgerutscht und enthüllte seine abgemagerten

Beine. Er schien nichts davon zu merken, lag still in den Kissen, ein Lächeln um den Mund.

»Er ist da«, flüsterte der Großvater. »Endlich, Jakob! Ich spüre ihn. Jetzt habe ich keine Angst mehr. Er bleibt bei mir. Bis alles vorüber ist.«

»Soll ich euch allein lassen?«

Jakob erhielt keine Antwort. Unschlüssig blieb er stehen. Es war heller geworden im Raum, obwohl nur eine Ölfunzel brannte, und auch der Geruch hatte sich verändert. Der Großvater hatte Recht gehabt neulich. Wenn er die Augen schloss, konnte er den Weihrauch, von dem er gesprochen hatte, auch riechen.

»Du musst gehen, Jakob!«, kam es leise vom Bett.

»Du willst mit ihm allein sein?«

»Nein, nicht das... Aus diesem Haus, aus der Stadt! Versprichst du mir das?«

Er wollte nicht weg, er wollte bei Suzanne sein. Immer, auch wenn er dafür bezahlen musste! Durfte er die Bitte eines Sterbenden abschlagen? Musste er lügen, um ihn zu beruhigen?

»Wir werden es versuchen«, murmelte er, »Mutter und ich.«

»Versprechen«, beharrte der Alte und versuchte, sich aufzurichten. »Dein Wort, Jakob!«

»Ja. Ich verspreche es.« Es war heraus, bevor er nachgedacht hatte.

»Gut.« Er fiel in die Kissen zurück. »Leb wohl, Jakob. Frieden... endlich Frieden...« Seine Lider zuckten.

»*Dona nobis pacem*«, sagte Jakob leise. »Du bist in bester Gesellschaft.«

Seine Beine schienen ihn plötzlich nicht mehr zu tragen, und er musste sich beim Hinuntergehen auf den Treppenlauf stützen. Die Tür zur Stube stand einen Spalt auf. Licht und gedämpfte Stimmen drangen heraus. Nicht zum ersten Mal. Aber bis heute hatte er noch nie nachgesehen.

Jetzt steuerte Jakob darauf zu.

An der Schwelle blieb er wie angewurzelt stehen. Im Schein des Feuers sah er Celine auf dem Boden knien, vor ihr stehend Jean, der ihren Kopf mit beiden Händen umfasst hatte.

Er lässt sie knien wie mich, dachte Jakob. Ich bin nicht der Einzige, den er auf diese Weise bestraft. Scham überflutete ihn, und er spürte, wie das Abendessen in seinem Bauch zu rumoren begann.

Jean hatte die Augen geschlossen. Sein Gesicht war schweißnass. Er stöhnte, während die Magd sich an seinem Leib rhythmisch bewegte.

Sie betet, dachte Jakob. Er lässt sie knien und beten. Er muss sie noch mehr hassen als mich.

Ein tiefer Seufzer. Jean erzitterte. Er trug kein Wams, nicht einmal ein Hemd. Und auch seine Hose war nicht da, wo sie eigentlich sein sollte. Seine Augen begegneten Jakobs, als der erkannte, dass Celine nicht gebetet hatte.

Jakob wandte sich ab und rannte. Bis zur Kammer der Mutter schien es ihm zu weit, und er schlüpfte in das Zimmer, das am nächsten war. Die Mädchen schliefen fest.

Sein Herz schlug bis zum Hals, aber Jean schien ihm nicht zu folgen. Draußen war alles ruhig. Trotz seiner Angst gelang es ihm, leise zu atmen, als er sich von innen an die Türe lehnte. Jetzt kannte er endlich den wahren Grund, weshalb sein Onkel Abend für Abend so stark einfeuern ließ.

Suzanne hatte sich auf der linken Seite zusammengerollt, Hannah lag auf der rechten, ein blonder Schopf und ein dunkler, er konnte kaum mehr erkennen. Langsam ging er näher. Sie sahen friedlich aus, so gelöst, er wollte das Gleiche fühlen, zu ihnen gehören. Ohne Angst. Leise streifte er die Schuhe ab und stieg über Hannah hinweg, die sich murmelnd im Schlaf bewegte. Zwischen den Mädchen blieb er eine Weile reglos auf dem Rücken liegen. Erst dann wagte er, mit den Beinen unter Suzannes Decke zu schlüpfen.

Er schloss die Augen.

Ein stechender Schmerz ließ ihn hochschrecken. Seine Haarwurzeln brannten. Im Licht der Talgfunzel starrte Jeans wutentbranntes Gesicht auf ihn hinab.

»Steh auf!«, zischte er. »Nur ein Ton – und ich dreh dir den Hals um, hier – auf der Stelle.«

Noch schläfrig erhob sich der Junge. Jean versetzte ihm einen Schlag zwischen die Schulterblätter, als er stand, und zerrte ihn abermals grob an den Haaren.

»Raus, aber schnell!«

Jakob stolperte mehr als er lief. Jean trieb ihn unter Hieben in Richtung der kleinen Kammer.

»Nicht in die Kammer!«, sagte Jakob. »Bitte! Ich sage auch kein Wort. Zu niemandem ...«

»Was willst du sagen, du Hundsfott?«

»Nichts. Gar nichts. Und ich habe auch nichts gesehen ...«

»Runter mit der Hose. Sich heimlich zu meinen Mädchen schleichen, was? Ich kenne dich. Ich habe vom ersten Tag an gewusst, wer du bist. Aber ich werd dir deine Teufel schon austreiben, das verspreche ich dir! Knie nieder. Nieder mit dir!«

Er zwang den Jungen auf das raue Holz. Er griff den Stock, der neben der Türe lehnte.

»›Wer die Rute schont, hasst seinen Sohn.‹ So steht es schon im Alten Testament geschrieben. ›Zärtle mit deinem Kind, und du wirst dich später fürchten.‹ Aber ich werde mich nicht fürchten, Jakob. Eher schlag ich dich tot.«

Schläge, härter als sonst. Jakob begann zu wimmern, dann schrie er laut auf.

»Aufbegehren willst du? Widerworte wagen? Ich werd dir schon noch Buße beibringen. ›Lass ihm seinen Willen nicht. Beuge ihm den Nacken, solange er jung ist.‹ Das ist gut, nicht wahr? Das gefällt mir. Die Alten wussten, wie man richtig erzieht. Aber glaub mir, Jakob, dein Onkel Jean weiß es auch.«

Jean zwang ihm die Hände auf den Rücken und band ihn

an den Pfahl. Dann riss er einen Streifen von seinem Hemd und stopfte ihn als Knebel in Jakobs Mund.

»So ist es besser, nicht wahr? Denn wir wollen die anderen doch nicht wecken. Und uns soll auch niemand stören. Diese Nacht gehört nur uns beiden.«

*

Er lag nicht in seinem Bett, als Clara erwachte, was sie kurz stutzig machte, aber sie wurde schnell wieder ruhig. Jakob hatte längst begonnen, eigene Wege zu gehen. Vielleicht steckte er in der Küche bei Celine, half beim Holzmachen oder besuchte den Großvater. Sie genoss es, wie vernünftig sie jetzt mit ihm reden konnte, und was er schon alles wusste. Es machte sie stolz. Doch manchmal sehnte sie sich nach der Zeit zurück, als er ihr noch mit tapsigen Schritten überallhin gefolgt war.

Der Morgen war wolkig und kühl; feiner Nebel hing über der Stadt. Alles schien farblos und grau, die Häuser, die Dächer, sogar die Bäume schienen weniger in ihrem hellen Grün zu prunken. Clara wusch sich flüchtig Gesicht und Hände und beschloss, die Magd zu bitten, den Badezuber einzuheizen. Heute spürte sie die Reste des Wintermiefs überall, in den Kleidern, auf der Haut, sogar in den Haaren.

Sie löste die Flechten und schüttelte ihr Haar aus. Es war nicht so schwer wie Celines, die ständig mit ihrem dicken Zopf kokettierte, dafür aber dicht und leicht gelockt. Haare wie Rabenflügel und Augen so hell wie Flusskiesel. Geschmeichelt hatte sie gelacht, wenn Heinrich sie mit seinen Worten fast trunken geredet hatte, und sich gleichzeitig immer ein bisschen geschämt. Sie gab nicht viel auf ihr Aussehen. Es hatte ihr genügt, in seinen Augen schön zu sein. Aber Heinrich war lange tot. Es gab niemanden mehr, der poetische Worte an sie verschwendete.

Sie steckte das Haar auf. Dann legte sie sich ihr bestes

Kleid heraus. Sie wollte gerüstet sein, wenn sie mit Jean sprach.

Clara traf ihn beim Frühstück in der Stube an, allein, was sie als günstiges Zeichen nahm. Er hatte mehrere Zeichnungen vor sich liegen, die er schnell zur Seite packte. Aber sie hatte trotzdem erkannt, was es war: Vorschläge für das Druckerzeichen, mit dem jede Werkstatt ihre Arbeit beschloss. Heinrichs Signet war die Muschel, unter der auch Jean bislang gedruckt hatte, aber er schien offenbar mit dem Gedanken zu spielen, dies zu ändern. Allerdings konnte er es nicht tun, ohne sich mit ihr abzusprechen, so lautete ihre Vereinbarung. Sie entschied, diese Auseinandersetzung zu vertagen.

Es gab heute Wichtigeres, das nicht warten durfte.

»Zu welchem Zweck hast du eigentlich diese Ziege angeschleppt?«, empfing er sie missmutig. »Soll sie jetzt etwa in unserer Küche grasen? Es ist Fastenzeit. Essen können wir sie erst zu Ostern.«

»Damit dein Kind überlebt und deine Frau nicht mehr leiden muss«, erwiderte sie. »Damit Margaretes Brüste endlich heilen können.« Sie versuchte ein Lächeln. »Ich bringe die Ziege in meinen Garten. Und ich werde sie melken! Dann bekommt der kleine Jean jeden Tag frische Milch.«

»Wozu hat er eine Mutter? Und Margaretes Brüste gehen dich nichts an. Ich dulde nicht, dass du dich in unsere Familienangelegenheiten einmischt.«

»Ich gehöre zur Familie«, sagte Clara sanft. »Du vergisst das manchmal. Wir sollten ein Auge auf Suzanne haben. Schöne Mädchen wie sie geraten schnell in Gefahr. Besonders, wenn sie so vertrauensselig sind wie sie. Ich würde es für gut halten, wenn sie in nächster Zeit viel im Haus bliebe.«

»Willst du mir jetzt auch noch vorschreiben, wie ich mit meiner Tochter umzugehen habe?« Missmutig rührte er in seiner Morgensuppe. »Meine Aufnahme ins Consistorium ist nur noch eine Formsache. Ich brauche deine Ratschläge nicht.«

»Ich mache mir Sorgen um sie.« Clara war nicht bereit, aufzugeben. Dafür war ihr Anliegen viel zu wichtig. »Große Sorgen. Wir sollten ...«

»Kümmere dich lieber um deinen eigenen Sohn«, unterbrach er sie. »Der gibt weit mehr Anlass zu Sorgen als meine fromme Tochter.«

Sie entschloss sich, die Spitze zu überhören. Lieber würde sie später noch einmal darauf zurückkommen.

»Du weißt ja, wir haben gestern die Bücher geprüft«, sagte sie. »Deshalb bin ich eigentlich hier.«

»Wir?«, wiederholte Jean spöttisch und sie errötete.

»Jakob hat mir geholfen. Du schuldest uns zweihundert Gulden, und ich bitte dich, sie uns unverzüglich auszuhändigen.«

»Was in aller Welt willst du mit zweihundert Gulden anfangen? Dir fuderweise seidene Bänder kaufen, um endlich einen Freier anzulocken?«

Sein Lachen war kurz und hässlich. Wie froh wäre sie, es nicht mehr hören zu müssen.

»Wir werden weggehen, Jakob und ich«, sagte Clara. Alle Zweifel waren verstummt. Der Großvater hatte Recht. Sie hätten es schon längst tun sollen. Hier gab es nichts mehr, was sie noch hielt. »Und dafür brauchen wir das Geld. Aber ich muss dir eigentlich gar nicht erklären, was ich damit anfangen möchte, denn es ist mein Eigentum.«

Er schien einen Augenblick verblüfft, aber er fasste sich schnell.

»Sieh an, sie denkt, sie argumentiert! Vielleicht bist du sogar im Recht? Aber es nützt dir nichts. Ich kann es dir nicht geben. Selbst, wenn ich wollte.«

»Was soll das heißen?«

»Dass ich es nicht mehr habe, teuerste Schwägerin. Denn es steckt in weiteren Pressen. Investiert, verstehst du? Und wenn nicht, dann wird dein neunmalkluger Sohn es dir sicherlich erklären.«

»Du hast mein Geld investiert, ohne mich zu fragen?«

»Bislang hattest du nur wenig Interesse an den Büchern. Und als gottesfürchtiges Weib wärst du gut beraten, es weiterhin dabei zu belassen. Wir sind in Genf, der Stadt Gottes, und ich bin noch immer der Herr dieses Hauses. Folglich treffe ich die Entscheidungen – und niemand sonst.« Sein Mund wurde hart. »*Maître* Calvins Bibel zu drucken ist eine Ehre und nichts, das ich erst mit dir besprechen müsste!«

Schnell wandte sie sich ab, als der Zorn in ihr emporschoss.

»Dann wirst du das Geld eben irgendwo leihen müssen«, sagte sie. Ihre Stimme zitterte, kaum beherrscht. »Denn ich bestehe auf dem, was uns zusteht.«

»Du willst mich dem Judenwucher in die Arme treiben?«, sagte er höhnisch. »Reicht es nicht, dass dein eigener Mann fast daran erstickt ist?«

»Und was ist mit deinen Freunden vom Consistorium, einer reicher als der andere?«

»Ich soll die Ältesten anbetteln? Niemals! Nein, Clara, schlag dir das aus dem Kopf. Du hast dich freiwillig in meine Hand begeben – nun *bist* du in meiner Hand. Du wirst warten!«

»Wie lange?«, fragte sie mutlos. »Wann können wir …«

»Heißt es nicht, Geduld wäre die trefflichste aller weiblichen Tugenden?« Er genoss jedes Wort. »Die neue Bibel findet sicherlich Absatz, aber wir müssen die Messen abwarten. Sagen wir zwei Jahre, vielleicht drei? Es kann auch länger dauern. Du weißt, Clara, alles liegt in Gottes Hand.«

Er war aufgestanden, um sie herumgegangen und sah ihr nun ins Gesicht. »Du wirst nirgendwo hingehen. Und dein verderbter Bengel erst recht nicht.«

Da war sie wieder, diese Furcht erregende Kälte!

»Wieso sprichst du so über Jakob?«, sagte sie.

Er zuckte die Achseln, aber die Härte in seinem Blick war unübersehbar.

»Was ist geschehen?«

»Nichts, was er nicht selbst verschuldet hätte. Ich mache mir Sogen um ihn, Clara. Große Sorgen.« Es war widerwärtig, wie er sie nachäffte. »Denn sein Herz ist nicht rein. Dort hat der Teufel Einzug gehalten. Aber ich weiß nicht nur, wie wir Abhilfe schaffen, ich habe es bereits getan. Du kannst dich in allem auf mich verlassen.«

»Wo ist Jakob?« Sie packte seinen Arm.

Er schüttelte sie ab.

»Dort, wo er hingehört. Ich habe mich lediglich zur Verfügung gestellt. Du weißt, der Herr erwählt seine Kinder, wie er einst Abraham erwählt hat, während die anderen wie dürres Holz für immer verworfen sind. Nur den Erwählten wird seine ewige Gnade zuteil.« Er klang wie ein Prediger. Vielleicht schloss er sich ein, um sich im Stillen darin zu üben. »Deshalb ist es auch ihre Pflicht, Seinen Willen auf Erden zu erfüllen. Als einer dieser Erwählten weiß ich, was Gott von mir erwartet: die Sünde zu meiden, die wahre Religion zu verkünden und alle Ungläubigen mit Gewalt an der Sünde zu hindern.«

Sein Lächeln machte ihr mehr Angst als alles, was er gesagt hatte.

»Wo ist Jakob?« Sie hörte sich schreien. »Was hast du mit ihm gemacht?«

Er blieb stumm, aber sein Blick verriet ihr, wo sie ihn finden würde.

Als Clara die Tür zur Kammer aufstieß, roch sie Schweiß, sie roch Blut und Exkremente. Sie sah Jakob gefesselt, halb nackt, die Arme grotesk verrenkt.

Er erbrach sich über ihren Rock, als sie ihn von dem Knebel befreite.

»Mutter?«, flüsterte er.

Clara sah, worauf er seit Stunden kniete: dünne Baumstämme mit schorfiger Rinde, mit groben Seilen aneinander gebunden – eine Büßerbank, die sich tief in Jakobs magere Knie gedrückt hatte.

Sie wiegte ihren Jungen in den Armen. Er wimmerte leise, und sie brach in Tränen aus.

»Du Teufel!« Sie erhob ihr Gesicht zu Jean, der wie ein kalter Schatten im Türrahmen stand. »Er ist doch noch ein Kind!«

»Ein Kind, das nachts zu seinen Basen unter die Decke kriecht, um Unzucht zu treiben? Ein Kind, das Lügen ausspuckt, sobald es den Mund aufmacht?«, geiferte Jean. »Diese Art Kinder dulde ich nicht unter meinem Dach!«

Seine Brauen hoben sich.

»Du kannst froh sein, wenn ich die Angelegenheit nicht vor das Consistorium bringe, denn du weißt, was dann geschehen würde. Für bestimmte Vergehen gilt keine Strafunmüdigkeit. Noch eine Verfehlung – und er ist fällig! Habt ihr beide mich verstanden? Dies ist meine letzte Warnung.«

Wortlos versuchte Clara ihren Sohn aufzurichten, während hilfloser Hass in ihr tobte.

»Das bleibt nicht ohne Folgen, Jean, das schwöre ich!«

»Der Großvater!«, gellte Margaretes Stimme durch das Haus. »Er atmet nicht mehr. Er ist tot!«

Jeans Blick war eisig, als er sich zu Jakob herabbeugte.

»Warst du nicht der Letzte, der ihn lebend gesehen hat?«, flüsterte er.

Nur kurz zuckte der Junge zurück, und Clara spürte, wie er den Rücken spannte, um sich aufzurichten. Dann nickte Jakob.

Es war ein langer Trauerzug, der sich zum dünnen Klang der Sterbeglocke durch den Friedhof schob. Viele waren gekommen, um dem alten Belot die letzte Ehre zu erweisen. Gesichter, die Geschichten erzählten von Mühsal und Strenge, von Arbeit und Verzicht. Alle in Schwarz, wie aus Kohle geschlagen. In der Stadt Calvins galt ein Begräbnis als weltlicher Akt, deshalb hatte Pfarrer Arnaut nach der kurzen Andacht den Angehörigen schon an der Pforte von St. Pierre sein Beileid ausgesprochen. Keine Blumen, keine Musik, kein Leichenschmaus, der auf die Trauernden wartete.

Wenigstens hielt Papa eine brennende Kerze in der Hand. Seine Züge waren wie versteinert. Man konnte beinahe Angst vor ihm bekommen. Nur Tante Clara schien sich davon nicht beeindrucken zu lassen, oder sie ließ es sich nicht anmerken.

Suzanne, die neben ihrer Mutter ging, vermisste Jakob mehr denn je. Papa hatte ihm untersagt, bei dem Begräbnis zu erscheinen. Dabei heilten seine Wunden gut, und er konnte wieder laufen. Sie wusste nicht, was sich in jener Nacht zwischen den beiden abgespielt hatte, und wagte auch nicht, direkt danach zu fragen. Aber es musste etwas Furchtbares gewesen sein, denn Jakob verstummte abrupt, sobald sie sich nur in die Nähe des Themas wagte, und Papa hatte die Hand erhoben, als ob er sie schlagen wollte.

»Du hältst dich von ihm fern!«, hatte er gebrüllt. »Ich will dich nie mehr in seiner Nähe sehen.«

»Aber er ist doch mein Vetter. Und ich...«

»Kein Aber! Du wirst den Stock spüren, wenn du nicht gehorchst. Ich dulde nicht, dass du weiterhin Umgang mit ihm hast. Hast du verstanden?«

Suzanne hatte genickt, geschwiegen und genickt, und dabei zu Boden geblickt in scheinbarer Demut. Natürlich dachte sie nicht daran, zu tun, was er verlangte. Jakob war zu nichts Bösem fähig, das wusste sie. Dafür kannte sie ihn viel zu gut, fast schon ihr ganzes Leben lang. Außerdem teilte sie mit ihm das herrliche Geheimnis der Höhle. Wie gut, dass ihnen diese Zuflucht geblieben war!

Hannah war in Tränen aufgelöst, Suzanne aber weinte nicht, als sie den Sarg in die Grube ließen.

Großvater war jetzt bei den Engeln, das wusste sie von Jakob. Einer von ihnen war sogar schon auf Erden bei ihm gewesen, hatte ihn getröstet und gewiegt und war mit ihm schließlich direkt zu Gott geflogen. Dem Großvater ging es gut, er hatte keine Schmerzen mehr, musste nicht mehr zittern, nicht länger leiden. Er war erlöst, für immer. Manchmal beneidete sie ihn beinahe darum.

Maman presste ihre Hand so fest, dass es Suzanne schmerzte. Sie schien kleiner geworden zu sein in den letzten Tagen, roch nach ungewaschener, kranker Haut. Seitdem sie nicht mehr stillte, waren ihre Brüste zusammengefallen wie die einer alten Frau. Aber dem kleinen Jean bekam die neue Kost sichtlich; er schrie nicht mehr so oft, und heute Morgen, als sie ihn aus seiner Wiege gehoben hatte, hatte er sie zum ersten Mal angelächelt.

Suzanne war froh, als endlich alles vorüber war. Sie mochte nicht, was am Grab gesagt worden war, all das Reden über Staub und Asche. Sie war kein Staub, sie bestand aus Fleisch und Blut, und sie brannte darauf, so schnell wie möglich zur Höhle zu laufen.

Zu Jakob.

Er wollte nachkommen, sobald er konnte. Er war Papas Gefangener. Doch klug, wie er war, hatte er sicherlich längst ein Schlupfloch entdeckt. Sie hatten sich verabredet, bevor Suzanne mit den anderen für das Begräbnis das Haus verlassen musste, ganz schnell im Vorübergehen, wortlos, in der Zeichensprache, die sie sich ausgedacht hatten, als sie noch kleine Kinder waren. Suzanne hatte nicht einmal gewusst, dass sie die Bedeutung der Handzeichen überhaupt behalten hatte, heute Morgen aber war plötzlich alles wieder da gewesen, genau wie früher.

Vielleicht war Jakob sogar schon vor ihr da, dann würde er sicherlich wieder Feuer machen. Sie genoss es, wenn der leuchtende Schein sie dort empfing. Die Höhle war ihr eigentliches Zuhause, ein Ort, der nur ihnen beiden gehörte.

Maman hatte sie gesagt, dass sie dringend zu den Klöpplerinnen müsse, und natürlich würde sie auch bei Marthe und Simone vorbeischauen, allerdings nur, um Bescheid zu geben, dass sie wegen Großvaters Beerdigung leider nicht bleiben könne. Dann war sie frei für einen halben Tag – zu tun und zu lassen, was sie wollte!

Tante Clara hatte ihr eingeschärft, das Haus der beiden Frauen vorerst zu meiden und unterwegs mit keinen Fremden zu sprechen, aber was wusste schon Tante Clara? Schließlich kannte Suzanne so gut wie jeden in der Stadt. Außerdem war sie kein kleines Kind mehr und konnte allein auf sich aufpassen.

Es war ihr sogar gelungen, ein Stück von dem Kuchen zu stibitzen, den Jakob so gerne mochte. Sie freute sich schon auf sein Gesicht, wenn sie ihn damit überraschte. Er konnte dringend Aufmunterung brauchen, so ernst und traurig wie er in letzter Zeit immer war!

Aber das war noch nicht alles. Da war ein neues Gefühl, köstlich und geheim. Beim letzten Mal in der Höhle hatten sie sich geküsst. Wenn sie daran dachte, spürte sie wieder das warme Kribbeln, das ihren ganzen Körper durchrieselt hatte. Ganz schwindelig war ihr geworden. Als würde sie schweben, so wie im Traum. Suzannes Blick wurde weich. Unwillkürlich war sie stehen geblieben.

»Suzanne?« Mamans Stimme klang gereizt, wie so oft. »Träumst du schon wieder mit offenen Augen? Wir müssen weiter. Komm endlich!«

»Ja, ich komme«, sagte Suzanne und presste die Lippen zusammen, ganz fest, damit niemand ihr Lächeln sah.

*

»Du hast doch diese Zaubernuss!« Margaretes Augenringe waren so tief wie nie zuvor. »Gib mir etwas davon! Du kriegst auch ein paar Kreuzer dafür.«

»Du meinst die Hamamelissalbe?« Clara war nicht fähig, Heinrichs Schwester lange böse zu sein. Sie besaß weder seine Kraft noch seine Lebensfreude, aber in gewissen Gesten und Bewegungen war sie ihrem Bruder unübersehbar ähnlich. »Rinde und Blätter enthalten grünes Harz und duftende...«

»So genau will ich es gar nicht wissen!« Margarete riss ihr den Tiegel aus der Hand. »Wenn es nur hilft! Er sieht mich überhaupt nicht mehr an. Jemand muss ihn verhext haben. Wenn ich nur wüsste, wer es ist – die Augen würde ich ihr auskratzen!«

»Es ist eine Pflanze, nichts weiter. Du kannst also keine Wunder erwarten.«

»Aber man sagt doch, dass die Zaubernuss...«

»Ihr seid hier alle viel zu schnell bei der Hand mit Hexen und Zaubern«, sagte Clara. »Wenn ihr etwas nicht versteht oder euch etwas nicht passt, muss ein anderer daran schuld sein. Ist das nicht ein bisschen zu einfach, Grete?«

Bewusst hatte sie den Kosenamen verwendet, den Heinrich seiner Schwester gegeben hatte, und es wirkte.

»Aber es gibt Hexen und böse Zauberei«, sagte sie. »Das weiß jedes Kind. Außerdem habe ich Angst, Clara. Wieso können wir die Zeit nicht festhalten? Manchmal erkenne ich meinen Jean gar nicht wieder.«

»Und deshalb willst du ihn mit aller Macht reizen? Wozu? Damit er dich wieder schwängert, jetzt, wo deine Wunden der letzten Niederkunft gerade verheilen?«

»Schau mich doch an – alt bin ich geworden und hässlich!« Margarete breitete ihre Arme aus und ließ sie resigniert wieder sinken. »Ein reizloses Weib. Mein eigener Mann hat mich bereits aufgegeben.«

»*Du* hast dich aufgegeben, Grete. Sonst hättest du niemals

zulassen können, was dein Mann Jakob angetan hat. Dein Neffe, Grete, das Einzige, was uns von Heinrich geblieben ist!«

»Heinrich, ja.« Sie schien ins Grübeln zu kommen. »Es ist wirklich traurig! Aber ich hab es doch nicht gewusst...«

Sie brach ab, als sie Claras Gesicht sah.

»Jean hätte Jakob beinahe umgebracht«, sagte Clara. »Was, wenn er es wieder versucht? Wirst du wieder zusehen und ihm in allem zustimmen?«

»Aber das wird er nicht, bestimmt! Es ist nur, weil... Er gibt ihm die Schuld am Tod des Großvaters«, sagte Margarete. »Das ist es, was ihn so gegen Jakob aufbringt. Jean hat an seinem Vater gehangen. Dieser Zorn ist seine Art, um ihn zu trauern.«

»Und *das* glaubst du?«

»Jakob war als Letzter bei ihm...«

»Er hat den alten Mann geliebt und der Großvater ihn«, sagte Clara scharf. »Das weißt du so gut wie ich. Niemals hätte mein Sohn ihm auch nur ein Haar gekrümmt! Und dein Jean, sag selbst: Hat er auch nur einmal nach dem Kranken gesehen?«

»Nein. Du hast ja Recht. Ich weiß selbst nicht mehr, was ich glauben soll und was nicht«, sagte Margarete kleinlaut. »Es ist einfach alles zu viel, verstehst du? Ich bin nicht so stark wie du. Das war ich noch nie!«

»Lass gut sein«, erwiderte Clara. Welchen Sinn machte es, mit ihr zu reden? Sie war nichts als Jeans willige Marionette. Außerdem warf sie sich ja selbst vor, nicht aufmerksam genug gewesen zu sein. Wie konnte sie es dann von Margarete verlangen? »Wir sind eben manchmal blind«, fuhr sie fort. »Weil unsere Herzen sich weigern, zu akzeptieren, was wir sehen.«

»Jean spricht doch kaum noch mit mir.« Margarete war wie im Selbstgespräch versunken. »Sobald ich nur den Mund aufmache, blafft er mich an. Ich hatte gehofft, es würde besser werden, wenn er endlich zu den Ältesten gehört. Er hat sich so danach gesehnt. Seit Jahren schon. Aber es wird nicht besser, sondern von Tag zu Tag schlimmer. Verstehst du das, Clara?«

»Noch gehört er nicht dazu«, sagte Clara. »Die Wahl ist erst in ein paar Tagen.«

»Ja, nach Ostern. Ist ja nicht mehr lange hin. Vielleicht wird er dann ruhiger.«

Beide schwiegen.

»Was wirst du nun tun, Clara?«, sagte Margarete nach einer Weile. »Jean hat gesagt, ihr wolltet fort. Verlasst ihr uns nun wirklich?«

»Ja, das wollten wir. Aber wie, das weiß ich noch nicht. Dein Mann hat mein Geld an seine Pressen gekettet. Und wohin sollten wir – ohne einen Kreuzer? Wir müssten vom Bettel leben wie Vogelfreie. Das will ich Heinrichs Sohn nicht antun.« Sie zog die Schultern hoch. »Ich weiß keine Lösung, Grete. Ich grüble und grüble, aber ich finde keinen Ausweg.«

Nicht einmal Jakobus hilft mir noch, dachte sie. Er schweigt, er antwortet nicht. Weil ich zu feige war, seinen Rat zu befolgen. Sie hätte es beinahe ausgesprochen. Gerade noch rechtzeitig hielt sie inne. Margarete hatte ihren Glauben mit dem Umzug nach Genf abgelegt wie eine alte Haut. Wie sollte sie also verstehen können, was in ihr vorging?

»Darf ich die Salbe behalten?«, sagte Margarete leise. »Das Geld bekommst du später. Wenn Jean aus dem Haus ist und es nicht sieht. Du weißt doch, wie er in Gelddingen ist! Ich werde mich gleich damit eincremen. Man sagt doch, sie mache die Haut geschmeidig und schön ...«

Hatte sie ihr überhaupt zugehört? Manchmal hatte sie das Gefühl, die Worte tropften aus ihr heraus wie aus einem Sieb.

»Wo steckt eigentlich deine Tochter?«, sagte sie plötzlich. »Ich hab Suzanne seit dem Mittagessen nicht mehr gesehen.«

»Macht Besorgungen für mich«, sagte Margarete schnell. Gerade noch war ihr eingefallen, was Jean ihr eingeschärft hatte: keinerlei Auskünfte über das Mädchen. Er war so wütend gewesen, wie sie ihn kaum je erlebt hatte. Clara sollte sich um ihren eigenen Sohn kümmern. Vielleicht hatte er damit ja sogar Recht.

»Sie ist nicht etwa wieder bei Marthe und Simone?«, bohrte Clara weiter. »Ich hab dir doch gesagt, dass sie dorthin vorerst lieber nicht mehr gehen soll.«

»Nein«, sagte Margarete und verschränkte dabei die Finger hinter dem Rücken, wie sie es als kleines Mädchen getan hatte, wenn sie gelogen hatte. Dann kann der Teufel einen nicht holen. Das war zwar etwas, was die Katholiken machten und daher verboten war, in der Tiefe ihres Herzens aber glaubte sie noch immer daran. »Ist sie nicht. Sie wird sicher bald nach Hause kommen.«

Claras Blick verriet ihre Skepsis. Margarete war froh, als sie die Tür zumachen und dem Blick dieser forschenden grauen Augen entkommen konnte.

*

Es war viel schwieriger, als sie gedacht hatte. Bei Jakob hatte alles immer so einfach ausgesehen. Aber der Zunder musste trotz aller Vorsicht in der Felsnische feucht geworden sein, und vom Reiben der Steine waren ihre Hände schon ganz müde.

Ihr war kalt. Sie fühlte sich unbehaglich. Warum kam Jakob nicht endlich? Er musste doch spüren, wie sehr sie auf ihn wartete.

Suzanne verlagerte ihr Gewicht auf das andere Bein. Es hätte ihr gefallen, vor dem Feuer zu hocken und zusammen mit Jakob die Hände an den Flammen zu wärmen, aber da war kein Feuer. Nur kalter Zunder und ein paar sinnlose Zweiglein.

Sie schloss die Augen, versuchte, sich ihn vorzustellen. Die warmen Augen, die so tief in sie hineinschauen konnten, bis ihr Herz ganz heiß wurde. Die weichen Haare. Sogar die abstehenden Ohren, die er schamhaft darunter verstreckte. Wenn sie erst einmal erwachsen war, würde sie ihn heiraten. Dann konnte keiner sie mehr trennen.

Sie wandte den Kopf. Da waren Schritte, endlich, und sie hörte Bellen. Ein Hund! Woher hatte Jakob auf einmal einen Hund?

Ihr fröhlicher Gruß blieb ihr im Hals stecken, als sie den krumpen Görgl sah. In der Linken eine Laterne, zog er mit der Rechten einen kleinen Hund nach sich, der sich mit seinen dünnen Läufen gegen den Boden stemmte, um sich von der engen Schlaufe um seinen Hals zu befreien.

»Was machst du denn hier?«, fragte sie. »Wie hast du mich überhaupt gefunden?«

Sie kannte Görgl von Claras Garten, wo sie ihm einige Male begegnet war. Es machte sie befangen, wenn er sie stumm anstarrte, aber sie hatte keine Angst vor ihm. Wenn er auch beim Henker lebte, so konnte er dennoch kein übler Kerl sein, sonst hätte ihn Tante Clara nicht für sich arbeiten lassen. Allerdings hielt sie ihn nicht für besonders schlau. Und es war ziemlich mühsam, sich mit ihm zu unterhalten.

»Görgl weiß«, sagte er mit breitem Lächeln. »Görgl hat dich gesehen. Dich und den Roten. Viele, viele Male.« Damit schien er Jakob zu meinen. »Aber heute kein Roter.« Sein Grinsen vertiefte sich. »Görgl freut sich. Sehnsucht. Große Sehnsucht!«

Erstaunlich geschickt hantierte er mit der Lampe, schichtete das Holz um, und plötzlich brannte das Feuer.

»Jetzt warm. Görgl freut sich. Eia. Eia!«

»Jakob kommt gleich«, sagte Suzanne. Sein Gesichtsausdruck gefiel ihr nicht. Und noch weniger die Art, wie er sie angrinste. Außerdem verstand sie ihn kaum. Bislang hatte ihr das wenig ausgemacht. Aber hier, in der Höhle, war es auf einmal anders. »Eigentlich müsste er längst da sein.«

Es schien ihr besser, das Thema zu wechseln. »Ist das dein Hund?«

»Brauner, ja.« Er nickte.

»Die Schnur um seinen Hals ist doch viel zu eng. Du erwürgst ihn ja beinahe. Bind ihn los!«

»Alle anderen tot.« Eine Geste, die sie lieber übersehen hätte. »Aber Brauner Freund. Freund nicht tot. Niemals tot.«

»Bind ihn los«, wiederholte sie. »Du tust ihm weh.«

Görgl folgte ihrer Aufforderung. Der Hund schüttelte sich und kläffte freudig. Er lief zu Suzanne und beschnüffelte sie neugierig. Vorsichtig streckte sie die Hand aus und berührte sein Fell. Es war staubig, aber weich. Er musste halb verhungert sein. Sie spürte die Knochen unter der warmen Haut. Am liebsten hätte sie ihm etwas zu fressen gegeben, aber sie glaubte nicht, dass er sich aus Kuchen viel machte.

»Eia, eia. Lieb sein, ja!«

Görgl gab seltsame Schnalzlaute von sich. Seine Miene bekam etwas Entrücktes. Er setzte sich neben sie, so nah, dass sie sich fast berührten. Sein durchdringender Gestank ließ Suzanne unwillkürlich abrücken.

Er musterte sie erstaunt, dann kroch er ihr nach, kam wieder viel zu nah.

Erneut rückte sie ab, er folgte ihr unbeirrt.

Ob er es für ein Spiel hielt?

Suzanne hatte genug davon. Als sie aufspringen wollte, packte er ihre Hand und hielt sie fest.

»Schönes Mädchen!« Seine Stimme war mit einem Mal unnatürlich hoch. »Eia, eia!« Seine freie Hand zögerte, dann legte sie sich schwer auf Suzannes Kopf.

»Nicht anfassen!« Plötzlich konnte sie nur noch flüstern. »Bitte nicht anfassen!«

Die plumpen Finger krochen unbeirrt weiter, berührten ihre Stirn, die Nase, den Mund. Wie die Tentakel einer hässlichen, riesigen Spinne. Es war kein Spiel. Es machte ihr Angst. Suzanne wagte nicht mehr, sich zu rühren.

»Sehnsucht, große Sehnsucht! Eia, eia!« Er war in einen merkwürdigen Singsang verfallen. »Salve, salve, salve!«

Es klang lateinisch. Aber lateinisch – und der Henkergörgl? Suzannes Verstand begann wieder zu arbeiten. Was immer es zu bedeuten hatte, es war nicht gut. Sie durfte nicht hier sein, allein mit ihm. Sie konnte nicht auf Jakob warten. Sie musste weg.

Suzanne wollte sich freimachen, seine Hand aber hielt sie gefangen. Eine schnelle Bewegung, sie biss zu.

Mit einem Schmerzenslaut ließ er sie los.

Sie sprang auf, wollte rennen. Ins Freie, nur weg!

Görgl bekam ihren Rock zu fassen. Sie stolperte, und schlug hart auf dem felsigen Untergrund auf.

In der Höhle war es still.

✳

Hatte sie allein Feuer gemacht?

Der Schein blendete Jakob, als er ihren Platz erreichte. Er schwitzte. Er war schnell gelaufen, hatte sich beeilt und war offenbar doch zu spät gekommen. Suzanne war eingeschlafen. Sie lag auf dem Rücken, die Augen geschlossen, die Arme locker neben dem Körper. Sie war so schön.

Er berührte ihre Stirn, dann die Nase, den Mund. Sie schien nichts dagegen zu haben, und das machte ihn mutiger. Er beugte sich über sie und küsste sie. Die Lippen waren trocken und kühl.

Etwas Eisiges kroch seine Wirbelsäule hinauf. Jetzt erst fiel ihm auf, wie still es war.

Ohrenbetäubend still.

Er beugte sich über ihre Brust. Da war kein Atemgeräusch, kein leichtes Heben und Senken. Seine Hände griffen in ihr Haar, und als er sie zurückzog, sah er das Blut an seinen Händen.

»Suzanne!« Sein Schrei gellte noch durch die Höhle, als er schon wusste, dass sie nicht antworten würde. Nie mehr.

Ein Kläffen schreckte ihn auf. Der krumpe Görgl humpelte auf ihn zu. Ein kleiner, brauner Hund mit spitzen Ohren sprang um seine Beine.

»Schönes, gelbes Mädchen!«, sagte er. Seine groben Finger deuteten auf Suzanne. »Sehnsucht. Große Sehnsucht!«

Jakob starrte ihn an.

»Görgl kann Ferkel machen«, sagte er und zog eine schmerzliche Grimasse. »Rote und weiße. Hat der Deifi ihm gezeigt. Willst sehen?«

Der Hund beschnüffelte das tote Mädchen. Jakob hob seinen Arm.

»Lass sie in Ruhe«, sagte er. »Hau ab. Sie schläft. Lass sie schlafen!«

Er wandte sich an Görgl.

»Was hast du getan?«, sagte er. Er fühlte sich matt und taub. Er tastete nach seinem Messer. »Hast du sie angefasst?«

Görgl begann zu nicken.

»Schönes, gelbes Mädchen«, sagte er weinerlich. »Eia! So weich.«

»Hat sie sich gewehrt? Hat sie dich weggestoßen? Hast du sie deshalb umgebracht?« Das Atmen tat weh, und das Blut schien wie Eiswasser durch Jakobs Körper zu fließen.

»Görgl kann Ferkel machen.« Er hörte ihn gar nicht. »Hat mit dem Deifi getanzt. Schwarzer Mann. Und kalt. So kalt!« Görgl begann sich um die eigene Achse zu drehen, stieß hohe, spitze Töne aus.

Das Messer war glatt und sehr scharf. André hatte ihm beigebracht, es zu schleifen. Plötzlich war Jakob ganz ruhig. Görgl sollte niemals wieder Ferkel machen. Langsam ging er auf ihn zu, bis der andere endlich mit seinem Gehampel aufhörte.

Er zielte auf den Brustkorb, dort, wo das Herz saß. Er war nicht schnell genug. Görgls Faust traf ihn an der Schläfe, und Jakob sackte zu Boden. Einen Augenblick zögerte Görgl, dann packte er den Leblosen und zerrte ihn neben die Tote.

Der Hund begann zu jaulen, verstummte aber, als er nach ihm trat.

»Görgl kann Ferkel machen«, sagte er klagend. »Weiße und rote. Willst sehen?«

Dann packte er Suzannes Korb, zog den Kuchen heraus und begann gierig zu essen.

*

Als der Abend kam, begannen sie die Kinder zu suchen. Sie suchten in der ganzen Stadt, in Claras Garten, am See. Über seinem entfernten Ende schwebte noch ein Rest von Licht, während die Dämmerung schon aus der näheren Hälfte emporstieg, ein Schauspiel, für das heute niemand einen Blick hatte. Während der glänzende Strich düsteren Schatten wich, hielt Margarete erschöpft inne.

»Irgendwo müssen sie doch sein.« Ihre Stimme war die einer alten Frau. »Niemand löst sich einfach so in Luft auf.« Sie begann zu weinen.

»Wir müssen nur in Ruhe überlegen«, sagte Clara, »dann fällt es uns ein. Überlege, Grete, denk nach! Vielleicht hat Suzanne irgendwann etwas erzählt.«

»Die macht doch schon lange, was sie will. Du siehst es ja! Aber Jakob. Was ist mit Jakob?«

Clara schüttelte den Kopf. Sie hatte sich offenbar in ihrem Sohn getäuscht. »Wir gehen nach Hause«, sagte sie müde. »Vielleicht kommen sie ja einfach zurück.«

Die Kinder kamen nicht zurück. Die Stundenglocke schlug neunmal, schließlich zehnmal. Die Verzweiflung wuchs.

»Ich nehme meine Männer und ziehe los«, sagte Jean. »Gnade deinem Sohn, wenn ich ihn finde. Wenn er meinem Mädchen etwas angetan hat ...«

»Finde ihn«, sagte Clara fest. »Und bring ihn nach Hause.« Sie starrte auf den Knüppel, den er in der Hand hielt. »Nein, ich gehe mit. Ich lass dich nicht alleine gehen. Ich trau dir nicht.«

»Du darfst nicht gehen«, heulte Margarete. »Ich will nicht, dass du gehst!«

»Du bleibst bei ihr.« Sein Ton ließ keine Widerrede zu. »Du wartest.«

Sie versammelten sich vor der Druckerei, Fackeln in der Hand, die ihre Züge gespenstisch verzerrten. Jean wies den Männern ihre Richtungen zu, als plötzlich André ihn unterbrach.

»Vielleicht weiß ich, wo sie sein könnten«, sagte er. Alle starrten ihn an. Seit Stunden hatte er kein Wort von sich gegeben.

»Rede, wenn dir dein Leben lieb ist«, herrschte Jean ihn an.

André schien mit sich zu kämpfen, sprach dann zögernd weiter »Auf dem Salève. Ich hab dem Jungen im letzten Sommer dort einen Höhleneingang gezeigt.«

»Weißt du noch, wo es ist?«

»Nicht ganz einfach, es im Dunkeln zu finden, aber ich glaube wohl ...« Er stieß einen Seufzer aus. »Und da ist noch etwas.«

»Was denn noch?«, knurrte Jean. »Halt uns nicht länger auf.«

»Ich hab ihm ein Messer geschenkt.«

*

Görgl erschrak nicht, als die Fackelträger in die Höhle stürmten. Das Feuer war fast heruntergebrannt. Zu seinen Füßen lag der Braune und schlief.

»Wo ist meine Tochter?«, schrie Jean ihm entgegen. »Suzanne Belot. Kennst du sie? Ist sie hier?«

»Schönes, gelbes Mädchen«, sagte Görgl. »Schläft.« Mit dem Kinn wies er in das Dunkel.

Sofort war Jean bei ihr. Er bückte sich und riss sie hoch.

»Sie ist tot.« In seinen Armen wog sie auf einmal viel schwerer als sonst. »Mein Mädchen ist tot. Tot!«

»Aber der Junge lebt.« Während die anderen stumm starrten, hatte das Fuchsgesicht Jakob entdeckt und ihn halb aufgerichtet. »Hier. Ich hab ihn. Er kommt uns nicht davon.« Er schüttelte ihn unsanft. »Rede! Was ist geschehen?«

Die Stimmen dröhnten in Jakobs Kopf. Jede Bewegung ein tausendfacher Schmerz. Alles drehte sich. Aus der Tiefe seiner Eingeweide schoss Bitteres nach oben.

»Suzanne«, murmelte er. »Wo ist ... Henkergörgl ...«

»Wer hat deine Base auf dem Gewissen? Was zum Teufel habt ihr drei an diesem gottverlassenen Ort zu suchen, mitten in der Nacht?«

Wie auf ein Stichwort begann der krumpe Görgl loszuheulen.

»Hat mit dem Deifi getanzt. Großer, schwarzer Mann. Und kalt. So kalt!« Er sprang auf und vollführte seinen ungelenken Tanz. Der Braune sprang wie wild geworden um seine Füße.

»Bringt die Kreatur endlich zum Schweigen!«, schrie Jean.

»Aber Görgl kann Ferkel machen. Weiße und rote. Hat der Deifi ihm gezeigt ...«

Er wehrte sich nicht, als die Männer ihn packten und fesselten. Der Braune wollte seinen Herrn verteidigen und begann, nach ihnen zu schnappen. Einer der Männer trat so fest nach ihm, dass er liegen blieb und sich nicht mehr rührte.

»Eine Teufelsmesse«, flüsterte Fuchsgesicht beinahe andächtig. »Sie haben Satan gehuldigt. Und das unschuldige Mädchen war ihr Opfer!« Er begann mit lauter Stimme das Vaterunser zu beten.

»Bringt ihn zu Rossin. Der Scharfrichter soll ihn einsperren. Wir befassen uns eingehender mit ihm, wenn es hell ist.« Jean beugte sich wieder über Suzanne. »Er wird dafür büßen, mein Mädchen«, flüsterte er in ihr kaltes Ohr. »Das gelobe ich dir – und der andere auch!«

»Der Braune! Görgls Freund!«, jaulte der Gefesselte. »Keiner darf ihn totmachen.«

Ein Schlag mit dem Knüppel brachte ihn zum Schweigen. Aus einer Platzwunde rann Blut über sein Gesicht.

»Und was sollen wir mit dem Jungen anstellen?«, fragte einer der Gesellen.

»Ich war es nicht.« Die Erinnerung kam zurück, unbarmherzig. In Jakobs weißem Gesicht wirkten die Augen übergroß. »Als ich kam, war Suzanne schon ... sie hat nicht mehr geatmet. Ob der Engel bei ihr war? Ob er sie getröstet hat? Ich hab ihn nicht gesehen ... Mein Messer ... Ich hab versucht, ihn zu ... Der krumpe Görgl muss ...«

Er barg sein Gesicht in den Händen und weinte. Suzanne war tot. Und damit alles, alles sinnlos.

»Ins Nachbarloch mit ihm.« Jeans Stimme klang stählern. »Es wird Zeit, dass wir unsere unschuldigen Kinder vor solchen Ausgeburten der Hölle schützen.«

Die Männer zögerten. Der Drucker verfluchte seinen eigenen Neffen.

»Habt ihr nicht verstanden? Dieser Junge hat den Teufel beschworen. Jetzt soll er den Teufel selbst kennen lernen!«

*

Teufelspakt lautete die Anklage. Dazu kam als weiteres Delikt Teufelsbuhlschaft, was noch schwerer wog.

Jean war es, der Clara die Nachricht überbrachte. Ein Todesurteil, sie wussten es beide. Ein Todesurteil, das schon gefällt war, bevor der Prozess begonnen hatte.

»Bist du nun zufrieden?« Sie war verzweifelt. Sie hätte schmeicheln sollen, gurren, bitten, aber wie konnte sie noch klug sein, in solch einem Augenblick? Die Angst fraß an ihr, seitdem man Jakob eingekerkert hatte. Eine Angst, die sie lähmte, und das durfte nicht sein. »Hast du endlich, was du wolltest?«

Seit drei Tagen hatte sie nicht mehr geschlafen, kaum gegessen und nur getrunken, wenn die Zunge am Gaumen klebte. Ihr Körper war bleiern, ihr Verstand wie im Fieber. Sie hatte Mühe, nicht zu taumeln. Aber sie würde nicht fallen.

Nicht vor ihm.

»Suzanne ist tot«, entgegnete er, scheinbar ungerührt. »Mein Kind ist tot. Das ist das Einzige, was zählt.«

»Ich trauere um sie wie um eine Tochter. Aber soll deshalb auch noch Jakob sterben? Komm zu dir, Jean, ich flehe dich an! Er hat nichts damit zu tun, und das weißt du. Mein Sohn ist unschuldig. Er hat sie geliebt! Nie und nimmer hätte er ihr etwas angetan.«

»Die Richter haben über ihn zu urteilen. Nicht ich. Und das gilt auch für seinen Spießgesellen. Der Henkergörgl hat den Tanz mit dem Teufel bereits gestanden. Aus freien Stücken und vor mehr als zehn Zeugen.«

»Görgl ist eine unglückliche Kreatur, die sich um Kopf und Kragen redet. Er tut doch alles für ein bisschen Aufmerksamkeit. Aber Jakob – seine Seele leuchtet! Man wird ihn foltern, man wird ihn quälen, so lange, bis er sagt, was sie hören wollen ...«

Clara biss sich die Lippen wund. Sollte sie vor ihm niederknien? Ihre Kleider in Fetzen reißen? Seine Füße küssen?

»Rette ihn, Jean! Er ist dein Neffe. Du kannst ihn doch nicht so elend zugrunde gehen lassen.«

»Er bekommt nichts anderes als seine verdiente Strafe.« Jeans Blick glitt fort. »Zauberer sollst du nicht leben lassen. Auch, wenn sie männlich sind und Kinder‹ – so lautet das Gesetz. Bete für ihn, Clara. Denn das ist alles, was dir noch bleibt.«

»Ihr wollt ihn verbrennen? Nein – das dürft ihr nicht!«

»Das ist die Strafe, die auf Zauberei steht.« Der Schatten

eines Lächelns. Er strahlte Befriedigung aus, düstere Freude. »Verbrennen bei lebendigem Leib. Danach wartet die Hölle auf ihn, es sei denn, er würde sich reumütig zu seinen Sünden bekennen.«

»Was dann? Was, wenn Jakob gesteht, was er niemals verbrochen hat?«

»Dann knüpft ihn der Scharfrichter an den Galgen, und das Feuer verzehrt ihn erst, wenn er schon tot ist.« Er wandte sich zum Gehen. »Ein gnädiger Tod, findest du nicht? Viel zu gnädig für den Mörder meiner Tochter.«

Blind vor Tränen, klammerte sie sich an seinen Ärmel.

»Aber Jakob hat Suzanne nicht getötet, das weißt du ... Erbarmen, Jean, ich bitte dich. Lass ihn laufen, beim gütigen Gott! Wir verlassen die Stadt. Du wirst ihn niemals wiedersehen. Dir bleibt alles – die Gulden, die Pressen, Heinrichs Zeichen, alles, was du nur willst. Nur nicht mein Kind ...«

Angeekelt riss er sich los.

»Eine Stunde«, sagte er. »Dann hast du dieses Haus verlassen und wirst es niemals wieder betreten. Du wirst mit keinem Mitglied meiner Familie mehr sprechen, und falls du es doch versuchen solltest, bringe ich dich vor das Consistorium und klage dich ebenfalls der Hexerei an.« Ein dünnes Lächeln. »Aber vielleicht willst du ja gemeinsam mit ihm den Kuss des Feuers kosten? Dann musst du dich freilich beeilen! Denn Jakob wird das Osterfest vermutlich nicht mehr erleben.«

Wortlos starrte sie ihn an. Er war zu allem fähig. Er war es immer schon gewesen.

»Ich verfluche dich, Clara Weingarten.« Jean spuckte ihr ins Gesicht. »Ich verfluche dich mit der teuflischen Brut, die dein Schoß hervorgebracht hat.«

*

Als ihr Zittern verebbt war, nahm sie den Schürzenzipfel und wischte sich mechanisch ab. Arme und Beine, nichts schien mehr ihr zu gehören. Sogar ihre Tränen waren plötzlich versiegt. Clara hörte nur das gleichmäßige Schlagen ihres Herzens und das überlaute Rauschen des Blutes in ihren Ohren, das wie ein gewaltiger Fluss anschwoll.

Sie schrie auf.

Der Ton der eigenen Stimme brachte sie in die Wirklichkeit zurück. Eine Stunde, hatte Jean gesagt, und sie hatte schon wertvolle Zeit verstreichen lassen. Sie öffnete die Truhe, nahm mit zitternden Händen ein Kleid heraus, die alten Stiefel, ein paar von Jakobs Kleidungsstücken und schlug alles in ein Tuch.

Sie tastete tiefer. Da lag die Muschel und die Ledermappe mit dem Stammbaum. Sie tastete nach den bemalten Blättern und legte sie zusammen. Schließlich spürte sie die scharfen Kanten der Bücher. Das meiste von Heinrichs Druckwerk musste sie zurücklassen, sogar den »Gart der Gesundheit«, der ihr so gute Dienste geleistet hatte.

Das unterste Buch aber zog sie heraus und schlug es auf.

Die Buchstaben verschwammen vor ihren Augen. Aber Clara musste sich keine Mühe geben, sie zu entziffern. Sie glaubte auch so, Heinrichs Stimme zu hören, hell und deutlich, als stünde er neben ihr.

»*Er kam wie verabredet mit den Schatten der Dämmerung...*« Was hatte er damals noch gesagt, in jener Zaubernacht, in der er ihr den Ring angesteckt hatte?

Plötzlich erinnerte sie sich ganz genau.

»Blancas Vermächtnis und die Kommentare ihrer Tochter Pilar. Aufzeichnungen, die sich schon seit Jahrhunderten im Familienbesitz befinden. Von der Vergangenheit kann man sich ebenso wenig trennen wie von seinem Schatten...«

Sie schlug das Buch zu und packte es mit dem Stammbaum und der Muschel in das Bündel. Und sie legte drei

Kerzen dazu. Vielleicht ergab alles später einen Sinn, irgendwann einmal, wenn sie dieser Hölle entkommen war.

Und wenn Jakob überlebt hatte.

»Dann knüpft ihn der Scharfrichter an den Galgen«, hatte Jean gesagt. »Falls er gesteht.«

Der Scharfrichter. Rossin.

Der Mann mit den schweren Lidern und den leuchtenden Bändern am Ärmel, die die strenge Kleiderordnung ihm vorschrieb. Rossin, den alle wie die Pest mieden, weil er den Tod brachte.

Sie bewegte den Ring an ihrem Finger. Er saß lose. Sie zog ihn ab, spürte sein Gewicht in ihrer Hand.

»Er hat uns stark gemacht, er hat uns schwach gemacht.« Das waren damals Heinrichs Worte gewesen. Sie erinnerte sich daran, als sei es gestern gewesen. »Darin liegt sein Geheimnis. So viele Schicksale hat er schon gesehen ...«

In jener Nacht hatte sie gelobt, ihn nicht mehr abzulegen, solange sie lebte. Aber der Ring war das Wertvollste, was sie besaß. Und vielleicht wusste sie jetzt durch ihn, was zu tun war.

Sie musste im Garten warten, bis die Nacht hereingebrochen war. Dann würde sie Rossin besuchen.

DIE TRÄUME DES CONDORS 2:
DER KRIEGER

Maras, März 1542

Tuzla war es, die mich zu den Salinen von Maras mitnahm. Zwei Tage mussten wir laufen und nachts im Freien schlafen, obwohl es schon empfindlich kalt geworden war. Wir stiegen auf, die Luft wurde dünner, und das Atmen bereitete immer größere Anstrengung, aber ich war stolz, dass mich nicht die Höhenkrankheit überfiel. Noch nie war ich so weit von zu Hause fort gewesen. Inzwischen zählte ich acht Jahre, meine Milchzähne waren ausgefallen und ein neues, starkes Gebiss nachgewachsen, aber ich vermisste meine Mutter wie ein kleines Kind.

»Ist das alles aus Silber?«, entfuhr es mir, als ich wie geblendet vor dieser Landschaft aus weißen Terrassen stand, die unter dem wolkenlosen Winterhimmel schillerten. In geschwungenen Kaskaden reichten sie bis an den Grund einer Schlucht.

Tuzla gab mir eine sanfte Kopfnuss.

»Das ist Salz, Ilya, kein Silber. Salz, das Kind der Sonne und des Wassers! Aber du liegst nicht einmal so daneben. Man verwendet es nicht nur, um Fleisch haltbar zu machen, sondern auch bei der Silberschmelze. Unzählige dieser Seen gibt es in den Bergen, aber nirgendwo im Reich der vier Winde ist das Salz reiner als hier. Und jetzt lass uns an die Arbeit gehen!«

Doch ihre fröhliche Stimmung war bald verflogen. Die Frauen und Kinder, die hier mit uns Salz kratzten, aufschichteten und in Körbe verluden, wirkten bedrückt. Kein Lied war zu hören, kein Lachen oder Scherzen. Ich brauchte nicht lange, um herauszufinden, woran es lag. Mein Rücken tat schon weh, als wir die erste Pause machten, und meine Beine brannten von der Lake. Dabei war es gerade erst Mittag. Hungrig verschlang ich das Trockenfleisch, das wir von zu Hause mitgebracht hatten, und trank zwei große Becher Maisbier. Wie gerne hätte ich mich noch länger ausgeruht und dem Spiel der Sonne auf den kleinen Mauern zugesehen, aber eine unfreundliche Stimme trieb uns zur Arbeit an.

»Wer ist dieser Mann?«, fragte ich Tuzla, während ich neben ihr schabte. »Wieso müssen wir ihm gehorchen?«

»Jemand, der seine Seele verkauft hat«, sagte sie verächtlich. »Einer, der zu den neuen Herren übergelaufen ist. Nun glaubt er, er sei etwas Besseres als wir und deshalb könne er uns wie Tiere behandeln.«

Zunächst dachte ich noch, sie würde übertreiben. Tuzla konnte recht drastisch werden, und ihr Humor war nicht besonders fein, aber als die erste Frau vornüber in die Saline fiel und er uns weiterarbeiten hieß, als sei nichts geschehen, begriff ich, dass sie die Wahrheit gesagt hatte. Zwar wurde sie kurz darauf von zwei anderen Frauen herausgezogen, aber sie kam nicht mehr zu sich. Er ließ sie wegschleppen; ich entdeckte die dürftige Grabstelle, wo man sie verscharrt hatte, am selben Abend.

Wir schliefen in einem fensterlosen Haus, das direkt in den Felsen gehauen war. Zahllose Meerschweinchen liefen quiekend über unsere Köpfe, der lebende Fleischvorrat für die nächsten Tage.

»Wie lange müssen wir noch bleiben?«, flüsterte ich. Am liebsten wäre ich sofort aufgebrochen.

»Bis unser Maß voll ist«, sagte Tuzla leise. »Es ist schwieriger als die Jahre zuvor. Ich werde langsam alt. Und außerdem ist es etwas anderes, für den Sohn der Sonne zu arbeiten als für diese ...« Sie spuckte aus. »Sie achten nichts. Nicht einmal die Mutter, die das Leben spendet. Dabei fließt das Salzwasser direkt aus ihrem Leib.«

Als die Frauen den Tag mit Gebeten und einer Opfergabe aus grünen Blättern an Pachamama beginnen wollten, ging er grob dazwischen und trieb uns zu den Salzgärten. Wir kratzten und schleppten, schleppten und kratzten. Inzwischen spürte und schmeckte ich das Salz überall: zwischen den Zehen, die wie verbrannt aussahen, in den Fingerkuppen, die jedes Gefühl verloren hatten, auf der Zunge. Mein Durst wuchs, aber wie viel ich auch trank, ich konnte ihn nicht stillen.

»Du wirst dich daran gewöhnen«, sagte Tuzla und schob mir eine winzige Cocakugel zwischen die Zähne. »Wir mussten uns alle erst daran gewöhnen. Nach ein paar Tagen ist es nicht mehr so schlimm.« Aber ihr Gesicht sah grau dabei aus, und ihre Bewegungen hatten etwas Fahriges.

»Schneller!«, drängte unser Bewacher. »Wenn ihr langsam wie Schnecken seid, werdet ihr eben länger bleiben. Ich will volle Körbe sehen. Alles andere ist Nebensache.«

Ich drehte ihm den Rücken zu, und beim Essen sonderte ich mich ab. Mein Körper fühlte sich an wie ein voll gesogener Schwamm; die ganze Welt, ich eingeschlossen, schien nur noch aus Salz zu bestehen. Lustlos bröckelte ich winzige Stücke vom kalten Maisbrei ab, aber ich aß sie nicht, sondern spielte nur damit. Nicht einmal die frisch gekochten Kartoffeln reizten mich.

Meine Beine baumelten über dem Abgrund. Das Salz hatte brackige, helle Spuren auf meiner Haut hinterlassen. Im Sonnenlicht sah sie fast weiß aus. Tief unter mir floss der schmale Fluss, dessen salzige Tränen die Salinen speisten. Ich dachte an meine Mutter und an Großvater und konnte es kaum erwarten, sie wiederzusehen.

Sie weinte viel zu viel in letzter Zeit, und ihr schönes Gesicht hatte seine Fröhlichkeit verloren. Ich hörte, wie sie mit Großvater tuschelte, nachts, wenn sie beide glaubten, ich schliefe längst. Meine Ohren müssten lang geworden sein, so sehr strengte ich mich an, aber es waren immer nur einzelne Worte, die ich aufschnappen konnte.

»Krieger«, glaubte ich einmal zu verstehen. Und einen fremdländischen Namen, den ich nicht behalten konnte.

»Sie kommen.« Das Flüstern meiner Mutter klang verzweifelt. »Sie durchkämmen das ganze Land. Nicht einmal der neue Inka kann sie aufhalten. Sie werden mich finden. Und Ilya.«

»Niemand wird ihn finden. Und selbst, wenn sie kommen sollten, was werden sie sehen? Einen Jungen, der sich in nichts von anderen Jungen unterscheidet. Im unendlichen Meer gleicht ein Tropfen dem anderen.«

Er log, und sie wusste, dass er log. Ich hörte es an der Art, wie sie seufzte.

»Wenn er ihn mir stehlen will, bringe ich mich um«, sagte sie und klang auf einmal trotzig. »Und ihn dazu. Ich hab ihm das Leben geschenkt. Ich kann es ihm auch wieder nehmen.«

»Bist du Pachamama?« Großvaters Stimme war zornig. »Und jetzt will ich von der ganzen Angelegenheit nichts mehr hören. Bislang ist alles gut gegangen. Wenn wir weiterhin vorsichtig sind, wird sich auch in Zukunft nichts daran ändern.«

Ihre Stimmen waren so deutlich, als stünden sie direkt neben mir. Die Sehnsucht fiel mich an wie ein hungriges Tier. Holt mich!, hätte ich am liebsten gerufen. Bringt mich weg von hier!

Aber der Gedanke an das finstere Gesicht des Aufsehers verschloss mir den Mund. Ich streckte mich aus, legte mich bäuchlings auf die Erde. Es war so friedlich und still. Die Sonne wärmte meinen Rücken. Ich war beinahe am Einschlafen.

Ein seltsamer Ton machte mich mit einem Schlag hellwach. Der Boden unter mir begann zu schwingen; ich spürte die Vibrationen wie feine Stöße im ganzen Körper. Ich sprang auf und sah, dass auch alle anderen auf den Beinen waren. Seltsame Tiere kamen näher, Tiere, auf denen bärtige Männer saßen, so zahlreich, dass die Finger vieler Hände nicht ausreichten, um sie zu zählen.

Die Konquistadoren!

Ich wusste es, bevor noch einer es laut ausgesprochen hatte. Mein Blick glitt zu Tuzla, aber ich begriff sofort, dass sie mir diesmal keine Hilfe sein würde, denn sie zitterte vor Angst und klammerte sich an die magere Alte, die neben ihr stand. Plötzlich aber schien sie aus ihrer Erstarrung zu erwachen.

»Lauf!«, schrie sie mir zu. »Versteck dich!«

Die Tiere und die Männer hatten die Salzgärten inzwischen erreicht. Eine kleine Gruppe saß ab und kam auf uns zu, während der Rest wendete und weiterritt. Meine Beine setzten sich in Bewegung, aber sie wussten nicht recht, wohin, und so rannte ich in einem sinnlosen Zickzack zwischen den Becken entlang.

Verstecken – aber wo? Und weshalb?

Ein paar schmutzige Stiefel verstellten mir den Weg. Sie reichten fast bis zu den Schenkeln des hoch gewachsenen Mannes, der mich an den Armen festhielt. Mein Herz schlug so hart gegen die Rippen, dass ich Angst bekam, es werde im nächsten Moment herausfallen. Dann ließ er mich überraschend los.

»Gibt es einen besonderen Grund, warum du es so eilig hast?«

Ich blinzelte zu ihm hinauf. Ein dunkler Bart verbarg den größten Teil seines Gesichts. Er trug weder Mütze noch Helm. Sein braunes Haar war gewellt und glänzte in der Sonne, als sei es feucht.

»Ich weiß nicht«, sagte ich unsicher. »Der Boden hat plötzlich gebebt. Ich hatte Angst.«

Er lachte.

»Du brauchst keine Angst zu haben«, sagte er. »Das waren nur die Hufe unserer Pferde. Hast du zuvor schon einmal Pferde gesehen?«

Wie gut er unsere Sprache beherrschte! Er sprach fließend und mühelos, mit einem so schwachen Akzent, dass man ihn beinahe überhören konnte. Seine Nase war groß und scharf gebogen, seine Haut schien mir weiß wie frisch gefallener Schnee. Ich musste ihn anstarren, einfach stumm anstarren.

»Nein, aber du siehst aus wie ein Vogel«, sagte ich schließlich. »Wie ein großer Raubvogel.«

Vögel waren das Lieblingsmotiv meiner Mutter und tauchten in vielen ihrer Webereien auf. Früher waren sie klein gewesen, mit bunten Federn und winzigen Schnäbeln. In letzter Zeit webte Mutter schwarze Vögel, groß und gefährlich.

»Da bist du nicht der Erste, der das denkt.« Sein Lachen hatte einen Unterton, den ich nicht mochte. »Aber kaum jemand besitzt den Mut, es auch zu sagen. Wie heißt du?«

Die anderen waren inzwischen auf unsere Unterhaltung aufmerksam geworden, vor allem Tuzla, die mit ihren Armen ruderte und mir seltsame Zeichen machte. Ich ignorierte sie und war erleichtert, als ich aus den Augenwinkeln bemerkte, wie sie mit den anderen zurück zur Arbeit getrieben wurde. Mir war nicht danach, seine Frage zu beantworten. Außerdem fiel mir ein, dass der Großvater mich angewiesen hatte, meinen Namen niemandem zu sagen, den ich nicht kannte.

»Und du, bist du ein Konquistador?«, fragte ich stattdessen. »Gehörst du zu ihnen?«

»Du bist sehr neugierig.«

»Ich habe gern Antworten auf meine Fragen.« Ein Satz, den ich von meiner Mutter hatte.

»Ich auch.« Er lachte zum dritten Mal. »Wir scheinen uns irgendwie ähnlich zu sein.« Sein Gesicht wurde wieder ernst. »Aber ich werde deine Frage aufrichtig beantworten. Konquistadoren, so nennt ihr uns? Ja, ich bin ein Soldat, ein Krieger des Königs, wenn du so willst.«

»Schon seit langem?«

»Du willst alles immer ganz genau wissen, habe ich Recht? Genauso ging es mir auch, als ich in deinem Alter war. Ja, schon seit langem. Vielleicht zu lange. Wenn man das Schwert zu viele Jahre führt, gerät man in Gefahr, andere Dinge zu vergessen.«

Ein Windstoß trieb den strengen Geruch des Salzes herüber. Meine Augen begannen heftig zu tränen. Ich rieb sie mit meinen Fäusten, aber der Juckreiz verschwand nicht.

»Du bist doch eigentlich noch viel zu klein für diese Arbeit«, sagte er plötzlich. »Erwachsene Männer sollten sie verrichten. Das ist doch nichts für alte Frauen und Kinder.«

»Die Konquistadoren wollen das Salz«, sagte ich. »Und wir kratzen es.«

»Diego!«, rief einer der Reiter. »Hier scheint alles so weit in Ordnung. Der Transport nach Cuzco geht morgen ab. Komm, wir müssen weiter. Wir wollen Almagro doch einen herzlichen Empfang bereiten!«

»Gleich!«, rief er zurück. »Ich komme. Nur noch einen Augenblick.«

»Wer ist Almagro?«, sagte ich. »Auch ein Krieger?«

»Der junge Almagro ist ein Verräter«, sagte er. »Und in meinem Land macht man Verräter einen Kopf kürzer. Aber dazu müssen wir ihn erst einmal haben. Deshalb werden wir ihn fangen.«

»Du wirst ihn töten?«

»Ich oder ein anderer. Welchen Unterschied macht das schon? Jeder Verräter verdient den Tod.« Sein Mund wurde so schmal, dass er beinahe im Bart verschwand; die Nase aber trat noch schärfer hervor. Jetzt glich er mehr denn zuvor einem Raubvogel. »Und glaub mir, mein kleiner Freund, manchmal ist der Tod sogar die gnädigere Lösung.«

Er strich mir über den Kopf. Ich spürte die Wärme seiner Hand durch das Leder, das sie umschloss. Dann fasste er unter mein Kinn und hob es sachte an.

»Aber du hast ja grüne Augen«, sagte er überrascht.

»In meinem Dorf nennen sie mich Krötenkopf«, erwiderte ich.

»Dann müssen die Leute in deinem Dorf sehr dumm sein.« Offenbar wollte er mein Kinn gar nicht mehr loslassen. »Und wie heißt das Dorf, wo diese dummen Leute leben?«

»Urubamba.«

»Urubamba«, wiederholte er. »Dort lebt auch deine Mutter?«

Ich nickte. Sollte ich Tuzla auch erwähnen? In gewisser Weise gehörte sie zu uns und in anderer auch wieder nicht.

Ich entschied mich, nichts von ihr zu sagen.

»Und mein Großvater«, ergänzte ich. »Er kann die Menschen heilen.«

Er fragte nicht nach meinem Vater. Aber das fiel mir erst sehr viel später auf.

»Ich reite jetzt zur Schlacht.« Er lächelte, und ich spürte, dass er Abschied nahm. »Ich denke, wir sehen uns wieder, eines Tages!«

Mein Schnabel ist spitz und hart. Meine Fänge sind klauenbewehrt, mein Hals nackt und rot. Ich rieche den Wald weit unter mir, wo die Wolken wie eine Nebelwand heraufziehen.

Dann rieche ich den Tod. Für mich bedeutet er Leben.

Inmitten eines Blumenteppichs liegt der Kadaver eines Lamas, daneben sein totes Kalb. Ich schwebe tiefer. Hunger brennt in meinen Eingeweiden. Bald kröpfe ich, dann wird er schweigen.

Ich fliege weiter, ich bin satt, und die Schwingen tragen mich wie von selbst. Unter mir glitzert es golden – die Dächer von Cuzco. Ich lasse mich fallen, weiter und immer weiter, bis ich auf dem Dach des Sonnentempels lande.

Drei Jahre sind vergangen.

Die Haare der Novizinnen werden nicht länger geschoren, sondern dürfen wieder wachsen. Die Zeit der ersten Abgeschiedenheit ist vorüber. Manche haben die heiligen Feuer gehütet, andere sich weiter in der Webkunst unterweisen lassen.

Wieder steht meine Mutter ganz vorn. Sie ist ein gutes Stück gewachsen und hält sich so aufrecht, dass ihr Rücken leicht durchgebogen erscheint, aber ihre Vorsicht ist vergebens. Unter dem glatten Baumwollkleid kann man die kleinen Brüste schon erahnen. Sie scheint eine Freundin gefunden zu haben; neben ihr steht ein rundliches Mädchen mit sanften Zügen, mit dem sie ab und zu verstohlen kichert.

Beide verstummen, als die goldene Sänfte erscheint. Inka und seine Coya entsteigen ihr und nehmen auf dem Thron Platz. Hinter ihnen sind drei riesige Altäre aufgebaut, einer für den Schöpfergott Viracocha, einer für Inti, die Sonne, der dritte für Quilla, seine Mondgattin.

Ganz ruhig wird es auf dem großen Platz. Nur die bunten Federn der Baldachine bewegen sich leise im Wind.

Die Mädchen treten einzeln vor.

Der Inka befragt jede von ihnen. Sein Gesicht ist glatt, die Augen sehr dunkel. Dreimal müssen sie antworten. Ab jetzt ist es ihnen bei Todesstrafe verwehrt, sich einem Mann hinzugeben, ob er nun ihr Gatte oder ein Geliebter ist.

Die einen gehen zum goldenen Altar; sie werden nun der Sonne dienen. Die nächsten zum silbernen, als willige Geschöpfe der Mondgöttin. In der dritten und kleinsten Gruppe trifft der Inka persönlich seine Wahl.

Meine Mutter ist darunter.

Schon halb auf dem Weg zur Mondgöttin, bringt sein scharfer Ruf sie zum Innehalten.

Ich sehe, wie ihre Miene versteinert, wie sie die Hände in einer bittenden Geste zur Gefährtin ausstreckt, die vorangegangen ist, wie sie mehrmals ihren eigenen Namen flüstert – Quilla –, der doch deutlich besagt, wohin sie gehört.

Es gibt kein Zurück.

Als das Königspaar seine Sänfte wieder besteigt, ist ihr Schicksal besiegelt. Nun gehört sie zu der auserwählten Schar der Frauen des Königs.

Sie ist eine der *acllas*.

Ab heute trägt sie das weiße Kleid, gewebt aus der Wolle der Vikunjas, geschmückt mit roten Stickereien. Ab heute bedeckt ein weißer Schleier ihre Stirn, gehalten von goldenem Geschmeide, so fein gearbeitet, dass es bei jeder Bewegung klimpert.

Ab heute wird sie weben und warten, warten und weben. Bis der Inka sie eines Tages in seine Gemächer rufen lässt.

Oder bis grelle Flötentöne seinen Tod verkünden und sie an seiner Seite sterben darf...

*

Tuzla verriet kein Wort über den Krieger, als wir wieder zu Hause waren, und auch ich behielt diese Begegnung für mich. Ich war erleichtert, dass meine Mutter nicht mehr so viel weinte. Aber ich spürte ihre aufmerksamen Blicke auf mir ruhen, als wollten sie in mein Innerstes dringen, und mir fiel auf, dass sie mich kaum einen Augenblick allein ließ.

Tuzla begann zu kränkeln, kaum dass die Sonnenwende vorüber war, und erholte sich nicht mehr. Als der Frühling kam und schließlich der Sommer, schien sie kleiner geworden zu sein, gedrückt von einer unsichtbaren Last, die sie weiter schrumpfen ließ, bis sie einem müden, greisen Kind glich.

In ihrer letzten Nacht hörte ich sie leise mit meiner Mutter sprechen.

»Ab jetzt musst du alleine gehen, Quilla«, sagte sie. »Und ich hab dich doch immer so gern begleitet!«

»Ich danke dir für alles, Tuzla.« Meine Mutter klang sehr bewegt. »Du warst mein Trost, mein Schutz, mein Halt. Ohne dich hätte ich damals nie gewagt ...«

»Du bist sehr stark. Aber du wirst das Schicksal nicht aufhalten können. Nicht einmal du. Sei nicht zu hart mit dir, meine Kleine – und mit ihm ...« Tuzla verstummte, atmete schwer und unregelmäßig.

Am nächsten Morgen war sie tot.

Als wir sie unter einer heißen Novembersonne begruben, musste ich wie so oft an den Krieger denken. Er hatte mich vergessen. Oder er lebte längst nicht mehr.

Schreckliche Dinge waren zu hören über die Schlacht, in die er gezogen war. Die bärtigen Weißen hatten sich gegenseitig aufgeschlitzt, so berichtete man. Dazu kam Feuer aus eisernen Kanonen, mit ungeheurem Krach, dass jeder schwerhörig wurde, der in der Nähe war. Dreihundert Tote, die Zahl wurde nur respektvoll geflüstert.

»Jetzt fressen sie sich gegenseitig auf«, fügten manche hinzu. »Dann wird der Inka zurückkehren.«

Ich vergaß den Krieger nicht, selbst dann nicht, als es wärmer wurde und die anderen Kinder mich zum Spielen aufforderten. Ich machte mit, aber ich blieb zurückhaltend. Weder sie noch ich hatten jenen Tag im Färbebecken vergessen, auch wenn niemand mehr darüber sprach.

Unter den Sachen meiner Mutter hatte ich einen polierten Silberspiegel entdeckt, den ich manchmal herauszog. Meine Augen waren noch immer grün, das Gesicht schmal. Die Haare blieben, wie sie waren, nur die Nase schien größer zu werden, und wieder kam mir der Mann mit dem Raubvogelprofil in den Sinn.

Ich legte den Spiegel zurück in sein Versteck und sah meiner Mutter beim Weben zu. Keine Vögel mehr, schon seit dem Winter. Auf hellem Grund leuchteten nun rote Frauenfiguren, die kleine Töpfe in der Hand hielten.

»Die *acllas* des Inka.« Es war mir einfach herausgerutscht.

Der Großvater und sie tauschten einen raschen Blick.

»Du träumst also wieder«, sagte er mit bedächtigem Nicken.

Ich antwortete nicht.

»Hast du ihm wieder heimlich Medizin gegeben?«, sagte sie säuerlich. »Mir ist nicht aufgefallen, dass er krank gewesen wäre.«

»Nein«, antwortete ich an seiner Stelle. »Ich brauche keine Medizin. Die Träume kommen, wann sie wollen.«

»Dann mag ich deine Träume nicht.«

Mit einer heftigen Bewegung schob sie den Webstuhl zur Seite und stand auf. Ich sah ihr nach, wie sie unser Lehmhaus verließ, sehr aufrecht, den Rücken leicht durchgedrückt.

Genau wie das Mädchen, das der Inka zu sich befohlen hatte.

Drei

Santiago de Compostela, April 1563

»*Dona nobis pacem*...«

Luis Alvar schloss die Augen.

Ein klarer Tenor schwang wie eine Welle durch das Kirchenschiff. Irgendwann kam versetzt ein zweiter dazu, dann folgte ein dunkler Bariton, bis mit einem Bass der Kanon schließlich komplett war.

Zum Glück war der unförmige Weihrauchkessel nicht im Einsatz, dessen helle Schwaden die Ausdünstungen der Pilger überdecken sollten. Ihm wurde regelmäßig übel davon. Er hatte sich für diese frühe Messe entschieden, weil die Stadt noch schlief. Außer ihm knieten nur einige dunkel gekleidete Gestalten in den Bänken der alten Kathedrale. Die feierliche Atmosphäre rührte ihn an, jedes Mal, und doch hatte er es bislang nie über sich gebracht, bis zum Segen auszuharren.

Auch heute wurde es eng in seiner Brust, als der Priester das Agnus Dei anstimmte und die Gemeinde ehrfürchtig einfiel.

»*Agnus dei, qui tollis peccata mundi: miserere nobis*...«

Luis stand auf und versuchte, so unauffällig wie möglich seinen Platz zu verlassen. Etwas leichter wurde ihm, als er im Vorraum bei der schlanken Säule angelangt war, das erste Ziel jedes Pilgers, der nach langem mühevollem Weg schließlich die Kathedrale erreicht hatte.

Die Wurzel Jesse.

Luis kannte die Vertiefungen, die unzählige Hände in dem hellen Stein hinterlassen hatten. Aber er brachte es nicht über sich, seine Hand hineinzulegen, um endlich Ruhe und Erlösung zu finden.

Die Plaza de las Platerías war menschenleer, als er sie überquerte, aber in einigen Läden brannte schon Licht. Die Silber- und Goldschmiede bereiteten sich auf das Osterfest vor, das traditionsgemäß zahlreiche Pilger in der Stadt des wortgewaltigen Apostels feierten. Von nah und fern kamen die Menschen zum Fest der Auferstehung, um am Grab des heiligen Jakobus zu beten.

Luis betrat den letzten Laden am Fuß der Treppe, der damit in bester Lage sowie gleichzeitig vor allzu neugierigen Blicken geschützt war. Gerhard Paulus, sein Inhaber, hatte nichts dem Zufall überlassen. Paulus war, wie Luis inzwischen gelernt hatte, ein Mensch, der alles am liebsten in die eigenen Hände nahm.

»Du bist es!«, sagte er lächelnd, als Luis eingetreten war. Mit Fiedelbogen und Schleifrad bearbeitete sein junger Gehilfe einen schwarzen Stein, und der Meister verfolgte jede seiner Bewegungen. Trotzdem war ihm der angestrengte Ausdruck des Besuchers nicht entgangen. »Blass wie ein Nebelstreif. Lass mich raten: Ich wette, du hast noch nicht einen Bissen zu dir genommen!«

»Keine Wette, wenn nicht der sichere Ausgang garantiert ist, nicht wahr?« Luis' Blick wurde warm. »Ich war in der Kathedrale. Die Messe hab ich nicht bis zum Ende durchgestanden. Wieder einmal.«

»Wieso quälst du dich so?«, sagte Paulus. »Man braucht keine Mauern, um Gott nahe zu sein. Sieh dir lieber dieses Wunderwerk hier an! Ist dir schon einmal Gagat untergekommen, der so glatt und geschmeidig ist?«

»Was fertigt ihr daraus?«, sagte Luis.

»Jakobs-Muscheln, Ketten und Armbänder. Und natürlich jede Menge Amulette. Die Nachfrage steigt. Alle Pilger wollen ein Andenken mit nach Hause nehmen. Wir müssen fleißig arbeiten, damit wir jedem etwas anbieten können.«

Paulus ging zum Nebentisch und suchte ein Amulett aus. Eine winzige Faust war aus dem schwarzen Stein geschnitzt; der Daumen lag zwischen Zeige- und Mittelfinger.

»*En mal de ojo*, wie die Leute hier sagen. Könntest du nicht auch eines davon gebrauchen?«

»Ich fürchte, das reicht bei mir nicht aus«, sagte Luis. »Ich bin verflucht. Das weißt du ganz genau.«

»Hör auf damit. So etwas darfst du nicht sagen, nicht einmal denken!« Der untersetzte Goldschmied war streng geworden. »Mein Vorschlag war durchaus ernst gemeint. Gagat ist ein Stein für den Neuanfang. Er heilt seinen Träger von Traurigkeit und Verlust und beschützt ihn vor Unfällen, Intrigen und falschen Freunden ...«

»Mein einziger Freund bist du«, sagte Luis. »Auf andere verzichte ich gerne.«

Aus ihrer Begegnung war eine Freundschaft gewachsen. Es gab vieles, was die beiden Männer trennte, aber auch einiges, was sie verband – nicht nur das Interesse an edlen Steinen. Sie waren weit herumgekommen und schließlich in der Stadt des Heiligen gelandet. Und so ergab es sich, dass sie schließlich auch Geschäftspartner wurden.

Luis Alvar fühlte sich wohl in der Gegenwart des lebensfrohen Elsässers. Paulus hatte die Welt gesehen, wechselte leicht von einer Sprache in die andere und blieb dennoch immer er selbst. Aus Paulus' Mund störte ihn nicht einmal das harte Spanisch, das ihm sonst verhasst war, obwohl er es längst beherrschte wie ein Einheimischer. Dennoch vergaß er keinen Tag, wer er war, obwohl der Weg zurück ihm für immer versperrt schien. Quechua, die Sprache seiner Ahnen, blieb den Träumen vorbehalten. Vielleicht zog er es deshalb vor, sich mit dem Freund in dessen Muttersprache zu unterhalten, eine große Herausforderung für ihn, dafür jedoch ohne alte Lasten.

»Gleich nach den Feiertagen breche ich wieder nach Villaviciosa auf«, sagte Paulus, als sie im Nebenraum an einem runden Tisch saßen. »Ich kann es kaum erwarten!«

Er hatte seinem Gast warme Küchlein und Mandelmilch angeboten, und während Luis ablehnte, langte er selbst herzhaft zu. Vor ihnen stand eine kleine Schatulle mit verschiedenen Gagatschmuckstücken. Immer wieder griff der Goldschmied hinein, nahm eines heraus und betrachtete es wohlgefällig.

»Diese neue Mine hat für mich etwas vom Schoß einer saftigen Frau – sie scheint unerschöpflich! Ich werde Martin und Gregor mitnehmen, damit sie schon früh lernen, womit ihr Vater sein Geld verdient. Wieso kommst du nicht einfach mit? Die Kinder beten dich an. Und das Labyrinth von Gängen, das bis ins Innerste des Berges führt, wird dir gefallen!«

»Weil ich nicht kann«, sagte Luis.

Er ließ vieles ungesagt. Vor allem aber, wie sehr ihm die Gegenwart der aufgeweckten Zwillinge zu schaffen machte, weil er sich den Wunsch nach eigenen Kindern bisher versagt hatte.

»Teresa Berceo?« Paulus verzehrte den letzten Kuchen und wandte sich wieder seinem Schmuck zu. »Ist sie der Grund, weshalb du die Stadt nicht verlassen möchtest?«

Eine unbestimmte Geste.

»Worauf wartest du dann noch? Teresa ist jung, schön und wird eine stattliche Mitgift bekommen. Sie brennt darauf, deine Frau zu werden. An ihrer Seite wäre deine Einsamkeit schnell zu Ende. Sei klug, Luis, in ganz Santiago wirst du keine bessere Braut finden! Und wenn ihr einmal Kinder…«

»Ich kann nicht«, unterbrach ihn Luis. »Du weißt, weshalb.«

»Menschen können sich ändern. Was vor Jahren noch undenkbar erschien, ist heute schon beinahe alltäglich.«

»Das wird vielleicht einmal für Martin und Gregor gelten«, sagte Luis. »Eher noch für ihre Kinder und Kindeskinder. Ich weiß, wie es sich anfühlt, anders zu sein. Den Schmerz, nirgendwo richtig dazuzugehören, möchte ich niemandem zumuten, erst recht nicht meinem eigenen Fleisch und Blut.«

»Dann solltest du langsam die Konsequenzen ziehen«, sagte Paulus. »Nicht, dass ich etwas darauf gäbe, aber die Leute reden bereits. Und wir leben nun mal in einer frommen Stadt. Außerdem kann ich mir nicht vorstellen, dass die Geduld des Vaters endlos währt. Ich wundere mich ohnehin, wie langmütig Gaspar Berceo in dieser Angelegenheit ist!«

»Was kümmert mich der Vater?«, sagte Luis heftig. »Teresa ist ein Engel und ich, ich bin ...«

»Luis«, der Goldschmied berührte sanft seinen Arm, »komm zu dir! Du bist hier in Spanien. Alle achten dich. Keiner hier weiß, was früher war – außer mir. Und meine Lippen, geschätzter Freund, sind für immer versiegelt, das weißt du!«

»Ich mag das stumpfe, schwarze Zeug nicht.« Luis schob die Schale abrupt weg und zeigte damit, wie sehr ihn Paulus' Worte getroffen hatten. »Und wenn sich noch so viel Silber damit verdienen lässt! Die Steine, die ich liebe, müssen funkeln und ein Geheimnis in ihrer Tiefe bergen.«

»Wie der Feueropal deines Großvaters?«

»Ich werde dir den Stein nicht überlassen«, sagte Luis heftig. »Ich habe es dir schon tausend Mal gesagt.«

»Und ich werde mir erlauben, dich trotzdem immer wieder danach zu fragen. So lange, bis du Sturkopf endlich nachgibst«, sagte Paulus. »Denn sein wahres Geheimnis wird dieses Prachtstück erst in den Händen des geübten Schleifers offenbaren. Wieso vertraust du mir nicht?«

»Ich muss gehen«, sagte Luis. »Ich werde erwartet.«

»Flores?«, sagte Paulus langsam. »Meinst du nicht, dass du deine Unentschlossenheit allmählich übertreibst?«

Luis' Miene war undurchdringlich, die Augen zwei blanke Spiegel, das scharf geschnittene Profil abweisend. Mehr denn je ähnelte er seinem Vater. Und plötzlich kam Gerhard Paulus wieder jene denkwürdige Begegnung auf hoher See in den Sinn, bei der sie sich kennen gelernt hatten.

*

Genf, April 1563

Als der dritte Docht brannte, wiederholte er seine Frage.

»Was willst du?«, sagte er.

»Meinen Sohn.« Claras Stimme zitterte. »Gib ihn mir zurück. Jakob ist unschuldig.«

Noch für einen Augenblick schien Rossin den Duft des Bienenwachses aufzunehmen, dann sah er sie an. Sein gebeugter Rücken und die schweren Lider hatten sie getäuscht. Er musste jünger sein, als sie gedacht hatte, denn die Stoppeln auf Kinn und Wangen zeigten noch keine Spur von Grau.

»Am Anfang sind alle unschuldig«, sagte er. »Und irgendwann gestehen sie doch.«

»Aber Jakob *hat* nichts Böses getan! Mein Sohn ist etwas Besonderes. Mit dem Teufel, wie sie behaupten, hat er nichts im Sinn. Du darfst mein Kind nicht töten!«

»Ich töte niemanden.« Rossins Augen wurden dunkler. Schmerz las sie in ihnen, Trauer, eine Einsamkeit, so tief, dass es sie berührte. »Ich bin nur der Vollstrecker. Das Urteil fällen andere.«

»Bitte hilf mir!« Clara umklammerte seinen Arm. Er trug einen schlichten braunen Rock, ohne die schreiend bunten

Bänder, das fiel ihr trotz ihrer Angst auf. »Du musst uns helfen – bei allen Heiligen beschwöre ich dich!«

Rossin machte sich los.

»Warum sollte ich?«, sagte er. »Du verlangst viel von mir. Unmögliches!«

»Du sollst es ja nicht umsonst tun. Hier – ich gebe dir etwas sehr Wertvolles dafür.« Clara zog den Ring von ihrem Finger und legte ihn auf den Tisch. Ihre Hand fühlte sich auf einmal sehr nackt an. »Er ist alt, ganz aus Gold, und die Steine sind sehr wertvoll. Mein Mann hat ihn mir an den Finger gesteckt. Heinrich lebt schon lange nicht mehr, und wenn nun auch noch unser einziges Kind ...« Sie begann zu weinen. »Der Ring ist alles, was ich habe!«

»Nicht ganz«, sagte Rossin bedächtig. Seine Arme hingen lose herab.

Unter Tränen sah sie ihn an. Dann begriff sie.

»Nein«, flüsterte Clara.

»Diese Nacht«, sagte er. »Nicht mehr und nicht weniger.«

»Und du versprichst ...«

»Es gibt keine Garantie im Leben, für nichts.« Für einen Moment schloss er die Augen. »Weißt du das nicht? Du bist doch eine erwachsene Frau. Diese Nacht. Du kannst darauf eingehen oder es lassen. Ganz, wie du willst.«

»Ich soll dir vertrauen – dem Henker?«

Ein Lächeln. »Das ist ganz und gar deine Angelegenheit.«

»Ich kann es nicht«, stieß sie hervor.

»Dann beenden wir unsere Unterhaltung. Lass mich allein.«

Er ging zur Feuerstelle. Sein Rücken war breit, die Arme unter dem groben Stoff muskulös; Clara sah, dass er an schwere körperliche Arbeit gewöhnt war. An der Wand hingen einige Messer, über die ihr Blick zunächst nur flog. Dann jedoch kam die Erinnerung zurück. Der krumpe Görgl hatte sie ihr im letzten Jahr einzeln vorgeführt: seine Schindermesser, je nach Größe und Schärfe geeignet zum Fetzen des

Fells und zum Abschaben des Fetts. Sie sah noch den Fetzsack vor sich, in den die Plautze schließlich kam, wie die blutige Tierhaut im Rotwelsch genannt wurde. Ganz stolz war er gewesen, als er die widerlichen Ausdrücke fehlerfrei hervorgestoßen hatte.

»Görgl«, sagte sie zögernd. »Ich schäme mich sehr, denn ich hätte ihn beinahe vergessen. Was ist mit ihm? Ist er schon...«

»Willst du das wirklich wissen?« Rossin wandte sich ihr wieder zu.

Sie nickte.

»Zuerst kommt das Vorzeigen der Folterinstrumente«, sagte er. »Und ich erkläre ausführlich ihre Wirkungsweise. Zu diesem Zeitpunkt verlieren einige vor Angst bereits halb den Verstand – und gestehen. Reagiert der Angeklagte jedoch nicht darauf, muss ich sie ihm lose anlegen. Erneut wird er eingehend befragt. Ist er noch immer hartnäckig und leugnet, beginnt die eigentliche Tortur. Ich kann ihn mehr oder weniger stark quälen, oder ich kann ihm Verletzungen zufügen, von denen er sich niemals mehr erholt. Hast du schon genug? Oder möchtest du weitere Einzelheiten?«

Sie starrte ihn an, unfähig, ein weiteres Wort zu sagen.

»Nun, bei Görgl war es zunächst die Leiter, das ist eine Art Gerüst, auf das man kopfunter gefesselt wird. Um Hand- und Fußgelenke werden bewegliche Knoten geschlungen. Damit ruht sein gesamtes Gewicht auf einem einzigen Wirbel. Danach habe ich den Strick durch Umdrehung des Knebels fester geschnürt. Ein nasses Tuch lag auf seinem Mund; durch einen Trichter hat mein Gehilfe den Inhalt einer Wasserschale gegossen. Die zweite Umdrehung. Der Hanf schneidet fester ins Fleisch, die Brust schwillt an und ringt nach Luft, aber beim Versuch zu atmen, dringt das Tuch tiefer in Kehl- und Rachenhohlraum und hemmt...«

»Hör auf!«, flüsterte Clara. »Beim gütigen Gott, hör auf, sei endlich still!«

»Sie haben verlangt, dass Jakob vom Nebenraum aus zusieht«, sagte Rossin. »Belot hat sogar vorgeschlagen, ihm die Lider zu fixieren, damit ihm ja nichts entgeht, aber aufgrund seiner Jugend konnte ich die anderen schließlich überreden, Abstand davon zu nehmen. Zuhören musste er allerdings. Und ich habe keine Ahnung, auf welch wirre Ideen sie noch verfallen. Die Wut deines Schwagers ist grenzenlos.«

»Wie konntet ihr ihm das nur antun?« Das Grauen war in ihre Glieder gekrochen. Ein inwendiges Reißen, als wären Muskeln und Sehnen auf einmal zu kurz.

»Sein Zustand ist schlecht. Dein Sohn verweigert seit Tagen das Essen. Er trinkt kaum. Und er sagt kein einziges Wort.«

»Genug! Es ist genug.« Sie wischte ihre Tränen ab und ging auf ihn zu. Was zählte ihr Ekel? Was zählten ihre Angst, ihre Scham? Es ging um Jakobs Leben!

»Du bist einverstanden?« Rossins Stimme verriet seine Überraschung.

»Sag mir, was soll ich tun? Lass uns nicht noch mehr Zeit verlieren!«

»Nimm deine Haube ab. Und mach dein Haar auf. Ich will es anfassen.«

Clara zuckte nur kurz zurück, als seine Hände durch ihre Haare fuhren, dann hielt sie still. Es waren ruhige Berührungen, fast schüchterne, aber sie musste trotzdem daran denken, was diese Hände sonst taten.

»Du riechst nach Angst und nach Kälte«, hörte sie ihn sagen. »Immer habe ich dich für eine hitzige Häsin gehalten. Ich glaube, du hast dich verändert, seitdem du bei uns in Genf lebst.«

»Und du, du riechst nach Tod.« Es war heraus, noch bevor sie nachgedacht hatte.

Er gab einen seltsamen Laut von sich.

»Sie hat das auch immer gesagt! Du kannst dich waschen, so viel du willst, du wirst es niemals ganz los. Es sitzt unter der Haut. Dort, wohin kein Seifenkraut und keine Asche jemals dringen.«

»Warum bist du dann ein – Vollstrecker geworden?«

Seine Hände glitten schwer von ihrem Kopf.

»Weil mein Vater Scharfrichter war. Und der Vater meines Vaters. Wir gehören zu den Unehrlichen, seit Generationen schon. Der Tod – das ist unser Leben. Weißt du, was das bedeutet?«

Rossin schien keine Antwort zu erwarten.

»Keiner will mit uns im Wirtshaus trinken. Von der Badstub sind wir ausgeschlossen. Keine Hure, die sich zu uns legen würde, nicht einmal die räudigste. Die heilige Messe können wir nur im Schutz der Nacht besuchen; das Abendmahl bleibt uns verwehrt. Wer unsere Kinder aus der Taufe hebt, riskiert den Turm bei Wasser und Brot.«

Jäh hatte er sich von ihr abgewandt.

»Nicht einmal die Wehfrau kommt uns zur Hilfe. So hab ich meinen Sohn verloren. Und meine Frau. Sie war noch sehr jung.«

»Du warst verheiratet?«

»Ich hab sie unter dem Galgen freigebeten, eines meiner wenigen Rechte. Claire hatte nicht viel auf dem Kerbholz, nur ein paar gestohlene Äpfel und Kohlköpfe, aber immerhin genug, um sie zum Tod zu verurteilen. Ein gutes Jahr mit ihr – dann war der schöne Traum vorbei.«

»Claire? Sie hieß wie ich?«

»Und ihr Haar war beinahe so dunkel wie deines.« Rossin zog sie unbeholfen an sich. »Ich hab so lange keine Frau mehr angefasst«, sagte er. »Ich will, dass du mich küsst. Küss mich, Clara!«

Sie wollte zurückweichen, aber er hielt sie fest. Seine Lippen waren trocken und kühl. Er begnügte sich damit, sie fest auf ihren Mund zu drücken. Ich küsse den Tod, dachte Clara.

Er ließ sie wieder los.

»Du ekelst dich nicht«, sagte er. »Ich widere dich nicht an?«

»Nein.« Zu ihrer Verblüffung stellte sie fest, dass es die Wahrheit war. »So empfinde ich nicht.«

»Lass uns nach nebenan gehen.«

Der Raum war klein und das Bett schmal. Sie blieb unschlüssig stehen, während er sich auf der strohgefüllten Matratze niederließ.

»Vergeht dir der Mut?«, fragte Rossin.

»Ich weiß nicht«, sagte Clara. »Wirst du mir wehtun?«

Er griff nach ihrer Hand. »Setz dich zu mir. Ich will dich spüren.«

Sie ließ seine Umarmung zu. Sie hörte sein Herz schlagen. Es war so dunkel, dass sie Rossins Gesicht nicht sehen konnte, und sie war froh darüber. Seine Hände fuhren über ihre Brüste, ganz leicht, dass sie es kaum spürte, dann ließ er sie wieder sinken.

»Zu mir kommen sie immer nur nachts.« Es klang wie ein Selbstgespräch. »Heimlich, wie du. Damit niemand sie sieht.«

»Was wollen sie von dir?«

»Knöchelchen von Gehenkten, damit die Börse stets voll bleibt. Leichenfett, um ihren Feinden zu schaden. Andere sammeln die Haare der Verbrecher, weil sie fruchtbar machen sollen. Und dann gibt es auch das Gegenteil davon – die verzweifelten Frauen.«

»Aber doch nicht, um …«

»Man muss nicht nur geschickt sein, um unser Handwerk auszuüben, wir verstehen auch einiges von Anatomie. Die Frauen flehen uns an, sie von ihrer Leibesfrucht zu befreien. Und selbst, wenn wir ihnen helfen – sobald wir einmal tot sind, will niemand uns gekannt haben. Dann bleibt für unsereins als Sargträger nur noch Gesindel. Und man verscharrt uns vor der Stadt, wie Verbrecher oder tollwütige Hunde.«

Er räusperte sich leise.

»Görgl wird nicht mehr reden«, sagte er. »Du kannst beruhigt sein. Von dieser Seite droht keine Gefahr.«

»Ich verstehe nicht ganz«, sagte Clara vorsichtig.

»Er hat keine Zunge mehr.«

Voller Abscheu rückte sie von ihm ab.

»Salve«, sagte Rossin. »Salve, verstehst du, Clara, salve! Zum Glück war ich gerade allein mit ihm, als er damit anfing. Um Kopf und Kragen hat er sich geredet, da war nichts mehr zu machen, aber sollen deswegen jetzt noch andere sterben, andere, viele, Leute, die es nicht verdienen?«

Angst verschloss ihr den Mund.

»Lass uns etwas ausruhen«, hörte sie ihn sagen. »Nur eine Weile. Dann sehen wir weiter.«

Er streckte sich aus und nahm ihre Hand. Sein Atem wurde gleichmäßiger. Mit offenen Augen lag Clara neben ihm. Lautlos betete sie zu Jakobus – und zu der Heiligen, die ihn einst geboren hatte: Maria Salome.

✳

Die Fackelträger waren leise und geschickt. Zudem war das Wetter für ihr Unternehmen günstig. Dunkle Wolken bedeckten den Mond, der fast voll war. Ein kühler Wind wehte, kräftig genug, um die Flammen anzufachen.

Die Büsche brannten als Erstes. Wie feines, loderndes Geschmeide standen sie vor dem Nachthimmel.

Der Schuppen bereitete ihnen größere Schwierigkeiten, aber irgendwann begann auch sein Holz zu glimmen. Als das Feuer höher leckte, hörten sie von drinnen die Ziege in Todesangst schreien. Kurz hielten sie inne, aber sie hatten klare

Anweisungen, und so fuhren sie fort mit ihrem Zerstörungswerk.

Schwere Stiefel verwüsteten die Beete; plumpe Fäuste brachen Zweige. Sie rissen Blumen aus, zertrampelten die Gewürzpflanzen, bis alles vernichtet war.

»Der Baum!«, sagte einer, als sie schon abziehen wollten. »Das Wichtigste hätten wir beinahe vergessen.«

Er gab seine Fackel an einen anderen weiter, nahm die Axt und setzte präzise seine Schläge.

Mit einem Ächzen fiel der Kirschbaum. Die weißen Blüten bedeckten den toten Boden wie dichtes Schneegestöber.

*

Margarete weinte, als sie das Aschenfeld sah, das einmal Claras Garten gewesen war.

Sie war zu spät gekommen – wieder einmal.

Sie hatte keinen Zweifel daran, wer hinter diesem Anschlag steckte, und sie hasste Jean dafür. Und nicht nur dafür. Inzwischen gab es so vieles, wofür sie ihn hasste. Am meisten für den Tod ihrer Tochter, an dem sie ihm insgeheim die Schuld gab.

Aber noch war ihre Zeit nicht gekommen. Sie musste auf der Hut sein, mehr denn je.

Sie zog den Beutel hervor, in den sie alle Münzen gestopft hatte, die sie besaß. Es waren nicht viele, und zu ihrem Leidwesen waren keine goldenen darunter. Aber es war ein Zeichen.

In dem Beutel steckten nicht nur ihre Ersparnisse. Clara sollte wissen, von wem sie stammten.

Vielleicht würde sie ihr dann verzeihen, eines Tages.

Margarete zögerte kurz. Dann legte sie ihr Geschenk in die schwarze Krone des gefällten Baumes.

*

Irgendwann schreckte Clara hoch. Der Platz neben ihr auf dem Bett war leer, das Laken kalt. Ihr Herz klopfte so stark, dass sie meinte, es in der in Stille des verlassenen Raumes zu hören. War Rossin gegangen, um sie zu denunzieren?

Nebenan war die letzte der drei Kerzen beinahe niedergebrannt. Claras Gaumen war trocken; die Zunge lag wie geschwollen in ihrem Mund. Sie nahm ein paar Schlucke aus dem Wasserkrug und sah sich um.

Der Raum war spärlich möbliert und sauber. Wenn Rossin keine Frau hatte, die ihm zur Hand ging, musste er sehr ordnungsliebend sein. Ihr Bündel war da, wo sie es abgestellt hatte; der Ring lag noch immer auf dem Tisch.

Sie nahm ihn in die Hand und dachte an Heinrich. Verzeih mir, dachte sie. Die Last ist viel zu groß für mich allein. Du hättest Jakob und mich nicht so früh verlassen dürfen. Weißt du, dass ich manchmal in Versuchung gerate, dir das übel zu nehmen? Dass ich nicht weiß, wie ich das alles ohne deine Liebe schaffen soll.

Sie erstarrte, als sie im Vorraum Schritte hörte, schwere, gleichmäßige, gefolgt von unregelmäßigem, schwerfälligem Schlurfen.

Dann sprang die Türe auf.

»Jakob«, flüsterte sie.

Sein Kopf war kahl geschoren, das Gesicht geschwärzt und eingefallen. Einzig die Ohren leuchteten rosig, standen ab wie nackte Flügel. Nur kurz hob Jakob den Blick, dann starrte er wieder zu Boden. Sein gebeugter Nacken wirkte so schutzlos, und doch spürte Clara eine plötzliche Scheu. Vor dem, was er hatte ertragen müssen und was ihn verändert hatte. Raue Hanfstricke schnitten in seine Handgelenke, und er stank zum Gotterbarmen.

»Warum?« Die Stimme brach, obwohl sie sich bemühte, die Tränen zu unterdrücken. »Warum ist er immer noch gefesselt?«

»Weil es auffallen würde, wenn ich einen Delinquenten ungefesselt durch die Straßen führen würde. Diese Stadt schläft niemals. Das solltest du doch am besten wissen!«

Rossin griff nach einem von Görgls Messern und schnitt die Stricke durch. Jakob rührte sich nicht. Der Scharfrichter schälte ihn aus seinen Lumpen und zwang ihn, schluckweise aus dem Wasserkrug zu trinken.

»Hast du Kleidung für ihn dabei?«, fragte er knapp. »Du musst dafür sorgen, dass er genügend Flüssigkeit bekommt.«

Clara holte die Sachen aus dem Bündel. Sie spürte die Scham ihres Sohnes und wandte sich ab, als Jakob sich zitternd ankleidete.

»Was haben sie nur mit dir gemacht?«, flüsterte sie.

»Ihn das zu fragen, ist später noch Zeit«, sagte Rossin. »Macht schnell«, drängte er, als Clara ihn regungslos anstarrte. »Sie werden nicht lange fackeln, wenn sie euch zu fassen bekommen.«

Mit zitternden Fingern stopfte sie ihr Haar unter die Haube.

»Der Ring! Willst du nicht wenigstens den Ring annehmen? Was meinst du, wann werden sie entdecken, dass Jakob nicht mehr im Kerker ist?«

»Steck den Ring an«, sagte Rossin. »Und lass den Rest meine Sorge sein.«

»Danke«, flüsterte Clara. Das vertraute Gewicht am Finger beruhigte sie.

»Worauf wartet ihr noch? Geht!«

Jakob ließ es geschehen, dass sie nach seiner Hand griff und ihn mit sich zog. An der Türe blieb sie noch einmal stehen.

»Wie heißt du eigentlich?«, sagte sie.

»Rossin. Das weißt du doch!«

»Dein Vorname«, sagte sie sanft. »Bitte!«

»Hugo«, sagte er leise, als müsse er sich dafür schämen.

»Danke, ich werde für dich beten, Hugo«, sagte Clara. »Mein ganzes Leben lang.«

*

»Wir sind zu langsam, Jakob!« Claras Blick glitt ängstlich zum Himmel. »Im Osten wird es schon hell. Bitte, du musst dich beeilen!«

Sie bereute den Satz im selben Augenblick. Seine Schultern hingen kraftlos herunter, und die Füße schien er nur mit äußerster Anstrengung bewegen zu können. Clara gab ihm immer wieder zu trinken, aber selbst das Schlucken bereitete ihm große Mühe.

»Du kannst dich ausruhen, wenn wir nur ein kleines Stück weiter sind«, sagte sie. »In einer Scheune, einem Unterschlupf. Wir werden schon das Richtige finden.«

Sie waren am See angelangt. Himmel und Wasser schienen ineinander überzugehen, und für einen Augenblick sah Jakob auf. Er hob seinen Arm und deutete stumm nach Westen.

»Ein großes Feuer!« Clara beschleunigte ihre Schritte. Jetzt achtete sie nicht mehr darauf, ob er ihr auch folgen konnte. Sie vergaß es einfach, als ihre Schritte immer schneller wurden. Sie rannte, bis ihre Füße die verbrannte Erde ihres Gartens berührten.

»Die Ziege ist tot«, sagte sie tonlos, als sie schließlich Jakobs Atem neben sich hörte. »Alles ist zerstört, alles ist verwüstet.«

Ihre Stimme schwankte.

Der Wind wirbelte die weißen Blüten des Kirschbaums auf. Einige ließen sich auf ihrem Ärmel nieder wie Boten einer freundlicheren Welt.

»Wir leben«, sagte sie. »Die Erde trägt uns. Der Himmel erhebt sich über uns. Lass uns gehen, Jakob. Der heilige Jakobus wartet schon auf uns!«

Noch immer blieb Jakob stumm, sein Blick war in die Krone des Baumes gerichtet. Jetzt sah sie es auch. Clara streckte sich und nahm den kleinen Lederbeutel aus einem der Äste. Sie öffnete ihn, sah die Münzen schimmern und den zerknitterten Zettel. Ein wackeliges »M«. Sie erkannte sofort, von wem es stammte.

»Jakob!«, sagte sie. »Sieh her! Sie ist mutiger, als ich gedacht habe. Margarete hat uns nicht vergessen...«

Doch als sie sich nach ihm umwandte, sah sie ihren Sohn langsam davongehen, zurück zum See. Am Ufer angelangt, zog er sich aus. Sein Körper schimmerte hell, und die Rippen stachen hervor. Er war so mager, dass es ihr das Herz zusammenzog.

Sie sah ihm zu und fühlte sich hilflos. Sie hatte ihn nicht schützen können. Er entfernte sich von ihr.

Langsam watete er tiefer. Dann breitete er die Arme weit aus, als würde er etwas tragen. Eine schwere Last.

»Jakob!«, schrie sie in ihrer plötzlichen Angst. »Bitte! Geh nicht!«

Er sah sich nach ihr um. Ihre Blicke trafen sich. Er wirkte sehr ruhig, es schmerzte sie. Er war kein Kind mehr. Und plötzlich begriff sie, was er tat: Er hielt Suzanne auf seinen Armen.

Er wandte ihr den Rücken zu, sein Gesicht der aufgehenden Sonne entgegen. Dann tauchte Jakob unter.

∗

Kloster Notre-Dame de Sénanque, April 1563

Der Hund leckte seine Wange.

»Lass mich in Ruhe, Troppo, ich will noch schlafen!« Der Mann schob ihn zur Seite, was der Hund für ein Spiel zu halten schien. Sofort war er wieder bei ihm, umkreiste ihn, bellte und ließ sich nicht abweisen.

Bruno spürte, wie Ärger in ihm hochstieg. Doch als er die Augen aufschlug, musste er lachen. Troppo stand direkt über ihm und beobachtete ihn gespannt. Eines der hellbraunen Ohren stand nach oben, während das andere geknickt am Kopf lag, was ihm einen verschmitzten Ausdruck verlieh. Langsam wickelte er sich aus seinem Umhang. Die Wunde war schuld daran, dass er sich nur mühsam aufrichten konnte.

Als er schließlich stand, begrüßte ihn ein Krächzen.

»Und du bist auch schon munter, was für eine Freude, meine schöne Lia!« Der zahme Rabe setzte sich auf seine Hand, legte den Kopf schief und ließ sich ausgiebig kraulen. Bruno gab ihm aus dem Lederbecher Wasser zu trinken. Ein Trick, den sie eingeübt hatten. »Ich fürchte allerdings, für dein Frühstück musst du selber sorgen. Alle Taschen sind leer – alles bis auf die letzte Krume aufgegessen. Wenn wir dort unten beim Kloster nichts zwischen die Zähne bekommen, sieht es schlecht für uns aus!«

Er rieb sich die Augen und fuhr sich mit den Fingern durch die Haare. Dann schaute er an sich herunter. Seine Beinlinge, Hemd und Wams ließen die ursprüngliche Farbe nur noch erahnen; der Staub unzähliger Landstraßen überzog alles mit einem gleichmäßigen Graubraun. Und das Wenige zum Wechseln, das er besaß, sah keinen Deut besser aus. Das lange Unterwegssein hatte ihn gelehrt, mit dem Allernötigsten auszukommen. Seine wichtigsten Besitztümer waren die Utensilien zum Feuerspucken und die Instrumente, Schalmei und Flöte, vor allem jedoch die Laute, mit der sich so gutes Silber verdienen ließ. Aber wenn er in der nächsten Stadt mit seinen Künsten Publikum anlocken wollte, konnte eine gründliche Überholung nicht schaden.

Viel mehr Sorgen jedoch machte ihm der rechte Fuß. Die große Wunde am Ballen wollte einfach nicht heilen, war rot und roch brandig; jeder Schritt kostete inzwischen Überwindung.

Aus der Ferne hatte die Abtei in dem versteckten Seitental wie ein steinernes Bollwerk ausgesehen, aber als er allmählich näher humpelte, erkannte er Brandspuren. Außerdem steckte der Turm in einem plumpen Gerüst, und einige der Fenster waren mit Brettern vernagelt. Schnurgerade angelegte Lavendelbeete führten direkt auf das Kloster zu. Es war noch zu früh im Jahr für ihr strahlendes Violett, jetzt gab es nur frische grüne Triebe zu sehen. Schade, zu gerne roch er den unverwechselbaren Duft. Dennoch strahlte der Ort so viel Einsamkeit und Sammlung aus, dass Bruno unwillkürlich zögerte, sein bohrender Hunger aber und Troppos Kläffen ließen ihn schließlich handeln.

Er klopfte an die Pforte.

Lange Zeit geschah nichts. Die Sonne war höher gestiegen und tauchte das enge Tal in helles Morgenlicht. Jeden Tag gewann sie nun stetig an Kraft. Die Qual der eisigen Nächte gehörte endgültig der Vergangenheit an. Wenn der Mistral nicht zu stark blies, lagen angenehme Wochen vor dem Wanderer.

Schließlich öffnete ein junger, bärtiger Mann. Er war barfuß und steckte in einer geflickten braunen Kutte.

»Was willst du?«, sagte er barsch.

»Eine Kleinigkeit zu essen für meine Tiere und mich. Und einen Unterschlupf für die nächsten Tage«, erwiderte Bruno.

»Da bist du bei uns verkehrt. Unser Kloster ist ... nur ein Provisorium.« Seine Stimme hatte einen seltsamen Unterton. »Geh weiter nach Gordes. In dem Dorf leben Bauern. Dort wird man dir sicherlich helfen können.«

»Mit diesem Fuß?« Bruno zog den Stiefel aus und hielt ihm den Ballen hin. Der faulige Geruch ließ den jungen Mann zurückzucken. »Außerdem bin ich ein Pilger, kein Bettler, auch wenn es vielleicht den Anschein haben könnte.« Der Spruch hatte sich unterwegs bewährt, vor allem, je weiter er nach Süden kam. »Ich muss mich ausruhen und erholen auf meinem Weg zum Grab des heiligen Jakobus. Vor allem aber brauche ich Hilfe von jemanden, der sich um meine Wunde kümmert. So komme ich nämlich nicht mehr weiter.«

»So jemanden gibt es hier nicht. Wir haben keinen Infirmar, und ich selbst verstehe nur sehr wenig von der Heilkunst.«

»Und christliche Barmherzigkeit – gibt es die auch nicht an diesem heiligen Ort?«

Der junge Mann schien nun doch ins Grübeln zu kommen. »Im Klostergarten stehen noch ein paar Heilpflanzen. Aber die Bücher sind verbrannt. Wir haben seit jener schrecklichen Nacht nicht einmal mehr ... Vor allem müsste ich natürlich zuvor die Erlaubnis einholen.« Sein Blick wurde neugierig. »Du bist wirklich auf dem Weg zum Grab des Jakobus? Dann bewundere ich deinen Mut! Früher müssen viele dorthin gepilgert sein, aber jetzt gibt es nur noch wenige, die dieses Wagnis auf sich nehmen.«

»Ich hab ein Gelübde getan«, sagte Bruno. Was ging es den anderen an, dass es Jahre zurücklag? Er war vom Weg abgekommen. In mehr als einer Hinsicht. Aber er war gerade dabei, seine Fehler zu korrigieren. Nur so würde es gelingen, dass die heimliche Tür in seinem Inneren für immer geschlossen blieb. »Und ich werde es halten.«

»Und dieses Bestiarium begleitet dich dabei?«

Misstrauisch beäugte er Hund und Rabe. Lia hatte sich Troppos Rücken als Ruheplatz ausgesucht, wo sie von einem Bein auf das andere trippelte, ein einfaches Kunststück, das besonders bei Kindern gut ankam.

»Gott hat die gesamte Schöpfung erschaffen«, sagte Bruno. »Meine Tiere gehören dazu wie du und ich. Lässt du uns nun endlich eintreten, ehrwürdiger Pater? Mein Magen knurrt. Und auf einem Fuß steht es sich auf Dauer so schlecht!«

»Ich bin nur ein einfacher Laienbruder. Und ich muss, wie gesagt, zuerst um Erlaubnis fragen.«

Die Pforte schloss sich wieder, aber es dauerte nicht lange, bis der Bärtige erneut auftauchte.

»Komm mit«, sagte er. »Alle Fremden, die anklopfen, sollen aufgenommen werden, hat Pater Laurens gesagt. Denn Christus hat gesagt: ›Ich war fremd, und ihr habt mich aufgenommen.‹ Aber nur ein paar Nächte. Und wehe, wenn dein Viehzeug etwas anstellt!«

»Die beiden gehorchen mir aufs Wort«, versicherte Bruno nicht ganz wahrheitsgemäß. »Wo können wir schlafen?«

»Im Parlatorium. Das ist der einzige Raum, in dem hier früher geredet werden durfte«, erklärte der Bärtige schnell, als er Brunos verdutzte Miene sah. »Einst lebten hier die Grauen Brüder unter strengem Schweigegebot. Aber dann kamen die ... ach, was soll's: Du wirst schon selbst sehen!«

Er lief so schnell voran, dass Bruno kaum nachhumpeln konnte. Sein Fuß glühte und pochte; er schwitzte am ganzen Körper.

»Aber das ist ja – eine Baustelle!«, rief Bruno, als der Bärtige ihn eintreten ließ. Eine Wand war halb eingestürzt, ein Teil der Steinfliesen herausgebrochen. Nur zwei der Fenster waren noch verglast; die restlichen verdeckte rohes Bretterwerk.

»Von einem Schloss war nie die Rede«, sagte der Bärtige säuerlich. »Dafür ist es trocken, halbwegs warm, und in der Ecke dort drüben findest du frisches Stroh zum Schlafen. Aber wenn es dir nicht gut genug ist, kannst du ...«

»Hast du eigentlich auch einen Namen?«, unterbrach ihn Bruno.

»Bernard.« Er klang noch immer gekränkt.

»Dann hör bitte zu, werter Bruder Bernard: Ich bin Bruno, mein Hund heißt Troppo, und die feine Rabendame hört auf den Namen Lia. Wir drei nehmen die Einladung mit Freuden an!«

*

Genf, April 1563

Pfarrer Arnaut kam später, als Rossin erwartet hatte. Er schien in Eile, hatte die dünnen Lippen fest zusammengekniffen und sah sich misstrauisch um, als erwarte er, jeden Augenblick etwas Unerfreuliches zu entdecken.

»Sie sind fort?«, sagte er schließlich.

»Ja«, erwiderte der Scharfrichter. »Schon vor dem Morgengrauen. Sie müssten die Höhen längst erreicht haben.«

»Das ist gut. Das ist sogar sehr gut! Wir haben im Consistorium keine Verwendung für einen, an dessen Händen Verwandtenblut klebt. Und wir brauchen einen tüchtigen Drucker. Das Werk Calvins soll doch in aller Welt Verbreitung finden.«

»Sie hat sich gewundert, dass ich ihr den Jungen gebracht habe«, sagte Rossin. »Sie ist eine kluge Frau...«

»Sie wird nicht lange darüber nachdenken. Der Junge lebt. Und die beiden werden sich hüten, jemals wieder nach Genf zurückzukehren. Das löst viele Probleme mit einem Schlag. Was ist mit der anderen Leiche?«

»Der Tote im letzten Kerker ist so klein und leicht wie ein Kind. Aber wenn er ihn sich näher ansieht, wird Belot natürlich trotzdem merken, dass es nicht sein Neffe ist.«

»Dann sorg gefälligst dafür, dass das Gesicht unkenntlich wird«, befahl Arnaut. »Vor allem beeil dich. Er darf keinerlei Verdacht schöpfen. Am besten verbrennst du ihn noch heute. Zusammen mit dem Idioten. Es ist gut, dass du ihn zum Schweigen gebracht hast. Jetzt, wo seine Schuld ohnehin einwandfrei erwiesen ist.« Sein Blick wurde streng. »Ich nehme doch an, sie hat dich für dein Entgegenkommen bezahlt?«

»Ich verstehe nicht ganz...«

»O doch, Rossin, du verstehst mich sogar sehr gut. Es interessiert mich nicht, ob ihr Fleisch willig war. Das musst du mit deinem Gewissen ausmachen. Ich möchte lediglich wissen, ob Geld geflossen ist. Und wenn ja, wie viel.«

Rossin schüttelte den Kopf.

»Du bist ein größerer Dummkopf, als ich angenommen habe. Hier.« Er drückte ihm einige Münzen in die Hand. »Damit du nicht ganz leer ausgehst. Und wir auch weiterhin erfolgreich zusammenarbeiten. Keiner soll es bereuen müssen, wenn er uns einen Gefallen erweist.«

»Stets zu Diensten, Monsieur Arnault«, sagte Rossin mit einer schwachen Verbeugung.

Die Münzen brannten in seiner Hand. Er ließ sie wie heiße Kohlen zu Boden fallen, sobald der Geistliche sein Haus verlassen hatte.

*

Auriples, April 1563

Isa lebte nicht mehr. Camille hatte sie Mutter genannt, obwohl Isa alt genug gewesen war, um ihre Großmutter zu sein. Außerdem hatte sie schwache Erinnerungen, dass es nicht immer so gewesen war. Aber sie waren blass und vage, und wenn sie sich bemühte, sich Einzelheiten ins Gedächtnis zu rufen, entschwanden sie ganz.

Irgendwann hatte Camille dieses sinnlose Unterfangen aufgegeben. Sie lebten friedlich in einem Steinhaus im Schatten der Kirche, und sie hatten den kleinen Garten, in dem fast alles wuchs, was bei ihnen auf den Tisch kam. Die Hühner gaben ausreichend Eier, und wenn die Mutter manchmal mit den anderen Frauen zum Wochenmarkt nach Valence ging, um ihre Körbe zu verkaufen, kam sie nach ein paar Tagen jedes Mal mit einem kleinen Geschenk für das Mädchen zurück.

Es war bei ihnen nicht so gewesen wie bei den anderen Familien im Dorf. Es gab keinen Mann im Haus, das unterschied sie vom Rest. Isa lebte allein; außer dem Pfarrer gab es kein männliches Wesen, das sie besuchte, und so schien es schon immer gewesen zu sein. Offenbar machte sie sich nichts daraus. Sie kochte gerne und sang viel, sie war fröhlich – bis auf einige Male, wo sie bitterlich weinte. Heimlich, in der Nacht, Camille war davon wach geworden. Isa hatte von sich aus niemals über den Kummer gesprochen, und eine seltsame Scheu hielt Camille davon ab, sie danach zu fragen.

Jetzt aber, wo das Begräbnis vorüber war, fiel ihr alles wieder ein. Stumm und blass saß sie in der kleinen Stube und starrte aus dem Fenster, tränenlos.

Natürlich nahm ganz Auriples Anteil an ihrem Verlust. Das Dorf war so klein und so abgelegen, dass jeder nach dem anderen sah; hier gab es nichts, was den Augen der anderen lange verborgen blieb.

»Du musst essen!«, sagten die Frauen und brachten ihr Brot, Käse und schwarze Oliven, aber Camille rührte nichts an.

»Du musst schlafen!«, rieten sie ihr besorgt, doch das Mädchen schien sie gar nicht zu hören.

»Warum wohnst du nicht eine Zeit lang bei einer von uns? Wir würden dich schon aufheitern!«

Camille nickte höflich und blieb, wo sie war.

Schließlich wussten sie keinen Rat mehr und baten den Pfarrer um Hilfe. Pfarrer Maurat fand Camille so, wie die anderen es ihm beschrieben hatten. Sie saß wie versteinert am Fenster.

Der Stuhl ächzte unter seinem Gewicht, als er sich zu ihr setzte. »Ich verstehe deine Trauer, mein Kind. Aber deine Mutter war alt und ist in Frieden mit Gott gestorben. Ihre Sünden sind ihr vergeben. Und im Paradies…«

»Wer bin ich?« Abrupt hatte sie sich zu ihm umgedreht.

Nicht zum ersten Mal fiel ihm auf, wie schön sie war. Gefährlich schön, dachte er, und es machte plötzlich befangen.

»Camille«, erwiderte er. »Du bist Camille, Isa Bertrands Tochter.«

»Die Wahrheit!« In ihrem Gesicht waren die Augen unter den dunklen Brauen leuchtend grün. »Ich muss es endlich wissen – wer bin ich?«

Ein Schatten legte sich auf sein Gesicht.

»Du bist noch sehr jung, Camille«, sagte er. »Später wirst du alles einmal ganz anders sehen. Das weiß ich.«

»Ich rede nicht wie die anderen hier. Ich bin nicht hier in Auriples geboren!«

»Was spielt das für eine Rolle?«, sagte er matt. »Wir werden geboren, und wir müssen sterben. Das ist das Einzige, was sicher ist auf dieser Welt. Auriples ist deine Heimat. Meine Hände haben dir die heilige Kommunion gereicht. Was willst du mehr?«

»Meine Mutter«, sagte sie plötzlich. »Hast du sie gekannt?«

»Natürlich hab ich Isa gekannt ...«

»Nicht Isa«, unterbrach sie ihn. »Meine Mutter. Die Frau, die mich geboren hat. Wer war sie?«

»Wer viel fragt, geht viel irr.« Überraschend flink kam er auf die Beine. »Hat Isa dir das nicht beigebracht? Dann will ich es tun. Komm erst einmal zu dir, mein Kind, dann reden wir weiter. Belle wird sich um dich kümmern. Wenn du willst, kann sie dich zum nächsten Markttag nach Valence mitnehmen ...«

Zu seinem Erschrecken hatte sie den Rock hochgehoben und ihre Beine bis zu den Knien entblößt.

»Diese Narben«, sagte Camille. »Du kennst sie?«

»Du warst sehr krank«, sagte er mit abgewandtem Gesicht, »als du zu uns gekommen bist. Wir fürchteten schon, dass wir dich verlieren würden, aber Isa hat ...«

»Woher?« Sie ließ den Rock wieder sinken. »Wo war ich zuvor?«

»Du lebst, und du bist gesund. Ist das nicht Grund genug, deinem Schöpfer aus reinem Herzen zu danken?«

»Der Satte tritt Honig mit Füßen«, sagte sie, die Augen ins

Nichts gerichtet. »Doch dem Hungrigen schmeckt alles Bittere süß.«

»Was redest du da, mein Kind? Ich kenne die Worte...«

»Wie ein Vogel, der aus seinem Nest flüchtet, so ist ein Mensch, der aus seiner Heimat fliehen muss.«

»Woher hast du das? Das sind die Sprüche Salomons aus der Heiligen Schrift!«

»Klingt seine Stimme auch freundlich«, sagte Camille unbewegt, »trau ihm nicht. Denn sieben Gräuel sind in seinem Herzen.«

»Hör auf damit!« Der Priester begann sie zu schütteln. »Das ist Anmaßung und nichts für Laien. Wo hast du das aufgeschnappt? Hat Isa dir *das* beigebracht? Aber das kann doch nicht sein! Deine alte Mutter, Camille, war fromm und gottesfürchtig...«

»Gib nach seiner Narrheit einem Toren Antwort, damit er sich nicht weise dünkt vor sich selbst.«

Sie sah ihn an, klar und direkt. Seine Ohrfeige ließ sie zurückweichen.

»Ich bleibe nicht in Auriples«, sagte Camille, als sie wieder atmen konnte, so bestimmt, dass er an ihrem Entschluss nicht zweifelte. »Ich breche auf. Morgen.«

»Und wohin willst du gehen? Allein kommst du doch nicht einmal heil und gesund bis Montélimar!«

Montélimar. Sie ließ den Klang des Wortes auf der Zunge zergehen. Sie kannte es von Isa. Aber noch jemand hatte davon gesprochen, jemand, an den sie sich nur dunkel erinnern konnte. Und da war Blau gewesen, früher, viel, viel früher...

»Nach Süden«, sagte sie. »Und dann immer weiter nach Westen. Bis die Welt zu Ende ist. Isa hat mir davon erzählt. Die Stadt heißt Santiago de Compostela. Und ein großer Heiliger soll dort begraben sein. Wenn keiner von euch meine Fragen beantworten will – er wird mich sehend machen!«

»Aber das überlebst du nicht. Nicht in diesen gefährlichen Zeiten! Die Straßen sind voll von Gesindel, und ein schönes, unerfahrenes Mädchen wie du ...«

»Wer nach Gerechtigkeit und Güte strebt, findet Leben und Ehre ...«

Pfarrer Maurat schlug hastig das Kreuz und verließ sie grußlos.

»Sie sind zurück«, murmelte er vor sich hin. »Es hat nichts genützt, all das Brennen und Richten, Gott sei uns armen Sündern gnädig! Der Teufel versucht uns in verführerischer Gestalt. Und gnade uns der Herr, wenn der Antichrist erst in Scharen erscheint!«

*

Santiago de Compostela, April 1563

Hart fuhr der Türklopfer gegen das Holz, und es dauerte eine ganze Weile, bis geöffnet wurde.

»Was willst du hier?« Missmutig starrte Señora Elena, wie die dicke Mulattin respektvoll genannt wurde, ihm entgegen. Sie hatte sich in ein Tuch gewickelt, aus dem ihr leinenes Nachtgewand hervorlugte. Das silberne Haar bedeckte eine bestickte Haube.

»Flores – schläft sie noch?«

»Natürlich schläft sie noch.« Ein grimmiges Knurren. »Was soll sie sonst schon tun, zu dieser frühen Stunde? Komm später wieder, wenn fromme Christenmenschen auf den Beinen sind!«

»Ich muss zu ihr«, sagte Luis Alvar. »Lass mich vorbei!«

»Elena? Wer ist es denn?«, war von drinnen zu hören. »Bitte schick alle weg. Ich kann noch niemanden empfangen.

»Der junge Alvar«, sagte die Alte grimmig. »Und er scheint es ganz besonders wichtig zu haben.« Sie zeigte den

Anflug eines Lächelns. »Sie will niemanden sehen. Bist du taub?«

»Luis? Aber warum hast du das nicht gleich gesagt? Er soll eintreten.«

Er stieg die breite Treppe hinauf, wie schon die vielen Male zuvor. Alles war ihm vertraut: die bunten Wandteppiche, die wuchtigen Möbel, die Kandelaber, die von Wohlstand zeugten und von einer verfeinerten Lebensart, die ihm fremd geblieben war, obwohl sein Vater weder Kosten noch Mühen gescheut hatte, sie ihm nahe zu bringen. Seltsame Gefühle bewegten ihn. Oftmals hatte er sich schon geschworen, diese Schwelle nie mehr zu überschreiten, aber er hatte seinen Schwur ebenso oft wieder gebrochen.

»Du darfst mich nicht ansehen!« Kokett hatte sie einen Schleier übergeworfen, der allerdings so dünn war, dass er ihr Gesicht eher modellierte als verhüllte: die hohe Stirn, die dunklen Augen, die üppigen Lippen. »Es ist gestern Abend spät geworden, viel zu spät. Aber wenn ich auch nur geahnt hätte, dass du …«

»Ich hab es ja selber nicht gewusst«, sagte Luis. »Ich musste dich einfach sehen.«

»Du bist mir doch immer willkommen.« Sie zog ihn zu dem ovalen Tisch in der Zimmerecke. »Hier ist das Licht ein bisschen zärtlicher«, sagte sie. »In meinem Alter tut man gut daran, es sich zum Freund zu machen.«

Er zog ihr den Schleier herunter.

»Hör auf mit diesem Getue, Flores«, sagte er. »Dein Alter hat mich noch nie gestört.«

Sie musterte ihn aufmerksam.

»Was ist geschehen, Luis?«, sagte sie. »Hat dich jemand gekränkt? Oder hat irgendetwas dich aufgebracht?«

»Aufgebracht?« Er sprang auf und begann, ruhelos auf und ab zu laufen. »Alles bringt mich hier auf! Das Wetter, die Leute, die Sprache – ich kann hier nicht leben, verstehst du?«

»Warum verlässt du Spanien dann nicht?«, sagte sie ruhig.

»Die Welt ist groß. Und jenseits des Ozeans ...«

»Du kannst nur so reden, weil du nichts weißt.« Luis baute sich vor ihr auf. »Jenseits des Ozeans ist alles noch viel schlimmer. Glaub mir, ich kenne die Hölle. Ich trage sie in mir!«

Er sank auf die Knie und barg seinen Kopf in ihrem Schoß.

»Sei nicht verzweifelt, Liebster«, sagte sie. »Es macht mich krank, dich so zu sehen.«

»Wird es denn nie aufhören, niemals?«, murmelte er.

»Es wird aufhören.« Ihre Stimme wurde noch sanfter. »Eines Tages, wenn du ihm endlich vergibst. Und dir selber. Vielleicht solltest du mich bis dahin nicht mehr sehen. Damit die Wunde nicht jedes Mal von neuem wieder aufbricht.«

»Du schickst mich weg?«

»Wie könnte ich dich wegschicken? Ich will nur nicht, dass du leidest.«

Er presste seine Lippen auf ihren Mund. Ihr Atem war warm und ein wenig schal, und etwas Bitteres schlich sich hinein. Ihr Zahn, dachte Luis, sie hat in letzter Zeit immer wieder über ihren faulen Zahn geklagt. Seine Leidenschaft wandelte sich in Mitgefühl.

Plötzlich kam Flores ihm schutzlos vor.

Er hat uns beide nur benutzt, dachte er. Nichts als Spielfiguren sind wir für ihn gewesen. Ich hasse ihn, aber ich werde ihn nicht los. Wir beide gehören zusammen – vielleicht auf ewig.

»Was kann ich bis dahin tun?«, flüsterte sie an seinem Hals. »Was kann ich tun, um dich zu erlösen?«

Sein Blick war weit fort, als er sie ansah.

»Du weißt es, Flores«, sagte er. »Lass mich nicht länger warten.«

*

Kloster Notre-Dame de Sénanque, April 1563

»Das ist nicht dein Ernst«, sagte Bruno, als Bruder Bernard ihm den Becher mit aufmunterndem Nicken hinhielt. »Warum sollte ich so etwas Schwachsinniges tun?«

»Willst du wieder gesund werden oder nicht? Die Umschläge mit Kamille und Odermennig haben einiges bewirkt. Wenn die Wunde sich erst einmal ganz geschlossen hat, könnten wir es zusätzlich mit Beinwell-Kompressen versuchen...«

»Für jemanden, der angeblich nichts über Kräuter weiß, weißt du eine ganze Menge.«

»Trink.«

Widerwillig nahm Bruno einen winzigen Schluck. Es war nicht so schlimm, wie er befürchtet hatte. Er unterdrückte seinen Ekel und leerte den Becher in einem Zug.

»Na also! Das trinkst du jetzt täglich.« Bruder Bernard strahlte. »Nichts wirkt solche Wunder wie der eigene Morgenurin!«

»Willst mir nicht endlich sagen, woher deine gesammelten Weisheiten stammen?«

»Ich hatte einen guten Lehrer. Pater Laurens«, sagte er. »Aber das war, bevor...«

»Bevor was?« Immer dieses abrupte Verstummen! Es machte Bruno ungehalten. «Mach endlich den Mund auf. Ich will wissen, was hier los ist!«

»Dieses Kloster war einst ein Hort der Frömmigkeit und Wissenschaft«, sagte Bruder Bernard zögernd. »Die klügsten Köpfe waren hier versammelt, fromme Zisterzienser und viele Laienbrüder, so wie ich. Bis eines Tages...« Er schien es kaum über sich zu bringen, weiterzusprechen. »Hast du schon einmal von jenen Sektierern gehört, die sich ›Arme von Lyon‹ nennen?«

»Wer soll das sein?«, sagte Bruno vorsichtig.

»Menschen, die vom rechten Glauben abgefallen sind,

Laien, die jedem Besitz abgeschworen haben, durch die Lande ziehen und sich anmaßen, das Wort Gottes zu verkünden. Zu Recht hat die Kirche sie seit Jahrhunderten verfolgt und gerichtet. Und doch – es ist wie verhext: Wie viele Scheiterhaufen auch lodern, ihre Irrlehre flackert immer wieder auf – besonders heftig in dieser Gegend.«

»Was hat das mit Notre-Dame de Sénanque zu tun?«

«Du siehst doch die Zerstörung! Eines Tages haben sie sich an unserem Kloster bitter gerächt. Nachts sind sie eingedrungen, haben alles vernichtet, was ihnen in die Hände fiel, und dann das Haus in Brand gesetzt. Unser Abt ist dabei umgekommen und die besten der Brüder. Das Kloster war einige Jahre völlig verlassen, aber jetzt sind ein paar von uns zurückgekommen, um wieder aufzubauen, was mit unseren geringen Kräften möglich ist.«

»Waldenser!« Bruno hatte das Wort ausgesprochen, noch bevor er darüber nachgedacht hatte, ob es ein Fehler sein könnte.

»Ja, Waldenser.« Bruder Bernard nickte. »Du kennst sie? Du bist mit diesem Auswuchs der Menschheit schon in Berührung gekommen?«

Jetzt musste er jedes Wort sorgfältig abwägen.

»Ich bin seit langem unterwegs«, sagte Bruno und ließ sein Gegenüber nicht aus den Augen, »im Norden wie im Süden. Da bekommt man einiges zu Ohren. Sie sind nicht überall unbeliebt, diese Leute. Manche behaupten sogar, sie seien frommer und ehrlicher als viele andere Christen.«

»Möge der Herr uns vor ihnen bewahren!« Bernard bekreuzigte sich. »Von mir aus können sie in der Hölle schmoren bis zum Ende aller Tage!« Dann wandte er sich wieder der Wunde zu. »Ich werde den Verband locker lassen, damit sich kein Saft bildet.«

»Aber dann kann ich ja nicht auftreten!«, sagte Bruno.

»Das musst du doch auch nicht.« Bruder Bernard schmunzelte. »Deine Laute kannst du auch im Sitzen zupfen!«

Zweimal hatte Bruno nach dem Abendessen schon für sie aufgespielt. Und er tat es auch an diesem Abend, draußen, im Klostergarten, weil die Luft so mild war. Es war ein seltsam versprengter Haufen von Mönchen, der sich hier zusammengefunden hatte: zwei Franziskaner, ein Karmeliter, einige Benediktiner und Pater Laurens, der einzige Zisterzienser. Er wählte unverfängliche Wander- und Trinklieder, die er mit seiner rauen Stimme vortrug; Troppo lag zu seinen Füßen und zuckte gelegentlich im Schlaf. Lia, die seine Musik liebte, hockte auf der Mauer und hörte mit schräg gestelltem Kopf zu. Bruno schloss mit einem kurzen Liebeslied, aber er summte es nur, weil der Text ihm für die fromme Gesellschaft zu schlüpfrig erschien.

Den Mönchen schien seine Musik zu gefallen.

»Wo hast du so gut spielen gelernt?«, sagte Pater Laurens.

»Ich hab die Musik schon immer geliebt, solange ich denken kann«, sagte Bruno. »Und da ich viel allein war, hatte ich reichlich Zeit zum Üben.«

»Du warst ein Waisenkind?«

»Ja«, sagte Bruno und spürte wieder die Bitterkeit, die bei dieser Frage in ihm aufstieg. »In gewisser Weise.«

»Magst du gebratenes Huhn?«, erkundigte sich der Pater weiter.

»Ich liebe Huhn!« Bruno hoffte insgeheim auf eine Erweiterung des kargen Speiseplans.

Am anderen Morgen nahm ihn Bruder Bernard mit zu den Ställen.

»Such dir die fetteste Henne aus«, sagte er. »Sie ist dein!«

Bruno deutete auf ein braunes Prachtexemplar. Bevor er es sich versah, hatte der Bruder das Tier gepackt und zu ihm gebracht.

»Nun musst du ihr nur noch den Hals umdrehen«, sagte er. »Und am Abend kannst du sie dir schmecken lassen. Ich wette, dein Hund freut sich jetzt schon auf die Knochen!«

Bruno war blass geworden.

»Ich töte nicht«, sagte er scharf. »Merk dir das. Ich bin ein Spielmann, kein Mörder!«

Ein Luftzug in ihm. Ein kalter Hauch. Er schauderte.

»Aber es ist doch nur ein Huhn!« Die Henne hatte die Verwirrung genutzt, um davonzuflattern. »Und außerdem dachte ich, du bist ein Pilger!«

»Das macht doch keinen Unterschied«, sagte Bruno. »›Du sollst nicht töten.‹ Kennst du die Gebote nicht?«

»Natürlich kenne ich die Gebote.« Bruder Bernard war gekränkt. »Dazu brauch ich keine dahergelaufenen Fremden. Aber ich verstehe dich nicht. So viel Aufstand wegen ein bisschen Geflügel!«

Bruno hielt es für klüger, nicht weiter darüber zu diskutieren. Die Anwandlung von eben war verflogen. Er hatte gelernt, damit zurechtzukommen – wenigstens das.

»Es tut mir Leid«, sagte er. »Wie solltest du auch wissen?« Er versuchte ein Lächeln. »Sag dem Pater herzlichen Dank. Und sag ihm auch, dass ich mit der Gemüsesuppe ganz und gar glücklich bin.«

*

Auf den Jurahöhen, April 1563

Sie war bei ihm, bei jedem Atemzug, den er tat, bei jedem Schritt, den er machte. Sie war auch bei ihm, als er schließlich strauchelte und kraftlos im Wald zu Boden fiel.

»Suzanne!«, flüsterte er, als Clara ihm in der Scheune des abgelegenen Bauernhauses heißen Holundersaft einflößte und das Fieber mit kalten Umschlägen zu senken suchte.

»Hab keine Angst. Ich bin bei dir. Kannst du mich hören?« Clara hielt ihn, während er keuchte und kämpfte.

Sie kniete neben seinem Bett und betete, bis der Schlaf sie übermannte. Mitten in der Nacht schreckte sie hoch. Ein Rauschen hatte sie geweckt, ein Duft, der ihr seltsam vertraut vorkam, aber als sie die Augen öffnete, war nichts zu sehen, nichts mehr zu hören.

Jakob atmete schwer. Seine Lippen bewegten sich, ohne dass etwas zu hören war. Dann entspannten sich seine Züge, und er schlief ruhiger weiter.

Mit schmerzenden Gliedern von einem unruhigen Schlaf auf dem harten Boden bat Clara am nächsten Morgen bei der Bäuerin in der Küche um heißes Wasser und etwas Milch.

Die Frau starrte sie misstrauisch an.

»Ich glaub nicht an dein Märchen von den Kopfläusen. Nur Verbrechern schert man den Schädel. Dein Sohn sieht aus wie einer, den man dem Scharfrichter ...«

»Ja?«, sagte Clara leise und richtete sich unwillkürlich auf.

»Egal. Ich will keine Scherereien. Macht, dass ihr weiterkommt. Ich will euch hier nicht länger haben.«

Clara fand ihn halb aufgerichtet im Stroh, als sie die Scheune betrat.

»Sie will uns loswerden«, sagte sie.

Er drehte seinen Kopf zur Seite.

»Jakob!« Clara nahm seinen Kopf und zwang ihn, sie anzusehen. »Ich weiß, du hast Schreckliches erlebt. Aber das ist vorbei – hast du verstanden, Jakob? Wir müssen weiter. Meinst du, es könnte gehen?«

Seine Lippen zitterten.

»Aber Suzanne ...«

»Suzanne würde wollen, dass du lebst«, sagte Clara. »Willst du es versuchen? Ihr zuliebe?«

Eine Weile blieb er stumm. Dann schlang er die Arme um ihren Hals. So, wie er es als kleiner Junge getan hatte.

»Es ist ganz leer in mir«, flüsterte er. »So kalt und dunkel.«

»Es wird wieder hell werden«, sagte sie sanft.

DIE TRÄUME DES CONDORS 3:
DIE PRÜFUNG

Urubamba, Juni 1546

Ich spürte vage Angst, als wir die großen Speicher hinter uns ließen. Seit jeher wurden dort die Vorräte für die Dorfgemeinschaft gelagert, und früher waren sie stets gut gefüllt, auch noch, als die ersten Spanier das Land der vier Winde betreten hatten. Seitdem die Konquistadoren jedoch in nicht enden wollende Bruderkriege verwickelt waren und unsere Abgaben ständig erhöhten, schwanden die Reserven. *Quipus*, unsere alten Knotenschnüre, zeigten den niedrigen Bestand an.

Mutter und ich hatten bislang nicht darunter leiden müssen. Ihre Webereien fanden Absatz, und viele Menschen, selbst von weit her, suchten Großvaters Hilfe. Sie belohnten seine Arbeit mit Mais, Wolle, Kartoffeln und Bier. Aber die beiden, die mit uns gingen, kannten den Hunger: Rumi, der so mager war, dass seine Arme und Beine braunen Stöcken glichen, und der muskulöse Manzo, der stets ans Essen dachte und niemals richtig satt zu werden schien. Wir waren drei Jungen, und ich war der jüngste und gleichzeitig größte von ihnen. Für eine Weile konnte ich mich beinahe in der Illusion wiegen, wir gehörten zusammen.

Aber ich hatte keine wirklichen Gefährten, auch wenn Rumi seit dem letzten Sommer viel Zeit mit mir verbrachte. Gemeinsam hüteten wir die Lamas; dabei ergab es sich von selbst, dass wir zu reden begannen. Obwohl ich sein freundliches Wesen mochte, blieb ich stets auf der Hut. Zu vieles trennte uns, nicht nur die Hautfarbe. Rumi hatte sieben Geschwister. Sein Vater fastete jedes Mal nach altem Brauch, bevor wieder ein Kind geboren wurde. Er lachte, wenn er abends von der Feldarbeit nach Hause kam und alle sich auf ihn stürzten, um ihn zu begrüßen.

Manzo gegenüber war ich noch zurückhaltender. Er stieß erst zu uns, als im Herbst die Morgen so klar wurden, dass Himmel und Berge wie durch eine scharfe Linie voneinander getrennt erschienen. Er war langsam mit der Zunge, dafür schnell mit den Fäusten, und ich vergaß nie, dass er bei denen gewesen war, die mich einst im Färbehaus malträtiert hatten. Seine Stimme war schon männlich, nicht mehr kindlich hell wie Rumis oder meine eigene, die unversehens vom Hohen ins Tiefe rutschen konnte. Manzo hatte offensichtlich damit gerechnet, unser Anführer zu werden, aber als Rumi weiterhin wie selbstverständlich auf mich hörte, fügte er sich.

An Manzos steifbeinigem Gang erkannte ich, wie unbehaglich ihm zumute sein musste. Auch ich fürchtete mich vor dem, was uns erwartete. Nur leise und in Andeutungen redete man über die Geschehnisse in der Jaguarhütte, wie der unscheinbare Lehmbau am Rand des Dorfes von allen genannt wurde. Seltsame Andeutungen, die ich nicht verstand oder nicht verstehen wollte.

Großvater hatte gelächelt, als ich ihm davon berichtete.

»Nur Dummköpfe fürchten sich nicht«, lautete seine Antwort. »Und ich möchte doch lieber nicht annehmen, dass mein Enkelsohn ein Dummkopf ist.«

Mein Magen knurrte, drei Tage hatten wir nichts zu essen bekommen, und in meinem Kopf schwirrte es, weil ein starker Tee aus Cocablättern uns während dieser Zeit am Schlafen gehindert hatte. Dennoch fühlte ich mich überwach und klar. Meine Haut prickelte von dem eisigen Wasser, in dem ich mich von Kopf bis Fuß gereinigt hatte. Zu meiner Überraschung hieß Großvater nur die beiden anderen in die Jaguarhütte einzutreten; mir befahl er, draußen zu warten. Atem strömte wie kleine Nebelwolken aus meinen Nasenlöchern, so kalt war es.

Er kam wieder heraus und bedeutete mir stumm, ihm zu folgen. Eigentlich hatte ich sein Pumafell erwartet, aber er trug einen Umhang aus bräunlicher Wolle, den Mutter ihm gewebt hatte. Plötzlich wusste ich, wohin er mich brachte – zu seinem eigenen geweihten Platz. Ich kannte den runden Bau mit dem seltsamen Auswuchs, der mich an einen Raubtierschwanz erinnerte, nur von außen, und ich hatte ihn stets mit Scheu betrachtet. Keiner außer Großvater hatte ihn je betreten.

Drinnen empfing uns Wärme.

Drei Steine waren in den Boden eingelassen; darunter musste sich ein unterirdischer Raum befinden, in dem der Wasserdampf erzeugt wurde, der durch kleine Öffnungen nach oben drang.

»Warum bin ich nicht bei den anderen?«, stieß ich hervor. »Sogar jetzt bin ich allein!«

Sein Blick ließ mich verstummen. Ich kannte die Antwort und schämte mich plötzlich, dass ich überhaupt gefragt hatte.

Großvater deutete auf drei Krüge, die auf dem Boden standen.

»Den Inhalt des roten Kruges leerst du langsam«, sagte er. »In den beiden braunen ist Wasser. Kann sein, dass du sehr durstig wirst. Und wenn dir übel wird, erbrich dich auf den Boden. Der heilige Tee kann sehr starkes Unwohlsein bewirken.«

»Du lässt mich allein?«

»Nein. Aber ich werde nicht überall dort sein können, wohin du gehst.«

Er gab mir drei Dinge: ein Stück Schlangenhaut, die Kralle eines Condors und seinen großen Feueropal, den ich bislang nur einmal berührt hatte. Großvater betrachtete mich schweigend und ließ seine warme Hand einen Augenblick auf meinem Kopf ruhen. Danach ging er in den schmalen Teil der Hütte und setzte sich auf den Boden.

Ich zerrte mir die Überkleider vom Leib und wanderte ruhelos auf und ab. Schließlich ließ ich mich auf dem mittleren Stein nieder. Er war so warm, dass er mir lebendig vorkam, und ich musste daran denken, dass Viracocha alles geschaffen hatte: Berge, Flüsse, das Meer, Pflanzen, Tiere und Menschen. Ilya – Licht – war sein zweiter Name, und ich hatte ihn bis zum heutigen Tag getragen.

Ich wollte den roten Krug ansetzen, aber der Gestank, der mir entgegenschlug, war widerlicher als alles, was ich jemals gerochen hatte.

Ich suchte Großvaters Blick, doch es war zu dämmrig, um seinen Gesichtsausdruck zu erkennen. Zögernd berührte ich die Schlangenhaut und glaubte von ihm ein aufmunterndes Nicken zu sehen. Die Schlange hatte das Alte abgestreift, um sich zu erneuern. Ich wusste nicht, ob sie Schmerz dabei empfand, aber die Vorstellung, sich zu häuten, war in besonderer Weise faszinierend – Schrecken und Anziehung zugleich.

Ich hielt die Luft an und trank.

Übelkeit schoss in mir hoch; ich erbrach mich würgend. Mein Herz schien schneller zu schlagen. Wie ein gefangener Vogel flatterte es in meiner Brust. Kurz darauf drangen die Wände der Hütte auf mich ein, der Raum wurde immer kleiner. Mein Puls raste; ich schwitzte.

Ich schrie.

Ein Rasseln umschloss mich, dann drangen die Töne des Instruments in meinen Körper. Ich hörte Großvaters vertraute Stimme, die mir antwortete, aber sie erreichte mich nicht.

In wilder Angst tastete ich nach dem Nächstliegenden – dem Feueropal. Er schien mir schwerer als zuvor, so groß und massiv, dass er tief in meine Hand sank und mit ihr verschmolz. Hitze durchströmte mich, und ich glaubte zu sehen, wie ich von innen zu leuchten begann.

Mein Körper knackte, meine Arme fuhren zur Seite. Das Fleisch auf meinen Knochen schien zu schrumpfen, und ich bekam ein anderes, neues Kleid.

Eine Hand hatte ich fest um die Condorkralle geschlossen, sie bohrte sich in meine Haut. Bis sie angewachsen war. Neue Krallen kamen dazu. Mein Hals streckte sich. Meine Augen waren die eines grauen Vogels.

Ein Luftzug verfing sich in meinem Gefieder.

»Steig auf!«, sagte Großvater.

Und ich stieg.

*

Es gibt kein Zögern für mich, kein Zaudern. Keinen Segelflug. Kein freies Gleiten. Ich steuere das Dach des Frauenhauses in Quito an. Atahualpas neue Residenz.

Über allem liegt der graue Schleier des Wartens.

Der Inka ist der Sohn der Sonne, aber er gibt sich wählerisch, und seine Vorlieben sind grausam. Keine der vielen jungen Frauen weiß, wann ihre Stunde gekommen ist. Quilla quält sich und weint. Noch nie hat er sie rufen lassen, einen Augenblick, den sie ebenso ersehnt wie fürchtet.

Blass ist sie geworden und stumm in diesen vier langen Jahren, nur ihre Webereien reden und singen. Ihre Hände schweigen niemals. Bis der Schlaf sie überkommt, lässt sie Webschwert und Litzenstab tanzen. Sie webt Wellenbänder, Katzen mit hochgestellten Schwänzen, doppelköpfige Schlangen und seltsame Hirschwesen. Ein Motiv aber kehrt immer wieder, in unzähligen Variationen – Vögel, die Boten des Todes.

Eine Dienerin bringt ihr das Essen und nötigt sie, etwas zu sich zu nehmen. Es ist Tuzla, jünger und voller, als ich sie kannte. Sie kämmt Quillas Haar, bis es knistert, reibt ihr Düfte hinter die Ohren, streichelt ihren Rücken, damit sie Entspannung findet. Wenn das Mädchen nachts weint, aus Heimweh und Enttäuschung, nimmt Tuzla sie wie eine Mutter in die Arme.

Quilla wird gerufen, als sie die Hoffnung längst aufgegeben hat. Sie hat vergessen, was sie tun soll, lässt die Vorbereitungen wie im Traum über sich ergehen. Als sie fertig ist, geschminkt und parfümiert, kommt sie sich vor wie eine Mumie.

Den Weg zu seinem Gemach legt sie zurück wie im Traum.

Atahualpas Gesicht ist härter und kälter als in ihrer Erinnerung, und es stört sie, dass alle in seiner Gegenwart rückwärts gehen. Aber ihr gefällt der warme, dunkle Klang seiner Stimme. Er befiehlt ihr, näher zu kommen. Dann scheint er sie schon wieder vergessen zu haben. Er kaut Coca, unablässig, und die Zunge ist sehr rot in seinem großen, gierigen Mund.

Sie muss sich ausziehen; zitternd legt sie Stück für Stück ihrer kostbaren Kleidungsstücke ab und faltet sie zu einem ordentlichen, kleinen Stapel.

Er lacht. Quilla zittert.

Ihre Augen weiten sich, als ihr klar wird, was er vorhat. Der lange, dünne Stab in seiner Hand mit der scharf geschliffenen Spitze ist unmissverständlich.

Sie schreit auf, als er ihr zu nah kommt und schlägt ihre Zähne in die Hand des Inka.

Draußen ist der Ruf eines großen Raubvogels ihr Echo.

Quilla wird zurückgebracht, und sofort macht Gerede die Runde. Bis zum Abend wissen alle im Frauenhaus, was geschehen ist. Man rechnet mit ihrem Tod. Keiner, der sich gegen den Sonnensohn erhebt, darf sein Leben behalten.

Aber nichts geschieht.

Tage und Nächte verstreichen. Irgendwann lässt Atahualpa sie wieder kommen. Er hat Gefallen an ihr gefunden. Sie interessiert ihn. Dieses Mal gibt es keinen Stab, keine scharfe Spitze. Er spricht mit ihr, lässt sich einige der Webereien zeigen.

Er wählt Quilla aus, um sein Festkleid herzustellen.

Man lässt ihr Goldfäden bringen und die schönsten Federn, sorgfältig gewaschen, in strahlenden, bunten Farben. Sie arbeitet bis zur Erschöpfung. Tuzla versorgt sie mit allem, was sie braucht. Quillas Hände sind blutig, aber sie wird nicht aufhören, bis sie fertig ist. Zur Sonnwendfeier wird der Inka in ihrem Gewand prunken.

Königskrieg.

Atahualpa hat seinen Halbbruder ermorden und dessen Anhänger hinrichten lassen. Ströme von Blut fließen durch das Land der vier Winde. Knochenberge kennzeichnen den Ort der Niederlage.

Der Inka legt sich das scharlachrote Fransenband um die Stirn. Halb Gott, halb Mensch, erteilt er seine Befehle. Der Hofstaat bricht nach Norden auf, ein langer, beschwerlicher Weg.

Quilla arbeitet weiter, unterwegs, kaum dass sie angekommen sind. Das Kleid wächst. Tuzla weicht nicht mehr von ihrer Seite.

In der letzten Nacht fällt sie in einen kurzen, hitzigen Schlaf. Lärm und Schritte wecken sie. Alle im Palast sind auf den Beinen. Späher wissen Neuigkeiten zu berichten. Die bärtigen Weißen, die vor einiger Zeit an der Küste gelandet sind, sind auf dem Weg hierher.

Atahualpa lacht. Mehr als dreißigtausend tapfere Soldaten schützen ihn und seinen Hofstaat.

An einem heißen Novembertag marschieren die Konquistadoren auf.

Der große Vogel steigt in den Himmel.

*

Die Übelkeit kam zurück; ich erbrach mich zitternd. In meinem Gehörgang rauschte es, und fast glaubte ich, noch das Gewicht der Schwingen zu spüren. Großvater strich mir das Haar aus der Stirn und streichelte meinen Rücken.

»Wie Tuzla«, flüsterte ich. »Du sorgst für mich, wie sie für Mutter gesorgt hat.«

»Ja, wie Tuzla«, sagte er, nicht im Mindesten überrascht. »Sie hat Huaca sehr geliebt.«

»Die bärtigen Weißen sind gekommen.« Jedes Wort bereitete mir Qual, aber ich musste sprechen. »Sie werden den Inka…«

»Streng dich nicht zu sehr an.« Seine Hand war warm und tröstlich auf meinem schmerzenden Kopf.

»Und Atahualpa hat Mutter…«

»Darüber hat sie niemals gesprochen«, sagte Großvater. »Du siehst Dinge, die anderen verborgen sind. Manche werden dich dafür hassen. Andere beneiden.«

Es gelang mir, die Augen zu öffnen.

»Hände«, sagte ich und drehte sie langsam hin und her. »Ich habe keine Krallen mehr.«

Sanft strich mein Großvater über meine verkrampften Finger und legte den Feueropal hinein, der mir im Flug entglitten war.

»Das ist mein Geschenk für diese Nacht«, sagte er. »Mein Geschenk für dein neues Leben. Du hast einen weiten Weg zurückgelegt. Du bist nicht länger Ilya. Du wirst einen neuen Namen tragen.«

»Condor.« Fremd lagen die zwei Silben in meinem Mund.

Er umarmte mich.

»Ich will nun nach den beiden anderen sehen«, sagte er. »Schlaf jetzt, Condor.«

*

Als ich erwachte, war es dunkel und kühl. Ich war so schwach und ausgehungert, dass es mir schwer fiel, aufzustehen.

Draußen empfing mich ein gleißend heller Wintermorgen. Geblendet schloss ich die Lider.

Ein Schnauben, an das ich mich sofort erinnerte.

Ich war gewachsen, aber ich hatte nicht gewusst, wie groß ich geworden war. Beinahe konnte ich dem Krieger in die Augen sehen. Ich hatte ihn niemals vergessen.

Zweites Buch
WANDLUNG

Vier

Lyon, Mai 1563

Es tat gut, sich unter die Menschenmenge zu mischen, die die dämmrigen Gassen von Lyon bevölkerte, und zum ersten Mal, seitdem sie aus Genf geflohen waren, spürte Clara, dass sie leichter atmen konnte. An diesem milden Maiabend standen viele der Türen offen. Jakob schien fasziniert von all den Stimmen und Gerüchen, die auf ihn eindrangen. Immer wieder blieb er stehen und schaute, wie Schuhmacher mit Leimtopf und Hammer in ihrer Werkstatt hantierten oder Schneider ihre Nadel durch den Stoff flitzen ließen. Vor allem aber waren es die zahlreichen Webereien, die sein Interesse weckten.

»Findest du nicht, dass es wie drucken ist?«, rief er, während die Weberschiffchen klapperten und immer neue Bahnen entstanden. »Sieh nur, wie schnell es wächst! Obwohl natürlich kein Handwerk an die Schwarze Kunst heranreichen kann. Aber solche Stoffe hab ich noch nie gesehen.«

»Das ist Seide«, erklärte Clara geduldig, obwohl sie sehr müde war. »Die Königin aller Gewebe. In Genf ist es streng verboten, Seide zu tragen. Aber früher, noch in Freiburg, besaß ich auch ein Seidenkleid, blau wie das Meer. Aus Frankreich. Dein Vater hatte es mir von einer Reise mitgebracht.«

»Du kennst das Meer?«, fragte Jakob neugierig.

»Nein«, sagte sie. »Leider nicht. Aber Heinrich hat es gekannt – und geliebt. Er hat gesagt, wenn man es nur ein einziges Mal gesehen hat, würde man sich stets danach sehnen.«

In den vergangenen Wochen hatten sie nur gerastet, wenn es unbedingt erforderlich war, und nur wenige Stunden irgendwo geschlafen, um wieder aufzubrechen, sobald es dämmerte. Aus Jeans ordentlich geführten Geschäftsbüchern wusste sie, dass Calvins Traktate in Orten wie Annecy, Chambery, vor allem jedoch in der Gegend von Grenoble großen Absatz fanden. Deshalb hatte sie den längeren Weg über Lyon gewählt, aus Angst, ihr Schwager könne sie unterwegs irgendwo einholen und mit Gewalt nach Genf zurückbringen lassen.

Anfangs hatte sie auch befürchtet, Jakobs geschwächter Körper würde dieser Belastung nicht standhalten, aber sie hatte sich getäuscht. Der Junge zeigte sich zäh und ausdauernd, und sie wusste nicht, ob sie darauf stolz sein sollte. Doch seltsamerweise schien er im Lauf der vielen Stunden, die sie Tag für Tag unterwegs waren, geradezu neue Kraft zu entwickeln.

»Der Kopf wird ganz leicht, wenn die Beine immer schwerer werden«, hatte Jakob ihr geantwortet, als sie ihn danach fragte. »Und wenn man vor Erschöpfung ins Bett fällt, bleiben wenigstens die bösen Träume aus. Ich mag das Gehen, Mutter, am liebsten möchte ich gar nicht mehr damit aufhören. Ich habe das Gefühl, ich könnte ewig weiterlaufen.«

Die Vorsicht war dennoch ihr ständiger Begleiter geblieben. Nirgendwo wagten sie, sich als Pilger auszugeben; stets hatten sie mit Margaretes Münzen ihr Essen bezahlt und die Übernachtung in Herbergen, wenn es zu kalt war, um draußen zu schlafen. Der kleine Vorrat war bereits ordentlich zusammengeschmolzen, aber als Clara sah, wie sehnsüchtig Jakob ein gebratenes Ferkel anstarrte, das sich knusprig und fast schon aufdringlich duftend vor ihnen an einem Spieß drehte, ließ sie zwei dicke Scheiben davon abschneiden, holte vom Bäcker nebenan einen Laib Brot und freute sich, als er nicht nur seine, sondern auch noch den Großteil ihrer Portion heißhungrig verschlang.

»Wo werden wir schlafen?«, sagte Jakob und wischte sich die fettigen Finger an seinen Beinlingen ab. Vor der Stadtmauer hatte er den Filzhut weggeworfen, der seinen geschorenen Kopf verhüllt hatte. Sein Haar wuchs nach, weich und rötlicher als zuvor.

»In einem Hospiz«, sagte Clara. »In einer großen Stadt wie Lyon gibt es bestimmt mehr als genug Pilgerunterkünfte.«

Aber sie hatte sich getäuscht. In vielen Hausdurchgängen mussten sie stehen bleiben und die Leute anhalten, bis sie überhaupt eine brauchbare Antwort erhielten, und als sie schließlich vor dem zweistöckigen Konvent der Benediktinerinnen angekommen waren, war die Pforte schon für die Nacht verschlossen.

Clara ließ den schweren Klopfer auf das Holz fallen, aber zunächst geschah nichts. Sie wandten sich schon zum Gehen, als sich endlich eine kleine Luke auftat.

»Wir sind Pilger«, sagte Clara forsch in das faltige, abweisende Gesicht einer alten Nonne, »und bitten um Unterkunft für die Nacht.«

»Wenn ihr nach Rom zum Heiligen Vater wollt, seid ihr hier verkehrt.«

»Nicht Rom ist unser Ziel, sondern das ferne Santiago de Compostela«, sagte Clara. »Wo Jakobus begraben ist. Wir haben noch eine weite Strecke vor uns. Lässt du uns ein?«

»Zu Jakobus!« Die Nonne klang überrascht. »Es sind wenige geworden, die den langen Weg nach Westen wagen. Wir sind gar nicht mehr darauf vorbereitet. Schon seit langem nicht...«

»Ein Platz zum Schlafen und etwas zu essen«, sagte Clara

etwas drängender, weil sie spürte, dass der Junge neben ihr immer unruhiger wurde. »Um Christi willen. Mehr erbitten wir nicht.«

Der Schlüssel drehte sich im Schloss, die Türe öffnete sich. Die Nonne führte sie durch dunkle Gänge in einen hohen Raum. Hölzerne Gestelle bedeckten einen Gutteil davon, ein Schutz gegen Ungeziefer, wie Clara erkannte. In der Ecke lag etwas Stroh aufgeschüttet, sonst war er sauber gefegt und leer.

»Früher müssen es viele gewesen sein«, sagte die alte Nonne. »Manchmal reichten unsere Vorräte nicht aus, und wir konnten nicht einmal allen ein Nachtlager geben. Aber die Zeiten haben sich geändert. Zu viele Menschen sind vom rechten Glauben abgefallen.« Sie wandte sich an Jakob. Ihre Stimme wurde streng.

»Was ist mit deinen Haaren?«, sagte sie. »Und woher kommt ihr?«

»Aus Freiburg«, sagte Clara schnell, bevor Jakob antworten konnte. »Das liegt im Deutschen Reich. Und mein Sohn war lange schwer krank.«

»Wieso sprichst du so gut französisch?«

»Freiburg liegt im Grenzland«, sagte Clara, »und ich habe französische Vorfahren. Außerdem war mein verstorbener Mann Drucker und ist weit herumgekommen.«

Das Misstrauen der Nonne schien besiegt, und sie zeigte beinahe so etwas wie Freundlichkeit.

»Im Refektorium bleiben wir nach der Regel unseres Ordens unter uns, aber es gibt einen Tisch in der Küche, an dem ihr zu essen bekommt. Fragt nach Schwester Martine. Die ist dafür zuständig.«

»Eine Frage noch«, sagte Clara, als die Nonne schon gehen wollte. »Dürften wir auch zwei Nächte bleiben? Wir werden euch nicht zur Last fallen. Aber mein Sohn und ich könnten eine Rast gut gebrauchen.«

»Um Christi willen – ihr seid willkommen.«

»Eigentlich wollte sie uns gar nicht aufnehmen«, sagte Jakob, als sich die Türe hinter ihr geschlossen hatte. »Wie sie meinen Kopf angestarrt hat! Und jetzt dürfen wir sogar länger bleiben.«

»Vielleicht hatte sie Angst«, sagte Clara. »Und Gründe, misstrauisch zu sein. Vermutlich ist es so, wie sie gesagt hat: Es sind kaum noch Pilger unterwegs. Allerdings denke ich, es werden mehr, je weiter wir nach Süden kommen. Aber wir haben es geschafft, Jakob! Lyon ist eine katholische Stadt. Hier brauchen wir uns nicht mehr zu fürchten.«

»In Lyon werden keine Kinder verbrannt?«, sagte er leise. »Bist du ganz sicher?«

Ihr Herz zog sich zusammen. Auch in Freiburg hatte es Hexenprozesse gegeben; auch dort hatten vor nicht allzu langer Zeit Scheiterhaufen gelodert, verordnet von einer katholischen Obrigkeit. Die Religion bot keinerlei Schutz vor Verfolgung, das hatte sie längst begriffen. Aber Jakob sollte sich nicht mehr ängstigen. Wie konnte sie ihm Mut machen, ohne zu lügen?

»Niemand kennt uns hier, und wir werden uns hüten, etwas zu tun, das uns in Gefahr bringen könnte. Jetzt gibt es nur noch uns zwei und wir werden gut aufeinander aufpassen.«

Eine Weile war es still neben ihr. Clara streckte die Beine aus und suchte vergeblich nach einer bequemeren Lage auf dem harten Holz.

»Aber das stimmt doch nicht«, sagte Jakob plötzlich. »Wir sind nicht allein. Ich spüre sie. Ich höre sie. Wenn ich mich anstrenge, kann ich sie sogar sehen.«

»Wovon redest du?«

»Sie sind hier, überall!«

Eine Woge von Liebe überflutete sie und mischte sich mit der ihr vertrauten Angst. Jakob war ein besonderes Kind, und sie musste begreifen, dass sie ihm nicht helfen konnte.

Alles, was sie tun konnte, war, darauf zu achten, dass er mit seinen ungewöhnlichen Talenten zurechtkam.

»Sie raunen und atmen«, fuhr Jakob fort. »Und dort hinten, unter dem schmalen Fenster, liegt einer und weint. Der neben ihm schnarcht, weil er so müde ist. Er ist den ganzen Tag gelaufen, bis seine Sohlen durch waren, und jetzt träumt er von einem schönen, braunen Pferd, das ihn davonträgt. Ein kleines Mädchen hinter ihnen betet, an die Mutter geschmiegt. Sie wärmt sie, aber die Kleine hat trotzdem Angst, weil der Weg noch so weit ist…«

»Du meinst – die Pilger, die einmal hier waren?«

»Ja, natürlich, die vielen, vielen Menschen«, sagte Jakob ungeduldig, »Männer, Frauen, Kinder, Alte und Junge! Wenn sie auch leibhaftig nicht mehr hier sind, der ganze Raum ist doch voll von ihnen. Jeder einzelne hat seine Spur hinterlassen. Ich kann es beinahe mit Händen fassen. Du musst es doch spüren, Mutter!«

»Das überlasse ich dir, aber eines weiß ich: Sie sind unsere Gefährten«, sagte Clara mit Nachdruck. »Verbündete. Was auch immer sie dazu veranlasst haben mag, sie sind den weiten Weg gegangen, der vor uns liegt. Jakobus hat sie geführt. Er wird auch uns beschützen. Sag selbst: Wie könnte er seinen kleinen Namensvetter jemals im Stich lassen?«

»Aber was, wenn wir niemals ankommen?« Jakobs Stimme klang plötzlich verzagt. »Wenn uns unterwegs etwas zustößt? Wenn wir krank werden – oder man einen von uns einsperrt…«

»Wir werden bestimmt ankommen, Jakob. Lass jetzt die alten Pilger in Ruhe und versuche, auch ganz schnell zu schlafen.«

Clara hörte seinen gepressten Atem und zögerte kurz. Sie lächelte ins Dunkel, als Jakob zuließ, dass sie ihn an sich zog. Er wurde weich in ihren Armen.

Sein Atem ging gleichmäßiger. Dieses Mal betete Clara

nicht zu Jakobus, sondern zu seiner Mutter Maria Salome – sie würde sie verstehen.

Sie küsste ihren Sohn auf das flaumweiche Haar. Dann rollte sie sich neben ihm zusammen und schlief sofort ein.

*

Nicht einmal die helle Morgensonne weckte ihn, so tief war sein Schlaf. Clara schlüpfte in ihre Schuhe und ging hinaus. Im Brunnenhaus wusch sie sich ausgiebig und zog sich dann ein frisches Kleid an. Da Jakob noch schlief, beschloss sie, all ihre schmutzigen Sachen noch vor dem Frühstück zu waschen.

Das Scheuern mit der Pottasche und das anschließende Reiben auf dem geriffelten Steinbrett, das schon ganz abgegriffen war, machten sie noch hungriger. Doch sie war erst zufrieden, als alles ausgespült war und sie die Sachen in der Sonne zum Trocknen auslegen konnte.

Die Grütze war dünn und nahezu salzlos, aber immerhin füllte sie den Magen. Unter den neugierigen Blicken von Schwester Martine leerte Clara auch den zweiten Teller.

»Mein Sohn schläft noch«, sagte sie. »Ich will ihm die Ruhe gönnen und mich ein wenig in der Stadt umsehen, bis unsere Sachen trocken sind.«

»Aber er wird doch nichts anstellen?« Schwester Martine starrte sie ängstlich an.

»Jakob?« Clara lachte. »Das kann ich mir kaum vorstellen. Außerdem bin ich bald wieder zurück. Aber bitte gib ihm nicht nur Grütze, sondern auch ein paar Scheiben Brot. Er wächst und ist eigentlich immer hungrig.«

Es zog sie zur Saône, wo sie einige Frauen an einem einfachen Waschplatz versammelt fand. Früher hatte sie diese arbeitsame Geselligkeit sehr geschätzt, weil man dabei immer am schnellsten erfuhr, was alles in der Stadt passiert war, aber in Genf war sie auch davon abgekommen. Schon ein Blick, eine Geste konnten verräterisch sein. Der Druck hatte all die Jahre wie ein Felsen auf ihr gelastet.

Sie setzte sich ein Stück von den Frauen entfernt ans Ufer und sah ihnen zu.

»Das würde ich auch am liebsten tun«, rief schließlich eine zu ihr hinüber. »Faul in der Sonne sitzen und den lieben Herrgott einen guten Mann sein lassen!«

»Meine Arbeit hab ich heute schon ganz früh erledigt.« Clara freute sich, dass die Frau sie ansprach. Gleichzeitig war sie froh, dass sie ihren Ring vorsorglich nach innen gedreht hatte. Bei manchen Gelegenheiten wäre es vielleicht klüger gewesen, ihn abzuziehen, aber seit der Begegnung mit Rossin erschien ihr das noch unmöglicher als zuvor. »Hätte ich freilich gewusst, dass ich euch hier treffe, hätte ich ebenso gut mit euch zusammen waschen können.«

»Du bist fremd hier?«, mischte sich die nächste ein und wrang die Laken aus, dass es spritzte. »Ich hab dich noch nie zuvor am Fluss gesehen.«

»Ja«, sagte Clara. »Und ich werde auch nur kurz bleiben. Aber ich weiß bereits, dass ihr in einer schönen Stadt zu Hause seid.«

»Bist du zum großen Markt gekommen?« Die dritte Frau wollte es ganz genau wissen. »Dann musst du dich beeilen. Die Stände sind beinahe fertig.«

»Nein, ich bin auf Pilgerschaft. Zusammen mit meinem Sohn«, sagte Clara. »Die Marktstände – dann kommt von daher wohl das Hämmern, das hier zu hören ist?«

Die Frauen tauschten einen schnellen Blick.

»Nein«, sagte die erste schließlich. »Das ist der Galgen, der gerade vor St. Jean aufgestellt wird. Morgen werden zwei Männer daran aufgeknüpft.« Sie bekreuzigte sich. »Sie kommen immer zu zweit. Daran kannst du sie gleich erkennen. Jetzt allerdings wird es ihnen nicht mehr viel nützen, dass sie die Todesstrafe verachten.«

Clara war zu keiner Antwort fähig, aber der Frau schien es gar nicht aufzufallen.

»Man hat einen silbernen Becher bei ihnen gefunden, der einem Gastwirt gehört, obwohl sie natürlich behaupten, nichts damit zu tun zu haben. Aber schwören wollten sie nicht. Nicht einmal jetzt. Sie dürfen nämlich nicht schwören. Und weder lügen noch richten. Genau das wird ihnen nun zum Verhängnis.«

Die anderen Frauen nickten eifrig.

»Heißt das, dass sie eigentlich unschuldig sind?«, fragte Clara. »Dass man sie nur aufhängt, weil sie nicht schwören wollen?«

»Unschuldig – dass ich nicht lache!« Die alte Wäscherin stemmte die Hände in die Taille. »Sie sind Barben.« Das Wort kam verächtlich aus ihrem Mund. »Reicht das nicht? Sie wissen, was sie hier erwartet. Wieso sind sie nicht in ihren finsteren italienischen Tälern geblieben, in die sie sich einst verkrochen haben? Hier in Lyon ist kein Platz für Ketzer. Waldes ist seit vielen hundert Jahren tot. Aber nicht einmal seinen Geist dulden wir in unserer schönen Stadt!«

»Was sind denn Barben?«, sagte Clara vorsichtig. »Und was hat es mit diesem Waldes auf sich?«

»Waldes war ein reicher Kaufmann. Eines Tages begegnete er einem Spielmann, dessen Lieder von einem Heiligen handelten. Waldes verschenkte daraufhin sein ganzes Geld an die Armen, verließ seine Familie und wanderte überall im Land umher, um zu predigen. Viele folgten seinem Beispiel, bis zum heutigen Tag. Barben nennen sie sich – Prediger. Dabei sind sie niemals geweiht worden, diese verdammten Ketzer. Die zwei von morgen können noch froh sein, dass sie nicht bei lebendigem Leibe brennen müssen!«

»Das war sein ganzes Verbrechen?«, sagte Clara. »Predigen und wandern? In meinen Ohren klingt das, als ob jener Waldes selbst ein Heiliger gewesen sei. Und diese Barben ...«

»So etwas sagst du in Lyon besser nicht!« Die Wäscherin

machte ein ängstliches Gesicht. »Predigen dürfen nur Geistliche, keine Laien, und Frauen wie wir schon gar nicht. So verlangt es die Kirche. Aber das müsstest du als fromme Gläubige eigentlich wissen.«

Sie beäugte Clara misstrauisch.

»Oder bist du vielleicht gar nicht katholisch? Dann sei erst recht auf der Hut: Hugenotten sind hier unerwünscht. Ein paar haben sich zwar hier angesiedelt, drüben, im Weberviertel, aber es geht ihnen immer wieder an den Kragen. Erst letztes Jahr wurde vielen von ihnen der Garaus gemacht!«

»Ich *bin* katholisch«, sagte Clara, seltsam berührt.

Wenn die Frauen nur ahnen könnten, welche Schwierigkeiten ihr dieses Bekenntnis in Genf eingebracht hatte! Mit einem Mal war ihr die freundliche Morgenstimmung verdorben. Sie verabschiedete sich knapp und ging weiter in Richtung Kathedrale. Vielleicht konnte sie einer Messe beiwohnen – ohne die Angst, entdeckt zu werden. Außerdem wollte sie zu Jakobus beten, um Schutz und Beistand für den weiteren Weg.

Das Hämmern wurde immer lauter, unerträglich, je näher sie kam, obwohl sie ihm doch hatte ausweichen wollen. Schließlich blieb sie stehen, als vor ihr ein Balken aus grobem Holz hoch in den Himmel ragte. Zwei Männer waren damit beschäftigt, den Querbalken des Galgens festzunageln.

Einer von ihnen trug eine grellrote Armbinde.

Rossin – sofort stand ihr wieder das Gesicht des Scharfrichters vor Augen. Hugo Rossin hatte sie gehen lassen, und sie würde ihm diese noble Haltung niemals vergessen. Während sie zum Kloster zurücklief, fragte sich Clara, wer wohl hier in Lyon dieses grausame Amt ausübte.

※

Sie fand Jakob im Schlafraum. Lesend und bester Laune lümmelte er noch immer auf der Holzpritsche, ohne sich an den reichlich verstreuten Krümeln zu stören.

»Die Schwester war freundlich und hat mir Honigkuchen gegeben«, sagte er. »Sie findet mich zu mager. Und dann, dann habe ich das hier gefunden.« Er deutete auf das Buch. »Bitte sei nicht böse, dass ich es einfach herausgenommen habe.« Seine zerknirschte Miene war ohne rechte Überzeugungskraft. »›Blancas Vermächtnis‹ – was ist das?«

»Alte Familienaufzeichnungen. Dein Vater hat sie gedruckt. Was steht denn drin?«

»Du kennst sie gar nicht?« Seine fast empörte Ungläubigkeit versetzte ihr einen Stich.

»Nein«, sagte sie. Schließlich wusste er doch Bescheid.

»Es fängt schon so spannend an«, sagte Jakob eifrig. »Eine Frau und ein Mann, die sich verstecken müssen. Aber wenn du nichts darüber weißt, wieso hast du sie dann überhaupt mitgenommen?«

»Weil wir niemals vergessen dürfen, woher wir kommen. Das hat Heinrich mir in unserer Brautnacht gesagt. Außerdem wollte ich, dass du etwas besitzt, was von ihm stammt.«

»Ich werde sie lesen«, sagte Jakob, »und dir erzählen, worum es in dieser Geschichte geht. Ein bisschen was weiß ich schon. Sie scheint von Pilgern zu handeln. Auf dem Weg zum heiligen Jakobus, so wie wir. Eine Frau erzählt sie – Pilar.«

»Pilar«, sagte Clara. »Den Namen habe ich schon einmal gehört. Warte!«

Sie schlug das Tuch auseinander und holte die Ahnentafel heraus. Die Ränder schienen leicht von Feuchtigkeit aufgequollen, als sie sie vorsichtig aufschlug, aber die Farben waren noch immer frisch und klar.

»Ein Baum«, sagte Jakob überrascht. »Ein wunderschöner Baum mit vielen Zweigen und Ästen. Manche sind dick und ausladend, mit vielen Blättern, andere nur ganz kurz. Und dort ganz oben, da steht ja mein Name!«

»Jakob Heinrich Weingarten – ja, das hat dein Vater eigenhändig aufgeschrieben, als wir dich getauft haben. Und der Name Pilar müsste irgendwo ganz unten zu finden sein.«

Claras Finger wanderte suchend über das Papier, bis Jakob ihn schließlich festhielt.

»Pilar Alvar, ja, du hast Recht, hier steht ihr Name. Und daneben steht Diego. War das ihr Mann?«

»Nein, ich denke, ihr Bruder«, sagte Clara. »Denn die Mutter der beiden hieß Blanca. Dort oben. Wo die Tinte verwischt ist.« Ihr Finger wanderte weiter. »Siehst du das verschlungene Zeichen, das immer wieder auftaucht?«

»Meinst du die liegende Doppelacht?«, fragte Jakob.

»Ja. Die Personen, die sie verbindet, waren verheiratet.«

»Dann war Pilar die Frau von Armando de Almeido.« Langsam entzifferte er den fremden Namen. »Mit ihnen hat alles begonnen – diese vielen, vielen Namen!«

»Sie sind die Wurzel, und du bist die Krone«, sagte Clara. »All die Menschen dazwischen gehören zu uns. Und nach uns werden andere kommen – eine Zukunft, die wir beide nicht einmal ahnen können.«

»Ich werd es dir erzählen«, sagte Jakob. »Jedes Mal, sobald ich einen größeren Absatz fertig habe. Dann erfahren wir beide etwas aus der Vergangenheit. Und es ist, als hätten wir es gemeinsam gelesen.«

»Ich liebe es, wenn du mein Auge bist.« Clara schlug die Ahnentafel wieder ein. »Und jetzt steh endlich auf, du kleiner Faulpelz! Die Sonne steht hoch, und unsere Wäsche ist strohtrocken. Es gibt also nichts mehr, was uns hier noch hält.«

»Aber bleiben wir denn nicht?«, sagte Jakob verdutzt. »Du hast doch gestern gesagt, dass wir noch eine zweite Nacht in Lyon verbringen wollten.«

»Ja«, sagte Clara. »Das war gestern.« Das Bild des unfertigen Galgens vor St. Jean drängte sich in ihre Gedanken, und entschlossen schüttelte sie es ab. »Aber Jakobus ruft uns. Also lass uns gehen!«

*

La Coruña, Mai 1563

Als sie die Küste erreichten, riss der Himmel auf. Der Wind, der den ganzen Tag schon an ihnen gezerrt hatte, hielt sich noch, eine ruppige Brise von Nordost, die ihre Umhänge bauschte.

»Ich mag die See«, sagte Luis. »Die Weite, das Licht. Den Geruch. Und an stürmischen Tagen, wenn die Wellen so hoch wie Kirchtürme sind, noch lieber als sonst.«

»Davon war aber nichts zu spüren bei unserer Überfahrt vor vielen Jahren«, sagte Paulus. »Damals hast du nur gespuckt. Fast die ganze Reise lang. Dabei war die Karavelle ein schneidiges Schiff, das sich gut gegen den Sturm behauptet hat. Ich hab insgeheim schon befürchtet, wir würden nur noch deine Knochen an Land bringen, so mager warst du.«

»Das ist lange her«, sagte Luis. »Ein anderes Leben. Manchmal möchte ich die Zeit anhalten, damit es wieder lebendig wird. Reiten wir in die Stadt?«

»Ich muss zuerst zum Hafen, etwas erledigen«, sagte Paulus. »Wenn du willst, können wir uns später im Gasthof treffen. Beim ›Pilgerstab‹, gleich neben den großen Lagerhallen. Der hat die saubersten Zimmer.«

»Du willst nicht, dass ich dich begleite?«, sagte Luis.

»Manche Wege muss ein Mann alleine gehen.« Ein Grinsen breitete sich über sein ganzes Gesicht. »Lass dich überraschen. Ich bin sicher, du wirst dein Vergnügen haben, wenn ich wieder zurück bin.«

Sie ritten auf die kleine Halbinsel zu, auf der die Stadt

sich immer weiter ausdehnte. Luis kümmerte sich um die beiden Pferde, während Paulus eilig zu Fuß in Richtung der Quais strebte. Viele kleinere Boote lagen vor Anker, aber auch ein großer Segler war offenbar gerade erst eingelaufen; die Flagge der spanischen Majestäten wehte von seinem Mast. Matrosen schleppten Kisten an Land.

Die Zimmer, nebeneinander gelegen, waren klein und einfach, aber in ordentlichem Zustand. Sie schienen die einzigen Gäste zu sein. Nur unten in der Wirtsstube saßen ein paar Seeleute und tranken.

»Nicht besonders viel los«, sagte Luis.

»Nein«, erwiderte der Wirt. »Leider. Die goldenen Tage der Pilgerei sind wohl für immer vorbei. Zu Tausenden sind sie früher hierher gekommen, aus England, Schweden, sogar aus dem fernen Russland. Alle auf dem Weg zu Santiagos Grab. Alle, die ein Dach über dem Kopf brauchten und Speise und Trank für den Rest ihrer Reise.« Er seufzte. »Und das Gleiche noch einmal vor dem Auslaufen in ihre Heimatländer – ein Vermögen konnte man machen, wenn man ein paar Betten und eine Küche besaß! Jetzt tröpfelt es nur noch wie aus einem bemoosten Wasserrohr. Aber vielleicht kommt ja bald Nachschub von ganz anderer Seite. Ich hab da neulich etwas läuten hören…« Er wiegte seinen Kopf. »Mehr verrate ich nicht. Man darf das Glück nicht beschreien, sonst läuft es davon.« Er verschwand in der Küche.

Luis zog sich auf sein Zimmer zurück. Doch der zweitägige Ritt an die Küste hatte ihn nicht ermüdet, sondern eher belebt. Der Raum war ihm zu eng. Er stieg die Treppe hinunter und lief ziellos durch die Gassen.

Die Menschen, die ihm entgegenkamen, sahen anders aus als in Santiago de Compostela, rauer, von Wind und Wetter gezeichnet. Die Männer verdienten ihr Brot offenbar mit der Fischerei; viele hatten gebückte Rücken und schwielige Hände.

Nichts hatte ihn damals so erschreckt wie das Meer, diese unendliche Fläche, scheinbar ohne Anfang, ohne Ende. Mit Händen und Füßen hatte er sich dagegen gesträubt, aufs Schiff gebracht zu werden, aber sein Vater hatte sich durchgesetzt und jede Gegenwehr erstickt.

Dann überfiel ihn die Übelkeit, kaum, dass sie abgelegt hatten, wie eine tückische Krake, und hielt ihn gepackt, als würde sie ihn nie mehr loslassen wollen. Der ständige Würgereiz hatte alles überlagert – seinen Schmerz, seine Wut, seine Trauer. Und seine Angst vor dem neuen Leben. Angst vor einer Welt, die ihm ähnlich rätselhaft und unbegreiflich erschien wie das Meer unter ihrem Kiel.

»Luis! Träumst du jetzt schon im Gehen?« Fast wäre er mit Paulus zusammengestoßen. Sein Freund hatte einen abgeschabten Seemannssack geschultert und wirkte fröhlich.

»Du bist schon fertig mit deinen Geschäften?«

»Das will ich meinen!« Paulus näherte sich Luis' Ohr. »Wie gut, dass ich dich getroffen habe«, raunte er. »Denn mit dem, was hier von meiner Schulter baumelt, hätten alle Banditen dieser Region mit einem Schlag ausgesorgt.«

Später, im Gasthof, begriff Luis, was er meinte, als Paulus den Inhalt einer hölzernen Kassette, die er aus dem Sack geholt hatte, auf dem Bett verteilte. Der ganze Raum schien plötzlich zu leuchten, so funkelten die grünen Steine.

»Smaragde«, sagte Paulus voller Stolz. »Strahlend wie der ewige Frühling und geheimnisvoll wie die Tiefen des Ozeans. Solche Qualität findest du nur in Kolumbien und selbst dort nur in ausgesuchten Minen.« Er legte Luis einen großen Edelstein in die Hand. »Natürlich muss das grüne Feuer noch ordentlich nachgearbeitet werden. Meine besten Schleifer werde ich dransetzen. Aber du kannst dir sicher schon jetzt vorstellen, wie diese Pracht aussehen wird, nachdem sie unsere Hände erst einmal durchlaufen hat.«

»Sie kommen direkt aus der Mine?«, fragte Luis belegt.

»Ja. Und es ist erst der Anfang, mein Freund! Weißt du, was mir soeben ein Vögelchen gezwitschert hat? Künftig werden die Schiffe aus Übersee nicht mehr zuerst in Sevilla anlegen müssen, um sich in der *Casa de la Contradicción de las Indias* registrieren und kontrollieren zu lassen. Ich will dir auch sagen, warum: Sie haben es satt, den Guadalquivir bis zur Atlantikmündung zu befahren, mit seiner schwankenden Wassertiefe bei Ebbe und Flut, seinen Sandbänken und Untiefen. Sie haben mehr als genug von lecken Schiffsbäuchen, gestrandeten Seglern und unverschämten Lotsen, die ein Vermögen für ihre Kenntnisse verlangen. La Coruña ist die Zukunft – unsere Zukunft, Luis.«

Er rang nach Luft, so aufgeregt war er.

»Dann ist es ein für alle Mal vorbei mit den eingenähten Säcken und dem Bestechungsgold. Mit Zittern und Bangen, wie viel von dem, was man erwartet, auch wirklich ankommt. Dann werden wir beide endlich kaufen und weiterverarbeiten, wonach uns der Sinn steht.«

Plötzlich begriff Luis, was der Wirt vorhin gemeint hatte. La Coruña als Tor zur Neuen Welt – welchen Reichtum würde das für die Stadt und ihre Bewohner bedeuten! Aber ihm ging etwas ganz anderes nicht aus dem Sinn.

»Für den Reichtum der einen krepieren die anderen«, sagte er. »Zu Tausenden. Der schwarze Schiefer in den Minen ist glitschig. Sie bekommen kaum zu essen und arbeiten in absoluter Dunkelheit. Tag für Tag, bis die Kraft sie verlässt...«

Paulus packte seine Hand.

»Mutter Erde gibt ihre Schätze nun einmal nicht freiwillig her«, sagte er. »Minenarbeit ist Knochenarbeit, schon immer. Und sie krepieren auch, wenn wir beide kein gutes Geschäft machen. Dann werden es nämlich andere tun. Wir beide können die Welt nicht ändern. Wir können nur dafür sorgen, dass wir besser in ihr leben.«

Luis machte sich frei. Die Haut auf seinen Händen spannte. Manchmal half es ihm, sie in Öl zu baden, dann verging das unangenehme Gefühl wieder.

»Vielleicht hast du sogar Recht. Aber diese Argumente gefallen mir trotzdem nicht«, sagte er. »Wenn ich dich so reden höre, spüre ich deutlicher als sonst, dass ich nicht hierher gehöre. Andererseits kann ich auch nicht mehr zurück. Nicht nach allem, was geschehen ist.«

»Vielleicht wird dich ja das hier etwas aufmuntern.« Paulus zog ein kleines Säckchen hervor und öffnete es. »Hast du so ein Wunderwerk schon einmal gesehen?«

Der Ring war schwer. Zwei Steine nebeneinander, ein funkelnder grüner und ein milchiger blauer, mit einer Goldzarge verbunden.

»Woher hast du das?«

Luis steckte ihn an. An seinem Ringfinger saß er wie angegossen. Plötzlich fühlten sich seine Hände geschmeidig an.

»Beziehungen«, sagte Paulus. »Kontakte, ohne die ein tüchtiger Goldschmied nicht sehr weit kommt. Du weißt doch, es gibt einen Handel, bei dem man besser nicht zu viel fragt.«

Er beugte sich über Luis' Hand.

»Er muss alt sein, mehrere Jahrhunderte, wie ich schätze. Dieser Schliff und diese Art der Fassung – niemand würde heute Schmuck noch so verarbeiten.« Er berührte den grünen Stein. »Ein Smaragd, wie du unschwer erkennst. Aber garantiert nicht aus Kolumbien. Vor hundert Jahren hatten wir von diesem Land noch nicht einmal gehört.«

Paulus sah Luis an.

»Er gehört dir«, sagte er. »Ich habe ihn eigens für dich gekauft. Ein Geschenk zur Aufmunterung. Trag ihn und verschenk ihn eines Tages, wenn du willst. An die Frau deines Herzens.«

»Du bist verrückt. Das kann ich niemals annehmen!«

»Doch, du kannst«, sagte Paulus. »Du musst sogar, willst du mich nicht tödlich kränken.« Sein Lächeln vertiefte sich. »Der Smaragd gilt als Stein der Hoffnung; der blaue daneben verkörpert die Treue. Außerdem sollen Smaragde die Lebenskraft fördern. Ich freue mich, wenn er dir gefällt. Und wenn du dich eines fernen Tages zufällig revanchieren möchtest, dann weißt du ja ...«

»Du willst mir doch nicht wieder mit dem Feueropal kommen?«, sagte Luis.

»Nicht heute«, sagte Paulus lachend. »Aber irgendwann werde ich darauf zu sprechen kommen – und dann sicher nicht zufällig.«

*

Cabrières d'Avignon, Mai 1563

Das Gewitter überraschte sie. Kurz zuvor hatten sie die kleine Kapelle verlassen, einen schlichten Steinbau, bis auf ein Holzkreuz ohne Fresken und Skulpturen. Clara und Jakob hatten gebetet und sich dann im Kühlen eine Weile ausgeruht. Die Hitze dräute immer noch, aber jetzt war der Himmel schwarz, durchzuckt von grellen Blitzen. Die Donnerschläge folgten dicht hintereinander.

»Es kommt näher.« Jakob beobachtete aufmerksam das Geschehen am Himmel. »Gleich wird es über uns sein.«

Weinberge, Aprikosen-, Oliven- und Mandelbäume. Nichts, wo sie hätten Schutz finden können. Clara fürchtete das offene Feld. Das Dorf, durch das sie zuvor gewandert waren, lag schon zu weit hinter ihnen. Das Haus entdeckte sie, als die ersten schweren Tropfen fielen.

»Lauf!«, rief sie Jakob zu. »Wir werden dort um Unterschlupf bitten.«

Bis ihnen endlich jemand die Tür öffnete, waren sie schon völlig durchnässt.

Die Frau war nicht mehr jung und ungewöhnlich mager. Rote Flecken auf ihren Wangen verrieten Erregung. Sie war barfuß und trug ein grobes Leinenkleid, das konturenlos an ihr herabfiel. Ihr Schweigen war voller Misstrauen.

»Wir sind Pilger«, sagte Clara schnell. »Auf dem Weg zum Grab des heiligen Jakobus. Nehmt ihr uns auf für die Dauer des Gewitters?«

»Wer schickt euch?«

»Niemand«, sagte Clara. »Wir sind schon lange unterwegs.« Der Regen wurde stärker. »Magst du uns für einen Moment hineinlassen? Mein Sohn ist noch etwas geschwächt von einer schweren Krankheit.«

»Ihr kommt ungelegen«, sagte die Frau tonlos. »Äußerst ungelegen. Im Haus ist kein Platz.« Ein Donnerschlag ließ Jakob zusammenzucken, und die Frau musterte ihn kurz. »Ich kann euch die Scheune anbieten.«

Ein solider Steinbau, gleich nebenan. Mit länglichen Ziegeln gedeckt. Das versprach trockenes Stroh und schien Clara als Unterschlupf geeignet.

»Ich muss erst den Schlüssel holen.« Zu Claras Erstaunen trat die Frau einen Schritt beiseite. »Kommt herein und wartet hier.«

Allein gelassen im Halbdunkel, sah Clara sich um. Ein Herrenhaus, in dem eine wuchtige Treppe in das obere Stockwerk führte. Die Halle, in der sie auf weitere Anweisungen wartete, war groß genug, um als Festsaal zu dienen. Doch sie wirkte karg und freudlos. Hier war schon lange nichts mehr gefeiert worden. Nahe der Tür, hinter der die Frau verschwunden und die nun verschlossen war, stand eine andere leicht offen, angelehnt.

Neugierig näherte sich Clara und öffnete sie vorsichtig ein wenig weiter.

Ein Tisch, einige Stühle. Ein Schrank mit Schnitzereien. Ihr Blick streifte eine Truhe aus Eichenholz, auf der ein Buch lag.

Der Einband kam ihr bekannt vor. Ohne sich von Jakobs warnendem Flüstern aufhalten zu lassen, schlich Clara in das Zimmer und schlug das Buch auf.

Die Muschel. Sie hatte sich nicht getäuscht.

Sie hastete zurück in die Halle, als sie Geräusche an der Nebentür vernahm. Jakob starrte ihr verwirrt entgegen, und Clara bemühte sich, ihr heftiges Atmen zu unterdrücken.

»Vielleicht müssen wir euch ja gar nicht zur Last fallen«, sagte sie, während die Frau bereits die Halle betrat. »Ich glaube fast, es regnet schon weniger. Dann wandern wir gleich weiter.«

»Ach was, geht schon in die Scheune«, sagte die Frau barsch. »Draußen ist jetzt niemand mehr seines Lebens sicher.«

Das Gewitter war noch stärker geworden, es goss in Strömen und Donner und Blitz schienen sich um die Wette zu jagen.

Die Scheune war zweistöckig und nur im oberen Bereich mit Heu gefüllt. In der Ecke stand eine Ölpresse; daneben ein paar Schaufeln, Sensen und Hacken. Bevor Clara und Jakob es sich versahen, drehte sich hinter ihnen der Schlüssel im Schloss.

»Sie hat uns eingeschlossen, Mutter.« Jakob rüttelte an der Tür. »Weshalb? Was hat sie vor?«

»Ich weiß es nicht«, sagte Clara nachdenklich. »Drüben im Haus lag ein Traktat aus Jeans Werkstatt. Die Muschel – das Druckerzeichen deines Vaters. Ich hab es sofort erkannt.«

»Sie hängt der Lehre Calvins an?« Jakobs Stimme zitterte. »Wird sie uns nun verraten? Müssen wir wieder zurück nach Genf?«

»Genf ist weit weg«, sagte Clara. Sie wollte gelassen klingen, obwohl ihr ganz und gar nicht danach zumute war. »Und so einfach lassen wir uns nicht mehr übertölpeln. Komm zu mir.«

Er gehorchte. Ihre scheinbare Ruhe schien auch auf Jakob zu wirken.

Die Zeit schien stillzustehen. Die kleinen Fenster waren zu hoch angebracht, um hinauszusehen. Aber sie konnten es hören, als draußen die Wucht des Unwetters langsam nachließ. Sie froren, obwohl es nicht kalt war, und der Hunger, den sie zuvor gehabt hatten, war verflogen.

Dann hörten sie den Schlüssel.

Die Frau hatte Verstärkung geholt.

»Kommt mit!« Zwei Männer, jeder ein großes Messer in der Hand, begleiteten sie.

»Rüber zum Haus!«, sagte der Ältere, der einen grauen Bart trug. »Und keine Faxen – ich warne euch!«

»Was wollt ihr von uns?« Clara hatte Jakobs Hand fest gepackt. Um nichts in der Welt würde sie ihn loslassen. »Wir haben nichts getan. Lasst uns gehen!«

»Nicht, bevor wir wissen, wer ihr wirklich seid!«

Der jüngere Mann, hager und mürrisch wie die Frau, hatte sie vor sich her in das Zimmer mit der Truhe getrieben. Alle drei starrten sie feindselig an.

»Das könnten wir ebenfalls fragen!« Clara deutete auf das Buch. »Ich kenne es. Was habt ihr hier mit *Maître* Calvin zu schaffen?«

»Wer seid ihr?«, wiederholte die Frau.

»Das hab ich dir bereits gesagt«, zischte Clara. »Pilger. Mit meinem Sohn bin ich auf dem Weg zum Grab des heiligen …«

»Durchsuch ihre Sachen!«, sagte der Ältere. »Dann wissen wir mehr.«

Der Stammbaum schien für einen Augenblick das Interesse der Männer zu wecken, dann aber legten sie ihn zusammen mit dem Buch zur Seite.

»Es scheint zu stimmen, was sie behauptet.« Widerwillig stopfte der Jüngere die wenigen Habseligkeiten zurück in das Bündel. »Das ist die Muschel, die sie alle haben. Sonst kann ich nichts Auffälliges entdecken.« Er musterte sie düster. »Eine Frau und ein Junge, noch ein Kind. Sie haben noch nie Frauen und Kinder als Inspektoren geschickt.«

»Wovon redest du?«, fragte Clara.

»Ich will dir einmal sagen, was hier geschehen ist.« Die magere Frau spie ihr die Worte entgegen. »Fromme Christen sind wir, die nach den Lehren der Heiligen Schrift leben. Weltlichem Besitz haben wir entsagt. Die Todesstrafe lehnen wir ab. Wir lügen nicht, wir richten nicht, wir schwören nicht. Keinem haben wir jemals etwas zuleide getan. Wir ehren Gott, getreu seinen Geboten. Wir befolgen seine Sakramente. Aber man hat uns trotzdem verfolgt, verurteilt und verbrannt – ganze Dörfer mussten sterben.«

Ihre Augen verschleierten sich.

»Meinen Mann hat man mir genommen und die beiden Ältesten. Jetzt habe ich nur noch meinen Bruder. Und meinen Neffen. Das alles nur, weil wir …«

»Ihr seid Waldenser«, sagte Clara, die sich plötzlich an die Wäscherinnen von Lyon erinnerte.

»Ja, das sind wir.« Der Neffe klang sehr stolz. »Und wir werden es bleiben, bis man uns begräbt. Viele von uns hatten nicht den Mut, den Weg ins Feuer zu gehen. Sie haben sich in den Schoß der Hugenotten geflüchtet und hoffen, dass sie damit gerettet sind. Aber sie irren, denn ihre Seelen sind in Gefahr. Sie schwören jetzt, sie halten Besitz, sie fügen sich der richterlichen Gewalt, sie verdammen die Sakramente bis auf Taufe und Abendmahl – wir aber halten an der reinen Lehre Waldes' fest. Bis zu unserem Tod.«

»Dann ist das Buch dort drüben auf der Truhe nur ein Täuschungsmanöver?«, sagte Clara.

Die Frau nickte.

»Die Erde in den ganzen Dörfern dieser Gegend ist von Blut getränkt«, sagte sie. »Hunderte mussten ihr Leben hingeben. Wir haben keine Kraft mehr, zu kämpfen. Deshalb verstecken wir uns. Aber Waldenser sind und bleiben wir!«

»Und wir sind keine Verräter«, sagte Jakob, der wieder seine Sprache gefunden hatte. »Von uns droht euch keine Gefahr.« Ein Blick zu Clara, die ihm zunickte. »Wir wissen, wie es ist, verfolgt zu werden. Lasst ihr uns jetzt gehen?«

»Aber das Unwetter«, sagte die Frau in plötzlicher Sorge. »Und es wird bald dunkel werden...«

»Bitte!« Jakobs Augen bettelten um Zustimmung.

»Lass sie gehen.« Ihr Bruder gab den Weg frei. »Was immer sie glauben – sollen sie ihren Frieden doch finden.«

»Der Herr schütze euch«, sagte Clara, als sie durch die Türe nach draußen traten.

Sie zog sich die Kapuze über den Kopf und schritt schnell aus. Jakob hielt sich mühelos an ihrer Seite.

»War das ein Zufall?«, fragte er nach einer Weile. »Und das Buch. Ausgerechnet ein Buch von Jean!«

»Nein«, sagte Clara. »Kein Zufall. Manchmal müssen wir eben auf Wunder vertrauen.«

*

Auf dem Weg nach Avignon, Mai 1563

Sie wanderte mit den Schäfern, seit Wochen schon, abseits der großen Straßen, auf denen Kaufleute, Handwerker und Soldaten ritten, und spürte Tag für Tag das Land unter ihren Füßen: die Hügel und Täler, die Unebenheiten der schmalen Pfade, die Erde, die immer rauer und trockener wurde, je weiter sie nach Süden kamen. Disteln zerstachen ihre Beine, und die kleinen Blüten des Wegerichs begleiteten sie, während sie um eine Antwort betete.

Größere Orte und vor allem Städte machten ihr Angst. Camille wusste nicht weshalb, denn gleichzeitig gab es auch etwas, das sie dort hinzog. Aber bislang hatte sie nirgendwo gefunden, wonach sie suchte, nicht in Valence, nicht in Montélimar, nicht in Orange.

Anfangs war sie ein paar Tage mit einem wortkargen Alten und seiner kleinen Herde gezogen, der sie vor einer Dorfkirche aufgelesen hatte. Die erste Zeit hatte sie sich wohl gefühlt bei seinem mürrischen Schweigen – wären da nicht die Nächte gewesen, in denen er schwer atmete und sie morgens anstarrte, dass ihr immer unbehaglicher zumute wurde.

Sie verließ ihn auf dem Viehmarkt von St. Paul-Trois-Châteaux, nachdem sie ihn in der vorangegangenen Nacht dabei überrascht hatte, wie er sich an einem Mutterschaf zu schaffen machte. Zuerst hielt sie sich abseits, sah aber dabei zu, wie die Tiere ihre Besitzer wechselten, um schließlich vor all dem Blöken und Feilschen in eine stille Kapelle zu flüchten.

Lange kniete sie vor der Madonna mit dem unergründlichen Lächeln, an deren entblößter Brust das Jesuskind trank. Die Muttergottes und ihr Kind. Eine Ahnung kam zurück, ein warmer Geruch, eine helle, weiche Strähne, die ihre Haut kitzelte.

Und die Farbe Blau.

Isas Haare waren dunkel und drahtig gewesen, sie hatte nie etwas Blaues besessen oder getragen, und dennoch hatte sie bis zu ihrem Tod wie eine Mutter für sie gesorgt. War es vermessen, so leidenschaftlich nach der Wahrheit zu suchen?

Lärm riss sie schließlich aus ihrer Versunkenheit.

Draußen hatte eine Schafherde die Kapelle umkreist, von einem jungen, offensichtlich noch unerfahrenen Hütehund wütend umsprungen. Ein schlaksiger, hoch aufgeschossener Junge fuchtelte dazwischen, und die Röte seines zornigen Gesichtes vertiefte sich, als er Camille erblickte. Er hieß Gilles, erfuhr sie, als der Hund sich schließlich durchgesetzt hatte und die Herde wieder weiter südwärts lief; unterwegs war er mit seinem Vater Luc.

Sie schloss sich den beiden an, aß mit ihnen aus den Schalen, die sie aus hartem Olivenholz geschnitzt hatten, und schlief Nacht für Nacht in ihrer Nähe, diesmal ohne die geringste Spur von Angst. Gilles, der ein Träumer war, liebte es, die Sterne zu betrachten und sich dabei Geschichten auszudenken, während sein Vater meistens schweigend dabeisaß.

»Warum kommst du nicht näher ans Feuer?«, fragte der Junge. »Ist dir nicht kalt?«

»Nein«, sagte sie. »Ich friere nicht so leicht. Außerdem mag ich das Feuer nicht.«

»Hat das was mit den Narben an deinen Beinen zu tun?«

Gestern war sie in einen Bach gewatet, unbeobachtet, wie sie geglaubt hatte. Er hatte sie gründlicher in Augenschein genommen, als ihr lieb sein konnte!

»Was gehen dich meine Beine an?«, sagte sie barsch. »Kümmere dich lieber um deine eigenen Angelegenheiten!«

»Ich wollte dich nicht kränken, Camille«, sagte er bittend. »Aber es sieht aus wie ...«

»Wie was?«

»Brandzeichen«, sagte der Alte. »So markieren manche Bauern Tiere als ihr Eigentum.«

Alle drei schwiegen eine Weile.

»Siehst du die Sternengruppe dort oben?« Gilles' Hand wies zum Himmel.

Camille nickte. Er strengte sich offenbar an, gut Wetter zu machen. Sogar der Hund legte sich zu ihren Füßen.

»Der Große Wagen. Er schläft in den Armen der Bärin. Jeder Hirte kennt ihn. Und siehst du auch das leuchtende Sternenband darüber?« Seine Stimme war sanft.

»Ja«, sagte sie. »Aber es ist so schrecklich weit entfernt. Unerreichbar!«

»Du hast Recht, aber vergiss nicht, es scheint doch zu uns herab. Es ist die Milchstraße, das Zeichen, welches St. Jacques vor unendlicher Zeit an den Himmel geschrieben hat, um dem Kaiser Carolus den Weg zu weisen. Es gab eine große Schlacht in den Roten Bergen – und viele, viele Krieger mussten sterben, aber der große Kaiser hat das Heer der Mauren schließlich geschlagen. Ganz schwarz sollen sie sein, listig und bärenstark. Blitzende Waffen sollen sie haben, mit denen sie ...« Gilles hielt inne. »Hast du schon einmal einen Mauren gesehen?«

»Nein«, sagte Camille. »In unserem Dorf gab es keine Mauren. Aber vielleicht treffe ich ja auf welche, wenn ich weiter nach Westen komme.«

»Du willst tatsächlich nach Compostela?«, mischte sich Luc ein. »Das würde ich mir an deiner Stelle noch einmal gut überlegen! Ich bin schon viel herumgekommen, aber mir ist keiner begegnet, der je von dort zurückgekehrt wäre! Wieso bleibst du nicht hier, Mädchen? Wenn der Mistral schweigt, leben wir doch wie im Paradies!«

»Weil ich nicht kann.«

Die Hirten waren unverändert freundlich zu ihr, Camilles Unbefangenheit aber war verflogen. Jetzt begann sie, Gilles' neugierige Blicke zu fürchten, und wenn der Alte das Wort an sie wandte, wurde ihr unbehaglich.

Ein paar Tage später hörte sie Vater und Sohn miteinander reden, während sie sich schlafend stellte.

»Sie sollte nicht länger bei uns bleiben«, sagte Luc. »Sie bringt dich sonst noch um den Verstand!«

»Das tut sie nicht«, widersprach der Junge. »Sie ist allein, sie braucht uns. Camille ist so schön! Wäre ich nur ein wenig älter, ich würde sie fragen, ob sie mich heiraten will.«

»Zum Glück bist du erst fünfzehn. Sie ist jemand, der kein Zuhause hat. Und denk an diese Narben! Man hat sie gezeichnet, sicherlich nicht ohne Grund. Was, wenn sie eine Verbrecherin ist?«

»Das ist sie nicht!«, widersprach Gilles. »Das weißt du ganz genau. Und das glaubst du ja nicht mal selber.«

»Sie macht dich kein bisschen verrückt, ja? Wir ziehen weiter, hinauf in das Hochland der Vaucluse – ohne sie. Die

Tiere brauchen ein anderes Klima. Und hier wird das Wasser langsam knapp. Wir sind dazu da, um uns um die Schafe zu kümmern und nicht um eine Landstreicherin, vergiss das nicht!«

Camille erhob sich leise, als beide noch schliefen. Der Hund lief auf sie zu und begrüßte sie, und schnell hielt sie ihm die Schnauze zu, damit er sie nicht verriet.

»Adieu!« Sie streichelte seinen mageren Rücken. »Ich muss weiter. Ich werde dich vermissen.«

Die Schatten waren lang, als sie die alte Papststadt erreichte. Die Stadtmauer Avignons schien ihr wie ein steinerner Wall, und ihr Eindruck einer Trutzburg verstärkte sich noch, als sie weiterlief. Die Menschen erschienen ihr abweisend und gleichgültig. Sie spürte scheele Blicke, und auf einmal schämte sie sich für ihr staubiges Kleid, an dem noch das Stroh der letzten Nacht klebte.

Sie roch nach Schaf und Kot. Isa würde sie ausschimpfen, könnte sie sie so sehen. Aber Isa war tot und begraben; und sie musste sehen, wie sie ohne sie zurechtkam.

Verstohlen klaubte Camille eine der kleinen Kupfermünzen heraus, die sie in ihren Saum eingenäht hatte, kaufte Brot und ließ sich neben einem Brunnen nieder. Es begann zu dämmern; sie musste sich nach einem Quartier für die Nacht umsehen.

Sie stand auf und ging los, ohne zu wissen, wohin.

Eine Uhr schlug achtmal. Den hohen Glockenturm entdeckte sie ganz in der Nähe. Vielleicht gehörte er ja zu einem Kloster, wo sie unterkommen konnte.

Eine Menschenmenge versperrte ihr den Weg. Unwillkürlich reckte Camille den Hals, aber die Leiber vor ihr standen zu dicht. Als sie einen Spalt fand, zwängte sie sich durch, nach vorne, um den Anlass des Menschenauflaufs zu entdecken.

Ein Mann hustete. Ein Hund kläffte. Sie meinte das Krächzen eines Raben zu hören.

Dann senkte sich Stille über den großen Platz. Die Menschen schienen den Atem anzuhalten.

Breitbeinig stand der Mann vor dem riesigen Palast mit seinen unzähligen Fenstern, Giebeln und Zinnen, aber wenn man genauer hinsah, schien er den rechten Fuß etwas weniger zu belasten. In beiden Händen hielt er brennende Fackeln. Dichtes, braunes Haar, nachlässig zu einem Zopf geflochten, fiel über seinen kräftigen Rücken.

Camilles Hände waren nass.

Der Mann legte den Kopf zurück. Lachend führte er die Fackel in seiner rechten Hand auf das Gesicht zu.

Etwas in ihr zerbrach. Sie hörte einen Schrei wie in Todesangst – ihre eigene Stimme.

»Er verbrennt! Rettet ihn!«

Alle wandten sich ihr zu.

Der Mann hielt dicht vor seiner Nase inne. Hatte er sie gehört?

Lodernd lag der Feuerglanz auf seinem Gesicht. Aber ihre Hoffnung war vergebens gewesen. Blitzschnell stieß er die Fackel hinab, in den weit geöffneten Schlund.

»Er isst das Feuer – es wird ihn töten!«

Camilles Stimme überschlug sich. Sie tastete nach einem Halt. Alles löste sich auf. Kein Halt. Nichts.

Bruno spürte die immer stärker werdende Unruhe. Wie eine Welle brandete sie bis zu ihm, und doch brachte er seine Vorführung konzentriert zu Ende. Alles stand bereit: der Becher zum Eintauchen, etwas Milch, um die Mundhöhle anschließend zu reinigen, neue Fackeln, damit er das Spektakel wiederholen konnte. Glücklicherweise war kein Wind aufgekommen, der ärgste Feind jedes Feuerarbeiters. Schon die kleinste Ablenkung konnte Gefahr bedeuten. Er war zu lange unterwegs, um das nicht zu beachten.

Als er sich schließlich verbeugte, wurde schwach applaudiert. Viel schwächer als sonst. Enttäuschung stieg in ihm auf. Er war gut gewesen, besser als früher. Waren die Bewohner Avignons von Artisten bereits übersättigt?

Er hörte Troppo kläffen und sah, wie die Menge sich verlief. Lia flog auf seine Schulter, während er nachsehen ging, was geschehen war. Er musste noch immer vorsichtig gehen. Die Wunde an seinem Fuß hatte sich geschlossen, und neue Haut war nachgewachsen, zart und rosig wie die eines Neugeborenen. Er konnte wieder auftreten. Mit den neuen Schuhen, die er im Kloster bekommen hatte, war es einfacher als zuvor. Aber noch immer verspürte er Heilschmerz und ein Spannungsgefühl, das plötzlich unerträglich wurde.

»Sie ist einfach umgefallen«, sagte ein Mann, der die Ohnmächtige auf seinen zusammengelegten Rock gebettet hatte.

»Sie hat laut geschrien und dich verflucht«, wusste eine Frau zu berichten. »Du hast sie auf dem Gewissen!«

Bruno betrachtete das blasse, junge Gesicht.

»Du täuschst dich«, sagte er. »Ich kenne sie ja nicht einmal. Ich hab dieses Mädchen noch nie gesehen.«

»Wir müssen sie aufwecken«, rief ein anderer. »Sonst stirbt sie vielleicht.«

»Sie stirbt nicht«, widersprach Bruno. »Sie ist jung und kräftig. Ist sie auf den Kopf gefallen?«

»Das kann ich dir nicht sagen«, sagte der Mann. »Alles ging viel zu schnell. Eben noch stand sie neben mir – und im nächsten Moment lag sie schon auf dem Boden.«

Bruno kniete sich neben die Ohnmächtige und bewegte sie vorsichtig.

»Wach auf!«, sagte er. »Komm zu dir. Du brauchst keine Angst haben.«

Nichts tat sich. Bruno legte sein Ohr auf ihre Brust, während Lia leise krächzte. Das Mädchen atmete.

Er rüttelte sie wieder, kräftiger nun. Wieder ohne Erfolg.

»Wir brauchen Wasser«, sagte er. »Schnell!«

Eine Frau kam mit einem Eimer angelaufen. Ein kräftiger Schwall ergoss sich über Camilles Gesicht.

Sie keuchte, hustete und schlug die Augen auf.

»Du bist hingefallen«, sagte Bruno. »Tut dir etwas weh?«

»Ich glaube nicht«, sagte sie matt und richtete sich halb auf. Dann zuckte sie zusammen. »Mein Kopf«, sagte sie. »Er fühlt sich mindestens doppelt so groß an wie sonst.«

»Das glaub ich gern.« Bruno betastete ihn sanft. »Am Hinterkopf hast du eine Beule. Bist du aus Avignon?«

Die Leute, die begriffen, dass nichts Schlimmes passiert war, begannen sich allmählich zu verlaufen. Nur ein paar Kinder lungerten noch herum, in der Hoffnung, er würde seine Vorführung vielleicht fortsetzen. Aber die Lust auf Feuer war Bruno für heute vergangen.

»Nein«, sagte Camille. »Ich bin auf dem Weg zum Grab des Jakobus. Hast du wirklich Feuer gegessen?« Ihre Erinnerung schien langsam zurückzukehren.

»Das sieht nur so aus«, sagte Bruno erleichtert. »Wenn du willst, kann ich dir zeigen, wie man es macht. Ich will auch nach Santiago de Compostela. Solche Vorführungen mache ich nur, um ein paar Münzen einzusammeln. Aber jetzt sind sie alle davongelaufen, ohne zu bezahlen.«

»Das tut mir Leid.« Die junge Frau schloss wieder die Augen.

»Ist dir übel? «

»Ein bisschen. Ich kann nicht ganz klar sehen. Aber das wird gleich wieder vergehen.«

Sie machte Anstalten aufzustehen, aber Bruno musste ihr dabei helfen. Er ließ sie nicht los, auch, als sie wieder auf den Beinen war. Es schien ihr nicht zu missfallen. Sie schien es sogar zu mögen.

»So kannst du auf jeden Fall nicht weiter«, sagte er. »Du brauchst Ruhe und musst dich erst einmal hinlegen. Hast du schon ein Quartier?«

Sie schüttelte den Kopf.

»Dann komm doch einfach mit uns. Troppo, mein Hund, Lia, die feine Rabendame, und ich wollen nämlich ins Hospiz. Es liegt gleich hinter dem Papstpalast, dort hinten, in der schmalen Gasse.«

»Wie heißt du?« Ihre Augen waren groß und leuchtend grün.

Als sie ihn ansah, wurde etwas in ihm lebendig. Eine Türe öffnete sich einen Spaltbreit. Eine Türe, die er zugeschlagen hatte vor langer Zeit und anschließend gründlich verbarrikadiert.

»Bruno.« Er verneigte sich spielerisch. »Bänkelsänger, Lautenspieler, Wahrsager, Feuerspucker – und vieles mehr. Die Straße ist mein Zuhause, seit langem schon.«

»Lass uns gehen«, sagte sie. »Ich bin Camille.«

*

Les Saintes Maries de la Mer, Mai 1563

Der Horizont flirrte vor Hitze. Clara schob die Ledertasche, die sie in Arles bei einem Schuhmacher erstanden hatte, weil das alte Stoffbündel ihr beinahe unter den Händen zerfallen wäre, auf die andere Schulter. Jetzt bereute sie fast, dass Jakob sie zu diesem Abstecher ans Meer überredet hatte. Aber ihr selbst lag auch daran, die alte Wallfahrtskirche zu besuchen, in der die Reliquien von Maria Salome und Maria Jakobea, der anderen Apostelmutter, aufbewahrt wurden.

Außerdem hatte Jakob große Augen bekommen, als ein alter Mann nach der Messe in St. Trophime ihnen vorgeschwärmt hatte.

»Schwarze Stiere und Herden von wilden, weißen Pferden! Dazu rosafarbene Vögel, die auf langen, dünnen Beinen durch das salzige Wasser staksen. Riesige Salzseen. Und wenn erst die Gitans kommen und ihre schwarze Patronin zum Wasser tragen! Hätte ich noch gute Beine – nichts könnte mich hier halten!«

Schon den ganzen Tag hatten sie dunkelhäutige Menschen in bunten Kleidern überholt, hoch zu Pferd oder in schwer beladenen Wagen, auf denen sie ihre Habe mitführten. Alle drängten dem Meer zu, wo die große Prozession stattfinden sollte.

»Ich bin müde, Mutter«, jammerte Jakob, der mit bloßem Oberkörper lief, weil es so heiß war. Seine Wangen waren krebsrot. Sie sah ihm an, wie erschöpft er war. »Und ich sterbe vor Durst.«

In der Kalebasse war nur noch ein Rest Wasser; Clara gab es ihm und versuchte, nicht daran zu denken, wie durstig sie war.

»Ist es noch weit?«

»Ich hoffe nicht«, sagte sie. »Am liebsten würde ich meinen Umhang hier irgendwo liegen lassen. Aber das dürfen wir nicht. Wir müssen noch über die Berge. Da können die Nächte kalt werden.«

Ein Vogelschwarm hatte sich erhoben. Plötzlich war der Himmel über ihnen rosa.

»Da sind sie, die mit den langen Beinen!« Jakob schien seine Müdigkeit mit einem Schlag vergessen zu haben. »Und dort hinten – da galoppiert eine Pferdeherde.«

»Ich wäre trotzdem schon gern am Ziel.« Clara machte ein paar Schritte. Sie hielt inne, als er ihr nicht folgte. »Jakob – was ist denn nun schon wieder?«

Er war neben einem braunhaarigen Mann stehen geblieben, auf dessen Schulter ein großer, laut krächzender schwarzer Vogel saß. Ein struppiger Hund mit spitzen Ohren umkreiste die kleine Gruppe, zu der auch eine junge, blonde Frau zu gehören schien.

»Hast du den Vogel selbst gefangen?«, fragte Jakob neugierig.

»Nein.« Der Mann lachte.

»Hat er einen Namen?«

»Natürlich hat sie einen Namen. Lia begleitet mich schon lange. Ich hab sie vom Nest aufgezogen. Nur so werden Raben nämlich zahm.«

»Kann sie auch sprechen?«

»Nein. Das können Raben nur, wenn man ihnen den Schnabel aufschneidet und das Zungenband zerstört. Und ich mag meine Lia viel zu gern, um ihr so wehzutun.«

»Kommst du jetzt endlich, Jakob?«, rief Clara ungeduldig.

»Meine Mutter ist sehr durstig«, sagte der Junge. »Ich hab nämlich unser ganzes Wasser ausgetrunken. Ihr habt nicht noch zufällig einen Schluck für sie übrig?«

»Camille?« Der Mann wandte sich an die junge Frau. »Wie sieht es bei dir aus? Ich hab vorhin die Tiere versorgt.«

Camille gab Jakob ihre Kalebasse. Ihr war nicht anzusehen, ob sie es wirklich gerne tat.

»Das kann ich nicht annehmen!«, protestierte Clara, als der Junge sie an sie weiterreichte.

»Trink!«, sagte Camille, jetzt mit einem kleinen Lächeln. »Wir sind Pilger – und ihr doch auch, oder?«

»Dann bedanke ich mich. Gott segne euch!« Clara genoss jeden Tropfen einzeln.

»Wollt ihr auch nach Les Saintes Maries de la Mer?«, fragte der Mann.

Jakob nickte begeistert.

»Ich möchte endlich das Meer sehen«, sagte er. »Mein Vater hat es gekannt. Aber er ist schon lange tot. Und dann gehen wir weiter, immer weiter, nach Westen, zum Grab des heiligen Jakobus. Wir sind schon sehr lange unterwegs – eine halbe Ewigkeit!«

»Dorthin wollen wir auch, Bruno und ich«, sagte Camille. »Wir haben uns in Avignon getroffen.« Sie räusperte sich. »Es ging mir nicht gut. Er hat sich um mich gekümmert. Ich war froh, dass er mir beigestanden hat.«

Bruno brummte Zustimmendes.

Jedes Mal, wenn er sie länger ansah, bewegte sich die Tür in seinem Inneren. Manchmal musste er den Blick abwenden, weil er es nicht aushalten konnte. Dann versuchte er, ganz vernünftig zu sein.

Es war ausgeschlossen, dass er Camille von früher kannte, das sagte sein Verstand. Aber um ganz sicherzugehen, hatte er sie zum Reden gebracht und die Stationen ihres kurzen Lebens heimlich mit seinen Wanderungen abgeglichen. In Auriples war er niemals gewesen, das stand fest. Doch wenn zutraf, was sie behauptete, dann konnten sie sich an einem anderen Ort begegnet sein, ein Ort, an den sie sich nicht mehr erinnerte.

«Warum bleiben wir nicht alle zusammen?«, rief Jakob, dem diese Idee zu gefallen schien. »Wir können uns helfen, wenn einer unterwegs krank wird oder falls uns jemand einsperren...«

»Jakob!«, sagte Clara mahnend. »Du kannst die beiden doch nicht so überrumpeln.«

»Ein Vorschlag zur Güte«, sagte Bruno. »Wir gehen gemeinsam zur Prozession. Danach sehen wir weiter. Was meint ihr?«

Alle waren damit einverstanden.

Der kleine Trupp setzte sich in Bewegung. Insekten umschwirrten sie, und Jakob musste sich heftig wedelnd gegen Mückenschwärme zur Wehr setzen. Langsam zog sich der Sumpf zurück; der Salzgeruch wurde stärker, und links und rechts am Weg sahen sie immer öfter weiße, glitzernde Flächen liegen – Salzgärten, wie Bruno erläuterte.

Sie atmeten auf, als sie den kleinen Ort erreichten. Er schien überfüllt. Trauben von dunkelhäutigen Männern, Frauen und Kindern waren vor ihnen eingetroffen.

»Wo sollen sie nur alle schlafen?«, fragte Jakob. »Und was tun sie eigentlich hier?«

»Dort, wo wir auch schlafen werden.« Bruno grinste. »Im weichen Sand. Sie sind gekommen, um ihrer Schutzheiligen zu huldigen, der schwarzen Sara. Komm mit, ich hab dort drüben einen Brunnen gesehen! Wir sollten unsere Vorräte auffüllen, bevor es noch mehr Durstige werden. Und dann will ich ans Meer. Du auch, Jakob?«

»Du nimmst mich mit?« Begeistert starrte der Junge ihn an.

»Aber du bist zurück, bevor es dunkel wird«, sagte Clara schroffer, als sie beabsichtigte. »Ich möchte die Messe nicht versäumen.«

Sie musste sich gegen ein Gefühl von Eifersucht wehren, und gleichzeitig rührte es sie, wie sehr ihr Sohn nach männlicher Gesellschaft verlangte. Sie sah Jakob mit leuchtendem Gesicht diesem Bruno nachlaufen, und ein scharfer Schmerz durchzuckte sie, als sie an Heinrich dachte.

*

Kerzen erhellten den fensterlosen Kirchenraum. In der Nische zur Linken war das Boot aufgestellt, in dem der Legende nach die beiden Marien hierher gekommen waren.

Jakob betrachtete es eingehend.

»Es ist viel zu klein für den langen Weg«, sagte er leise. »Kein Wunder, dass sie hier landen mussten!«

Sein Gesicht war sonnenverbrannt; die Ohren glühten. Noch heißer aber war sein Herz. Das Rauschen der Wellen und das Funkeln der tief stehenden Sonne auf dem Wasser – niemals würde er diese Eindrücke vergessen! Verstohlen leckte er an seinem Unterarm, der noch immer ganz salzig schmeckte. Er war mit Bruno hinausgeschwommen, gefolgt von Troppo, und lachend und bibbernd waren sie zurückgekommen. Mit Armen und Beinen rudernd, konnte Jakob sich halbwegs über Wasser halten, Bruno aber schwamm wie ein Fisch, mit langen, eleganten Zügen, den Kopf meist untergetaucht. Er hatte versprochen, ihm diese Technik beizubringen. Unterwegs, sobald sich eine Gelegenheit dazu ergab.

Jakob konnte es kaum erwarten.

»Was ist das dort drüben?«, flüsterte er. »Der seltsame Stein, der in die Säule eingelassen ist?«

»Das Ruhekissen der Heiligen.« Clara wandte ihr Gesicht dem Doppelschrein zu, der die beiden Marien zeigte, sitzend auf einer Fensterbank. Ihr Gebet wurde inbrünstig.

Helft mir, betete sie, dass ich das Richtige tue! Ihr seid beide Mütter. Ihr könnt ermessen, was ich empfinde. Mein Junge ist so glücklich. Aber ist es richtig, sich Fremden anzuvertrauen, nach allem, was wir erlebt haben?

Sie wartete auf ein Zeichen, auf eine innere Eingebung, aber nichts geschah.

Draußen trafen sie auf Bruno und Camille, die sie einluden, mit ihnen zu essen.

»Das können wir nicht annehmen«, sagte Clara. »Wir wollen euch nicht zur Last fallen.«

»Und ob ihr das könnt!« Brunos Lachen war anstecked. »Ich hab am Strand ein paar Lieder gezupft und traf auf ein dankbares Publikum. Die Gitans, arm und selbst Meister der Musik, waren freigiebig. Schau her – ich hab Brot, Früchte und ein paar Fische, die wir am Feuer rösten können. Sogar für einen Krug Wein hat es gereicht.«

Sie aßen und tranken, Jakob mit leuchtenden Augen und Heißhunger, Clara zurückhaltend. Der Wind trug den Geruch von Tang und Salz zu ihnen. Sternenklar wölbte sich der Himmel über Land und Meer.

Überall leuchteten Feuer. Immer wieder war ein Lachen zu hören, Musikfetzen schwebten durch die Nacht.

»So muss es im Paradies sein«, sagte Jakob, als er sich zum Schlafen legte.

»Mit Salz in den Ohren und einem vollen Bauch?«, neckte ihn Clara.

»Mit Freunden und Tieren. Mit dem Meer und mit meiner Mutter«, erwiderte er ernsthaft.

Clara betrachtete ihn liebevoll und streckte sich in seiner Nähe aus.

Ein Stück weiter saßen Bruno und Camille noch am Feuer.

»Ich bin froh, dass du mich hierher gebracht hast«, sagte sie. »So etwas wie diese Lagune habe ich noch nie gesehen. In meinem abgelegenen Dorf war die Welt sehr schnell zu Ende.«

»Dabei ist das erst der Anfang«, erwiderte er. »Du wirst noch viel zu staunen haben, je weiter du herumkommst. Die Welt ist bunt, grenzenlos und widersprüchlich. Das hab ich auf meinen Wanderungen gelernt.«

»Du bist schon lange unterwegs?«, fragte sie.

»Sehr lange.« Er lächelte. »Eigentlich schon immer. Genau betrachtet, bin ich auch einer der Gitans: Mit meiner Habe ziehe ich durch die Welt und zeige Kunststücke, um die Menschen zu unterhalten.«

»Aber das war nicht immer so, oder?«, sagte Camille. »Wo bist du geboren?«

»Manche Dinge lohnen die Erinnerung nicht.«

Sie betrachtete ihn aufmerksam. »Seltsam – und ich bemühe mich, gerade das herauszufinden. Nach Auriples bin ich erst gekommen, als ich schon ein paar Jahre alt war. Eine Frau namens Isa hat mich aufgezogen, aber nicht geboren. Aber das weißt du ja bereits. Wo war ich zuvor? Keiner im Dorf wollte mir das verraten.«

Sein Unbehagen wuchs, wie jedes Mal, wenn sie damit anfing. Camille sah dann so angespannt aus, dass er sie am liebsten umarmt hätte. Er tat es nicht. Sie hätte es missverstehen können. Sie war blutjung, und sie kannten sich erst so kurz. Außerdem spürte er, wie verletzlich sie war.

»Sie könnten gute Gründe gehabt haben. Hast du daran schon gedacht? Vielleicht wollten sie dich schützen. Oder schonen. Ich habe gelernt, dass die Wahrheit manchmal sehr wehtun kann.« Bruno gab dem Raben das letzte Fischstückchen. »Sie sticht und brennt und schneidet. Manchmal bringt Wahrheit nichts als Leid. Dann ist es klüger, sie zu verschweigen.«

Er rieb sich die Augen.

»Es ist spät. Wir sollten auch schlafen. Morgen, bei der großen Prozession für Maria Jakobea und Maria Salome...«

Camille packte seinen Arm. Ihr Gesicht war auf einmal weiß und leer.

»Sag das noch einmal!«

»Schlafen«, wiederholte er, plötzlich ganz unsicher. »Was hab ich denn gesagt?«

»Den Namen – bitte!«

»Maria Jakobea und Maria Salome...«

«Das ist es«, flüsterte Camille. Ihre Nägel bohrten sich in sein Fleisch. »Danach habe ich gesucht, die ganze Zeit...«

Bruno schüttelte ihre Hand ab.

»Du tust mir weh«, sagte er. »Was ist denn auf einmal in dich gefahren? Du bist ja wie von Sinnen!«

»Die Wahrheit.« Ihre Augen waren feucht. »Sie brennt und sticht und schneidet, genauso, wie du es vorhin gesagt hast. Salome, verstehst du? So hieß ich. Salome, das war mein Name, bevor sie ihn mir genommen haben und ich Camille wurde.«

»Du hast früher Salome geheißen?«

»Ja«, sagte sie. »Als ich noch sehr klein war. Ich erinnere mich an die Farbe Blau. Und an eine junge, blonde Frau... Sie hat mir vorgelesen, so lange, bis ich die schönen, alten Sprüche auswendig wusste...«

»Aber wer sollte dir einen anderen Namen geben?«, fragte er sanft. »Und weshalb?«

»Das weiß ich nicht. Ich weiß es wirklich nicht.« Sie schrie beinahe.

Jakob fuhr von seinem Schlafplatz auf.

»Müssen wir fort?«, sagte er schlaftrunken. »Warum machst du so einen Lärm?«

»Es ist nichts«, sagte Camille in seine Richtung. »Nur ein böser Traum. Schlaf weiter.«

Sie wandte sich zu Bruno.

»Die Erinnerung kommt zurück. Stück für Stück. Ich glaube fest daran. Eines Tages werde ich alles wissen.«

»Und wirst du dann auch glücklicher sein?« Bruno streichelte das Rabengefieder.

»Ich weiß es nicht«, sagte sie leise. »Aber ich habe keine andere Wahl.«

DIE TRÄUME DES CONDORS 4:
DIE FLUCHT

Urubamba, Juni 1547

Sie starrten uns hinterher, als wir im Schneetreiben auf seinem Pferd durch das Dorf ritten. Ich spürte ihre Augen, ich hörte das Flüstern, das sich in den Hütten erhob. Alles begann von neuem, aber es war mir gleichgültig in diesem Augenblick.

Ich zeigte auf einen runden Lehmbau. Kleiner kam er mir vor, und schäbiger als gewöhnlich.

»Hier. Hier wohnen wir.«

Der Krieger half mir abzusteigen. Ich vermisste den Kontakt mit dem Tierkörper. Und das Gefühl, ihn hinter mir zu haben. Nirgendwo waren andere Spanier zu entdecken.

»Du bist ganz allein?«, fragte ich überflüssigerweise.

»Jetzt nicht mehr«, sagte er. »Und ich bin froh darüber. Wir gehen hinein. Du und ich.«

Sie stand gebeugt über der Feuerstelle, auf der meine Lieblingssuppe köchelte, und wedelte mit dem Palmfächer, um den Dampf zu vertreiben. Mir zu Ehren hatte sie ihr Festkleid angelegt und rote Bänder in die Zöpfe geflochten. Auf ihren Wangenknochen lag ein Schimmer; ihre Augen funkelten. Im dämmrigen Licht unserer Hütte hätte man meine Mutter für ein Mädchen halten können.

Als sie den Krieger erblickte, erlosch ihr Begrüßungslächeln.

»Quilla«, sagte er bewegt. »Meine Mondfrau! So lange hat es gedauert, bis ich dich wieder gefunden habe.«

»Ich bin nur noch Tochter. Und Mutter. Der Mond ist untergegangen. Der Himmel ist schwarz – für immer.«

»Dann lebt auch der bunte Vogel nicht mehr, der alle Geheimnisse hütet?«

Sie schwieg. Nur ihre Brust hob und senkte sich schneller.

»Ich habe die alte Geschichte niemals vergessen«, sagte der Krieger. »Ebenso wenig wie den klugen Rat, den der Vogel dem Mädchen erteilt hat, das nicht wusste, ob es seinem Herzen folgen darf, weil es eine Sonnenjungfrau war und damit dem Inka gehörte bis zum Tod: ›Setz dich zwischen die vier Springbrunnen, die in die vier Himmelsrichtungen weisen, und sing. Wenn die Brunnen deine Worte wiederholen, kannst du tun, was du willst ...‹«

»Waren die Brunnen ihr Echo?«, platzte ich dazwischen, weil ich die atemlose Spannung nicht mehr ertrug.

»Weshalb bist du gekommen?«, sagte sie tonlos. »Was willst du?«

»Er ist mein Sohn.« Der Krieger sah mich unverwandt an. »Warum hast du mir das damals verschwiegen?«

Ich spürte einen kurzen, scharfen Schmerz. Er würde mich verbrennen. Ich wusste es schon damals, in jenem Augenblick vollkommener Stille.

»Wer versucht, eine Mutter zu töten, hat auch jegliches Recht an dem Kind verloren.« Sie zischte wie eine Schlange, die sich zum Angriff aufgerichtet hat, um im nächsten Augenblick zuzustoßen.

»So war es nicht«, sagte er. »Du weißt das, wie ich es weiß.«

»Geh!«, fuhr sie ihn an. »Noch ist es nicht zu spät. Du bist niemals hier gewesen. Aber wenn mein Vater zurückkommt ...«

Er stand so nah neben mir, dass ich seinen Atem hörte und die Wärme spüren konnte, die von seinem Körper ausging. Ich wusste, dass ich ihn nicht ansehen sollte, aber der

Wunsch, es doch zu tun, war übermächtig. Am liebsten hätte ich die Hand ausgestreckt und ihn berührt. Nur das Gesicht meiner Mutter hielt mich davon ab. Noch nie hatte ich sie so wütend gesehen, so verletzt und verzweifelt. Sie berührte Großvaters Silberlöwenfell, das an einem Haken an der Wand hing, als könnte es ihr Mut geben.

»Willst du mir Angst machen?« Er schüttelte den Kopf. »Das ist unmöglich. Schon lange habe ich jede Angst verloren. Ich brüste mich nicht damit, ganz im Gegenteil. Es ist gefährlich für einen Mann, der mit dem Schwert lebt.«

Er ging auf sie zu. Meine Mutter wich mit erhobenen Armen zurück.

»Alles ändert sich«, sagte er. »Das Land muss endlich zur Ruhe kommen. Wir haben viel zu lange gekämpft. Es sind nur noch wenige von uns übrig. Alle anderen hat das Reich der vier Winde verschlungen, oder sie sind erstickt – an ihrer eigenen Gier.«

»Sprichst du über dich und dein Gold?«, zischte sie. »Oder redest du gerade über deine Kumpane? Wo haben sie sich diesmal versteckt? In welchem Hinterhalt lauern sie, damit ein Wort von dir genügt und sie uns jagen wie damals? Sei mutig, Diego, und lass es uns schnell zu Ende bringen. Nur der Junge zählt. Ich selbst fürchte den Tod nicht mehr.«

»Es gibt keinen Hinterhalt«, sagte er, »keine Finte. Meine Leute habe ich in Cuzco gelassen. Schon damals hast du die Gefahr falsch eingeschätzt, aber daran war ich selber schuld. Jetzt bin ich allein hier, und ich bin müde. Ich habe genug vom Krieg und vom Kämpfen. Ich hatte auf den neuen Vizekönig gebaut, ein Fehler, wie sich gezeigt hat, denn er ist tot. Ermordet. Der vierte der Pizarros hat die Macht an sich gerissen. Er hofft auf die Anerkennung Spaniens. Aber er hofft vergebens. Die Tage von Gonzalo Pizarro sind gezählt.«

Sie schnaubte verächtlich, aber er ließ sich nicht beirren.

»Die Krone hat la Gasca geschickt, einen erfahrenen Diplomaten. Er wird dafür sorgen, dass das Chaos verschwindet und wieder Ordnung im Land einkehrt. Er ist mein Mann. Die Flotte steht bereits hinter ihm. Der Rest wird sich fügen. Sobald er hier eingetroffen ist, übergebe ich ihm, wofür ich verantwortlich bin, und dann kehre ich endlich nach Hause zurück. Dann könnte der Junge ...«

»Niemals!« Sie zog mich heran und umschlang mich so fest, dass ich kaum noch atmen konnte. »Selbst dann nicht, wenn du mich tötest.«

»Er gehört dir nicht«, sagte der Krieger. »Mach die Augen auf, Quilla! Mein Blut fließt ebenfalls in ihm.«

»Du hast dein Versprechen gebrochen«, schrie sie. »Bei uns führt man Verräter wie dich auf eine steile Klippe – und stößt sie im Morgengrauen hinab.«

»Ilya soll selbst entscheiden«, sagte er.

»Ilya, das war früher einmal«, brachte ich krächzend hervor. »Condor – so heiße ich jetzt.«

Er nickte abwesend. Ich war mir nicht sicher, ob er es überhaupt gehört hatte. Dann ging er zum Ausgang. Plötzlich drehte er sich noch einmal um.

»Glaube nicht, dass du gewonnen hast«, sagte er zu meiner Mutter. »Ich gehe, aber ich komme wieder. Und verlass dich darauf: Ich gebe nicht auf. Niemals. Wo auch immer ihr ihn versteckt – ich finde ihn.«

Sie blieb wie erstarrt stehen, bis draußen das Schlagen der Hufe verklungen war. Dann warf sie sich auf das Bett und begann zu weinen.

*

Großvaters Stimme weckte mich. Ich schlug die Augen auf, sah seinen leicht gebeugten Rücken und begriff, dass er halblaut vor seinem kleinen Altar betete.

»Viracocha, Herr der Welt! Weder Mann noch Frau, in jedem Fall aber Herr der Leidenschaft und der Verehrung – nimm diesen Fluch von meiner Familie!«

Ich wusste, wovon er sprach.

Tag für Tag bekam ich es zu spüren. Manzo, der jetzt Puma war, prügelte es mir mit seinen Fäusten in den Rücken. Rumi, nun Camay, was Jaguar bedeutet, sah durch mich hindurch, als sei ich nicht mehr vorhanden. Die Augen meiner Mutter waren rot und verquollen. Der Webstuhl schwieg, die Spindel lag neben dem Mahlstein.

Irgendwann hielt ich es nicht mehr aus.

»Und selbst wenn Diego mein Vater ist«, schleuderte ich ihr wütend entgegen. »Was ist denn so schrecklich daran? Bin ich denn der einzige Bastard auf dieser Welt?«

Sie strafte mich mit einem eisigen Blick und ging hinaus.

»Das hättest du nicht sagen dürfen. Du hast sie tief gekränkt«, sagte Großvater. »Du bist alt genug, um das zu verstehen, Condor.«

»Gar nichts verstehe ich!« Am liebsten hätte ich aufgestampft und um mich geschlagen, aber mein Respekt vor ihm war zu groß. »Wieso belügt ihr mich alle? Ich bin eure Ausflüchte und Halbwahrheiten leid!«

Mit einem Satz war er bei mir, packte meinen Nacken so fest wie der Puma sein Junges und schüttelte mich heftig.

»Du willst die Wahrheit wissen, Condor? Du sollst sie haben!«

Er ließ mich los. Ich taumelte und fiel fast zu Boden.

Großvater starrte mich an.

»Träume!«, sagte er. »Wozu bist du der Condor?«

»Ich will jetzt nicht träumen«, widersprach ich. »Nicht so. Ich will nur wissen, was …«

»Träume!«

Es gab kein Entkommen. Ich sah es an seinem Blick. Ich wich zurück, bis ich an der Wand stand, und dann war es wieder da, dieses Gefühl.

Flüssiges Feuer rann durch meine Speiseröhre. Die Magenwände explodierten.

Die Wände wichen zurück. Es wurde dunkel. Eisige Luft blies mir entgegen. Ich fiel.

*

Meine Krallen sind wund. Ich bin hungrig und krank. Ich verliere Federn. Der Condor kann nicht mehr fliegen.

Ich hocke auf dem Dach des Gefängnisses, sogar zu schwach, um zu kröpfen.

Quillas Hände sind blutig. Sie webt sein Totenkleid.

Der Inka muss sterben. Sie haben ihn verurteilt. Sie werden ihn hinrichten wie einen Verbrecher.

Dabei hat Atahualpa erfüllt, was die Eroberer verlangt haben. Sein Gefängnis bis zur Decke mit Gold gefüllt, Pizarro vertraut, seinen Halbbruder aus dem Weg räumen lassen – alles Fehler, die er nun mit dem Leben bezahlt.

Seine Frauen weinen. Einige sind ihm schon vorausgegangen und haben sich erhängt. Andere schlagen die Trommel, um die Geister auf seine Ankunft vorzubereiten.

Eines Abends verlangt er nach Quilla.

Soldaten holen sie aus dem Frauenhaus. Sie erschrickt, als sie sein eingefallenes Gesicht sieht, die Hände, blutig und zerkratzt wie die ihren, den schlaffen Körper, saftlos wie der eines Greises.

»Sie wissen nicht alles«, flüstert er, ohne sich um seine Bewacher zu scheren. »Das größte Geheimnis blieb unentdeckt.«

Sie sieht ihn an. Sie wartet auf das, was kommen wird.

»Die Stadt der Wolken.« Kaum kann sie ihn verstehen, so leise ist er. »Erbaut auf der Schneide einer Schwertklinge. Die heilige Stadt der Jungfrauen. Niemals darf sie entdeckt werden.«

»Was soll ich tun?«

»Flieh! Lauf zu ihnen und erzähle, was sich hier zugetragen hat. Du musst sie warnen. Verlasst die Wolkenstadt nicht. Dort, und nur dort seid ihr sicher.«

Einer der Soldaten schaut zu ihnen herüber, ein junger Mann mit braunem, welligem Haar und einem Raubvogelprofil. Nicht zum ersten Mal fällt er ihr auf. Aber sie ist hier, um dem Inka zu dienen.

Quilla senkt den Kopf.

»Komm näher. Umarme mich.«

Sein Körper ist mager und heiß. Sie riecht den Tod, der bereits in ihm wohnt. Aber noch lebt Atahualpa.

Mit einer geschickten Bewegung hat er etwas unter ihr Kleid geschoben, ein Stückchen Stoff, rau auf ihrer Haut.

»Der Plan«, sagt er leise. »Nur wer ihn hat, kann die Wolkenstadt finden. Sorg dafür, dass er niemals in die falschen Hände gerät.«

»Wann soll ich aufbrechen?«

»Sobald wie möglich. Beim ersten Hauch des Frühlings. Die Straßen sind gut, und die Brücken tragen. Sobald ich tot bin, werden die Weißen über das Land herfallen wie giftige Insektenschwärme. Sieh dich vor und nimm eine Vertraute mit. Zu zweit wird es einfacher sein.«

Tuzla – nur sie kommt in Frage!

»Dein Gewand ist fertig«, sagt sie und umarmt ihn zum letzten Mal.

»Ich werde es tragen, wenn ich ihren Gott annehme«, erwidert der Inka. »Sieh mich nicht so an! Ich will nicht brennen. Mein Körper soll unversehrt in der anderen Welt ankommen.«

Er wird erdrosselt, nicht verbrannt. Diese Gnade gewähren sie ihm. Dunkelheit senkt sich über den Hof. Im Reich der vier Winde wüten die Eroberer.

Mein Gefieder ist neu.
Ich spüre frische Kraft in meinen Schwingen.
Ich steige auf.

In einer mondlosen Nacht schleichen sich Quilla und Tuzla aus dem Lager, Kleider und Gesichter mit Ruß geschwärzt. Sie gönnen sich nur kurze Rast, denn der Weg ist weit, und die Berge sind hoch. Überall liegt noch Schnee, und die Nächte sind eisig.

Ihre Körper verändern sich. Binnen kurzem ist jedes Fett verschwunden.

»Wie zwei alte Lamas!«, sagt Tuzla, als es langsam wärmer wird und sie sich in einem klaren Bach waschen. »Jetzt wird uns keiner mehr anrühren.«

Zum ersten Mal seit Wochen lachen sie.

Quilla wird schnell wieder ernst, aber sie verrät nicht, was sie bedrückt.

Ein Traum kehrt immer wieder zurück. Es gibt einen Schatten, der ihnen folgt. Aber so wachsam sie auch ist, sie kann niemanden entdecken.

Nachts schleichen sie nach Cuzco hinein, holen neue Vorräte und verlassen die Stadt, bevor es hell wird. Sie haben genug gehört. Inka Atahualpa ist tot und sein Nachfolger ein willfähriges Werkzeug der Spanier.

Der Pfad ist schmal und steinig. Quilla bleibt plötzlich stehen.

»Da drüben«, sagt sie. »Das Berghorn, das wie ein riesiger Finger die anderen Gipfel überragt. Wir sind am Ziel.«

Langsam steigen sie höher.

Die Luft wird dünner. Über ihnen kreist der Condor in langsamen, ruhigen Bahnen...

*

»Wach auf!« Die Stimme meiner Mutter, hoch und ängstlich. »Du musst wahnsinnig geworden sein! Was hast du nur mit dem Jungen angestellt?«

»Nichts«, hörte ich Großvater sagen. »Er braucht mich nicht mehr dazu. Er ist alt genug, um seine eigenen Entscheidungen zu treffen.«

Ich kam zurück, von sehr weit her.

Sie streichelte mein Gesicht. Sie weinte.

»Ich will dich nicht verlieren«, sagte sie. »Du bist alles, was ich habe.«

Ich stieß sie zurück. Ich fühlte nichts als Enttäuschung. Eben hatte ich noch über der Wolkenstadt gekreist. Wer gab ihr das Recht, mich zur Landung zu zwingen?

»Mein Traum«, brachte ich mühsam hervor. »Er war – noch nicht zu Ende.«

»Er will die Wahrheit wissen«, sagte Großvater. »Das ist sein gutes Recht. Du solltest sie ihm nicht vorenthalten. Es wird immer härter für ihn, je länger du zauderst.«

»Die Stadt der Wolken.« Das Sprechen war eine Anstrengung, aber vielleicht konnte ich wenigstens so beschwören, was ich soeben gesehen hatte. »Das Berghorn, aufgerichtet wie ein riesiger Finger. Da war ein Heiligtum, der Tempel des Condors, und ich musste ...«

Ich suchte ihren Blick, doch sie wich mir aus.

»Was ist geschehen?«, flüsterte ich.

»Vieles – und du sollst auch alles erfahren«, sagte sie. »Aber nicht jetzt und heute. Ich bitte dich nur noch um ein wenig Geduld. Vertraust du mir? Du vertraust mir doch, Condor?«

Langsam bewegte ich den Kopf. Ich sprach aus, was ich vor allem wissen musste.

»Der Krieger?«, sagte ich. »Er ist zurückgekommen?«

»Diego? Nein.« Sie wischte ihre Tränen fort. »Aber wir werden zu ihm gehen. Nach Cuzco. In die goldene Stadt. Sobald es Frühling ist.«

FÜNF

Santiago de Compostela, Juni 1563

Vom Balkon seines Hauses in der Rúa do Preguntorio hatte Luis den besten Blick auf die Prozession, die sich wie ein träger Wurm durch die Gassen wand. Von Mal zu Mal wurde sie länger und prächtiger. In diesem Jahr aber übertraf sie alles, was er bislang gesehen hatte.

Der blauseidene Baldachin mit den goldenen Troddeln verbarg die Monstranz vor seinen Augen. Paulus hatte sie ihm genau beschrieben, daher wusste er, dass sie aus Gold geschmiedet und mit Edelsteinen besetzt war. Leider war der lukrative Auftrag seiner Werkstatt entgangen, aber immerhin hatte Paulus dem Bischof die Smaragde liefern dürfen, die nun wie ein strahlend grünes Band die Lunula umkränzten, in der die Hostie ruhte.

Wenn Luis sich hinausbeugte, sah er den Blumenschmuck am Straßenrand, die Fahnen und bunten Teppiche, die viele Hauseingänge zierten. Ganz Santiago de Compostela schien bei diesem frühsommerlichen Kirchenfest auf den Beinen: Männer, die in dunklen Gewändern dem Allerheiligsten folgten, Burschen in kurzen, gebauschten Hosen und engem Wams, das die Schultern betonte. Geschnürte Frauen, die Haare mit weißen Mantillas verhüllt. Und schließlich die jungen Mädchen, rosig und aufgeregt.

Und dann entdeckte er Teresa. Ein blaues Kleid mit Brokatborten machte ihre Haut noch heller. Sie schien entrückt. Ihre Lippen bewegten sich lautlos.

Sieh her!, dachte Luis. Schau mich an, nur ein einziges Mal! Dann werde ich endlich wissen, was ich tun soll.

Aber sie ging an seinem Balkon vorbei, ohne hinaufzuschauen. Enttäuscht trat er einen Schritt zurück. Das Spannungsgefühl auf seinen Händen wurde stärker. Mittlerweile half es nicht einmal, den Ring anzulegen.

Als hätte sie es gespürt, wandte sie sich plötzlich um. Ihre Blicke trafen sich. Sie errötete. Er meinte, ein Nicken zu sehen, die Spur eines Lächelns. Dann drehte sie sich zurück zum Zug und war bald nur noch ein schmaler, rotblonder Kopf unter vielen dunklen.

Aufgewühlt lief Luis im Zimmer auf und ab. Selbst hier roch es durchdringend nach Weihrauch, als sei die Stadt eine einzige Kathedrale. Dem kirchlichen Fest zu Ehren Corpus Christi würde ein weltliches folgen. Gaspar Berceo, Teresas Vater, hatte für den Abend Gäste geladen, und es war mehr als eine Ahnung, dass er die Gelegenheit nicht ungenutzt verstreichen lassen würde. Berceo erwartete eine Entscheidung von ihm. Sogar Paulus drängte ihn, endlich Klarheit zu schaffen.

Wieso zögerte er noch?

Manchmal träumte er davon, sein Leben mit Teresa zu verbringen. Sie zog ihn an, das konnte er nicht leugnen, auf andere Art als Flores, deren Schönheit bereits am Verblühen war. Flores war ein Teil der Vergangenheit, der ihn immer an das erinnern würde, was einmal gewesen war.

Teresa dagegen erschien ihm wie ein Neubeginn.

Sie war sanft und heiter, unterhaltsam, ohne geschwätzig zu sein, und er fühlte sich wohl in ihrer Gegenwart. Niemals zuvor hatte er so glatte, helle Haut gesehen, und allein die Vorstellung, sie zu berühren, erregte ihn. Vielleicht würde dann auch die Haut auf seinen Händen wieder zur Ruhe kommen. Er hasste, wie sie war, schuppig und rau wie Sandpapier. Aber Teresa war in strengem Gehorsam erzogen und kannte nichts außer der frommen Stadt, die er als einengend wie eine Fessel empfand.

Würde sie ihn jemals verstehen können? Durfte er überhaupt um sie freien, ohne ihr die Wahrheit zu offenbaren?

Vor einem Kristallspiegel blieb er stehen. Sein Vater hatte ihn für ein Vermögen aus Sevilla kommen lassen, wie auch einige andere Einrichtungsgegenstände, die aus dem Süden stammten und die Schwere der hiesigen Möbel wohltuend auflockerten. Es war genug Geld vorhanden gewesen, um selbst die ausgefallensten Wünsche zu erfüllen. So war es schon in dem alten Familienbesitz in Léon gewesen, in dem sie zunächst gelebt hatten, bis er alles, was er noch nicht kannte, gelernt hatte. Und auch hier, in der Stadt des Apostelgrabes, hatte sich nichts daran geändert, jedes Begehr, jedes Gelüst wurde befriedigt, solange es sich mit Geld bezahlen ließ.

Blutgeld. Das er ebenso von seinem Vater geerbt hatte wie Flores, dessen einstige Geliebte.

Luis konnte sein Spiegelbild nicht ertragen – nicht die Augen, deretwegen man ihn früher gehänselt hatte. Nicht die Haut, die ihn zum zweiten Mal verraten konnte. Schon gar nicht die Nase, unübersehbar ein väterliches Erbe.

Er setzte den Krug an und trank. Nicht einen Schluck des Weines konnte er genießen. Weil er wusste, dass er ihm nicht bekommen würde – sein mütterliches Erbe, das sich nicht verleugnen ließ, obwohl er es versucht hatte, seitdem er hier angekommen war.

Er trank weiter, bis die Schwere in ihn einsickerte und endlich den Schmerz betäubte. Dann ließ er sich in seinen Alkoven fallen.

Es war dunkel, als er erwachte.

Sein Kopf dröhnte, der Mund war ausgetrocknet. Er löschte das Brennen mit Wasser, in langen, durstigen Zügen, dann zog er sich um, ohne jemanden von der Dienerschaft zu bemühen. Ohnehin hatte er vor kurzem die meisten von ihnen entlassen. Nun gab es nur noch die alte Celia, die für das Haus zuständig war, Marina, die kochte, und natürlich Ramón.

»Wünscht Ihr Begleitung?« Nicht zum ersten Mal fragte sich Luis, was in diesem galicischen Schädel vor sich ging. »Keiner der Herren geht zu einer großen Einladung ohne Begleitung.«

»Nicht nötig. Leg dich lieber bald schlafen.« Luis steckte den Ring an. Er mochte sein mittlerweile vertrautes Gewicht an der Hand und betrachtete ihn immer wieder gern. »Kann sein, dass ich dich morgen schon sehr früh brauche.«

Während er rasch ausschritt, kaute er eine Nelke, und sein Kopf wurde etwas klarer. Eine leichte Benommenheit aber hielt sich. Der Abend war überaus mild für die Jahreszeit, wo es sonst oft noch regnete und kühl war; Luis schwitzte unter dem schweren Tuch, fühlte sich beengt und verkleidet. Obwohl er sich beeilte, traf er als einer der Letzten ein.

Der Zugang war mit Fackeln beleuchtet, die im Abendwind flackerten; Lauten- und Flötentöne drangen von oben aus den geöffneten Fenstern.

Gaspar Berceo empfing ihn auf der Treppe.

»Luis Alvar«, sagte er und lächelte. »Was wäre unser Fest ohne dich? Einen Becher Wein zur Begrüßung?« Er winkte einen Diener heran. »Ein frischer Sidra – eine wahre Entdeckung! Selbst meiner Tochter schmeckt er. Willst du gleich zu ihr? Oder nimmst du zunächst mit dem Vater vorlieb? Wir Männer hätten ja einiges zu besprechen!«

Die gestärkte Halskrause machte sein Doppelkinn noch gewichtiger. Das Wams war nach der letzten Mode scharlachrot gefüttert und geschlitzt, aber zu knapp geschnitten für seine Fülle. Berceo hatte sein Geld mit Rössern gemacht und durch geschickten Grundstückserwerb in kurzer Zeit erstaunlich vermehrt. Jetzt fehlte ihm nur noch eines: Er wollte zu den Noblen der Stadt gehören – um jeden Preis.

»Nein«, sagte Luis abwehrend. »Nicht heute. Ein anderes Mal vielleicht.«

»Du bist doch nicht etwa krank?« Gaspar Berceo wich zurück. Es gab nichts auf der Welt, das er mehr fürchtete. »Du siehst gesund und kräftig aus wie immer, aber oft sind es ja die verborgenen Malaisen, die am gefährlichsten sind. Ich könnte dir einen Medicus empfehlen. Er hat natürlich seinen Preis, aber ...«

»Ich bin nicht krank. Ich möchte nur einen klaren Kopf behalten, das ist alles.«

»Ganz, wie du meinst.« Er lachte anbiedernd. »Ein Mann voller Willenskraft und Stärke, das gefällt mir! Teresa findest du übrigens beim Tanzen. Den Vater kannst du vertrösten, die Tochter aber solltest du nicht mehr sehr viel länger auf die Folter spannen. Mein Kind erwartet dich.« Ein anzügliches Zwinkern. »Voller Ungeduld, wie ich glaube.«

Vor allem glaubst du, du könntest dir einen guten Namen kaufen, dachte Luis, um endlich dazuzugehören. Dabei ist dir völlig egal, woher mein Gold stammt. Hauptsache, es ist genug, um deine Gier zu stillen und deinen dummen, kleinen Stolz zu befriedigen. Durch mich willst du deine Herkunft vergessen machen. Aber würdest du meine wahre Herkunft kennen, du würdest mich mit Fußtritten aus dem Haus jagen.

Seine Miene hatte sich verfinstert. Die Hände brannten.

Gaspar Berceo starrte ihn an, als versuche er zu ergründen, was in ihm vorging.

Unbewegt erwiderte Luis den Blick.

Kein Druck, von niemandem. Nicht einmal von Teresa. Das beschloss er in diesem Augenblick. Er würde tun, was immer er tun musste.

Er ließ Berceo einfach stehen.

»Ich finde meinen Weg. Bemüh dich nicht.«

Der Saal war herausgeputzt wie eine nicht mehr ganz frische Braut: Kerzenlicht, verspiegelte Wände, polierte Holzdielen, auf denen es sich gut tanzen ließ. Von der Küche zogen Essensschwaden herauf. Berceo hatte offenbar Wildbret und Fasan zubereiten lassen. Überlagert aber wurden sie vom Geruch nach Bohnen, Blutwurst und Speck, den Zutaten des Eintopfs, den alle hier so gern aßen. Mehr als alles andere verriet er den Viehhändler, der zu Wohlstand gekommen war.

Teresa bewegte sich in der Reihe der Frauen anmutig. Ihr weißes Kleid war so eng geschnürt, dass die Erhebung ihrer kleinen Brüste fast kindlich wirkte. Eine Kette mit Goldkugeln glitzerte in ihrem Dekolleté. Die Wangen waren vom Tanzen erhitzt, ihre Hand glühte.

»Wie schön, dich zu sehen, Luis!«

»*Du* warst sehr schön heute bei der Prozession – und sehr fromm.«

»Du hast mich gesehen?« Ihr Wangenrot wurde tiefer.

»Du mich nicht? Schade, Teresa. Ich dachte, dein Gruß habe mir gegolten.«

»Das hat er auch«, sagte sie schnell. »Es ist nur, weil ...«

Er würde nie ein Tänzer werden! Die gestelzten Schritte der Volta waren ihm zuwider. Luis ließ ihre Hand abrupt los. Hatte sie gespürt, wie rau er sich anfühlte?

»Ich tauge nicht dafür«, sagte er. »Du musst dir einen Besseren suchen.«

»Es gibt keinen Besseren.« Sie wandte sich halb ab. »Aber warum werde ich in deiner Gegenwart immer gleich verlegen?«

»Vielleicht, weil ich anders bin?«

Jetzt sah sie ihn an, ohne zu lächeln. Sie würde lange schön bleiben, mit diesen klaren, mädchenhaften Zügen, die ihn an den Frühling erinnerten. Wenngleich keiner der hiesigen Frühlingstage es mit jenen seiner Heimat aufnehmen konnte, wo die schroffen Berge in das unendliche Blau ragten.

Sein Herz tat einen schnellen Schlag.

Und wenn er sein Schicksal aufs Spiel setzte, jetzt, hier, in diesem überhitzten Tanzsaal, unter den neugierigen Blicken der Anwesenden? Er konnte ihr offenbaren, wer er wirklich war, den alten Ring an den Finger stecken und sie bitten, seine Frau zu werden. War das die Erlösung? Würde er dann endlich ankommen im Land seines Vaters, in dem er nun schon so lange lebte?

Sein Mund wurde trocken. Er begann zu schwitzen. Sein Puls raste.

»Ja, du bist anders«, sagte Teresa. »Ich musste mich erst daran gewöhnen.« Die kleine blaue Ader an ihrer Schläfe pochte. Wie ein Kind legte sie den Kopf schief, als könne sie damit ihrer Antwort mehr Gewicht geben. »Aber jetzt denke ich ...«

»Ja?« Er roch ihren frischen Schweiß und Spuren von Rosenwasser. Sogar ihre Wimpern waren rotblond, geschwungene Goldfäden, die nun vor Aufregung flatterten wie Schmetterlingsflügel.

»Jetzt weiß ich, dass du und ich ...«

Ein seltsamer Laut ließ sie zusammenfahren. Berceo stand mit rotem Gesicht an der Türe und schnalzte, als sei Teresa eines seiner Pferde.

Unsicher schaute sie zu Luis, dann wieder zu ihrem Vater. Sie hasste diese Unterbrechung, das war ihr deutlich anzusehen, aber sie gehorchte, ohne nachzudenken, wie sie es von klein auf gelernt hatte.

»Begleitest du mich zur Tafel, Luis?«, sagte sie förmlich. »Wir wollen ihn doch nicht warten lassen!«

Ihr Gesicht war ausdruckslos, eine glatte, helle Maske, die sie nach Belieben aufsetzen und wieder abnehmen konnte. Jede Lebendigkeit war daraus verschwunden.

Sie war nicht die, nach der er suchte. Sie würde es niemals sein.

Luis begriff es plötzlich. Traurigkeit überfiel ihn, und er

spürte seine Einsamkeit. Er nahm Teresas Hand und tat, wozu sie ihn aufgefordert hatte.

*

In den Bergen von St. Guilhem-le-Désert, Juni 1563

»Wir haben uns verlaufen.« Clara stützte sich auf den Stock, den Bruno ihr von einer Eiche geschnitten hatte, und sah sich um. Seitdem war das Gehen einfacher für sie geworden, vor allem, wenn es wie heute ständig bergauf ging. »Wir müssen vom Weg abgekommen sein. Nicht mehr als eine Stunde, hat der alte Bauer gesagt. Das war am frühen Nachmittag. Jetzt geht die Sonne bald unter – und von diesem St. Guilhem, von dem du dauernd redest, ist noch immer nichts zu sehen.«

»Ich weiß schon, was ich tue«, erwiderte Bruno brummig. »Aber wenn du mir nicht glaubst, kannst du ja umkehren.«

Die Sonne hatte sich zwar hinter den Wolken versteckt, aber es war schwül. Der steile Weg zwischen Nesseln und der wild wuchernden Garrigue, die an manchen Stellen knöchelhoch wuchs, war mühsam. Sogar das Aroma von Thymian, Rosmarin und Kamille, die am Wegrand wuchsen, war unerträglich in der drückenden Hitze. Camille war besonders wortkarg. Gedankenverloren wäre sie beinahe über einen Baumstumpf gestolpert.

»Ich kann nicht mehr.« Sie wischte sich den Schweiß ab. »Meine Beine sind wie Blei.«

»Und ich will nicht mehr«, fiel Clara ein. »Wir brauchen einen geschützten Platz für die Nacht. Kann sein, dass Regen kommt.«

»Den sollt ihr haben«, sagte Bruno plötzlich. »Gleich. Hört ihr nichts?«

»Wasser«, sagte Jakob und lauschte. »Das muss Wasser

sein. Ist das schon ein Regenguss, oder kommen wir jetzt doch nach – wie hieß das Dorf?«

»Nichts von beidem«, sagte Bruno. »Seht doch!«

Zwischen steilen Felswänden öffnete sich ein enges Tal. An der Nordseite rann ein Bach herab und sammelte sich in einem natürlichen Bassin. Südlich davon führte ein Höhleneingang ins Berginnere. Daneben erhob sich eine Steinkapelle mit spitzem Turm. Harzgeruch lag in der Luft.

Es war so still, dass ein Vogelruf überlaut klang.

»Bruno!« Eine kleine Frau in geflickter Kutte stand plötzlich vor ihnen. Ihr silbernes Haar war kurz geschoren, das Gesicht so rund und braun wie eine Sonnenblume. Auf ihren Brüsten baumelte ein seltsames Gebilde aus Rindenstücken und Steinen. Helle Augen streiften die Tiere, dann den Jungen und die beiden Frauen. »Du bist zurück. Und nicht allein, wie ich sehe.«

Er wirkte mit einem Mal verlegen wie ein Junge.

»Deine Familie?«, sagte sie fragend.

»Nein.« Es klang bedauernd. »Pilger wie ich auch. Wir haben uns unterwegs zusammengetan. Und ich bin auch noch nicht zurück. Hab mich noch einmal auf den Weg gemacht. Doch dieses Mal bringe ich es zu Ende.«

»Du warst schon einmal hier?«, sagte Jakob. »Hier, mitten in der Wildnis?«

»Das ist lange her.«

»Aber warum hast du nichts davon gesagt?«, bohrte der Junge weiter.

Bruno zuckte die Schultern.

»Du kannst noch so viel an der Olive zupfen«, die Fremde lächelte, »sie wird deshalb nicht früher reif.«

»Wer bist du?« Jakob starrte sie neugierig an.

»Schwester Christina«, sagte sie. »Willkommen in meiner Einsiedelei!«

»Du lebst ganz allein hier?«, fragte Clara.

»Gott ist bei mir. Außerdem habe ich Hühner und Ziegen.

Meinen Garten, in dem mehr wächst, als ich zum Leben brauche. Und ab und zu verirrt sich jemand hier herauf.« Beim Reden schloss sie die Augen, als sei es eine Anstrengung. »Ich zeige euch, wo ihr schlafen könnt.«

Auf der Plattform vor dem Bassin blieb sie stehen.

»Das Wasser ist eiskalt«, sagte sie. »Seid also vorsichtig!« Ein Wink nach rechts. Eine schmale Öffnung spaltete den Fels. »Diese Höhle ist weit verzweigt und führt tief in den Fels hinein. Verlauft euch nicht. Ihr seid hungrig?«

Niemand widersprach.

»Dann lasst uns gemeinsam beten. Danach können wir essen.«

Die Kapelle war gedrungen, ein plumper Bau, aus Steinbrocken ohne die Zugabe von Mörtel errichtet. Ungelenk hatte jemand einen Sternenhimmel an die Decke gepinselt. In einer Nische stand eine blau gewandete Madonna, die sofort Camilles Interesse weckte. Das Kind auf ihren Armen schien zu schlafen. Frieden ging von ihr aus, eine wohltuende Gelassenheit.

Sie beteten das Vaterunser. Dann berührte die Eremitin das Gebilde auf ihrer Brust. Ihr rundes Gesicht schien auf einmal von innen zu strahlen.

»Gegrüßet seiest du, Maria ...«

Jakob fiel mit ein, musste aber ein Grinsen unterdrücken. Sie hatte den merkwürdigsten Rosenkranz umhängen, den er je gesehen hatte.

Es war still, nachdem sie geendet hatten. Die Nonne ließ ein paar Augenblicke verstreichen, dann löste sie ihre Hände, die so rissig und dunkel wie Rinde waren, blies die Kerzen aus und ging hinaus.

Die anderen folgten ihr.

Es gab Fladenbrot und Ziegenkäse, der sich über dem Feuer rösten ließ. Sie hatte Zwiebeln ausgegraben und eine Hand voll wilder Kräuter gepflückt. Auch die Tiere bekamen zu essen, ein Gemisch aus Eiern und Getreide. Zum

Schluss legte sie ein Tuch in die Mitte und schlug es auf: Dunkle, pralle Kirschen purzelten durcheinander.

»Mein Garten«, sagte Clara plötzlich. »Ich vermisse ihn. Der Zaun war aus Hollunder, und drinnen durfte alles wachsen. Das Schönste aber war mein Kirschbaum...« Sie wandte sich rasch ab.

»Es schadet nichts, Abschied von irdischen Dingen zu nehmen«, sagte Schwester Christina, die sie aufmerksam beobachtet hatte. »Wer immer wieder in sich selbst stirbt, der hat darin einen neuen Anfang.«

»Ich bin müde.« Jakob gähnte ungeniert.

»Der Junge ist von der richtigen Art«, sagte die Eremitin. »Geht schlafen. Die Ruhe wird euch gut tun.«

Sie verteilten sich im Vorderteil der Höhle, die sie ihnen zugewiesen hatte. Bruno zog sich mit seinen Tieren unter einen Felsvorsprung zurück. Camille blieb nah am Eingang, während Jakob sich zunächst neben seiner Mutter an der Wand gegenüber ausstreckte. Kaum aber wurden ihre Atemzüge gleichmäßig, stand er wieder auf und schlich hinaus.

Zu seinem Erstaunen fand er draußen Camille, die am erloschenen Feuer saß.

»Kannst du auch nicht schlafen?«, fragte sie.

»Nein. Ich bin zwar todmüde, aber...«

»Lass mich raten. Es ist die Höhle, hab ich Recht?«

»Woher weißt du das?«

»Weil es mir ähnlich geht«, sagte sie. »Der nackte Stein, der Modergeruch, die Vorstellung, wer sie vor uns schon bewohnt haben mag und vielleicht wieder zurückkehrt, während wir hier liegen – das alles macht mir Angst.«

»Die alte Frau hat keine Angst. Sie lebt sogar allein hier. Schon seit vielen Jahren.«

»Man gewöhnt sich daran«, sagte Camille. »Ich glaube, man kann sich an vieles gewöhnen. Sogar daran, nicht zu wissen, wer man eigentlich ist.«

»Und außerdem gibt es unterschiedliche Höhlen«, versicherte Jakob ernsthaft. »Suzanne und ich, wir hatten eine ganz besondere. Unser Geheimnis. Eine Zuflucht für ein ganzes Jahr. Bis eines Tages der krumpe Görgl…« Er biss sich auf die Lippen.

»Wer ist Suzanne?«, fragte sie.

»Meine… meine Base… sie ist tot«, flüsterte er. »Auf schreckliche Weise umgekommen.« Seine Stimme schwankte. »Das sollte ich eigentlich nicht erzählen. Mutter mag es gar nicht, wenn ich darüber rede.«

»Behalt es für dich. Manche Dinge sind zu traurig, um sie auszusprechen.«

»Es wird aber leichter, wenn ich darüber rede«, sagte Jakob. »Und wärmer. Dann ist es beinahe, als wäre sie noch am Leben.«

»Sie fehlt dir?«

»Ich denke jeden Tag an sie«, sagte Jakob. »Sie war blond wie du. Und sehr schön. Du hast mich gleich an sie erinnert. Ich wollte sie beschützen, mein ganzes Leben lang.«

»Manchmal können wir uns nicht einmal vor uns selbst beschützen«, sagte Camille. »Das tut am meisten weh. Aber wenn du sie nicht vergisst, Jakob, bleibt sie für immer bei dir.«

»Glaubst du das wirklich?«

»Das weiß ich. Die Toten beschützen uns. Und jetzt lass uns schlafen. Wir bleiben heute Nacht hier draußen, was meinst du? Die Sterne leuchten auf uns herab, und du denkst dir, einer von ihnen könnte Suzanne sein. Rück näher. Dann wird es wärmer für uns beide.«

Sie machte ihm neben sich Platz. Jakob zögerte, rollte sich aber schließlich doch nah bei ihr zusammen. Ihre Wärme entspannte ihn. Er fühlte sich geborgen, und dennoch war es auf aufregende Weise anders, als neben seiner Mutter zu liegen.

»Ein einziges Mal hab ich sie geküsst«, murmelte er, schon

halb im Schlaf. »In unserer Höhle. Manchmal träume ich davon. War das eine Sünde?«

Camilles warme Hand strich über seinen Kopf.

»Nein«, sagte sie. »Träum nur weiter, Jakob!«

*

Clara verspürte einen leisen Stich, als sie die beiden am frühen Morgen nebeneinander schlafend vor der Höhle fand. Was sie sah, bestätigte ihre Ahnung, dass Jakob den anderen mehr und mehr zu vertrauen begann. Bruno, weil er ein Mann war, den er so gern bewunderte. Und nun suchte er offenbar auch schon die Nähe dieses seltsamen blonden Mädchens. Vielleicht, weil sie ihn an Suzanne erinnerte, auch wenn sie um einiges älter war. Doch wenn er sich ihnen zu eng anschloss, wurde er vielleicht unvorsichtig. Die Gefahr lag nahe. Als sie gestern ihren Garten plötzlich ins Spiel gebracht hatte, hatte sie selbst gemerkt, wie nahe.

Die Eremitin hatte eine Schüssel mit Grütze an die Feuerstelle gestellt, von der Clara ein paar Löffel aß. Das Gemisch roch fremdartig, aber sie mochte den Geschmack. Es würde sich lohnen, herauszubekommen, was sie verwendet hatte. Clara lief den schmalen Pfad bergab und fand sie beim Ziegenmelken.

»Kann ich dir helfen?«

»Von mir aus«, sagte Schwester Christina. »Aber sieh dich vor. Meine Tiere sind eigen.«

Clara merkte es an dem kräftigen Tritt, den die junge Ziege ihr versetzte, als sie zu hastig nach dem Euter griff.

»Sie spüren, wenn jemand nicht ganz bei der Sache ist.« Die Nonne lächelte. »Wir wollen den Mond sehen und sehen nicht einmal die Blumen zu unseren Füßen.«

»Ich *sehe* die Blumen«, sagte Clara. «Ich mag Kräuter und Pflanzen wie du. Womit hast du die Grütze gewürzt?«

»Walcholdermus.« Helle, scharfe Augen musterten sie. »Aber deshalb bist du doch nicht hier.«

»Ich mache mir Sorgen«, sagte Clara und wunderte sich im gleichen Augenblick über ihre Offenheit. »Wir sind aufgebrochen, weil wir nicht...« Sie räusperte sich. »Der heilige Jakobus hat mich begleitet und beschützt. Er war mein Gefährte, mein Berater, ein ganzes Leben lang. Und als der Junge und ich... unser Zuhause verloren hatten, erschien es mir ganz selbstverständlich, zu seinem Grab zu pilgern. Jetzt sind wir schon viele Wochen unterwegs, aber der Weg erscheint mir noch immer endlos. Meine Zweifel häufen sich. Macht es Sinn, Jakob diese Strapazen weiter zuzumuten? Wo ich nicht einmal weiß, was uns am Ziel erwartet?«

»Redest du für dich oder für ihn?«

»Was macht das für einen Unterschied? Er ist alles, was ich habe.«

»Was am Ziel sein wird, wirst du erst wissen, wenn ihr angekommen seid. Aber das ist doch nicht alles, was du fragen wolltest.«

»Nein«, sagte Clara. »Ich weiß selbst nicht mehr, was ich denken soll. Erst habe ich damit gehadert, allein mit dem Kind zu sein und für alles die Verantwortung zu tragen. Doch jetzt, wo wir Gefährten gefunden haben, stört mich auf einmal vieles an ihnen. Gleichzeitig schäme ich mich dafür, weil ich sehe, wie Jakob auflebt.«

»Er mag den Mann und seine Tiere. Und er mag das Mädchen. Deshalb liebt er seine Mutter nicht weniger.« Die alte Nonne schob die Ziege beiseite und nahm sich mit ruhiger Hand die nächste vor. »Dein Mann ist tot?«

»Woher weißt du das?«, sagte Clara. »Ja, Heinrich ist tot. Schon seit acht Jahren.« Sie hob ihre Hand. »Ich trage immer seinen Ring.«

»Trag ihn weiter, aber lass den Toten endlich ruhen. Verabschiede dich von seinem Schatten.«

»Das kann ich nicht«, sagte Clara heftig. »Heinrich ist ein Teil von mir und wird es immer bleiben.«

»Zu leben, heißt frei zu sein. Das ist das Wichtigste. Wie sonst willst du es bewerkstelligen, dieses ständige Begegnen und Abschiednehmen, aus dem das Leben nun einmal besteht?«

»Hast du das Bruno auch gesagt?«, fragte Clara. »Damals, als er schon einmal bei dir war?«

»Schicksale lassen sich nicht vergleichen«, sagte die Eremitin. »Wir denken nur, unsere eigene Last sei die schwerste. Doch das ist ein Irrtum. Erst wenn wir das erkannt haben, können wir beginnen, andere zu verstehen.« Ihre Augen begannen zu lächeln. »Manchmal muss man dazu sogar sein Kloster verlassen und viele Jahre in der Einsamkeit verbringen.«

»Man kann überall einsam sein«, sagte Clara.

»Davon hab ich nicht geredet, aber du hast Recht. Bruno ist einsam.«

»Ich weiß«, sagte Clara. »Ich spüre es.«

»Du magst ihn?«

»Mein Sohn liebt ihn«, sagte sie. »Wie könnte ich ihn da nicht mögen? Auch wenn es mir wehtut, dass es nicht Heinrich ist, sondern ein Fremder, der diese Gefühle in Jakob weckt.«

»Bruno hat es verdient«, sagte Schwester Christina. »Und für deinen Sohn ist es gut, einem Mann wie ihm zu begegnen und ihn lieben zu können.«

»Du klingst so stark«, sagte Clara. »So sicher. Darum beneide ich dich.«

»Beneide mich nicht. Bleib lieber bei dir. ›Meiner Mutter Söhne waren mir böse/ließen mich Weinberge hüten;/den eigenen Weinberg konnte ich nicht hüten.‹ Kennst du das?«

»Nein. Was ist das?«

»Das Hohelied. Aus dem Alten Testament. Einige Strophen davon kann ich auswendig. Und wenn die Angst mich überfällt und der Zweifel mich niederdrückt, wie es schon oft geschehen ist, dann sag ich sie mir mit lauter Stimme vor: ›Mein eigener Weinberg liegt vor mir ...‹«

Sie drückte Clara den Eimer in die Hand. »Du kannst die Milch jetzt hinaufbringen.«

Später zogen Bruno und Jakob die Schuhe aus, krempelten die Beinlinge hoch und wateten in das Becken. Sie schrien, weil es so eisig war, was sie aber nicht daran hinderte, sich übermütig nass zu spritzen. Troppo kläffte wie wild und sprang dann auch hinein. Schließlich gesellte sich sogar Clara zu ihnen, die Röcke bis über die Knie geschürzt.

Camille sah ihnen teilnahmslos zu.

»Worauf wartest du, Camille?«, rief Jakob. »Es ist zwar sehr kalt, aber daran gewöhnst du dich schnell. Komm doch rein!«

Sie drehte ihm abrupt den Rücken zu und zog den Rock über die Knöchel.

Hatte er sie gekränkt? Aber womit? Bereute sie die Nacht vor der Höhle? Ihre Miene war so abweisend, dass ihm der Mut fehlte, sie zu fragen.

»Morgen müssen wir weiter«, sagte Clara, als sie abends am Feuer saßen.

»Ich schicke euch nicht fort«, sagte die Eremitin.

»Nein«, sagte Bruno. »Aber Clara hat Recht. Der Weg ist noch weit. Dieses Mal will ich ankommen. Wenn man außerdem erst einmal hier ist ...«

»... möchte man am liebsten gar nicht mehr fort«, ergänzte Jakob mit leuchtenden Augen. »Das würden Troppo und Lia auch sagen, wenn sie könnten.«

»Ich hab die beiden längst verstanden.« Schwester Christina zeigte ihr schönstes Lächeln. »Geht weiter und kommt wieder, irgendwann. Natürlich nur, wenn ihr wollt. Und sollte der gütige Gott mich dann schon zu sich gerufen haben, gibt es eine neue Klausnerin. Wenn nicht hier, dann anderswo. Begegnen und Abschiednehmen – kein großes Geheimnis.«

Sie zwinkerte Clara zu und verschwand in der Dunkelheit.

*

Toulouse, Juni 1563

Camille blieb zwischen den Tüchern stehen, die überall an Leinen trockneten. Brunos Feuerkünste hatten sie von dem großen Platz vor der Basilika vertrieben. Kaum hatte sie die brennenden Fackeln gesehen, war sie weggelaufen, kreuz und quer durch die Stadt, bis sie das Ufer der Garonne erreicht hatte und schließlich irgendwo im Gewirr der Gassen stehen geblieben war.

Auf einmal war alles um sie herum blau.

Die Farbe schien auf sie einzuströmen, als böte ihre Haut keinerlei Widerstand. Sie fühlte sich schutzlos. Nackt. Diese Farbe, das Blau – es war der Anfang gewesen, das Erste, was sie wahrgenommen hatte. Und der alte Zauber hatte nichts von seiner Kraft verloren. Im Mantel jeder Marienstatue, vor der sie kniete und um Erinnerung rang, wirkte er weiter fort.

Camille lehnte sich an eine Hauswand. Die Konturen der Mauern verschwammen. In ihren geballten Händen sammelte sich Feuchtigkeit.

»Suchst du jemanden?« Der junge Mann, der sie neugierig musterte, hatte Farbspritzer auf seinen zerlöcherten Beinlingen. Blaue Hände. Und große, blaue Füße. »Kann ich dir irgendwie helfen?«

»Ich hab mich wohl verlaufen.« Er sah nicht aus, als müsste sie sich vor ihm fürchten. Sie war sogar froh, dass er sie angesprochen hatte. Die Häuser bekamen langsam wieder Kanten und Ecken. Sie befeuchtete die trockenen Lippen. »Wo bin ich hier?«

Er lachte.

»Siehst du das nicht?« Sie musste sich anstrengen, um ihn zu verstehen, denn er sprach schnell und verschluckte die Endsilben. Aber ihr gefiel, wie er redete. »Direkt hinter dir ist das Waidhaus. Dort wird die Farbe gemacht.«

Er deutete nach links.

»Und dort, wo du den Bach siehst, einen von vielen, versteht sich, denn wir brauchen jede Menge Wasser für unser Handwerk, da stehen die Färberhäuser, eines neben dem anderen. Dort arbeiten wir von morgens bis abends.«

»Dann gehört das alles hier euch?«, sagte Camille.

»Du musst von weit her sein«, sagte der junge Mann. »Oder noch nie aus deinem Dorf herausgekommen. Sonst wüsstest du, wem hier was gehört. Sie wohnen natürlich nicht hier, sondern in einem besseren Viertel, in Saint-Etienne oder an der Pont-Neuf. Ihre dicken roten Backsteinpaläste kannst du gar nicht übersehen. Sie bauen so hohe Türme, als wollten sie den lieben Gott erschrecken. Alles hier gehört den Kaufleuten, die Handel mit dem Waid treiben, bis hinauf nach Albi und Carcasonne. Wir Färber sind nichts als ihre Lastesel, die sich dafür krumm machen.«

Eine dicke Ratte huschte vorbei. Er bückte sich und warf einen Stein nach ihr, verfehlte sie aber.

»Sie lieben Pisse und stinkende Fermente. Also alles, was zu unserer Arbeit gehört. Wo immer du Ratten findest, da sind auch die Färber nicht weit.« Er grinste. »Aber wozu lange lamentieren? Die Welt ist nun einmal, wie sie ist. Trinkst du ein Glas Branntwein mit mir?«

»Nein.« Camille löste sich von der Hauswand. »Ich muss los. Ich werde bestimmt schon erwartet.«

Er folgte ihr nicht, obwohl sie es befürchtet hatte.

Nach ein paar Schritten legte sich ihre Erregung. Sie hatte ihre Haut zurück. Das Blau war verschwunden.

Aber ihre Hände waren noch immer feucht.

*

»Ich will nicht zurück ins Hospiz!« Jakob blieb bockig stehen und verschränkte die Arme. »Warum kann ich nicht bei Bruno bleiben?«

»Weil er allein sein wollte. Hast du das denn nicht gemerkt? Und jetzt komm endlich!«

Clara zog ihn ein Stück weiter. Über ihnen schlug ein Fensterladen zu. Sie spähte nach oben. Wenn sie weiter so herumkrakeelten, könnte es geschehen, dass jemand wütend einen Nachttopf über ihren Köpfen ausleerte.

»Es ist spät. Wir müssen schlafen.«

»Aber ich bin nicht müde.« Der Junge war erneut stehen geblieben. »Wie du jetzt überhaupt an Schlafen denken kannst! Hast du nicht gesehen, wie die Leute gestarrt und gestaunt haben? Und seine Fackeln – gleißende Räder in der dunklen Nacht. Mit vieren auf einmal hat Bruno jongliert! Aber am besten hat mir das Feuerspucken gefallen: Feuer, das aus deinem eigenen Körper kommt, stell dir das nur mal vor!«

»Ich war dabei, Jakob«, sagte Clara, aber er schien sie gar nicht zu hören. »Du hast Recht. Er beherrscht es wirklich meisterhaft.«

»Das muss Bruno mir beibringen. Ich hätte ihn gleich darum bitten sollen. Am besten, ich laufe schnell zurück ...«

»Jakob!« Claras Stimme war scharf geworden. »Dazu ist morgen noch Zeit genug.«

»Ach, morgen müssen wir in aller Herrgottsfrüh los. In kleinen Orten lohnt sich der Aufwand nicht, hat er gesagt. Und wer weiß, wann wir wieder in eine große Stadt kommen! Warum lässt du mich nicht jetzt zu ihm? Er ist mein Freund. Ich störe ihn nicht. Ich störe Bruno nie!«

»Er wollte nicht mit uns ins Hospiz«, sagte Clara. »Er wird seine Gründe haben. Wir sehen ihn morgen bei der Frühmesse. Und jetzt komm endlich, ich bin todmüde und will ins Bett!«

Ohne seine Füße zu heben, schlurfte Jakob über das holprige Pflaster. Sein ganzer Körper war ein einziger Widerstand.

»Und wenn er nicht kommt?«, fragte Jakob plötzlich. »Nicht einmal die Tiere hat er bei uns gelassen. Macht dich das nicht misstrauisch?«

»Nein«, sagte Clara. »Die Tiere sind, wo Bruno ist. Troppo und der Rabe sind ja geradezu mit ihm verwachsen. Du musst dir schon bessere Argumente ausdenken, Jakob!«

»Keinen Schritt mache ich mehr, wenn er uns verlässt«, sagte Jakob finster. »Damit du es nur weißt. Ohne Bruno kannst du alleine zu Jakobus weiterpilgern!«

»Komm jetzt«, sagte Clara. »Sonst müssen wir noch auf der Straße übernachten. Wir sehen ihn morgen.«

*

Sie hieß Madeleine, hatte einen hungrigen Mund und schwarze, blanke Augen. Sie ließ zu, dass er ihr Mieder öffnete, aber ganz ausziehen wollte sie es nicht. Und sie versteckte ihre Hände vor ihm, bis er sie zu fassen bekam und eingehend betrachtete.

»Sie sind hässlich«, protestierte sie. »Lass mich. Ich schäme mich.«

Auf den ersten Blick konnte Bruno nichts Ungewöhnliches entdecken. Frauenhände, wie er sie schon oft gesehen hatte, klein, rissig, mit abgebrochenen Nägeln. Erst als er sie nah an die Talgfunzel hielt, entdeckte er die verblassten blauen Linien, die wie ein Netz die Haut durchzogen.

Sofort waren die Hände wieder verschwunden.

»Du wirst es niemals wieder los«, sagte sie. »So sehr du auch schrubbst.«

»Färberwaid«, sagte Bruno. »Na und? Es gibt Schlimmeres, als sich mit einem ehrbaren Handwerk die Hände schmutzig zu machen.«

»Du kennst es?«, sagte sie überrascht.

»Ja. Wo ich herstamme, verdienen viele ihr Brot damit.«
»Ist das weit von hier?«, sagte sie.

»Sehr weit. Hast du schon mal etwas von der Stadt Metz gehört? Dort sprechen sie nicht nur wie du, sondern auch noch eine andere Sprache, die rau und krächzend klingt. Mit ihr bin ich aufgewachsen. Aber ich habe sie abgestreift wie so vieles.«

Sie schüttelte den Kopf.

»Egal.« Er zog den Mund schief. »Ich hab es ja selber schon fast vergessen, so lange bin ich unterwegs.«

Sie schien noch immer mit sich selbst beschäftigt.

»Dabei habe ich seit mehr als einem Jahr keinen Färbertopf mehr angerührt. Wahrscheinlich wird man mich eines Tages noch mit blauen Händen begraben ...«

»Aber bis dahin sollten wir die Zeit nicht nur mit Reden vertun!« Bruno zog sie an sich. Er war geil auf eine Frau, lange schon, aber zugestanden hatte er es sich erst, als die Kleine mit den dunklen Locken ihm feurige Augen machte. Rasch waren sie handelseinig geworden. Heute wartete keine schlaflose Nacht zwischen Clara und Camille auf ihn. Stattdessen war er in diesem schäbigen Zimmer gelandet, im oberen Geschoss einer nicht minder schäbigen Taverne.

Sie waren nicht die Einzigen.

Vom Nebenraum drang Stöhnen und der Lustschrei einer Frau herüber. Lia stieß ein heiseres Krächzen aus; Troppo begann zu kläffen. Bruno brachte die beiden wieder zur Ruhe.

Ängstlich rückte sie von ihm ab.

»Vor Tieren«, sagte Madeleine, »hab ich es noch nie gemacht. Müssen sie uns wirklich dabei zusehen?«

»Kümmere dich nicht um sie.«

Er schob ihren Rock weiter nach oben. Sie hatte kräftige Schenkel und ein dichtes, schwarzes Vlies. Er umarmte sie, drängender nun. Als er sie zu küssen versuchte, drehte sie den Kopf zur Seite. Ihre geflickten Röcke waren ihm ständig im Weg.

»Zieh dich aus«, sagte er. »Ich will dich spüren.«

»Aber das ist doch gar nicht nötig«, gurrte sie. »Wir werden auch so unser Vergnügen haben!«

Sie roch warm und erdig. Die Lust überschwemmte ihn. Schließlich gelang es ihm, sie zu öffnen.

Nichts, was ihn glatt und geschmeidig empfangen hätte. Nichts, was auf seinen Körper reagierte. Stattdessen spröde Trockenheit. Er stützte sich auf und stieß heftiger zu, bis es ihn schmerzte.

Sie schien zu spüren, wie flüchtig seine Lust war, und zerrte sich das Mieder vom Leib. Ihre Brustspitzen waren dunkel. Silbrige Risse schimmerten in der zarten Haut.

Sie hatte ein Kind geboren – irgendwann.

Kein Vergessen. Nicht einmal für ein paar gnädige Augenblicke. Die Bilder packten ihn erneut und hielten ihn fest.

Ein Kind, das schreiend auf seine Mutter zurennt, in Todesangst, weil es ahnt, aber nicht begreift, was gerade Entsetzliches geschieht …

Er löste sich von ihr. Seine Erregung war wie weggeblasen.

Nicht einmal als Pilger taugte er etwas. Vielleicht sollte er umkehren, sofort. Und alles so belassen, wie es war.

Es war still. Sie rührte sich nicht, während er in die Dunkelheit stierte.

»Wer ist sie?«, sagte Madeleine schließlich. »Willst du darüber reden?«

»Ein kleines Mädchen. Blond. Mit hellen Augen. Ich hab sie niemals vergessen.«

»Deine Tochter?«

»Ich habe keine Kinder.«

»Wie kannst du das wissen? Nicht alle Frauen treffen Vorkehrungen. Und selbst dann ist der Ausgang ungewiss.«

»Ich weiß es. Mein Samen ist giftig.«

»Du hast die Englische Krankheit?«, fragte Madeleine erschrocken. Sie fegte das Leinensäckchen vom Bett, das sich von seinem erschlafften Glied gelöst hatte.

»Nein. Meine Krankheit heißt Tod. Wohin ich auch gehe, überall ist er mein Begleiter.«

»Na wenn schon, sterben müssen wir alle.« Sie klang geradezu gleichgültig. Der Tod schien ihr weniger auszumachen als eine Geschlechtskrankheit. »Und wenn es weder Alter noch Krankheit sind, dann ist es eben das Kindbett. So habe ich meine Schwester verloren und meine junge Base. Es heißt, man könne nicht schwanger werden, solange man stillt. Aber ich weiß, man kann es sehr wohl!«

»Du verstehst mich nicht. Ich war verdammt, noch bevor ich geboren wurde. Und nichts kann mich erlösen.«

Madeleine betrachtete diesen stattlichen Mann mit dem braunen Haar und den muskulösen Armen, die jetzt kraftlos herunterhingen, während er sich von ihr abwandte. Vor kurzem noch hatten seine großen Hände brennende Fackeln geschwungen. Sie hatte dem geschickten Feuerakrobaten zugejubelt wie all die anderen Menschen. Ein Glücksfall, dass ausgerechnet sie sein Interesse geweckt hatte, hatte sie da noch gedacht, und das nicht nur angesichts des Münzenregens, der auf ihn geprasselt war. Der beste Freier seit langem.

Jetzt klang er wie ein Verlorener.

Es störte sie, dass dieser Wandel sich ausgerechnet in ihrem Bett vollzogen hatte. Sie fühlte sich selbst wie eine Verliererin. Sie hasste dieses Gefühl. Sie verkaufte ihren Körper, aber sie hatte ihren Stolz. Er hatte bezahlt. Es war nicht mehr als recht und billig, dass er den Gegenwert für seine Kupferstücke auch erhielt.

»Vielleicht kann ich dich nicht erlösen«, sagte Madeleine resolut und legte ihre Hand auf sein Knie. Als sie keinen Widerstand spürte, glitt sie unbeirrt weiter nach oben. »Aber zum Glück gibt es andere Dinge, auf die ich mich besser verstehe.«

*

Steil strebte Saint Sernin in den morgengrauen Himmel, ein fünfschiffiges Kirchenschiff aus rotem und hellem Stein, einst erbaut, damit die Flut der Pilger zur Krypta gelangen konnte, in der die Reliquien ruhten. Saturnin, der Namensgeber, war für seinen Glauben gestorben wie vor ihm Jakobus. Man hatte ihn an einen Bullen gefesselt durch die Stadt zu Tode geschleift.

Später wurde hier die Basilika errichtet. Ein Pilger hatte Jakob die Legende am Vortag im Hospiz erzählt, obwohl der Junge kaum zuhören konnte, zappelig und voller Vorfreude auf Brunos Feuerkünste.

An diesem dunstigen Morgen wartete nicht einmal ein Dutzend Pilger auf den Segen. Und doch waren es mehr, als Jakob auf dem Weg hierher bislang gesehen hatte. Ein alter Mann war darunter, wettergegerbt wie ein Stück Leder; ein Paar mittleren Alters, bei dem die Frau den Mann stützen musste, weil er sich am Knie verletzt hatte, zwei junge, magere Mönche im braunen Habit der Franziskaner, barfüßig und staubbedeckt.

Anstatt der Predigt zu lauschen, dachte Jakob nach. Er meinte, eine seltsame Spannung zu spüren, seitdem sie in Toulouse angekommen waren. Besonders deutlich war sie zwischen Camille und Bruno, aber auch seine Mutter schien verändert. Das blonde Mädchen war wie üblich in sich versunken; Clara war ungewöhnlich still. Schon beim Frühstück war ihm ihre Schweigsamkeit aufgefallen. Nur ab und zu spürte er ihren Blick, als suche sie in seinen Zügen nach Antwort auf eine Frage, die sie ihm aber nicht stellte.

Er selbst konnte erst aufatmen, als Troppo ihnen vor der Basilika bellend entgegenrannte. Sein Freund war zurück; jetzt würde alles gut werden. Anschließend hatte Bruno Hund und Raben mit ins Gotteshaus genommen, als wolle er allen zeigen, wie eng sie zu ihm gehörten.

Wo hatten die drei die Nacht verbracht?

Brunos Miene hielt Jakob davon ab, ihn zu fragen. Er sah so ernst aus, dass er ihm fremd vorkam. Erst als der Priester den Pilgersegen spendete, wurden seine Züge wieder weicher.

Am liebsten hätte Jakob ihm Wort für Wort laut nachgesungen:

>»Herr, sei vor uns und leite uns.
>Herr, sei hinter uns und zwinge uns.
>Herr, sei unter uns und trage uns.
>Herr, sei über uns und segne uns.
>Herr, sei um uns und schütze uns.
>Herr, sei in uns und erfülle uns,
>dass Geist, Seele und Leib dir recht dienen
>und deinen Namen heiligen – Amen.«

Die Wolken waren verschwunden, als die Pilger die Basilika verließen. Jetzt tauchte die aufgehende Sonne die Häuserreihen am Ostufer in tiefes Rot.

Jakob blieb stehen, und sein staunender Blick ließ ihn aussehen wie ein kleines Kind.

Clara lächelte zum ersten Mal an diesem Morgen.

»Seht nur – eine rote Stadt.« Sie hatte deutsch gesprochen. Sie schien es nicht einmal zu bemerken.

»Toulouse ist blau«, widersprach Bruno, ebenfalls auf Deutsch. »Blau wie die Hände seiner Färber. Das ist die Farbe dieser Stadt.«

Camille wandte sich um und starrte ihn an, als sei er ein Fremder. Ihre Lippen öffneten sich leicht, als wolle sie etwas sagen, aber sie brachte kein einziges Wort hervor.

※

Über den Col du Somport, Juni 1563

In Urdos hatten sie eine Zwangspause einlegen müssen, denn Bruno war beim Aufstieg auf nassem Geröll ausgerutscht. Beim Versuch, den Sturz abzufangen, knickte er um. Sein rechter Fuß schwoll derart an, dass Clara ihn nur mit Mühe aus dem Stiefel bekam.

»Mein Sorgenfuß«, sagte Bruno, als sie ihm Umschläge mit Wilder Kamille machte, die sie unterwegs gesammelt hatte. »Erst der Ballen und nun der Knöchel! Wenn ihr ohne mich weitergehen wollt, ich würde es euch nicht verübeln.«

»Natürlich bleiben wir bei dir«, sagte Jakob. »Wir lassen dich doch nicht im Stich!«

»Ein bisschen Geduld musst du schon haben«, Clara wrang das Tuch aus, »aber dann wirst du bald wieder laufen können.«

Mit einer Grimasse streckte er ihr seine Hände entgegen. »Die sind auch ganz schön zerschunden. Die Feuerarbeit kann ich damit vorerst vergessen, aber zur Laute reicht's zum Glück noch. Habt ihr Lust auf ein Lied?«

Er gab das Beste aus seinem Repertoire und es gefiel ihm, dass alle gern zuhörten. Die Bewunderung des Jungen rührte ihn, und er beobachtete, wie Camille aus ihrer Versunkenheit zu erwachen schien. Am meisten jedoch freute er sich über Claras Aufmerksamkeit.

Sie saß ganz still, nur manchmal ging ein Lächeln über ihr Gesicht, und die Augen leuchteten. Dann verloren ihre Züge die Angespanntheit, und sie wirkte plötzlich jung. Weil es zu stark regnete und sie nicht nach draußen konnten, hatte sie das Tuch abgenommen, mit dem sie sonst ihr Haar bändigte. Vor kurzem hatte er sie nachts überrascht, als sie es kämmte, eine dichte, dunkle Welle, die ihr über den Rücken floss.

Seitdem träumte Bruno davon, es zu berühren.

Seitdem die Pyrenäen immer näher rückten, verhielt sie

sich ihm gegenüber anders, als müsse sie angesichts der roten Bergriesen nicht länger den Wall in ihrem Inneren aufrechterhalten.

»Du musst Geduld mit mir haben«, sagte sie, als Camille und Jakob schon oben auf dem Tennenboden schliefen und sie in der Gaststube allein zusammensaßen. Die feiste Wirtin war auf ihrem Stuhl in der Ecke eingenickt. Regen klatschte auf das Dach. Sie waren die einzigen Gäste, seit Tagen schon. »Eigentlich sollte ich mich bei dir entschuldigen. Ich bin es nicht gewohnt, meinen Jungen zu teilen. Aber ich lerne schnell. Vor allem, wenn ich sehe, wie er deine Gegenwart genießt.«

»Jakob ist ein wacher Junge«, sagte Bruno. »Einen Sohn wie ihn hätte ich gerne gehabt.«

»Du hast keine Kinder?«

Das erste Mal, dass sie ihn direkt nach seiner Vergangenheit fragte. »Nein«, sagte er langsam. »Und ich werde auch nie welche haben.«

Ihre grauen Augen waren ernst.

»Du bist nicht alt«, sagte Clara. »Du könntest dich anders besinnen.«

»Mein Leben ist nicht so verlaufen, dass ich die richtige Frau hätte finden können. Jetzt ist die Straße meine einzig zuverlässige Gefährtin.«

»Ich weiß, wovon du sprichst. Denn selbst, wenn man jemanden gefunden hat, den man von ganzem Herzen liebt, kann man ihn wieder verlieren.« Sie dachte an Heinrich. Und an die kleine Tochter, die nicht geatmet hatte. Plötzlich klang es wie ein Selbstgespräch. »Dann ist der Schmerz so übermächtig, dass man am täglichen Leben fast scheitert.«

Bruno schaute auf ihren Ring.

»So sehr hast du ihn geliebt?«, sagte er.

»Mehr als mein Leben.«

»Er hat dir ein großes Geschenk gemacht«, sagte Bruno.

»Ich weiß«, sagte sie. »Und als sie mir Jakob nehmen wollten, hatte ich Angst, den Verstand zu verlieren. Aber wir hatten Glück. In der tiefsten Not hat uns jemand einen noblen Dienst erwiesen, den ich ihm niemals vergessen werde.«

»Dann seid ihr nicht ganz freiwillig auf diese Pilgerschaft gegangen?«

»Nein.« Clara presste die Lippen zusammen.

»Manchmal ist es besser, zu vergessen. Ich jedenfalls hab mich redlich darum bemüht. Aber es ist eine schwierige Kunst.«

»Du bist nicht immer Feuerakrobat und Lautenspieler gewesen«, sagte sie vorsichtig. »Ich hab dich deutsch sprechen hören. Es klang wie deine Muttersprache.«

Ein Schatten ging über sein Gesicht.

»Ich bin müde. Lass uns schlafen.«

Am nächsten Morgen drängte er zum Aufbruch. Clara wäre gern noch etwas länger geblieben – die Ruhepause tat ihnen allen gut –, aber Bruno ließ sich nicht von seinem Entschluss abbringen. Das Wetter schien auf seiner Seite. Vorsichtige Sonnenstrahlen zeigten sich, und ein Fetzchen blauer Himmel kam zum Vorschein.

Je höher sie gelangten, desto freier wurde der Blick. Nebelschwaden hoben sich von den Gipfeln wie dünner Rauch, der aus einer riesigen Felsenküche langsam entweicht. Kehre um Kehre galt es zu bewältigen.

Auf einem Hochplateau kam ihnen eine Schafherde entgegen. Camille musste plötzlich wieder an den alten Luc und seinen Sohn Gilles denken, der sie zum Sesshaftwerden aufgefordert hatte. Aber wo sollte sie sich niederlassen, wenn sie nicht einmal wusste, woher sie kam?

Sie hieß Salome, und die Frau, die sie geboren hatte, war eine Färberin gewesen, davon war sie inzwischen überzeugt. Was aber nutzte ihr dieses Wissen? Die Mutter bekam sie dadurch nicht zurück.

Bruno unterdrückte ein Fluchen. Um den verletzten Fuß zu schonen, hatte er den anderen überanstrengt. Jetzt taten ihm beide weh. Er nahm sich zusammen, so gut er konnte, aber sein Gesicht war angespannt vor Schmerz.

»Wir müssen rasten«, sagte Clara besorgt. »Sonst kommst du bald gar nicht mehr weiter.«

»Oben beim Hospiz«, sagte er atemlos. »Bis dorthin schaffe ich es noch.«

Die Baumgrenze hatten sie bereits hinter sich gelassen. Sie durchquerten niedriges braungrünes Buschwerk, bis auch das spärlicher wurde. Immer öfter mussten sie stehen bleiben, um Luft zu holen. Bruno fiel der Aufstieg zusehends schwerer, immer langsamer setzte er einen Fuß vor den anderen, aber der Junge wich nicht von seiner Seite.

»Ich kann dich stützen«, bot Jakob an. »Ich bin stärker, als ich aussehe.«

»Das weiß ich«, knurrte Bruno. »Aber lass nur, so ist es einfacher für uns beide.«

Als sie endlich zu den anderen aufgeschlossen hatten, waren beide schweißnass. Troppo hechelte zum Gotterbarmen, sogar der Rabe schien erschöpft.

Die Aussicht entschädigte sie. Die tief stehende Sonne brannte auf den rostigen Bergen, die von innen zu glühen schienen. Über ihnen wölbte sich weit und klar der blaue Himmel. Zu ihren Füßen ruhten die Täler in violettem Schatten.

»Das Werk des großen Feuerakrobaten«, sagte Clara bewegt. »Und für uns gesorgt hat er auch. Seht nur – die Herberge liegt dort drüben.«

*

Hospiz Santa Christina, Juni 1563

»Ich würde auch gern zuhören«, sagte Bruno, als Jakob halblaut zu lesen begann. »Ich liebe Geschichten.«

»Ich habe nichts dagegen.« Clara tat einen tiefen Atemzug. »Mich mögen die Buchstaben nicht. Jakob dagegen fühlt sich beim Lesen so sicher wie ein Fisch im Wasser.«

»Ich will Drucker werden. Wie mein Vater. Und jeden Tag mit Lettern zu tun haben.« Der Junge ließ das Buch sinken. »Aber das hier ist keine Geschichte. Es hat sich tatsächlich so zugetragen. Vor langer Zeit. Genau gesehen sind es zwei Berichte, die zusammengehören.«

»Wenn ich dich so höre, dann wünschte ich, ich hätte auch ein Handwerk erlernt, bei dem man buchstabieren muss.« Brunos Stimme klang sehnsüchtig. »Lies weiter, Jakob. Ich wollte euch nicht aufhalten.«

»Wir beginnen mit der ersten Geschichte«, sagte der Junge. »Sonst kommt ihr noch ganz durcheinander.«

Jakob las deutlich, mit Betonungen und den richtigen Pausen. Aufmerksam lauschten Clara und Bruno der kindlichen Stimme, die das Schicksal Blancas und ihrer verbotenen Liebe zu einem Tempelritter vortrug. Sogar Camille, die sich zunächst abgewandt hatte, als ginge sie das alles nichts an, wurde plötzlich aufmerksam.

»Es ist, als hörte man sie sprechen«, sagte sie, nachdem Jakob geendet hatte. »So lebendig klingt es. Warum sie das alles wohl aufgeschrieben hat?«

»Damit man es nicht vergisst«, sagte Jakob ernst. »Deshalb hat mein Vater es ja auch gedruckt. Mit Blanca beginnt unsere Familie. Mit ihr und ihrem Bruder Diego.«

»Was für ein Scheusal!«, sagte Camille. »Wie kann er seiner Schwester so etwas antun? Er ist doch ihr engster Verwandter!«

Clara und Jakob tauschten einen raschen Blick.

»Hass fragt nicht nach Rang oder Verwandtschaft«, sagte

Clara. »Hass ist blind und taub. Diego sagt, er liebt sie. Aber eigentlich will er Blanca nur besitzen.«

»Er ist sogar bereit, sie zu töten ...« Jakobs Hand fuhr zu seinem Kopf und sank wieder herab, nachdem er seine kurzen Haare berührt hatte. »Weil sie nicht so sein will wie er. Aber es gelingt ihm nicht.«

»Vielleicht war er später einmal sehr froh darüber«, sagte Bruno. »Worte kann man zurücknehmen. Taten kann man bereuen. Der Tod ist endgültig. Ihn kann niemand ungeschehen machen.«

»Hast du Mitleid mit einem, der fast zum Mörder geworden wäre?«, fragte Camille.

Die Tür, wieder einmal.

Dieses Mal schwang sie noch ein Stückchen weiter in ihm auf, und was er erspähen konnte, ließ ihn erschaudern. Blaue Hände und ein kleines, blondes Mädchen – natürlich! Wie hatte er nur so blind sein können? Auf einmal schien alles ganz logisch.

Plötzlich konnte er keinen mehr ansehen, Jakob nicht, Clara nicht und erst recht nicht Camille. Er begann zu schwitzen. Nicht einmal seine Stimme hatte er noch unter Kontrolle.

Bruno stieß heftig die innere Tür zu, legte den Riegel vor und sperrte sie ab. Es war unmöglich. Solche Zufälle gab es nicht. Er musste sich irren. Seine Fantasie hatte ihm einen Streich gespielt.

»Töten ist ein einsames Geschäft«, erwiderte er. Sein Tonfall war gelassen. Niemand hätte erraten können, was ihn eben noch gequält hatte. Die lange Übung der auferlegten Selbstbeherrschung machte sich bezahlt. »Ich hab genug gesehen, um das zu wissen.«

»Du siehst auf einmal so traurig aus.« Schüchtern zupfte Jakob an Brunos Ärmel. Der Einzige, der sich nicht hinters Licht führen ließ! »Ist es wegen Blanca? Du musst keine Angst haben, sie wird entkommen!« Er lächelte. »Sonst gäbe es mich doch gar nicht. Sie ist die Wurzel unseres Stammbaums, und ich bin die Krone.«

Bruno legte ihm die Hand auf die Schulter.

»Ich bin froh, dass ich dich getroffen habe, Jakob«, sagte er.

*

In den Wäldern bei Jaca, Juni 1563

Jaca umgingen sie am linken Ufer des Aragon, weil ein Wanderer sie vor dessen betrügerischen Herbergen gewarnt hatte. Stattdessen hatte er ihnen empfohlen, im Wald zu schlafen. Bruno hatte die holprige Unterhaltung geführt; er war der Einzige von ihnen, der Spanisch verstand und so als Übersetzer dienen konnte.

Der Mann fand sich bereit, ein Stück mit ihnen zu gehen; er verließ sie erst, nachdem sie gemeinsam eine Furt überquert hatten und er sich weiter auf den Weg nach Binacua machte, wo sein Bruder als Schmied lebte.

Dichter Wald aus Pinien und Laubbäumen umfing sie. Farne und Moose dämpften ihre Schritte.

»Habt ihr die großen Vögel dort oben gesehen?«, fragte Clara beklommen.

»Geier«, sagte Bruno. »Lia hat sie sofort gewittert. Seht nur, wie unruhig sie ist!«

»Hoffentlich halten sie uns nicht für ihr Abendessen.« Besorgt lugte Jakob nach oben.

»Ich glaube, das haben sie schon gefunden.«

Aus dem Dickicht drang ein dünner Klagelaut. Troppo stürzte kläffend voraus.

In einer Eisenfalle lag ein Kitz. Beim vergeblichen Versuch, sich zu befreien, hatten sich die scharfen Zähne des Bügels tief in sein Fleisch gegraben. Troppo umrundete das Tier mit gefletschten Zähnen, bis Bruno ihn zu packen bekam und an einen Baum band.

»Kannst du ihm helfen, Bruno?«, rief Jakob. »Befrei es, du kannst das doch, ja?!«

Das Tellereisen schnappte unter der zitternden Kraft von Brunos Händen auf. Das Kitz stieß einen schrillen Schrei aus, als er es berührte. Sein verzweifelter Versuch, auf die Beine zu kommen, scheiterte.

»Die Läufe sind gebrochen«, sagte Bruno. »Es kann nicht aufstehen.«

»Dann töte es!«, sagte Camille.

Brunos Arme fielen herab, als sei alle Kraft aus ihnen gewichen.

»Ja, mach seinem Leiden ein Ende«, stimmte Clara ihr bei. »Worauf wartest du noch?«

Bruno zögerte einen Augenblick, schluckte und stieß sie dann plötzlich zur Seite. Er beugte sich über die Falle und packte den Kopf des Tieres. Eine einzige, gezielte Bewegung – und das Kitz war tot.

Über ihnen zogen die Geier bereits tiefere Kreise.

*

Santiago de Compostela, Juni 1563

»Du wirst sie also nicht heiraten.« Flores hatte ihm den Rücken zugewandt. Er sah, wie aufrecht sie stand, um Haltung bemüht.

»Das weißt du bereits?« Luis spielte mit seinem Ring. Er saß fester als sonst am Finger. Seine Hände waren rau und geschwollen. In der Nacht hatte er sich aufgekratzt.

»Du kennst doch diese Stadt. Hier bleibt nichts lange verborgen.«

»Ja, es stimmt. Die Gerüchte sind wahr. Ich werde Teresa Berceo nicht heiraten.«

»Und was bedeutet das für uns?« Sie fuhr zu ihm herum. »Mehr Zeit?« Sie hatte weiße Blüten in ihr Haar geflochten und trug das kostbarste Kleid, das er ihr geschenkt hatte. Sie war eine Kämpferin. Doch diese Schlacht hatte sie bereits verloren. »Oder das Ende?«

»Ich gehe fort, Flores«, sagte er ruhig. »Ich verlasse die Heilige Stadt.«

»Wohin? Nach Hause?«

»Ich reite nach León. Das Weitere wird sich weisen.«

»Was hoffst du dort zu finden, Luis?«

»Die Wahrheit«, sagte er.

»Die Wahrheit!« Sie lachte kurz auf. »Seine? Deine? Such es dir aus. Die Entscheidung liegt ganz bei dir.«

»Ich breche morgen auf«, sagte er. »Sehr früh.«

»Kommst du zurück?«

»Das weiß ich nicht«, sagte er. »Aber für dich ist gesorgt. Das Haus gehört dir. Ich habe es dir vor ein paar Tagen überschreiben lassen. Dazu eine größere Summe, die du jährlich erhältst. Wenn du nicht zu verschwenderisch damit umgehst, kannst du *Señora* Elena und die anderen Diener behalten und den Haushalt so führen wie bisher. Falls Extras nötig sind, werde ich ...«

»Wie eine alte Hure, nicht wahr?«, unterbrach sie ihn bitter. »Du zahlst mich aus wie eine alte Hure. Und Recht hast du, denn was bin ich im Grunde anderes? Erst dem Vater dienen und dann dem Sohn – die fromme Stadt des Apostels sollte mich an den Pranger stellen und hinauswerfen!«

»Du verletzt dich nur selbst, wenn du so redest«, sagte er. »Und mich verletzt du auch. Dabei weißt du genau, dass es nicht so ist. Ich bin dir sehr dankbar für alles, Flores. Ich möchte dich in guter Erinnerung behalten.«

Sie nahm seine raue Hand und presste sie auf ihre Brüste. »Ich atme. Fühlst du es? Ich lebe. Ich brauche dich. Geh nicht, Luis. Ich will keine Erinnerung sein!«

Sehr sanft zog er seine Hand zurück.

»Ramón begleitet mich. Und Paulus reitet ein Stück mit

uns.« Er lächelte. »Ich konnte Maria noch einmal überreden, für ein paar Wochen auf ihren Mann zu verzichten.«

»Und ich? Was ist mit mir? Warum nimmst du mich nicht auch mit?« Sie klammerte sich an ihn. »Was soll ich hier, allein, ohne dich? Ich habe dieses Santiago immer gehasst, aber ich bin geblieben, weil dein Vater es so wollte. Und später wolltest du es. Ich werde dir nicht zur Last fallen. Du wirst mich gar nicht spüren. Aber ich bin da. Im Hintergrund. Falls du mich brauchst. Besinn dich, Liebster, denk nach! Diese Gewissheit wird dir Kraft geben, dich stark machen. Und wenn die Traurigkeit dich überfällt wie schon so oft, dann kann ich ...«

»Flores – hör auf!«

Sie packte seinen Arm, schob das Hemd hinauf und kniff ihn so fest, dass er aufschrie.

»Deine Haut bleibt dunkel«, sagte sie. »Und meine hell. Hast du deswegen mit mir geschlafen? Weil du glaubtest, es würde dich weißer machen eines Tages?«

»Hast du den Verstand verloren? Du sprichst irre!«

»Ganz im Gegenteil. Ich war niemals klarer.«

»Du weißt nicht, was du sagst!«

»Und ob ich das weiß!«, sagte sie. »Du bist wie er. Inzwischen gleicht ihr beide euch wie ein Ei dem anderen. Du suchst die Wahrheit? Du kennst sie längst! Dir fehlt nur der Mut, dich mit ihr zu konfrontieren.«

»Ich gehe.« Luis nahm seinen Umhang. »Es ist alles gesagt.«

»Feigling!« Ihre Stimme wurde schneidend. »Dein Vater hatte mehr Courage.« Sie wurde lauter. »Du hasst ihn? Du kannst ihm nicht vergeben? Dann suhl dich nur weiter in diesen Gefühlen, aber du tust ihm unrecht!«

Er starrte sie stumm an, und das machte sie nur noch wütender.

»Nun, immerhin hat er alles versucht, um dich zum Spanier zu machen. Aber du hast es ihm ebenso schlecht gelohnt wie mir. Leider hat er versagt. *Musste* er versagen. Willst du hören, weshalb, Luis – oder soll ich dich lieber anders nennen?«

Sie umkreiste ihn. Ihre Hände flatterten. Sie war wie von Sinnen.

»Es steckt in deinem Blut. Ja, genau das ist es. Teresa hat noch einmal Glück gehabt, großes Glück! Dein ganzes Gold nützt dir nichts. Und auch nicht die feine Fassade. Damit täuschst du niemanden. Denn egal, was auch immer du tust, eines wirst du immer bleiben. Nichts als ein kleiner, schmutziger …«

Er lief hinaus.

Das verhasste Wort hallte in seinem Kopf nach, als er das Wohnhaus in der Rúa Vilar erreicht hatte, in dem Paulus mit seiner Familie lebte. Es hallte nach, obwohl sie es nicht ausgesprochen hatte.

Mestize.

DIE TRÄUME DES CONDORS 5:
DIE FRAU

Cuzco, November 1547

Ich sah, wie sich langsam der Schatten der Bergriesen über dem Hochtal zurückzog. Ich hörte Hahnenschreie. Dann setzte ein gewaltiges Läuten ein, das wie ein Donnerschlag durch meinen Körper fuhr und in meinen Ohren vibrierte.

Meine Mutter beachtete es nicht. Sie trug ihr bestes Kleid, weiß mit roten und schwarzen geschlängelten Mustern, obwohl es nicht leicht genug für den Sommer war. Ihre Lippen waren eine feste Linie. Kein Wort hatte sie gesagt, seitdem wir von zu Hause aufgebrochen waren. Die Schultern hatte sie hochgezogen, als müsse sie sich schützen.

Als das Licht kam, blieb sie stehen und breitete die Arme aus. Sie umarmt die Sonne, dachte ich und genoss, wie die ersten Strahlen meinen Rücken wärmten. Wir sind ihre Kinder. Bald werde ich vor ihrem Tempel stehen.

»Die goldene Stadt ist der Nabel der Welt. Vergiss das niemals, Condor! Ihre Gestalt gleicht einem sitzenden Puma. Sein Kopf ist die große Tempelburg im Norden, sein Schwanz die Landzunge zwischen den beiden Flüssen im Süden. Sein Herz aber ist der Heilige Platz. Es schlägt, kraftvoll und stark, ohne sich darum zu scheren, wer es beherrscht.«

Ich war viel zu aufgeregt, um ihren Erklärungen zu folgen. Endlich hatte sie ihr Versprechen eingelöst. Wir würden den Krieger sehen. Meinen Vater.

Mit uns strömten andere herbei, Männer, Frauen, Kinder, Halbwüchsige wie ich. Sie schleppten Körbe mit Gemüse und Früchten oder ließen Wolle und Webereien von zahmen Lamas transportieren.

»Markttag.« Meine Mutter schien eher zu sich selbst, als mit mir zu reden. »Niemand wird uns bemerken. Wir können uns in aller Ruhe umsehen.«

Aber sie schien schon jetzt genau zu wissen, wohin sie wollte, so energisch schritt sie aus, und ich folgte ihr. Die gepflasterte Straße verlief schnurgerade zwischen hohen Steinmauern.

»Sind wir bald da?«, fragte ich, als die grauen Mauern nicht enden wollten.

»Vorstädte.« Ein ärgerliches Schnalzen. »Die Wohnungen der Arbeiter und Handwerker. Geduld. Wir sind gleich am Ziel.«

Plötzlich blieb sie stehen, so abrupt, dass ich beinahe gestolpert wäre.

»Das Haus der Sonnenjungfrauen«, flüsterte sie. »Unser Zuhause. Sieh nur, was sie damit gemacht haben!«

Vor uns ein Geröllfeld, große Steine, die kreuz und quer durcheinander lagen. Nur eine Mauer stand noch.

Sie nahm meine Hand und presste sie gegen den grünlichen Stein. Unter meiner heißen Haut war er kühl und glatt. Ich konnte die leichte Wölbung nach innen spüren.

»Nicht einmal eine Messerklinge hätte in die Zwischenräume gepasst.« Sie weinte. »Was haben wir ihnen getan? Alles haben sie zerstört.«

Beim Weitergehen hörte ich immer wieder ihre leisen Klagelaute angesichts der Brandspuren, der abgerissenen Gebäude und plumpen Baugerüste, hinter denen hastig neue Ziegelmauern hochgezogen wurden.

An einem großen Platz machten wir Halt.

»Die vier Straßen der vier Weltgegenden.« Meine Mutter wies in alle Himmelsrichtungen. »Und der Kanal.« Sie deutete auf ein stinkendes Rinnsal, und ihre Stimme schwankte. »Sogar das Wasser haben sie getötet. Früher floss er durch das Herz der Stadt. Jetzt ist er eine Kloake.«

»Und der Sonnentempel?«, fragte ich belegt, denn mir wurde mit jedem Schritt beklommener zumute.

Sie führte mich nach Süden, zu dem größten Trümmerfeld. Ein Teil der Steine war aufgeschichtet und mit Mörtel frisch verputzt. Massive Balken stützten eine riesige schwarze Granitmauer. Zu unseren Füßen gähnte eine tiefe Grube.

»Die Außenmauern waren mit Gold bedeckt«, sagte sie leise. »Blaue und grüne Edelsteine funkelten in der Sonne. Die Decke innen war mit feinster Vicuña-Wolle ausgekleidet. Und eine riesige Goldscheibe ...«

»Was habt ihr hier verloren? Verschwindet, und zwar schnell!« Ein bärtiger Mann scheuchte uns zur Seite. Aus seinem Mund klang unsere Sprache wie eine Halskrankheit. »Hier entsteht das Kloster von Santo Domingo!«

Erschrocken gehorchten wir. Ich schämte mich, und gleichzeitig hatte ich Angst. Meine Mutter fasste sich schneller.

»Zum Quartier des Gouverneurs«, sagte sie. »Wo finde ich es?«

»Was willst du dort?« Misstrauisch starrte er sie an.

»Diego Miguel Alvar«, sagte sie. »Ich muss ihn sprechen.«

*

»Sie wollen zu dir.« Der dunkelhäutige Soldat machte keinerlei Anstalten, uns vorbeizulassen. Wir warteten schon sehr lange. Ich war hungrig und durstig. Aber ich wäre lieber gestorben, als es laut zu sagen. Er war ein Inka wie wir. Er sprach Quechua. Wir sollten ihn verstehen. Ich durchschaute seinen Plan. »Sie behauptet, dich zu kennen. Ich kann es mir zwar kaum vorstellen, *capitán*, aber ...«

»Wer ist es?«, drang die Stimme des Kriegers aus dem anderen Zimmer.

»Eine Inka und ihr dreckiger, kleiner Mestize.« Ich hörte das Wort zum ersten Mal, aber er sagte es so verächtlich, dass es mich wie ein Hieb traf. »Einer von diesen gelben Bastarden, die kein Mensch auseinander halten kann. Soll ich sie wegschicken? Die beiden lungern schon seit dem Morgen hier herum.«

Der Krieger stand in der Türe. Er trug einen gepolsterten Waffenrock aus einem schweren, dunklen Stoff, der ihn größer und schwerer aussehen ließ.

»Herein mit euch!«, sagte er. »Wenn ich nur geahnt hätte, dass ihr es seid!«

Meine Mutter schob mich ein Stück nach vorn.

»Ich habe nachgedacht«, sagte sie. »Du wolltest deinen Sohn. Hier ist er.«

Ich sah das Erstaunen in seinem Gesicht. Über der rechten Braue verlief eine rote, gezackte Narbe, die er im Winter noch nicht gehabt hatte. Seine Schläfen schimmerten silbrig. Auch das war neu für mich.

»Weshalb auf einmal, Quilla? Bei unserem letzten Treffen hast du noch um ihn gekämpft wie eine Raubkatze um ihr Junges. Und jetzt bringst du ihn mir freiwillig?«

»Er will wissen, wer sein Vater ist«, sagte sie. »Er möchte ihn kennen lernen. Wo könnte er das besser, als in dessen Nähe?«

»Du willst ihn hier lassen?«, sagte er verblüfft. »Bei mir? Aber Cuzco ist ein einziges Militärlager!«

»Du willst ihn nicht?«, erwiderte sie kühl. Sie wandte sich zur Türe. »Komm, Condor! Wir gehen.«

»Warte!« Er hielt sie auf. »Nicht so hastig. Du sagst, du hättest nachgedacht. Willst du mir das gleiche Recht verweigern?«

Sie ließ sich auf dem Boden nieder, in der bequemen Hockhaltung, in der sie oft saß, und zog ihre Handspindel heraus.

»Denk nach«, sagte sie. »Aber beeil dich dabei.«

Er begann umherzugehen. Ab und zu hielt er inne, sah von ihr zu mir, dann nahm er seine ruhelose Wanderung wieder auf.

Ein dicker Kloß saß in meinem Hals. Immer wieder hatte ich mir unser Zusammentreffen ausgemalt – und jetzt wurde über mich verhandelt, als sei ich gar nicht anwesend. So hatte ich mir die Ankunft bei meinem Vater nicht vorgestellt.

»Und du hattest gar keine Angst, hierher zu kommen?« Er war vor ihr stehen geblieben. Seine Hand machte eine Bewegung, als wolle sie ihren Scheitel berühren, aber er schien sich im letzten Augenblick anders zu besinnen. »Man hätte dich erkennen können. Die einstige Sonnenjungfrau…«

»Eine Inka und ihr dreckiger, kleiner Mestize.« Mit einem bösen Lächeln schleuderte sie ihm die Worte von vorhin entgegen. »Wer kann diese gelben Bastarde schon auseinander halten? Hast du einen Entschluss gefasst?«

»Es gäbe da vielleicht eine Möglichkeit«, sagte er nachdenklich. »Ich könnte ihn außerhalb der Stadt…«

Leichtfüßig war sie aufgesprungen. Die Handspindel verschwand in ihrem gewebten Beutel.

»Komm, Condor. Dein Vater will dich wegsperren. So sehr schämt er sich für sein eigenes Fleisch und Blut.«

»Das ist nicht wahr«, widersprach er. »Aber wir brauchen eine Lösung, die allen gerecht wird.«

»Und wie sollte die aussehen?«, sagte sie.

»Wenn die Spanier erfahren, dass er mein Sohn ist, werden sie auch über die Mutter nachdenken«, sagte er ernst. »Es gibt noch immer Gerüchte über die Wolkenstadt. Die alte Geschichte könnte wieder hochkochen. Du gerätst erneut in Gefahr. Und dieses Mal kann ich sie nicht abhalten. Ist es das, was du willst, Quilla?«

»Nein«, sagte sie.

»Gut. Zumindest ein Punkt, in dem wir übereinstimmen.

Ich könnte einen Dolmetscher aus ihm machen. Wir brauchen immer mehr davon, auf beiden Seiten. Ich lasse unerwähnt, woher er stammt. Mich danach zu fragen, wird niemand wagen.«

Jetzt sah er mich an. Endlich.

»Und du? Bist du bereit dazu? Es bedeutet natürlich jede Menge Arbeit. Du müsstest Spanisch lernen, und zwar ziemlich schnell, aber wenn du erst einmal unsere Sprache beherrschst …«

»Dazu wird es nicht kommen«, unterbrach sie ihn, noch bevor ich etwas erwidern konnte. »Denn du kennst noch nicht meine Bedingungen: sechzig Tage, nicht mehr und nicht weniger. Im Monat des Wollespinnens bin ich zurück. Er bleibt in deiner Nähe. Du bist für seinen Schutz verantwortlich. Danach soll er selbst entscheiden, wohin er gehört.«

»Du lässt mich die Wahl treffen?«, rief ich.

»Du bist ein Kind gemischter Geister«, sagte sie. »Ich habe mich mit Großvater beraten. Er sagt, du hast das Recht dazu. Er hat mich überzeugt.«

»Und wenn er sich für den Vater entscheidet?« Die Stimme des Kriegers war sehr ruhig.

»Meine Arme haben ihn gewiegt. Meine Brüste haben ihn genährt. Meine Stimme hat ihm die alten Lieder gesungen. Er ist mein Kind. Ich bin sicher, dass er das Richtige tun wird.«

»Deine Klugheit habe ich schon immer bewundert.« Der Krieger verneigte sich leicht vor ihr. »Aber dieses Mal könnte sie sich gegen dich wenden.«

»Ich bin noch nicht fertig.« Ihre Wangen glühten, die Augen funkelten wie schwarze Sterne. »Du wirst keinen Krieger aus ihm machen. Condor soll nicht eines Tages gegen sein eigenes Blut kämpfen müssen wie diese Kreatur vor deiner Tür. Das ist meine Bedingung.«

»Er wird kein Soldat werden«, sagte er. »Noch etwas?«

»Ja. Du wirst nicht heimlich mit ihm fortsegeln, solange unser Abkommen läuft.«

Er sah sie eine ganze Weile an.

»Du bist noch immer sehr schön, meine Mondfrau«, sagte er bewegt. »Ich wünschte, ich könnte die Zeit zurückdrehen! Am liebsten würde ich euch beide mit nach Hause nehmen und dort in Frieden mit euch alt werden.«

»Was wohl deine spanische Frau dazu sagen würde? Doña Maria Isabella, wenn ich mich recht erinnere, oder?«

Er räusperte sich. Seine Wangen hatten sich dunkler gefärbt. Ich sah es durch seine Bartstoppeln.

»Nein, ich segle nicht heimlich mit ihm fort. Du hast mein Wort, Quilla!«

»Ein Wort, das du brechen kannst«, sagte sie bitter. »Jederzeit. Du hast schon einmal unser Leben aufs Spiel gesetzt. Was also taugt es?«

»Und wenn ich schwöre?«

»Auf deinen Christengott, der unser Abschlachten befohlen hat? Die Mühe spar dir! Kein Versprechen, Diego, keinen Schwur. Halte dich einfach an unsere Abmachung!«

»Du kannst dich auf mich verlassen. Ich könnte nicht einmal anders, selbst wenn ich wollte, da ich la Gasca erwarten muss«, sagte er. »Er wird mit den vereinigten Truppen nicht vor dem Winter in Cuzco eintreffen. Bis dahin sind mir die Hände gebunden.« Er versuchte ein Lächeln. »Damit wäre jetzt alles geklärt?«

»Eines noch. Ich töte dich, wenn ihm ein Leid geschieht«, sagte sie. »Oder wenn du uns noch einmal verrätst. Und keiner deiner Inkaspitzel wird mich davon abhalten.«

*

Ich liebte meinen Vater – und ich hasste ihn.

Nahezu jede Nacht lag ich schlaflos neben ihm. Er schnarchte, woran ich mich nur schwer gewöhnen konnte.

Wenn er trank, und er trank oft, schnarchte er lauter. Er hatte mir auch Wein zu trinken gegeben, um mich daran zu gewöhnen, aber ich mochte den sauren Geschmack nicht, und als ich es ihm zuliebe doch versuchte, wurde mir speiübel.

Am schlimmsten war es für mich, wenn sein Atem aussetzte, was häufig geschah. Dann beugte ich mich über ihn und zählte, bis seine Brust sich endlich wieder hob und senkte, erleichtert über das Geräusch, aber bereits in ängstlicher Erwartung der nächsten Stille.

Er redete im Schlaf.

Ich verstand noch nicht genug Spanisch, um alles zu begreifen, aber ich lernte schnell. Ebenso schnell, wie ich den Umgang mit Pferden und reiten lernte. Beides machte mir mehr Spaß, als ich zugeben mochte. Er wusste es, davon war ich überzeugt, aber er fragte mich nicht danach.

Es gab so vieles, wonach er mich nicht fragte.

Meine Fragen beantwortete er, wenn auch manchmal ausweichend. Ab und zu hatte ich das Gefühl, dass er log. Sobald das Gespräch auf meine Mutter kam, veränderte sich seine Stimme.

»Ich hätte sie niemals lieben dürfen«, sagte er eines Tages. »Ich habe ihr Leben zerstört, obwohl ich es nicht wollte. Und das vieler anderer dazu. Aber Quilla war das Schönste, was ich je gesehen habe!«

Ich biss mir auf die Lippen. Ich konnte nicht weitersprechen.

Als es Nacht wurde, nahm ich meine Decken und legte mich im Zimmer nebenan auf den Boden. Vorsichtig zog ich den Feueropal aus seinem Versteck. Als meine Hand ihn umschloss, überfiel mich die Sehnsucht nach Großvater. In meinem Herzen redete ich oft mit ihm, und ich hatte das Gefühl, dass er mir jedes Mal antwortete. Jetzt aber hätte ich alles gegeben, um seine warme Hand auf meinem Kopf zu spüren.

Ich schloss die Lider.

Ich fühlte, wie es kühler wurde und sehr hell. Einen Lidschlag lang fühlte ich mich schwindelig, dann fuhr ein Windstoß über meine Haut. Federn, die sich im Lufthauch spreizten.

Großvaters Stimme war auf einmal ganz nah.

»Breite die Schwingen aus!«

Ich stieß mich ab. Meine Füße waren Klauen.

*

Ich liebe den mächtigen Berg. Und die weiße Stadt der Wolken.

Jedes der Häuserdächer ist mir inzwischen vertraut. Wenn die Sonne sinkt, fallen merkwürdige Schatten auf die terrassenförmig angelegten Mauern, die bis zum Gipfel ansteigen.

Es gibt Nahrung in Hülle und Fülle. Meine Federn glänzen. Mein Körper ist fest und stark. Ich spüre die Kraft in meinen blutroten Klauen.

Am liebsten kreise ich über dem Tempel, der mir zu Ehren errichtet worden ist. Die Menschen halten in ihrer Arbeit inne und sprechen ein Gebet, sobald sie mich am Himmel erblicken.

Ausschließlich Frauen. Bis auf einen einzigen Mann.

Quilla liebt die *steinerne Mutter*, wie die Sonnenjungfrauen die Wolkenstadt nennen. Und sie liebt Diego, den jungen Krieger, der ihr heimlich hierher gefolgt ist.

Sie hat ihn aufgespürt, in dem Versteck, in das er sich geflüchtet hat. Er war gestürzt, und das Fieber hatte ihn überfallen, aber mit Tuzlas Hilfe hat sie ihn gesund gepflegt. In den hängenden Gärten wachsen viele Heilpflanzen. Mit Agavensaft und süßen Kartoffeln erhält er seine Kraft zurück.

Zuerst haben die anderen Frauen Angst vor ihm.

Über hundert leben hier, einige sind schon sehr alt. Mehr als eine Hand voll leiden an der bösen Krankheit, die sie sich im Bett des letzten Inkas zugezogen haben. Für sie gibt es keine Heilung, bestenfalls Linderung. Die anderen sorgen für sie, bis sie dem toten Liebsten ins Reich der Sonne folgen.

Aber der junge Krieger tut nichts Böses. Nach und nach gewöhnen sie sich an seine Gegenwart.

Er brennt vor Liebe zu Quilla, seiner schönen Mondfrau. Den ganzen Tag sind sie zusammen, reden, lachen, berühren sich, als könnten sie nur atmen, wenn sie die Nähe des anderen ständig spüren.

Inzwischen spricht er ihre Sprache gut, und auch sie kennt schon viele seiner Wörter. Nachts, wenn der Mond über dem Macchu Picchu aufgeht, brauchen sie keine Sprache.

Der Krieger hat vergessen, weshalb er ihr gefolgt ist. Er hat den Krieg vergessen und den Kampf. Manchmal vergisst er sogar seine Heimat. Wenn seine Haut ihre Haut berührt, durchläuft ihn ein heißer Strom. Er muss ihre Lippen küssen, die Brüste, den Schoß, der ihn aufnimmt. Es gibt keine Vergangenheit mehr, nur noch Gegenwart, nur noch sie.

Tuzla betrachtet das Glück des jungen Paares mit gemischten Gefühlen. Quilla gehört dem Inka für alle Zeiten. Mit ihrer Liebe zu einem Fremden hat sie ein altes Gesetz gebrochen. Aber der Inka ist tot, und die Liebe zu Diego macht sie schöner von Tag zu Tag.

Tuzlas Widerstand schmilzt. Sie erzählt Quilla und Diego das Märchen vom bunten Vogel.

Webarbeiten entstehen, bunt und kühn wie nie zuvor. Als Quilla eines Tages eine Decke mit winzigen roten Vögeln und kleinen Nestern webt, weiß Tuzla Bescheid.

Der Krieger erfährt noch nichts.

Sie will es ihm erst sagen, wenn ihr Leib sich verändert. Seine Augen sollen es sehen, seine Hände das neue Leben spüren, das in ihr wächst. Sie hat keine Angst. Sie fühlt nichts als Glück.

Quilla wartet. Sie wartet lange.

In der Nacht hat sie einen Traum – eine Frau in einem steifen Kleid mit hellen Haaren und traurigen, dunklen Augen. Sie weiß sofort, wer sie ist – die Frau des Kriegers, die jenseits des großen Meeres auf ihn wartet.

Ein paar Tage bleibt sie still, dann bricht es aus ihr heraus. Der Krieger schweigt, schließlich wird er wütend.

Ja, es gibt sie, diese Frau, aber er liebt sie nicht mehr. Schon lange nicht mehr. Jetzt weiß Quilla, wie die andere heißt: Doña Maria Isabella.

An einem sonnigen Morgen ist der Krieger verschwunden und kehrt erst zurück, als der Mond bereits aufgegangen ist. Er ist schweigsam, hungrig, verschlingt den Mais und die süßen Kartoffeln, gießt das Bier in sich hinein wie ein Verdurstender.

Sie fragt nicht. Nicht schon wieder. Auch das ist Bestandteil ihrer Liebe. Er wird es ihr sagen. Sie muss nur Geduld haben.

Aber sie wartet vergebens.

Seine seltsamen Ausflüge wiederholen sich. Sein Körper ist bei ihr, wenn er zurückkehrt, liebt sie leidenschaftlicher denn je, seine Seele aber ist weggeflogen.

Ihr Körper beginnt sich zu verändern. Der Krieger, dem früher nicht die kleinste Kleinigkeit an ihr entgangen ist, scheint blind und taub. Sie streiten sich zum ersten Mal und versöhnen sich nicht minder leidenschaftlich.

Sie liegen noch aneinander geschmiegt, als ein gellender Schrei sie auseinander reißt. Quilla wirft sich ein Kleid über und rennt hinaus. Vor dem Tempel des Condors stehen die anderen Frauen, weinen und schreien.

Ein böses Omen. Alle wissen es.

Ein toter Condor ist vom Himmel in den Hof gefallen. Seine Schwingen sind gebrochen. Grau und leblos liegt er da.

Ich spüre, wie die Starre in meine Federn kriecht. Ich rieche Gestank. Alles in mir beginnt sich aufzulösen.

Bald schon werden die anderen Aasräuber landen und mich fressen...

*

»Was hast du, Sohn, rede!«

Ich sitze aufrecht und schreie. Mein Mund ist ausgedörrt, und eisige Kälte hält mein Herz umklammert. Ich schreie, wie ich noch nie geschrien habe. Der Krieger schüttelt mich, aber als ich nicht aufhöre, drückt er mich an sich. Zum ersten Mal.

Ich spüre, wie sehnig seine Arme sind, ich spüre die Festigkeit seiner Brust. Ich höre sein Herz schlagen. Er riecht nach Schweiß und Krieg. Er ist so groß und stark wie ein Fels.

»Was ist?«, wiederholt er, sanfter nun. »Hast du schlecht geträumt?«

Mein Kopf beginnt zu nicken und kann nicht mehr damit aufhören.

»Der Condor«, bringe ich schließlich heraus. »Der Condor... er ist tot... Ich bin...«

»Du brauchst einen anderen Namen«, sagte er. »Damit fangen wir gleich an. Du sollst Luis heißen, das ist der Name meines Vaters, den ich viel zu früh verloren habe. Luis Diego Alvar. Mit der Taufe hat es keine Eile. Aber jetzt dürfen wir keine Zeit mehr verlieren.«

Er ließ mich los. Ohne seine schützenden Arme war es auf einmal sehr kalt.

»Geht es wieder?« Er sah mich an.

»Ja.« Ich begann, mich für meinen Traum zu schämen. Das erste Mal, seitdem ich träumen konnte. Ich schob den Feueropal unter die Decke. Er sollte nicht sehen, was ich in der Hand gehabt hatte.

»Gut. Dann zieh dich an. Wir müssen los.«

»Wohin?«, fragte ich, als er schon auf den Beinen war. Der Monat des Spinnens stand bevor. Januar. Ich wusste es. Ich hatte die Tage gezählt. Meine Mutter würde bald zurück sein. »Wohin gehen wir?«

»Wir reiten la Gasca entgegen«, sagte er und lachte. »Gut, dass du auf deinem Pferd schon solche Fortschritte gemacht hast! Er braucht unsere Hilfe. Höchste Zeit, dass diese Pizarros endlich ihre Quittung erhalten.«

»Und Mutter?«, sagte ich.

Ein Blick, den ich nie vergessen habe. Trauer lag in ihm, Scham und gleichzeitig ansteckende Eroberungslust.

»Ich bin Soldat«, sagte er. »Und es gibt nur einen, Luis, dem ich gehorche – meinem König.«

Sechs

Puente la Reina, Juli 1563

Die Hitze lastete schwer auf der Stadt, die sie durch den steinernen Torbogen betraten. Das Pflaster unter ihren Füßen war abgelaufen und verdreckt. Sie wichen dem Pferdekot aus, um nicht darauf auszurutschen, was mit ihren abgewetzten Sohlen leicht hätte geschehen können. Im Kopf überschlug Clara den Münzvorrat in ihrer Tasche. Seitdem sie in Uterga bei einem Straßenhändler gewechselt hatte, war er noch kleiner geworden.

Sie dachte an Margaretes verzweifelte Augen, die rote, fleckige Haut, den mageren Rücken, schon jetzt gebeugt von einer unsichtbaren Last. Heinrichs Schwester war zu schwach gewesen, um sich gegen Jeans Grausamkeiten zur Wehr zu setzen, aber immerhin mutig genug, um ihre Münzen heimlich im Garten zu deponieren. Mitgefühl erfasste sie und große, warme Dankbarkeit. Margarete hatte ihr Kind verloren auf schrecklichste Weise. Sie war dazu verdammt, mit Jean zu leben. Er würde sie nicht gehen lassen. Niemals. Nur der Tod würde sie erlösen, irgendwann.

Sie aber waren entkommen. Dank der Hilfe Hugo Rossins ging Jakob neben ihr, gesund und fröhlich. Den ganzen Morgen hatte er vor sich hin gepfiffen und immer wieder Brunos Blick gesucht. Kein Nachtgebet, in das sie nicht den Scharfrichter von Genf eingeschlossen hätte.

Der strahlend blaue Himmel half ihr, die trüben Gedanken an die Vergangenheit zu verscheuchen. Jakob war gewachsen und brauchte neue Schuhe. Außerdem wäre es eine Erleichterung gewesen, sich endlich von den schweren Umhängen zu trennen und mit leichterem Gepäck weiterzupilgern. Doch alles Rechnen führte zu ein und demselben Ergebnis: Es reichte nicht. Sie hatte nicht einmal genug, um dem Jungen anständiges Schuhwerk zu kaufen.

Die Schusterwerkstätten längs der Straße, an denen sie vorbeikamen, waren wie eine Aufforderung, der sie nicht folgen durften. Jakob sagte nichts, aber Clara bemerkte, wie aufmerksam er sie betrachtete. Als die große Brücke mit ihren Bögen in Sicht kam, ging er schneller.

»Ein Fluss!« Noch im Laufen fing er an, sich auszuziehen. »Endlich Abkühlung!« Schuhe und Kleider flogen ins Gras, gefolgt von seinem Bündel.

Troppo schlabberte gierig mit schmatzenden Lauten, und Lia flog von Brunos Schulter auf einen Ast, der weit über das schnell fließende Wasser des Arga reichte.

»Sieh dich vor!«, sagte Bruno. »Manche dieser Gewässer sind tückisch.«

Aber Jakob war bereits im Wasser, tauchte unter und kam prustend wieder hoch. Kurz entschlossen zog Bruno seine Stiefel aus und tat es ihm nach.

Es berührte Clara, dass er seinen Fuß dabei vollkommen vergaß. Sie beobachtete die beiden, die inzwischen beinahe so vertraut miteinander waren wie Vater und Sohn. Da das Wasser nicht zu tief schien, schürzte sie ihren Rock und watete ebenfalls hinein.

»Es wird jetzt von Tag zu Tag heißer«, sagte Bruno, als sie wieder am Ufer saßen. Mücken umschwärmten sie. An der lehmigen Böschung zeichnete sich als dunklere Linie die Schlickspur ab, die ein höherer Wasserstand hinterlassen hatte. Träges Sommerlicht lag über dem Wasser. »Wir sollten uns angewöhnen, früh am Morgen aufzubrechen und dann über Mittag eine längere Rast einzulegen, wie es die Leute hier tun.«

»Mir ist das nur recht«, sagte Clara, noch erfrischt von der Wasserkühle, die auf ihrer Haut langsam verdunstete. »Sollten wir uns nicht bald nach einer Unterkunft umsehen?«

»Gib ihm noch etwas Zeit«, sagte Bruno. »Es tut ihm so gut, einfach nur rumzutollen.«

Und wirklich schien Jakob frei von jeglichem Kummer, so ausgelassen war sein Spiel mit Troppo, der ihm mit lautem Gebell im Seichten hinterherjagte. Lia umflatterte sie krächzend.

»Ob ich mir eine Angel machen kann?«, rief Jakob ihm zu. »Hier beißen bestimmt jede Menge Fische an.« Er griff ins Wasser. »Da war schon so ein großer, silbriger. Um ein Haar hätte ich ihn mit der bloßen Hand gefangen!«

»Dann üb fleißig weiter«, sagte Bruno. »Ein Mann kann nie geschickt genug sein.«

»Vergiss nicht, dass du mir auch noch richtiges Schwimmen beibringen wolltest. Ich mag nicht mein Leben lang mit allen vieren paddeln müssen wie Troppo! Und du hast versprochen, mir zu zeigen, wie Feuerspucken geht …«

»Eines nach dem anderen«, rief Bruno lachend. »Oder meinst du, du kannst im Wasser Feuerspucken lernen?«

»Ja, du hast Recht!« Claras Augen waren feucht geworden, während sie dem fröhlichen Zwiegespräch gelauscht hatte. »Gönnen wir ihm und uns diese Pause. Hinter Jakob liegt eine harte Zeit. Ein freudloses Zuhause, ein Onkel, der ihn dafür bestraft hat, wie sehr er seinem toten Vater ähnelt. Und dann hat er auch noch seine Base verloren. Manchmal frage ich mich, wie er das alles überhaupt verkraftet. Und ich mache mir Vorwürfe, ihn nicht besser beschützt zu haben.«

»Ich bin sicher, du hast getan, was du konntest. Das

Schicksal liegt nun mal nicht in unserer Hand«, sagte Bruno. »Mach dir keine Sorgen, Clara. Jakob ist der Sohn einer besonderen Mutter. In ihm steckt so viel Gutes. Er wird sein Leben meistern.«

»Schön, dass du ihm so vertraust.« Sein Lob ließ sie erröten. »Das zu spüren, ist so wichtig für ihn. Er soll wissen, dass Männer ihn nicht nur verlassen wie sein Vater. Oder grundlos bestrafen wie sein harter, bigotter Onkel.«

»Ich mag ihn sehr. Aber hast du nicht gesehen, wie verkrampft er laufen muss, um nicht andauernd vorne anzustoßen? Seine Schuhe sind ihm zu klein geworden. Er braucht größere.«

Ihr Mund wurde schmal. Dann schluckte sie ihren Stolz hinunter und entschied sich für die Wahrheit.

»Ich weiß«, sagte sie. »Doch kein Schuster wird für das Wenige, was wir noch haben, seine Ahle auch nur in die Hand nehmen.«

»Überlass das mir«, sagte Bruno. »Hast du nicht die vornehmen Häuser gesehen, an denen wir vorbeigekommen sind, und die vielen Werkstätten? Ich habe das Gefühl, die haben auf einen wie mich nur gewartet!«

»Du willst auftreten?«

»Dafür ist Puente la Reina zu klein, auch wenn hier alle Pilgerwege in den einen münden, der weiter nach Santiago de Compostela führt. Aber glücklicherweise ist Feuerspucken ja nicht mein einziges Talent. Niemand von uns muss hungern oder sich schmerzhafte Blasen laufen. Diese Versicherung kann ich dir guten Gewissens geben.«

»Warum tust du das alles überhaupt?«, fragte sie. »Wir sind Fremde für dich. Du kennst uns kaum.«

Seine Augen waren hellbraun. Wie frisches Bier, durch das Sonnenstrahlen fielen. Um die Iris verlief ein grünlicher Ring, der seinem Blick etwas Zwingendes gab.

»Weißt du das nicht?«, sagte Bruno.

Natürlich wusste sie es.

»Wo steckt Camille?«, fragte Clara rasch. Sie war rot geworden. »Ich hab sie schon eine ganze Weile nicht mehr gesehen.«

Er stand so nah neben ihr, dass sie seinen Atem spürte.

»Möchtest du, dass ich sie suchen gehe?«

Als sie Bruno wenig später nachschaute, wie er ein Stück flussabwärts lief, hätte sie ihn am liebsten zurückgerufen.

Es dauerte, bis er Camille entdeckte, so geschickt hatte sie ihr Versteck gewählt: eine Trauerweide, deren Äste ins Wasser hingen, eine Art Nest aus Rinde, Zweigen und Blättern. Sie saß mittendrin, die Röcke hochgeschoben, die Ärmel aufgekrempelt. Sie musste sich im Fluss erfrischt haben. Ihr blondes Haar war an den Spitzen dunkel vor Nässe. Sie bemerkte ihn nicht. Ein verlassenes Kind, vertieft in seinen Gedanken.

Durch den Vorhang aus Sonne und Laub betrachtete er ihr Profil. Die gerade Nase, die hohe, gewölbte Stirn, den Schwung der Wimpern. Mit einer plötzlichen Bewegung streckte sie ihr Bein aus.

Eine schlanke Mädchenwade. Wulstige Brandnarben bis hinauf zum Knie. Sie entblößte nun auch das zweite Bein. Es kam ihm dünner vor, weniger muskulös. Das Feuer hatte sich hier noch ein Stück höher gefressen.

Die Tür in seinem Inneren schwang auf, mit einem hässlichen Geräusch. Dieses Mal reichte kein eiserner Wille, keine noch so gewaltige Kraftanstrengung, um sie wieder zuzustoßen. Der Schlüssel, der alles so lange weggesperrt hatte, war ihm für immer entglitten. Er sah alles wieder vor sich.

Das kleine, blonde Mädchen, das schreiend auf seine Mutter zurannte. Die junge Frau mit den blauen Händen, die nicht mehr die Arme nach ihr ausstrecken konnte, selbst wenn man ihre Fesseln gelöst hätte. Denn sie war bereits tot. Tot dank der fragwürdigen Gnade des Vollstreckers ...

In seinem Hals hatte sich etwas Scharfes festgesetzt, etwas, das dort schnitt und wütete. Für einen Augenblick fürchtete er, der Boden würde ihn nicht länger tragen.

»Camille!« Seine Stimme war brüchig. »Bist du hier irgendwo?«

Die Beine verschwanden im Nest des weiten Rockes wie flinke, helle Schlangen.

»Ja?«, antwortete sie gedehnt. »Müssen wir weiter?«

»Wir brechen bald auf. Oder brauchst du noch etwas Zeit?«

»Nicht nötig, ich komme!« Sie klang munter. Bruno ballte die Hände zu Fäusten und wurde erst ruhiger, als er die Nägel in seinem Fleisch spürte.

*

Alle waren noch wach, als Bruno um Mitternacht mit seinen Tieren ins Hospiz zurückkehrte. Münzen klimperten in seinen Taschen. Er ließ es sich gefallen, dass Jakob sie einzeln herausklaubte.

»Wir sind reich!«, rief der Junge, als er alles zu Häufchen geschichtet und gleich zweimal durchgezählt hatte. »Damit können wir die halbe Stadt kaufen.«

»Nun, das vielleicht nicht gerade.« Bruno streckte sich lächelnd. Die ansteckende kindliche Freude machte ihn glücklich und stolz zugleich. »Aber für ein neues Paar Schuhe wird es reichen. Und für leichtere Umhänge auch. Ist ja nicht mit anzusehen, wie ihr in eurer dicken Kleidung schwitzen müsst.«

»Wie hast du das denn angestellt?«, wollte Camille wissen, die eben noch gegähnt hatte, jetzt aber wieder ganz munter war. »Hast du in den Gassen zur Laute gesungen?«

»Bedankt euch bei Lia! So gut wie heute war sie noch nie. Nach der dritten Taverne hatten wir beide genug. Aber wir hätten sicherlich auch noch die restlichen abklappern können, so unersättlich waren die Leute.« Er zog eine blaue, verbeulte Schachtel heraus. »Wollt ihr eine Kostprobe?«

Wie auf Befehl versenkte der Rabe den Schnabel im Gefieder und begann sich ausgiebig zu putzen.

»Geduld!«, sagte Bruno, während er ein Häufchen kleiner Karten mischte und auf dem Tisch auffächerte. Von hinten sahen sie alle gleich aus: blaue Schlangenlinien auf hellem Grund, die ineinander liefen. »Meine Lia will schön sein, bevor sie auftritt. Wer ist der Erste?«

»Was soll das werden?«, sagte Clara.

»Lass dich überraschen.«

»Ich«, sagte Jakob. »Ich bin der Jüngste – und der Neugierigste.«

»Lia?« Bruno gab dem Raben einen sanften Stups. »Wenn ich dich also herzlichst bitten dürfte.«

Der Vogel flog auf die Tischkante und begann von dort aus zwischen den Kärtchen hin und her zu trippeln, den Kopf leicht schief gelegt.

»Kluge Lia«, rief Jakob. »Sie denkt nach. Ich sehe es ganz genau.«

»Stör sie nicht«, sagte Bruno ernst. »Sie muss sich konzentrieren.«

Lia pickte zu. Mit einem Kärtchen im Schnabel flog sie auf Brunos Schulter zurück.

Er nahm es ihr ab und deckte es auf.

»Ein Buch«, sagte Jakob überrascht. »Mutter, sieh nur, ein Buch!« Clara lächelte. »Das heißt, dass ich einmal Drucker werde. Das heißt es doch, Bruno?«

»Wenn du ganz fest daran glaubst, bestimmt!«, sagte Bruno. »Das ist das Allerwichtigste. Camille?«

Das Mädchen zögerte.

»Ist das nicht Zauberei?«, fragte sie mit großen Augen. »Und damit eine Todsünde? Meine Mutter hat immer gesagt ...« Sie brach ab. »Isa hat mich davor gewarnt«, sagte sie. »Sie sagte, es sei gefährlich. Man riskiere sein Leben. Ich musste ihr bei allen Heiligen versprechen, für alle Zeiten die Finger davonzulassen.«

»Ach was, Zauberei! Lia ist eine weise Rabendame, die ihre Kärtchen pickt. Ein Geschenk, wenn du so willst. Ein unschuldiges Spiel. Bist du nun die Nächste oder nicht?«

Mehr überredet als wirklich überzeugt, gab Camille ihre Zustimmung. Lia wiederholte die Prozedur. Allerdings dauerte es dieses Mal länger, bis sie sich zwischen zwei Möglichkeiten entschied.

Bruno zog ihr die Karte aus dem Schnabel.

»Ein Haus!«, sagte Camille erstaunt. »Ein schönes, großes Haus mit einer breiten Türe und bunten Fenstern. Aber jetzt bin ich doch auf Pilgerschaft…«

»Ein Haus kann vielerlei bedeuten«, sagte Bruno. »Geborgenheit. Glück. Behütet sein. Ein Ziel.« Seine Augen suchten ihren Blick. »Du hast dich auf den Weg gemacht, das ist richtig. Aber eines Tages wirst auch du ankommen wollen, Camille«, sagte er warm. »Das jedenfalls wünsche ich dir von ganzem Herzen.«

Camilles Gesicht war bei seinen Worten ganz hell geworden. Lia begann an Brunos Ohr zu knabbern.

»Sie langweilt sich«, sagte er. »Sie will, dass es weitergeht. Wenn wir erst einmal damit angefangen haben, kann sie gar nicht genug bekommen. Clara? Du auch?«

»Warum nicht?«, sagte sie. »Wenn es wirklich nur ein Spiel ist.«

Lia traf ihre Auswahl. Danach flog sie nicht zu Bruno zurück, sondern ließ sich auf Claras Schulter nieder.

Bruno pfiff anerkennend.

»Das hat sie noch nie gemacht. Du kannst dir darauf etwas einbilden, so wählerisch, wie meine Lia sonst immer ist.«

Clara zog ihr die Karte aus dem Schnabel.

»Wellen«, sagte sie. »Das Meer – wie schön! Manchmal höre ich es, wenn ich die Augen schließe. Oder ich träume nachts davon. Dann wache ich morgens auf und habe wieder den Geschmack des Salzes auf meinen Lippen. Ich kann verstehen, dass Heinrich es so geliebt hat.«

»Die Wellen des Meeres. Oder die Wellen der Gefühle«, sagte Bruno. »Ein Neubeginn. Altes sinkt auf den Grund. Neues wird im Schaum geboren. Eine weite Reise, eine Begegnung, mit der du nicht gerechnet hast. Nichts bleibt, wie es ist. Aber du musst keine Angst haben, Clara. Alles wird gut. Ich weiß es.«

Ihr Name klang weich aus seinem Mund. Sie musste Bruno ansehen. Bis jetzt war ihr nicht einmal klar gewesen, wie sehr sie diesen liebevollen Klang vermisst hatte.

»Nun klingst du wirklich wie ein altes Zigeunerweib.« Clara lächelte verlegen. Wenn sie allein gewesen wären! Aber Camille hing an ihren Lippen. Und schließlich gab es ja auch noch Jakob, den es vielleicht irritierte, wenn seine Mutter plötzlich sehnsüchtig wurde. »Lauter schöne Dinge hast du uns prophezeit! Kein Wunder, dass dein Publikum so freigiebig war.«

»Ich versuche nur zu deuten, was die Karten sagen«, sagte Bruno. »Das Schicksal bietet es euch an. Ob es tatsächlich eintrifft oder nicht, liegt bei ihm, nicht bei mir.«

»Darf ich meine Karte behalten?«, sagte Jakob. »Zur Erinnerung?«

»Natürlich, jeder, der will, darf seine Karte behalten«, sagte Bruno. »Das Schicksal braucht keine Gedächtnisstützen. Das Buch des Lebens ist längst geschrieben. Wir können nichts daran ändern. Wir können lediglich annehmen, was ist. Vielleicht das Schwierigste für uns Menschen.«

Es wurde still im Raum. Selbst Troppos Hecheln war verstummt. Plötzlich sah Bruno erschöpft aus.

»Und morgen früh suchen wir nach dem besten Schuster von Puente la Reina«, sagte er mit einem Lächeln, das angestrengt wirkte. »Wirst sehen, Jakob, mit den neuen Stiefeln läuft es sich wie von selbst!«

Mit seiner großen Hand fuhr Bruno sich über das Gesicht,

als könne er damit seine Müdigkeit wegwischen. Es schien ihm zu gelingen. Seine Augen blieben jedoch traurig.

*

Auf dem Weg nach León, Juli 1563

Seine Hände waren aufgesprungen, als sei die Haut auf einmal zu knapp geworden. Ein unerträgliches Jucken, das sich bis zum Schmerz steigerte. Luis kratzte sich, obwohl er wusste, dass er es lassen sollte. Aber selbst wenn es ihm tagsüber gelang, sich halbwegs zu beherrschen, im Schlaf entglitt alles seiner Kontrolle. Morgen für Morgen erwachte er blutig und zerfetzt. Der Ring mit den zwei Steinen ließ sich nicht mehr abziehen. Er saß wie angewachsen.

Es war eine Strapaze, die Zügel zu halten, obwohl die Stute ein braves Tier war und es ihm leicht machte. Anfangs hatte er versucht, die Entstellung vor Paulus zu verbergen. Aber als der merkte, dass sein Freund immer missgelaunter und einsilbiger wurde, fragte er ihn nach dem Grund.

»Das sieht nach Schmerzen aus«, sagte Paulus, nachdem er Luis' Hände inspiziert hatte. »Wieso hast du nicht schon früher etwas gesagt? Wir müssen schnellstens Abhilfe schaffen.«

In Lugo, wo sie Rast auf ihrem Ritt nach León machten, schickte er Ramón los. Er sollte nach einem Medicus Ausschau halten, einem tüchtigen Apotheker, oder im Kloster San Francisco nach dem Infirmar fragen. Es dauerte, bis der Diener zurückkehrte. Allein, ohne einen Heilkundigen.

»Kein Medicus«, sagte er. »Und den nächsten Apotheker treiben wir frühestens in Ponferrada auf. Aber im Kloster haben sie jemanden. Nicht mein Fall, wenn ich ehrlich bin. Ein alter Fettsack, der so schnell und so viel redet, dass man ganz wirr im Kopf wird.« Es war ihm deutlich anzumerken, dass er nichts von Leuten hielt, die nicht wie er in der Stadt des

Apostels geboren waren. »Man könnte fast glauben, es sei gar nicht unsere Sprache, wenn man nicht genau hinhört.«

»Was hat er denn gesagt?«, fragte Paulus ungeduldig. »Und warum hat er dir nichts mitgegeben?«

»Dass er den Herrn sehen will. Ohne Kranken keine Kräuter. Oder so ähnlich. Scheint ein rechter Kauz zu sein. Ihr müsst euch schon persönlich hinbemühen. Und nehmt Geld mit. Einer wie der macht nichts umsonst.«

»Dann lass uns gleich aufbrechen, Luis«, sagte der Goldschmied. »Jede Stunde Schmerz ist eine verlorene Stunde.«

Mit gemischten Gefühlen ritt Luis zum Kloster, erleichtert, dass der Freund ihn begleitete. Die Kirchen, die er bislang betreten hatte, hatten ihn beklommen und sehnsüchtig zugleich gemacht. Beklommen, weil sich dann sein Eindruck verstärkte, er gehöre nirgendwo richtig dazu; sehnsüchtig, weil er die Kraft dieser Gotteshäuser spürte, die aber nur für die anderen zu gelten schien, nicht für ihn. Würde ein Kloster, in dem lauter fromme Mönche lebten und beteten, seinen Zwiespalt nicht noch verstärken?

Zu seinem Erstaunen wirkte der dicke Franziskaner, der ihn in einem kahlen, kleinen Raum empfing, ausgesprochen weltlich. Rötliche Äderchen durchzogen sein Gesicht wie eine rissige Landkarte. Auf dem gewaltigen Bauch, der die Kutte spannte, fanden sich verschiedenste Nahrungsreste. Neben ihm stand ein großer Teller mit altem Brot, von dem er ständig etwas nahm, um es sich in den Mund zu stopfen.

»Das Einzige, was sie mir freiwillig zwischen den Mahlzeiten geben. Als ob ich ein hungriger Schwan sei! Und selbst dafür musste ich mich fast dusselig reden. Aber wenn ich nichts im Mund habe, werde ich auf der Stelle schwermütig«, gestand er. »Nur wer kaut, kann glücklich sein, so meine Devise. Dir könnte übrigens ordentliche Kost auch nicht schaden, mager wie du bist!«

Er beugte sich über Luis' Hände. Paulus hatte auf seine

Anordnung hin draußen zu warten, weil er mit dem Patienten allein sein wollte.

»Interessanter Ring«, sagte er. »Ein Erbstück? Oder woher stammt er?«

»Ein Geschenk«, sagte Luis. »Also, was soll ich tun?«

»Bade deine Hände in Öl und Milch. Das wird für den Anfang helfen. Später, wenn es nicht mehr blutet, solltest du diese Paste dünn auftragen. Du musst allerdings Geduld haben. Es hat dich nicht von heute auf morgen befallen. Folglich wird es auch nicht von heute auf morgen verschwinden.«

Er öffnete ein Gefäß. Der strenge Geruch ließ Luis zurückweichen.

»Nur was stinkt, hilft auch.« Der Mönch grinste. »Übrigens das Geheimnis der meisten Arzneien. Sonst denken die Patienten, man hätte ihnen lediglich gefärbtes Hammelfett aufgeschwatzt. Aber vertrau Fra Xavier! Der hat schon die ältesten Ziegen wieder zum Milchgeben gebracht.«

»Ich bin keine Ziege«, sagte Luis.

»Und keiner von uns.« Die Knollennase geriet in Bewegung. »Indianerblut. Obwohl die Haut auf den ersten Blick fast zu hell dafür ist. Aber ich wittere es. Und ich täusche mich nie.«

»Was fällt dir ein ...«

Der Mönch verstellte ihm den Weg.

»Ach, wer wird denn gleich so empfindlich sein! Ich kenne eure Sorte. Aus eigener Erfahrung. Ich war nämlich selber drüben, in Übersee. Ja, so etwas kommt nun mal zustande, wenn brave spanische Soldaten zu lange fort von zu Hause sind! Die menschliche Natur – sie ist und bleibt schwach. Gott weiß es. Er verdammt uns Sünder nicht, solange wir bereuen und Buße zeigen. Schließlich hat er uns ja gemacht.«

»Was bin ich dir schuldig?«, fragte Luis steif.

»Du schämst dich? Das musst du nicht! Bei den Pflanzen

entstehen neue Arten, sobald man Verwandtes untereinander kreuzt – und oft nicht einmal die schlechtesten. Warum sollte es bei den Menschen anders sein? Eine kleine Spende für das Kloster genügt.« Er musterte ihn von Kopf bis Fuß. »Du hast Glück gehabt, stimmt's? Du machst einen soliden Eindruck mit deinen feinen Kleidern, dem Ross und deinem arroganten ausländischen Freund vor der Tür, der alles ganz genau wissen will. Die Spende darf gern auch etwas größer sein.«

Luis starrte ihn an.

»Mach nicht so große Augen! Ich hab die Minen drüben gesehen, wo sie zu Tausenden unter Tage im Dreck verrotten. Du solltest dankbar sein. Andere von deiner Sorte sind verdammt zu einem Schicksal schlimmer als der Tod.«

Er nieste heftig, schnäuzte sich und redete sofort weiter. »Du möchtest partout nichts davon hören? Ganz wie du willst! Aber damit machst du einen Fehler. Denn ich vermute, gerade das könnte schuld sein an den Kapriolen deiner Haut. Die Seele, verstehst du, junger Freund? Sie stammt von Gott und vermag sehr viel mehr, als wir oft meinen! Je stärker du dich dagegen wehrst, umso mehr rebelliert sie gegen dich. Hab schon gestandene Kerle gesehen, die sich am ganzen Leib wie ein Fischschwanz geschuppt haben. Wenn du willst, könnten wir …«

»Lass mich vorbei!«, sagte Luis. »Es reicht.«

»Warte, bevor ich mich in aller Form für deine Großzügigkeit bedanke: Besorg dir schnellstens Handschuhe. Dann kannst du die Paste Tag und Nacht einwirken lassen. Am besten eignet sich Hirschleder. Teuer allerdings und oft schwer zu bekommen. Sonst geh einfach zum Abdecker. Der hat immer einen Stapel Hundehäute auf Vorrat!«

*

Auf dem Weg nach Nájera, Juli 1563

Im Dunkeln fuhr er hoch. Ein Geräusch hatte sich in seinen Schlaf gestohlen, und noch halb im Erwachen erkannte Bruno, dass jemand weinte. Im ersten Augenblick dachte er an Camille, aber es war Jakob.

»Was hast du?«, sagte er leise. »Tut dir etwas weh?«

»Ein Traum.« Der Junge wischte sich die Tränen weg. Plötzlich wünschte Jakob, er hätte sie unterdrücken können. »Er kommt immer wieder. Ich kann den Engel nicht mehr sehen.«

»Den Engel?«, wiederholte Bruno. »Erzähl mir von ihm!«

»Er kommt zu den Menschen, bevor sie sterben. Er hält sie und wiegt sie. Ich hab ihn bei meinem Vater gesehen, als ich klein war, und später wieder, beim kranken Großvater in Genf. Einmal stand er auch an der Wiege des kleinen Jean. Aber in der Höhle, wo Suzanne starb, war er nicht. Ich muss ihn verloren haben. Ich kann ihn nicht mehr sehen. Und dann wache ich auf und habe Angst.«

»Aber der Engel ist da«, sagte Bruno sanft. »Und er war auch bei Suzanne, da bin ich ganz sicher. Vielleicht wird er jetzt nur einem anderen sichtbar. Jemandem, der diesen Trost dringender braucht. Ich finde, du hast großes Glück gehabt, ihm überhaupt zu begegnen. Ich beneide dich richtig darum, weißt du das?«

»Du beneidest mich?«

»Ja, das tue ich. Sei dankbar, Jakob, und fürchte dich nicht. Ich passe auf dich auf.«

»Versprichst du das, Bruno?«

»Ich verspreche es.«

»Darf ich dich um noch etwas bitten?«

»Ja?«

»Sag Mutter nichts davon. Ich möchte nicht, dass sie sich aufregt und Sorgen macht. Das tut sie nämlich manchmal, wenn ich über … über solche Dinge rede.«

»In Ordnung. Und nun mach die Augen zu.«
»Weshalb?«
»Weil man Gott im Dunkeln am nächsten ist. Außerdem solltest du versuchen, noch ein bisschen zu schlafen. Bald geht die Sonne auf. Dann wird es schnell heiß. Du brauchst deine Kraft. Wir haben heute noch eine große Strecke vor uns.«

Keiner von beiden verlor ein Wort über ihr nächtliches Gespräch, als sie Stunden später zusammenpackten und sich nach einem einfachen Mahl auf den Weg machten. Der Ebro lag hinter ihnen, ein breiter Fluss, wasserreich selbst jetzt im Sommer. Jakob hatte seine Bitte wiederholt, im Schwimmen unterwiesen zu werden, Bruno aber vertröstete ihn erneut auf ein andermal.

»Der eine ist zu seicht, der andere ist zu wild«, maulte der Junge. »In meinen Ohren klingt das wie Ausreden!«

»Und ist doch nur die Stimme der Vernunft«, widersprach Bruno. »Willst du abgetrieben werden und irgendwo zerschmettert am Ufer landen? Bestimmt nicht! Für den richtigen Unterricht braucht man auch das richtige Gewässer. Nur Geduld, Jakob, wir werden schon eines finden!«

Weinberge breiteten sich vor ihnen aus wie ein geschwungenes Feld aus dichten, grünen Blättern. Die Trauben waren weit gereift für die Jahreszeit, aber noch zu sauer, um sie zu essen.

»Schade, dass wir nicht etwas später im Jahr hier vorbeikommen«, sagte Bruno, als sie mittags eine Rast einlegten. »Gegen frischen, jungen Wein hab ich noch nie etwas einzuwenden gehabt!«

Im Schatten einer Pinie wurden die beiden Frauen schläfrig. Jakob vertiefte sich in sein Buch, während Bruno Kletten aus Troppos Fell entfernte.

Ein junger Mann riss die Gruppe aus ihrer schläfrigen Ruhe. Er hatte einen Spaten in der Hand, mit dem er wild vor ihnen herumfuchtelte. Bruno antwortete ihm freundlich, aber bestimmt, und langsam schien er sich zu beruhigen.

»Was will er?«, sagte Clara. »Weshalb ist er so aufgebracht?«

»Das hier ist der Grund und Boden seiner Familie, und er hat uns für Landstreicher gehalten. Die sind nicht gerade beliebt in dieser Gegend. In letzter Zeit sind ein paar Scheunen abgebrannt, und man verdächtigt sie als Brandstifter. Das ganze Dorf ist in Aufruhr, die Nachbardörfer ebenfalls. Sie haben Angst, es könne sich jeden Tag wiederholen, jetzt, wo es immer heißer wird.«

»Aber wir sind Pilger und keine Landstreicher!« Camille war aufgesprungen. »Santiago de Compostela«, sagte sie, im Versuch, etwas auf Spanisch hervorzubringen. »*Somos peregrinos...*«

»Ah, *peregrinos*!« Er lachte über das ganze Gesicht. »*Ultreja!* Fromme Leute. Gute Leute. Nicht mehr viele. Früher mehr.«

Jetzt war sie es, die ihn überrascht ansah.

»Ich in Toulouse«, sagte er langsam. »Lernen, um Wein zu machen. Mein Vater – viele Wein.« Seine Geste schloss die Weinberge ringsherum ein. »Mein Vater auch bei Grab.« Er drehte die Hacke um. Mit dem Stiel zeichnete er Linien in die rötliche Erde.

»Die Muschel!« Clara lächelte. »Sieh nur, Bruno, er hat Santiagos Muschel gezeichnet!«

Der junge Mann nickte und sah sie an. Das Lächeln schien in seinen Mund eingebrannt. Dann begann er mit den Händen zu sprechen und deutete mal auf sich, mal auf die Weinberge. Dabei sprudelten spanische Worte aus ihm heraus.

»Sein Name ist Gabriel«, übersetzte Bruno. »Er hat uns zu einer Hochzeit eingeladen. Und zu einer Taufe. Wir müssen kommen. Er duldet keine Absage. Sein Vater soll uns kennen lernen. Er ist auch nach Santiago gepilgert, vor vielen Jahren. Zum Dank für Gabriels Geburt. Zuvor gab es nämlich nur Schwestern, vier schöne, starke Mädchen. Eine heiratet morgen, Maribel, die jüngste. Und Conchi, die zweite, hat eine kleine Tochter geboren. Der Vater wünscht sich noch viele Enkel. Vor allem männliche. Einen Sohn hat er ja bereits. Aber die Familie braucht noch viele starke junge Männer für ihre Weinberge ...«

Atemlos hielt Bruno inne. »Wir nehmen die Einladung an, ja?«, fragte er. »Ihr seid doch einverstanden?« Jakob und Clara nickten. Camille strahlte.

Auf Spanisch sagte er zu Gabriel: »Wir kommen gern. Und dann kannst du uns den Rest der Geschichte in aller Ruhe erzählen.«

*

Huércanos, Juli 1563

Siedende Kessel voller Kichererbsen und Würste, gebratene Hühner, Spanferkel. Linsen mit Speck, Lamm vom Rost, frisches Brot, hell und kross, und Mandeltorte. Jakob aß und aß und wollte gar nicht mehr aufhören. Sein Mund war fettverschmiert. Knochen und Abfall häuften sich neben seinem Teller. Troppo saß zu seinen Füßen und rührte sich nicht. Es war Zeit, sich den Bauch so voll zu schlagen wie nie.

»Jakob!«, sagte Clara warnend, als er sich die nächsten Schlegel auflud. »Meinst du nicht, es ist langsam genug? Dir wird noch übel, wenn du so weiterschlingst!«

»Wird es nicht«, erwiderte er mit vollem Mund. »Es schmeckt viel zu gut.« Seine Augen glänzten. Sein Haar war zerzaust. Er sah aus wie ein kleines Tier. Jakob griff nach seinem Becher und trank in großen Zügen.

»Das ist Wein, kein Wasser«, sagte sie. »Sei vorsichtig, trink nicht zu viel!«

»Bruno hat mir eingeschenkt. Er sagt, ein bisschen Probieren kann nicht schaden. Der Wein ist gut. Er schmeckt nach

Sonne und Erde. Ich wusste gar nicht, dass Wein so gut schmeckt.« Er stand auf, packte Teller und Becher und ließ sich außerhalb ihrer Reichweite nieder.

Sie ließ ihn ziehen. Seinen Weingenuss konnte sie auch von hier aus im Auge behalten. Und was das Essen betraf – sollte er ruhig einmal prassen! Die kärglichen, freudlosen Mahlzeiten im Hause Belot kamen ihr wieder in den Sinn. Wie sehr hatte sie sich selbst oft nach einem Stück saftigen Fleisch, einem Stück fetten Käse gesehnt!

Clara schob ihren Teller beiseite. Sie war längst satt. Ganz Huércanos war auf den Beinen, um Hochzeit und Taufe in einem großen Fest zu feiern. Am Tischende thronte der *padrón*, ein imposanter Silberkopf mit dunklen Augen und einem weichen Mund. Neben ihm der junge Gabriel, sein einziger Sohn, das Abbild des Vaters. Er hatte darauf bestanden, dass Camille neben ihm saß, und das Mädchen war seit Stunden sichtlich hin- und hergerissen zwischen Entzücken und ängstlicher Verlegenheit. Ihre helle Haut schimmerte rosig; die Augen blitzten, die Haare glänzten in der tief stehenden Sonne.

Alle sahen sie an, nicht nur die jungen Burschen, und Gabriel genoss es voller Besitzerstolz. Er fischte ihr die besten Bissen aus den Schüsseln und nötigte sie geradezu, von allem zu probieren. Und er goss ihr ordentlich Wein nach.

Als Camille aufstand, um sich zu erleichtern, streifte sie Clara im Vorübergehen. Ihre Haut glühte. Clara sah die feinen Schweißperlen auf ihrem schlanken Hals.

»Ist es hier nicht wunderschön?«, sagte Camille mit schwerer Zunge. »Wie im Traum. Hast du eigentlich schon das Haus angesehen?«

»Ein stattliches, großes Haus«, sagte Clara. »Das Haus eines wohlhabenden Weinbauern.«

»Sieh hin. Schau es ganz genau an! Weißt du, was ich meine? Es hat eine breite Türe. Und bunte Fenster. Seltsam, nicht, Clara? Vor ein paar Tagen war es nichts als eine Zeichnung auf einem Stück Papier – und jetzt...« Kichernd ging sie ihrer Wege.

»Sie könnte Unsinn machen«, sagte Clara, »den sie später bereut. Sie ist genau in der richtigen Stimmung dazu.«

»Sie ist glücklich«, erwiderte Bruno. »Sie hat nicht besonders viel Glück gehabt in ihrem kurzen Leben. Eine Mutter, die sie früh verloren hat. Bibelsprüche anstatt Liebe. Sogar den Namen hat man ihr genommen. Nun bildet sie sich ein, ihr Haus gefunden zu haben. Einen Ort, an den sie gehört. Wo sie willkommen ist.« Er trank. Er lächelte. »Und vielleicht ist es tatsächlich so, Clara. Vielleicht ist das der Ort, den sie gesucht hat.«

»Das klingt so, als würdest du sie sehr gut kennen. Und außerdem bist du alles andere als unschuldig an dem, was sie sich gerade einbildet.«

Sein Lächeln erlosch.

»Camille hat mir viel erzählt. Ja, du hast Recht, in gewisser Weise kenne ich sie. Sie war verloren. So allein. Ich wollte ihr Halt geben, einen Anker. Etwas, um neu anzufangen. Und die Vergangenheit hinter sich zu lassen.«

»Mit einer freundlichen Lüge? Meinst du, das wird ihr helfen?«

Heftig fuhr er zu ihr herum. Seine Augen waren schmal geworden.

»Meine Karten sind keine Lüge«, sagte er. »Sie tun nicht weh. Sie richten nichts Böses an. Sie geben Hoffnung und Licht. Ich sorge dafür, dass jeder das Richtige erhält. Das, was ihm gut tut. Das, was er braucht. Ohne Hoffnung gehen wir Menschen zugrunde. Aber das muss ich dir nicht sagen. Das weißt du selbst.«

»Dann ist das Meer der Gefühle, das du mir zugedacht hast, auch nichts anderes als eine mildtätige Gabe?«, fragte sie ruhig. »Ein Stückchen Zuversicht? Etwas, woran sich eine einsame Witwe mit einem halbwüchsigen Jungen in dunklen Nächten klammern kann? Ist das alles, Bruno?« Sie nahm ihren Mut zusammen. »Ich dachte, da wäre etwas zwischen uns. Habe ich mich getäuscht?«

Er schien neben ihr zu versteinern.

»Nein. Aber ich kann nicht«, sagte er zögernd. »Ich darf es nicht, Clara. Denn ich bin deiner nicht wert. Dabei ist es nicht einmal meine Schuld. Wenigstens nicht von Anfang an. Wenn du wüsstest...«

»Erzähl es mir!«, bat sie. »Versuch es wenigstens. Ich werde dir genau zuhören. Warum sollte ich es nicht verstehen können?«

»Immer wollte ich ein anderer sein. Aber es war unmöglich. Es gab keinen Ausweg, keine Lösung. Deshalb bin ich davongelaufen. Seit Jahren laufe ich davon. Aber deinen Schatten kannst du niemals abstreifen. Er verfolgt dich, wohin du auch fliehst. Und je weiter du nach Westen kommst, desto länger wird er.«

Etwas Dunkles senkte sich auf sie herab. Er sagte die Wahrheit. Sie spürte es in ihrem Herzen. Sie wollte ihn berühren, seine Hand nehmen, etwas Aufmunterndes sagen, aber sie vermochte es nicht.

»Ein Verbrechen?«, flüsterte sie. »Du gehst zu Jakobus um der Sühne willen?«

Er nickte, langsam wie ein alter Mann.

»Der Sühne willen, ja. Ich hab es schon einmal versucht, vor vielen Jahren, aber damals war ich nicht stark genug. Ich musste aufgeben. Jetzt bin ich zum zweiten Mal aufgebrochen – und habe unterwegs euch getroffen. Ich nehme es als Zeichen, als Licht in der dunklen Nacht.« Sie hörte, wie er seufzte. »Du ahnst nicht, Clara, wie dunkel manche Nächte sein können.«

Sie schaute ihn an. Seine Augen waren voller Schmerz, sein Gesicht so gequält, dass sie es streicheln wollte.

»Ich weiß es, Bruno«, sagte sie. »Wenn zwei Kinder eines Abends nicht mehr nach Hause kommen. Und eines davon deine kleine Nichte ist und das andere dein Sohn. Wenn Männer ausziehen mit Knüppeln und Laternen, um sie zu suchen. Wenn sie deine Nichte schließlich tot in einer verlassenen Höhle finden und deinen Jungen ohnmächtig daneben. Wenn sie behaupten, er hätte sie ermordet, obwohl er unschuldig ist. Wenn sie ihn der Buhlschaft mit dem Teufel anklagen, ihn einsperren, foltern und mit dem Tod bedrohen. Wenn schließlich der Scheiterhaufen schon geschichtet wird ...«

»Deshalb seid ihr fortgelaufen?«

»Ich hatte mir geschworen, zu keinem Menschen darüber zu reden. Aber du sollst es wissen. Sonst niemand.«

Tränen liefen über seine Wangen. Er stand auf, machte eine unsichere Geste in ihre Richtung und ging.

*

Er hatte sie beim Tanzen eng an sich gezogen. Er streichelte ihren Rücken und küsste sie. Ihr Körper wurde weich unter seinen Liebkosungen, warm und sehnsuchtsvoll.

»Bleib bei mir!«, flüsterte er in ihr Ohr. »Immer. Ich liebe dich.«

»Du bist verrückt, Gabriel!« Lachend drängte sie ihn weg. »Ich glaub dir kein Wort.«

Seine Arme wollten sie nicht loslassen.

»Ich auf dich gewartet.« Der Wein hatte seine Zunge gelockert. Jetzt ging ihm die fremde Sprache ganz leicht über die Lippen. Es war ihm egal, ob er Fehler machte. Sie sollte ihn verstehen. Nur darauf kam es an. »Du meine Frau! Ich dein Mann.«

»Ich muss zu Jakobus.« Sie schob ihn wieder weg. Gabriel zog sie erneut an sich. Er schien es für ein Spiel zu halten, ein neues, aufregendes Spiel. »Ich muss doch weiter. Ich kann nirgendwo bleiben. Das musst du verstehen.«

»Wir zusammen zu Santiago. Du und ich. Aber erst Heirat.«

»Ich kann dich nicht heiraten«, sagte Camille. Ihre Berauschtheit war plötzlich verflogen. »Ich kenne dich doch gar nicht.«

»Du mich kennen. Langsam.« Seine kräftigen Finger bewegten sich zart wie kleine Füße. »Du mich lieben. Mehr und mehr. Langsam.«

»Das ist unmöglich. Ich kenne ja nicht einmal mich selbst. Ich weiß nicht, wer ich bin, verstehst du? Nicht einmal das.«

Er sah sie verdutzt an.

»Du nicht Camille? Du Camille!«

»Camille, Camille, was weiß ich denn? Früher einmal war ich Salome. Dann bin ich Camille geworden. Aber wer war meine Mutter, die Frau mit den blauen Händen? Sie hat mich fortgegeben, zu Isa. Einer Fremden. Irgendwohin. Welche Mutter gibt ihr Kind fort, sag mir das? Deine nicht, Gabriel, die sitzt freundlich neben deinem Vater, in ihrem blauen Kleid, mit dem runden Gesicht und den schönen, grauen Haaren. Keines ihrer fünf Kinder hätte sie jemals fortgegeben, meine Mutter aber hat es getan. Warum, Gabriel? Warum? Bin ich so abscheulich? So widerlich?«

»Du traurig«, sagte er und berührte ihre Wange. »Nicht traurig sein, Camille! Du wunderschön.«

»Ich und schön? Du musst verrückt sein!« Sie griff nach ihrem Rock und hob ihn hoch. Inzwischen war der Mond aufgegangen und schien hell genug, um den Tanzboden, den sie auf dem Hof aufgestellt hatten, zu beleuchten. Sie lachte grell. »Hast du solche Beine schon mal gesehen? Tiere werden gebrandmarkt, damit der Besitzer sie wieder erkennt, wenn ein Dieb sie gestohlen hat. Das hat ein alter Schäfer über mich gesagt, als er glaubte, ich könne ihn nicht hören. Aber ich habe es doch gehört. Jedes Wort. Wer hat mich so fürchterlich gebrandmarkt, Gabriel, als ich klein war, sag mir, wer?«

Das Mitgefühl in seinem Gesicht war schlimmer zu ertragen als Ekel. Am liebsten hätte sie ihn geschlagen, ihn angespuckt, ihn getreten, so erbärmlich fühlte sie sich auf einmal.

Jetzt hatte sie alles zerstört.

Camille drehte sich um und rannte. Weg vom Licht, hinein in die Nacht.

*

Kein Oben, kein Unten. Nur kreisende Wirbel, die sich in seinem Kopf festgefressen hatten und in seinem Magen. Ätzendes schoss aus ihm heraus. Ätzendes, das ihn innerlich fast verbrannte. Jakob kniete im Gras und erbrach sich. Clara stützte ihn behutsam.

»Wird es leichter?«, fragte sie sanft.

Ein neuer Schwall. Er zitterte. Sein Körper war schweißnass.

»Nie wieder Wein«, sagte er zwischendrin erschöpft. »Das gelobe ich!«

Clara musste lächeln.

»Vermutlich gibt es kaum einen Schwur auf dieser Welt, der so oft gebrochen wurde«, sagte sie. »Aber ich habe nichts dagegen, wenn du bis zum nächsten Versuch ein paar Jahre verstreichen lässt.«

Mit einem Lappen betupfte sie seine Stirn. Er hatte sich auf den Rücken fallen lassen, streckte Arme und Beine von sich und atmete schwer. Sie zog ihm die neuen Stiefel aus. Im Mondlicht hätte man sie für Männerstiefel halten können, so groß kamen sie ihr auf einmal vor.

»Ich sterbe«, flüsterte Jakob.

»Nein, du stirbst nicht. Dein Körper wehrt sich nur, und das ist gut so. Es ist bald vorbei.«

»Hat Vater auch einmal ... Ich meine, war er jemals ...«

»Heinrich hat sich nicht viel aus Wein gemacht«, sagte sie. »Aber ich kann mich erinnern, einmal, da hat auch er zu viel davon erwischt. Die ganze Nacht bin ich bei ihm gesessen. Sein Gesicht war grau wie Sackleinen, und er hat fürchterlich geflucht, was er sonst nie getan hat.« Sie hielt ihm einen Wasserkrug hin. »Hier, du musst trinken. Dann wird es einfacher.«

Er klammerte sich an ihren Rock. »Geh nicht weg. Ich schäme mich.«

»Niemand lacht dich aus. Das gehört dazu, wenn man groß wird.« Sie streichelte seinen Kopf. »Meinst du, es geht wieder? Schaffst du es bis zur Scheune?«

Mit einer wilden Bewegung drehte er sich auf den Bauch und presste sein Gesicht ins Gras.

»Nicht zu Bruno«, sagte er. »Und nicht zu Camille. Sie sollen mich nicht so sehen. Bitte!«

Sie legte die Hand auf seinen Rücken. Er war so mager, dass sie die Wirbelsäule spürte, jeden einzelnen Knochen. Nicht ein Gramm Fett schien er anzusetzen, obwohl er tüchtig aß; er wuchs so rasch. Bald würde er ein Mann sein. Aber noch war er ihr Junge, ihr Kind. Nie zuvor hatte sie ihn so geliebt.

»Wir haben eine schöne Mondnacht«, sagte sie mit einem kleinen Lächeln. »Es ist noch warm, und es wird bestimmt nicht mehr stark abkühlen. Warum schlafen wir beide also nicht einfach im Freien?«

*

Irgendwann wurde er so müde, dass er das Gefühl hatte, im Gehen einzuschlafen. Seit Stunden schon lief Bruno durch die Weinberge. Troppo schien der nächtliche Spaziergang zu gefallen; er trabte munter neben ihm her, ohne jede Spur von Erschöpfung. Lia schlief auf seiner Schulter, manchmal bewegten sich ihre Beine, krallten sich fester in seine Haut. Dann wusste er, dass sie träumte.

Sein Kopf war wirr und schwer. Widersprüchlichste Gedanken schossen wild durcheinander. Den einen Augenblick wollte er zurück zur Hochzeitsgesellschaft, um Clara alles zu erklären. Im nächsten Moment jedoch erschien es ihm richtiger, sofort auf und davon zu gehen, irgendwohin, wo keiner ihn kannte und niemand ihn jemals zum Reden bringen würde.

Er war im Kreis gelaufen.

Bruno erkannte es an dem Baumstumpf, an dem er vor einiger Zeit schon einmal vorbeigekommen war. Er war ausgehöhlt, verwittert und morsch wie ein Sarg.

Der Mond war längst untergegangen. Die Sterne wurden langsam blasser. Bald würde es dämmern. Spätestens dann musste er seine Entscheidung getroffen haben.

Ein Stück entfernt sah er die Scheune, in der Gabriel sie einquartiert hatte, ein großer, dunkler Quader. Er ging auf sie zu, ohne lange zu überlegen. Troppo hielt die Nase in die Nachtluft und lief ein Stück voraus. Wenigstens er schien seine Wahl zu begrüßen.

Plötzlich verharrte der Hund, kniff den Schwanz ein und knurrte. Lia erwachte und begann unruhig zu flattern.

»Was ist denn, alter Freund?«, sagte Bruno. »Ein paar freche Feldmäuse, die dir Angst machen?«

Troppo schlug an. Laut. Scharf.

Bruno kniff die Augen zusammen. Und dann sah er sie, zwei Männer in dunkler Kleidung, die hastig davonliefen, als würden sie gejagt. Aber kein Verfolger war weit und breit zu sehen. Sein erster Impuls war, ihnen nachzusetzen. Doch dann gab es etwas anderes, das unangenehm in seine Nase drang: der beißende Geruch von Feuer.

Seine Beine setzten sich in Bewegung. Der Hund blieb dicht an seiner Seite. Bruno riss das Tor auf. Qualm schlug ihm entgegen. Hinten waren die alten Fässer gestapelt, oben auf der Tenne das Stroh geschichtet, das ihnen als Lagerstatt zugedacht war.

»Clara!«, brüllte er. »Jakob? Seid ihr da oben? Antwortet!«

Alles blieb still, aber er meinte, ein Rascheln gehört zu haben.

»Wo seid ihr?« Seine Stimme überschlug sich. »Wacht auf. Kommt runter. Sofort, hört ihr? Und wenn es nicht mehr geht, dann springt. Habt keine Angst. Nichts wird euch geschehen. Ich bin hier. Bruno. Ich fange euch auf.«

Ein weißes, angstverzerrtes Gesicht beugte sich zu ihm herab.

»Wirst du mich auffangen?«, fragte Camille.

*

Jakob fuhr hoch. Schlaftrunken tastete er nach seinen Stiefeln.

»Was ist?« Clara setzte sich auf. »Ist dir wieder übel? Soll ich dich stützen?«

»Bruno. Ich muss zu ihm. Sofort.«

»Bruno? Bruno kann überall sein.« Sie versuchte, ihn zu beruhigen, aber der Junge widersetzte sich. »Du hast schlecht geträumt. Das ist alles. Schlaf weiter. Es ist noch lange nicht Zeit zum Aufstehen.«

»Aber er braucht mich«, beharrte Jakob.

»Bruno ist erwachsen. Und schon sehr lange unterwegs. Er kommt allein zurecht, Jakob.«

Er schien unsicher. Er sank ins Gras zurück.

»Es war so stark«, sagte er leise. »Als ob er mich gerufen hätte.«

»Vielleicht hat er gerade an dich gedacht«, sagte Clara. »Er ist dein großer Freund. Er denkt bestimmt oft an dich.«

»Und an dich«, sagte Jakob. »Ich kann es spüren.«

Sie wandte den Kopf ab.

»Vielleicht«, sagte sie. »Aber eines Tages wird er ohne uns weiterziehen. Ich will dir keine Angst machen, Jakob, aber ich finde, du solltest dich an diesen Gedanken gewöhnen. Damit es dir später nicht zu wehtut.«

»Es tut jetzt schon weh«, sagte Jakob nach einer Weile. »Dir nicht?«

»Ja«, sagte sie. »Aber es wird so sein. Ich weiß es. Bruno ist ein Einzelgänger. Er bleibt nirgendwo lange. Bei niemandem.«

»Warum können wir alle nicht einfach zusammen sein? Für immer. Es gibt nichts, was ich mir mehr wünschen würde!«

»Ich weiß«, sagte sie leise. »Ich weiß doch, mein Großer!«

Ihre Finger fuhren durch seine Haare.

*

Sie zitterte in seinen Armen, auch als die Flammen längst gelöscht waren. Er hielt sie fest wie ein Vater und wiegte sie sanft. Bruno musste an den Engel denken, von dem Jakob ihm erzählt hatte. Ob er der schlafenden Camille nahe gewesen war?

»Ich hab mich immer davor gefürchtet«, flüsterte sie. »Seit ich denken kann. Andere fanden ein Feuer tröstlich. Für mich war es die Hölle.«

»Ich weiß«, sagte er sanft. »Und ich kenne auch den Grund.«

Er spürte ihr Erstaunen, aber sie sagte nichts, sondern wartete, bis er weitersprach.

»Es gibt da eine Geschichte, die du kennen solltest.« Er wog jedes Wort vorsichtig ab, obwohl er am liebsten alles laut herausgeschrien hätte. »Eine alte Geschichte. Eine Geschichte voller Schmerz, Camille. Oder soll ich lieber Salome sagen?«

Er spürte ihre Bewegung an seiner Brust. Er war froh, dass sie ihn nicht ansah.

»Es gibt Christen, die sich ausschließlich auf das Wort der Bibel berufen. Lange, bevor es die Hugenotten gab. Sie studieren die Heilige Schrift so intensiv, bis sie sie auswendig können. Sie schwören nicht, sie richten nicht, sie sprechen keinen Eid. Sie streben nicht nach weltlichem Besitz, sie wollen arm sein wie einst die Jünger Jesu. Viele von ihnen wandern umher und predigen, obwohl sie keine geweihten Priester sind. Die Kirche hat sie als Ketzer verfolgt. Über Jahrhunderte. Aber diese Waldenser, wie sie sich nach ihrem

Gründer nennen, waren und sind nicht auszurotten. Dabei droht jedem von ihnen, den die Kirche zu fassen bekommt, die Hinrichtung.«

»Aber warum?«, sagte sie leise. »Ich glaube, Isa hat mir einmal von ihnen erzählt, aber ich hab es nicht begriffen. Obwohl es ihr so wichtig schien. Was haben sie denn getan?«

»Ich kann dir nur sagen, was geschehen ist. Eines Tages ging den Häschern eine junge Frau ins Netz. Sie hatte blaue Hände und stammte aus dem Süden.« Er spürte, wie sie sich aufrichtete. »Eine Färberin. Sie war nach Metz gekommen, in der Hoffnung, dort in Frieden unter ihren Glaubensbrüdern leben zu können. Ein Irrtum, wie sich herausstellte. Sie wurde verraten. Verhaftet. In den Kerker geworfen. Sie wurde verhört, aber sie blieb standhaft bei ihrem Glauben.«

Von der Folter würde er Camille nichts erzählen. Metz hatte damals gerade viel Silber in die neue Ausstattung der Fragstatt investiert. Zangen und Eisen. Eine Wand voller Stachelwerkzeuge. Manche Männer waren allein bei ihrem Anblick schwach geworden und hatten gestanden, was man von ihnen verlangte. Sie nicht. Niemals hatte er eine mutigere Frau gesehen. Sogar die Anwendung der Eisernen Jungfrau, die ihre Knochen zerbersten ließ, hatte ihren Willen nicht zu brechen vermocht.

»Wie hieß sie?«, flüsterte Camille.

»Das weiß ich nicht.« Die Lüge war wichtig. Würde er ihren Namen nennen, würde er nicht weiterreden können. »Such dir einen Namen aus!«

»Maria«, sagte sie, ohne zu zögern. »Und nicht nur ihre Hände waren blau, ihr Gewand war es auch.«

»Maria hatte keine Angst vor dem Tod, denn sie war in Einklang mit Gott. Aber es gab etwas, was ihre Seele bedrückte. Sie hatte ein Kind. Ein kleines, blondes Mädchen …«

»Salome!«

»Die Kleine war bei einer Freundin, die sich bemühte, das Schreckliche von ihr fern zu halten. Aber Salome war nicht zu beruhigen, weinte und verlangte nach der Mutter, unentwegt. Als nun der schreckliche Tag der Hinrichtung anbrach, wollte sie ...«

»Sie starb am Galgen?« Sie hatte sich aufgerichtet. Ihre klaren Augen drangen bis in sein Innerstes.

Er schluckte. Er rang nach Luft. Aber diese Wahrheit war er ihr schuldig.

»Sie sollte verbrannt werden«, sagte er. »So jedenfalls lautete das Urteil. Aber Maria ist nicht in den Flammen gestorben. Der Scharfrichter hatte Mitleid. Er gab ihr zuvor ein schnell wirkendes Gift. Sie war bereits tot, als er sie an den Pfosten fesselte.«

»Und Salome?«, flüsterte sie.

»Niemand weiß, wie sie es bewerkstelligt hat. Aber sie muss heimlich ausgerissen und zu dem großen Platz gelaufen sein. Sie sah den brennenden Holzstoß, sie sah die gefesselte Frau ...«

»Salome schrie«, unterbrach sie ihn. »Sie schrie, bis sie ein Schrei war. Sie hatte Angst. Sie sah ihre Mutter, aber sie erkannte sie kaum wieder. Sie sah so anders aus, so schwach, so würdelos. Und warum streckte Maria nicht die Arme nach ihr aus? Wie sie es sonst immer tat?«

»Salome rannte auf den Scheiterhaufen zu. Sie stieg in die Flammen. Sie schien sie nicht einmal zu bemerken. Als ob sie Wasser wären. Sanfte Wellen, die an ihren Beinen leckten. Und hätte der Scharfrichter sie nicht schnell herausgezogen ...«

»Der Scharfrichter?«

Er nickte. Jetzt kam das Schlimmste.

»Ich war dabei«, sagte er leise. »Zufällig. Nie habe ich mich darum gerissen, bei einer Hinrichtung dabei zu sein. Wie jene, die die Augen verdrehen, fromm tun und Gott anrufen. Aber als ich das brennende Kind sah, konnte ich nicht wegschauen. Niemand auf dem Platz konnte das.«

»Ein Scharfrichter hat mich gerettet«, sagte sie langsam.

»Er hat meine Mutter getötet und mir das Leben geschenkt.«

Er senkte den Kopf.

»Ich weiß nicht genau, was danach geschah«, sagte er. »Leute brachten das Kind fort. Es war ohnmächtig. Die Verbrennungen müssen sehr schwer gewesen sein. Ich meine gehört zu haben, dass man es in einem Kloster gesund pflegte. Viele Monate. Dann brachte man es weg aus der Stadt. In Sicherheit.«

»Zu Isa«, sagte sie. »Da war ein Wagen und ein Pferd. Es war ein langer Weg. Regen. Schlechte Straßen. Schlamm. Achsenbruch. Ich hab vor mich hin gemurmelt, was sie mir beigebracht hatte. Wieder und immer wieder. Und meine Beine haben fürchterlich wehgetan. Manchmal habe ich mir sogar gewünscht, dass sie einfach abfallen. Irgendwann unterwegs muss ich Mama vergessen haben. Aber die Erinnerung an das Blau ist geblieben. Und meine Angst vor dem Feuer.«

Sie nahm seine Hand. Er konnte es nicht ertragen, aber er zwang sich, es auszuhalten.

»Du bist auch nicht in Metz geblieben«, sagte sie.

»Die Stadt ist mir irgendwann zu eng geworden. Ich war jung. Ich wollte die Welt sehen. Als es Frühling wurde, bin ich einfach losgezogen. Allerdings wusste ich damals noch nicht, dass man nie ...«

»Ja?«

»Es ist vorbei«, sagte Bruno. »Allein das zählt.«

»Und meine Beine?«

»Wer denkt noch daran, wenn er in deine Augen schaut? Du bist wunderschön. Du wirst selbst Kinder haben, eines Tages. Dein Leben fängt jetzt erst richtig an. Du hast das Feuer bezwungen. Du musst keine Angst mehr haben, Salome!«

Ihre feinen Brauen zogen sich zusammen.

»Ich glaube, ich bleibe doch lieber Camille«, sagte sie

nachdenklich. »Das ist einfacher, wenn ich mich schon an so viel Neues gewöhnen muss. Und ich glaube, ich weiß jetzt auch, was ich tun sollte.«

*

Santo Domingo de la Calzada, Juli 1563

»Sie gackern. Sie bewegen sich. Es sind tatsächlich echte Hühner«, sagte Jakob staunend. »Hühner in einer Kirche! Das hab ich noch nirgendwo gesehen.«

»Natürlich sind es echte Hühner.« Bruno versuchte den Raben auf seiner Schulter zu beruhigen. »Bräuchten sie sonst Körner und Wasser? Ich kann sogar sehen, dass sie ins Stroh gemacht haben. Und es riechen. Und glaub mir, Jakob, das riecht *sehr* echt!«

»Eine Henne und ein Hahn. Beide schneeweiß. Ein Weibchen und ein Männchen«, sagte der Junge nachdenklich. »Damit sie nie wieder einsam sein müssen. Wie jetzt Camille und ihr Gabriel.« Er klang sehnsüchtig.

»Nicht ganz, würde ich meinen«, sagte Clara, während er noch immer gebannt zu dem Käfig an der Westwand der Kathedrale hinaufstarrte. »Denn es sind Tiere, keine Menschen. Sie scheint dir zu fehlen, unser schweigsames, blondes Mädchen. Aber mir geht es genauso. Mir fehlt sie auch.«

»Camille wird glücklich sein bei ihrer neuen Familie«, sagte Bruno. »Sie hat ihr Haus gefunden. Jetzt kann ihr Leben wirklich beginnen.«

Er sprach nicht nur von Camille. Er hoffte, Clara würde ihn verstehen. Er war nicht weggelaufen in jener Nacht. Er hatte sich für das Schwierigere entschieden – zu bleiben. Weiterzupilgern, mit ihr und dem Jungen.

Sie war anders seitdem, vorsichtiger, zurückhaltend. Bereute Clara, dass sie sich ihm geöffnet hatte?

Aber auch er war anders seit der Hochzeit auf dem Weingut, er war auf der Hut. Kein Wort zu viel. Keine verräterische Geste. Beinahe ein Spiegel ihres Verhaltens. Mit allem, was sie sagten, was sie taten, schienen sie nur eines unter Beweis stellen zu wollen: Sie waren Weggefährten. Unterwegs zum heiligen Grab.

»Aber sie hat geweint, als sie sich von uns verabschiedet hat«, sagte Jakob. »Jetzt wird sie nie mehr das Ende von Blancas Geschichte erfahren. Und eigentlich wollte sie doch zu Jakobus. Zusammen mit uns.« Die Hühner über ihnen schienen ihm nicht aus dem Kopf zu gehen. »Müssen sie immer hier leben, in der Kirche?«

»Bestimmt nicht.« Clara lächelte. »Vermutlich erleiden sie das gleiche Schicksal wie die meisten Hühner – irgendwann landen sie im Kochtopf. Ja, Camille hat geweint. Aber ich bin überzeugt, es war Rührung, keine Trauer.«

»Und Freude«, sagte Bruno. »Denn sie hat sich verliebt und wird geliebt. Was kann es Schöneres geben? Sie hat jetzt ihre eigene Geschichte, Jakob. Außerdem bekommt sie einen frommen Mann. Sein Vater war bereits beim Apostelgrab. Und vielleicht pilgern die beiden eines Tages ja zusammen nach Santiago de Compostela.«

»Aber es muss etwas *geschehen* sein«, beharrte Jakob. Sein Interesse an den Tieren schien inzwischen erschöpft. Er begann herumzuzappeln, ein Zeichen dafür, dass er hungrig wurde. »Sonst wäre sie niemals bei ihm geblieben. Das weiß ich genau.«

Bruno musterte ihn erstaunt. Weder Clara noch der Junge hatten etwas von der Brandstiftung erfahren. Er hatte das Feuer gelöscht und mit Gabriel gesprochen, gleich am anderen Morgen, als er Camille auf ihren Wunsch hin zum Gutshaus gebracht hatte. Der junge Mann war seinen Ausführungen aufmerksam gefolgt.

»Also doch welche von uns«, hatte er gesagt. »Den Verdacht hatte ich schon länger. Sie stammen aus der Gegend und wissen über alles Bescheid. Eine Taufe. Eine Hochzeit.

Welche Gelegenheit! Alle feiern – und sie schlagen zu. Wie einfach, es danach Fremden in die Schuhe zu schieben! Ich danke dir, Bruno. Dieses Mal hast du gehandelt. Aber in Zukunft werden wir die Augen offen behalten. Wir werden ihnen das Handwerk legen, versprochen!«

»Menschen ändern ihre Meinung«, sagte Bruno. »Manchmal wissen sie nicht einmal, warum. Oft sogar aus viel belangloseren Gründen als Verliebtheit.«

Der verletzte Blick, den der Junge ihm zuwarf, traf ihn. Jakob spürte, dass er ihm ausgewichen war. Und er würde sich nun fragen, weshalb.

Später, in der Herberge, in der sie sich einquartieren mussten, weil das alte Hospiz am Ort seit vielen Jahren unbenutzt und einsturzgefährdet war, erzählte der Wirt ihnen die Legende vom Hühnerwunder. Gebannt lauschte Jakob Brunos Übersetzung.

Als die Rede auf die Magd kam, die dem frommen Jüngling einen silbernen Becher untergeschoben hatte, weil er sie nicht erhören wollte, färbten sich seine Wangen.

»Der Jüngling wurde verurteilt und gehängt. Voller Trauer setzten seine Eltern die Pilgerfahrt fort. Auf dem Rückweg stellten sie fest, dass ihr Sohn, der am Galgen hing, noch lebte. Jakobus selbst hatte ihn gestützt.«

»Jakobus selbst hatte ihn gestützt«, wiederholte Jakob. »Er hat ein Wunder bewirkt, weil der Angeklagte unschuldig war.« Er schaute zu seiner Mutter. »Aber wenn Gott nicht zulässt, dass Unschuldige sterben müssen, und seine Heiligen schickt, um ihnen zu helfen, warum musste dann Suzanne ...«

»Wir können Seinen Willen nicht begreifen«, sagte Clara behutsam. »Wir können nur versuchen, nach seinen Geboten zu leben. Ich weiß nicht, warum Suzanne sterben musste, Jakob. Niemand weiß das. Du und ich, wir müssen lernen, hinzunehmen, dass sie uns für immer verlassen hat.«

»Aber das hat sie doch gar nicht!«, fuhr er sie an. »Sag doch so was nicht! Sie ist bei mir, ich weiß es. Camille hat es mir gesagt. Als wir bei der Einsiedlerin waren. Suzanne ist einer der Sterne. Sie beschützt mich. Für immer. Niemand kann uns mehr trennen.«

Der Wirt, der nicht verstand, worüber sie redeten, aber begriff, dass gerade etwas Entscheidendes vor sich ging, hatte seinen Wortschwall unterbrochen. Er schaute zu Bruno, zuckte die Achseln und wollte zurück zu seinen Fässern.

»Möchtest du nicht erfahren, wie es mit dem Jüngling weitergeht?«, sagte Bruno. »Ich hasse Geschichten, die kein Ende haben!«

»Er soll fertig erzählen«, sagte Jakob. »Sag es ihm.«

»Die Eltern liefen zum Bischof«, übersetzte Bruno weiter, als der Wirt wieder zu reden begonnen hatte. »Der aber wollte nichts hören von der ganzen Angelegenheit und dachte, man wolle ihn zum Narren halten. Er saß beim Essen und ließ es sich schmecken. Und sein Appetit war enorm. Auf dem Tisch standen eine gebratene Henne und ein gebratener Hahn. ›Eher wachsen den beiden hier Flügel‹, soll er gesagt haben, ›und sie fliegen davon, als dass euer Sohn noch lebt!‹ Er hatte noch nicht ausgesprochen, als Henne und Hahn durch das geöffnete Fenster flogen. Man nahm den Jungen vom Galgen und hängte an seiner Stelle die Magd. Seitdem lebt ein Hühnerpaar in der Kathedrale. Bist du nun zufrieden, Jakob?«

»Nein«, sagte der Junge. »Mir gefällt nicht, dass die Magd sterben musste. Sie hat gelogen und einem anderen großes Leid zugefügt, aber warum muss sie deshalb an den Galgen? Sie soll nicht sterben. Niemand soll gehängt werden. Nirgendwo. Dann müsste es auch keine Henker geben.«

Ihre Augen begegneten sich, und jetzt sah der Mann nicht weg.

»Du bist ein kluger Junge, Jakob«, sagte Bruno. »Niemand sollte gehängt werden. Geköpft. Gevierteilt. Verbrannt. Ich bin überzeugt, die Henker dieser Welt würden es dir danken, wenn du zu entscheiden hättest.«

*

León, Juli 1563

Geschlossene Fensterläden. Der stickige Geruch nach Einsamkeit, der tief in die alten Mauern gekrochen war. Blinde Spiegel. Mäusenester in Küche und Vorratsraum. Gesprungene Böden. Überall baumelten Reisigbündel.

Aufgehängt, um böse Geister zu vertreiben?

Das Haus in der Calle de Conde Luna, der Straße der Silberschmiede, empfing ihn wie einen Eindringling. Aber es war das Haus seines Vaters. Familiensitz der Alvars seit unzähligen Generationen.

Er vermisste Paulus. In seiner Gegenwart wäre alles einfacher zu ertragen gewesen. Tausend Mal hatte er ihn zum Mitkommen überreden wollen, das letzte Mal im Schatten der alten Templerfeste in Ponferrada, als sie sich verabschiedet hatten.

»Ich würde gerne, aber ich muss zurück«, sagte Paulus. »Maria wartet. Und die Jungen. Außerdem muss es jemanden geben, der sich vor Ort um unsere Geschäfte kümmert. Falls du eines Tages doch wieder zurück in die Stadt des Apostels möchtest.«

»Das weiß ich nicht. Manchmal glaube ich, ich weiß gar nichts mehr.«

»Lass dir Zeit, Luis. Niemand drängt dich zu irgendetwas. Aber vergiss nicht, dass wir immer einen Platz für dich haben werden.« Paulus klopfte auf seine Satteltaschen. »Gut, dass sie so schäbig aussehen! Wenn jemand wüsste, was für Schätze sie bergen, ich käme vermutlich nicht eine Meile weit!« Er grinste. »Faules Fleisch ist ein prima Versteck. Es stinkt so bestialisch, dass niemand Lust zum Nachsehen hat.«

»Ich bin froh, dass du nicht allein reitest«, sagte Luis. »Zu dritt ist es sicherer. Auch, wenn die beiden anderen keine Ahnung haben, wen und was sie eskortieren.«

»Topase, wie sie reiner nicht zu finden sind«, sagte Paulus. »Ich weiß jetzt schon, wen ich damit zum Kauf verführen werde!« Seine Hand legte sich auf die des Freundes. Selbst durch das dünne Leder spürte Luis seine Wärme. »Pass auf dich auf. Vergiss die Bäder und die Paste nicht. Und lass dich von dem alten Kasten nicht einschüchtern. Es ist nur ein Haus. Die Geister der Vergangenheit sind tot, Luis. Es sei denn, du willst sie unbedingt wieder zum Leben erwecken.«

Paulus hatte leicht reden!

Die Vergangenheit war lebendig, das spürte er, auch als Ramón das Haus ausgeräuchert hatte, und Fenster und Türen offen standen, um den Sommer hereinzulassen. Er hatte es gründlich ausfegen lassen und den Transport der alten Möbel vom Speicher zurück in die Zimmer beaufsichtigt. In einer Ecke voller Spinnweben waren alte Kisten aufgestapelt. Für einen Augenblick weckten sie sein Interesse. Wie lange mochten sie hier schon stehen? Aber dann war seine Neugierde doch nicht groß genug. Irgendwann würde Ramón schon eine Gelegenheit finden, sich darum zu kümmern.

Ein paar Tage später stand er vor Luis. Seine Miene war verdrossen.

»Ich habe mich bislang nicht beklagt«, sagte er. »Aber was ich tue, ist Frauenarbeit. Wenn Ihr wollt, kann ich mich nach einer Magd umsehen. Die Löhne hier sind niedriger als zu Hause. Ich habe mich bereits umgehört.«

»Ich will keine Magd. Wenn du die Arbeit erledigen willst, ist es mir recht. Sonst steht es dir frei, zu gehen. Wenn du möchtest, auf der Stelle.«

Ramón schluckte. Aber er verzog keine Miene.

»Was erwartet Ihr von mir?«, sagte er.

»Das Haus muss sauber sein. Du kümmerst dich um

meine Kleider und erledigst kleine Einkäufe. Ich werde viel unterwegs sein und meist auswärts essen. Und du lässt keinen Fremden herein. Das ist das Wichtigste. Niemanden. Was immer er auch vorbringt. Hast du mich verstanden?«

Ramón nickte. Offenbar hatte er sich bereits entschieden.

»Da ist noch etwas, was Ihr wissen solltet«, sagte er. »Jemand muss im Keller gegraben haben. Vor langer Zeit schon. Ich habe beim Aufräumen etwas entdeckt, das ein unterirdischer Gang sein könnte.«

Luis konnte sich nicht erinnern, dass sein Vater jemals etwas davon erwähnt hatte. Und damals, bei seinem ersten Aufenthalt in Léon, war er selbst mit anderen Dingen beschäftigt gewesen.

»Wohin führt er?«, fragte er. »Lässt sich das feststellen?«

»Nirgendwohin«, sagte Ramón. »Das ist ja das Seltsame. Er ist vermutlich sehr alt, aber in erstaunlich gutem Zustand. Das erste Stück ist stabil. Dann jedoch endet er im Nichts.«

»Auch davon kein Wort, zu niemandem«, sagte Luis. »Mir käme es überhaupt gelegen, wenn du so wenig wie möglich über dieses Haus und seinen Bewohner reden würdest.«

Seine Hände brannten. Unterwegs war eine leichte Besserung eingetreten, aber seit seiner Ankunft in León war es schlimmer geworden als je zuvor.

»Ich bin kein Schwätzer, Herr.« Ramón klang gekränkt. »Nach all den Jahren solltet Ihr das wissen.«

Eine schwere Münze hellte seine Stimmung sichtlich auf. Ramón ließ ihn allein, und Luis war froh, dass er ihm den Nachmittag freigegeben hatte.

Er machte sich auf den Weg zur Basilika San Isidoro. Die Hoffnung, der Weg durch die belebten Handwerksviertel bis an die Stadtmauer würde ihn ablenken, erfüllte sich nicht. Die Hitze stand in den engen Gassen, kein Lüftchen rührte sich, obwohl er abgewartet hatte, bis es fast Abend war. Die Mauern hatten die Wärme gespeichert und gaben sie nun ab.

Bald würde die Sperrstunde beginnen. Aber noch waren alle auf den Beinen, als würde sich alles Schreien, Anbieten, Verhandeln und Verkaufen auf die kurze Frist bis zur Dämmerung konzentrieren. Es gab Kauflustige, aber auch viele, die nur zum Schauen und Flanieren unterwegs waren. Manche gingen so langsam, dass er Lust bekam, sie zur Seite zu stoßen. Freilich brachte es wenig, sich an ihnen vorbeizudrängen, denn die Menge war einfach zu dicht, um zügig voranzukommen.

Zwei waren besonders aufdringlich, er hatte das Gefühl, sie hefteten sich an seine Fersen. Der eine war ein magerer Mann mit schwarzem Haar, das an seinem knochigen Schädel anlag wie eine fettige Kappe. Er trug ein weites Gewand. Seine Hände glichen Vogelkrallen. Er folgte Luis geduldig wie ein Schatten.

Der andere hielt sich dicht neben ihm, größer und plumper, ein blonder Bauernflegel mit einem hübschen, dümmlichen Gesicht.

»Kann ich etwas für euch tun?« Luis hatte sich jäh umgedreht. »Oder wollt ihr mit mir sprechen? Warum sonst klebt ihr an meinen Fersen?«

»Nein, Herr, verzeiht!« Die scharfen Züge des Schwarzen zerflossen. »Ich war nur in Gedanken. Es wird nicht mehr vorkommen. Nehmt es uns bitte nicht übel!«

»Nichts«, stammelte auch sein blonder Begleiter. »Nichts, Herr!«

Am Portal von San Isidoro war Luis schweißnass, und seine Handschuhe waren durchweicht. Drinnen war es kühler. Die Fenster waren mit einem opaken Stein ausgekleidet, der alles in mildes, bernsteinfarbenes Licht tauchte. Luis ließ sich auf einer der Bänke nieder.

Er schloss die Augen. Er dachte an seinen Vater. Und an den Großvater, den er verloren hatte.

Er versuchte zu beten.

Links von ihm stand eine Marienstatue. Als er aufsah, weil

eine freche Fliege ihn störte, meinte er im Gesicht Marias die stolzen, dunklen Züge seiner Mutter zu entdecken: die starken Backenknochen, die Nase mit dem breiten Sattel, den schmalen, energischen Mund.

Der dreischiffige Kirchenraum schien plötzlich kleiner zu werden. Die schwere Luft ließ ihn husten, und er vermochte nicht mehr damit aufzuhören. Weihrauchduft drang ihm in die Nase, betäubend stark wie aus dem riesigen Kessel, der durch die Kathedrale von Santiago de Compostela schwang. Aber da war noch etwas anderes, ein unverwechselbares Aroma, scharf und streng, obwohl er es seit vielen Jahren nicht mehr gerochen hatte: geröstete Cocablätter.

Das Profil des Großvaters, wie er sich über seinen Tisch beugte, um den heiligen Rauch anzufachen ...

Die weihevolle Stimmung war verflogen. Luis gab sich keinen Illusionen hin. Ein Versuch, einer von vielen. Fehlgeschlagen wie all die anderen.

Es kostete ihn Kraft aufzustehen. Zum Glück war die Kirche beinahe leer. Außer ihm knieten nur ein paar alte Frauen in der kleinen Seitenkapelle. Sein Mund war trocken. Er berührte die raue Oberfläche einer Säule. Ganz ähnlich hatte sich der steinige Boden angefühlt, auf dem er im Feldlager geschlafen hatte.

Alles kam zurück. Die Bilder, die Gedanken, die Gefühle. Nur die Erlösung, auf die er so gehofft hatte, ließ auf sich warten.

Luis ging hinaus. Jetzt stand die Sonne so tief, dass sie ihn blendete. Er schützte seine Augen mit der Hand. Für einen Augenblick war alles Licht.

Etwas Spitzes fuhr von hinten in seinen Brustkorb. Ein dumpfer Schlag traf ihn hart an der Schläfe. Raue Hände fuhren in seinen Rock und entrissen ihm die Börse, die er im Gürtel versteckt hatte.

Sie rannten davon. Luis taumelte. Erst jetzt nahm er Menschen ringsherum wahr. Sie wichen vor ihm zurück, als sei er ein Trunkenbold. Niemand machte Anstalten, die Diebe aufzuhalten.

Er spürte, wie das Blut aus ihm heraussickerte, aber er fühlte keinen Schmerz. Nur ein summendes Vibrieren, als sei tief in ihm eine Saite gerissen, und noch im Fallen sah er Quillas Lächeln.

Er hörte den Wind seiner Heimat. Das gleichmäßige Tropfen vom Dach der Hütte, wenn nach dem langen Winter endlich der Schnee schmolz. Pferdehufe.

Dann umfing ihn Dunkelheit.

DIE TRÄUME DES CONDORS 6:
DER STURZ

Saqasaywaman, März 1548

Ich schmeckte den Staub.

Ich spürte den Überdruss. Die Langeweile. Und die unterdrückte Feindseligkeit. Es gab keine Frauen. Im Heerlager häuften sich die Prügeleien. Soldaten, die mit ihren Feuerwaffen aufeinander losgehen wollten, mussten gewaltsam getrennt werden. Eine nächtliche Messerstecherei endete mit einem Toten.

»Wenn nicht endlich etwas geschieht, werden wir uns noch gegenseitig ausmerzen.« Das Gesicht des Kriegers war düster. Ihn Vater zu nennen, brachte ich noch immer nicht über die Lippen. Ihm schien es nichts auszumachen, und wenn doch, so zeigte er es nicht. »Dann hätte Pizarro doch noch gewonnen. La Gasca lässt sich Zeit. Sehr viel Zeit. Ich kenne den Grund nicht, aber ich mache mir langsam Sorgen, Luis. Hoffentlich liefert er uns kein Lehrstück darüber, wie der Bessere trotz aller Vorteile dennoch verlieren kann.«

Ich wehrte mich nicht mehr, wenn er mich Luis nannte.

Der Junge, der einmal Condor gewesen war, schien mehr und mehr zu verblassen. Ich aß ihre Mahlzeiten. Ich hörte ihre Lieder. Ich nahm ihren Geruch an. Ich trug ihre Kleider, die seltsamen kurzen Hosen, die steifen Hemden. Die Stiefel, in denen meine Füße schmerzten, bis ich sie endlich eingelaufen hatte. Der Krieger steckte mich sogar in einen Brustpanzer, den er irgendwo aufgetrieben hatte. Ihn schien zu belustigen, dass ich in dem eisernen Gefängnis atemlos wurde.

»Du wirst dich daran gewöhnen«, sagte er. »Für keinen von uns ist es leicht gewesen. Ich denke, du wirst dich noch an vieles gewöhnen.«

Seine Stimme veränderte sich, wenn er mit mir sprach. Nicht nur ich merkte es, den anderen entging es ebenso wenig. Alle Vorsichtsmaßnahmen des Kriegers waren vergebens gewesen. Die Legende vom Übersetzer hatte ohnehin keiner geglaubt. Inzwischen wussten alle im Lager, wer ich war: Alvars Bastard. Ein dreckiger, kleiner Mestize, gezeugt mit einer Inka. Aber die Autorität des *capitán* war zu groß, als dass einer seiner Leute gewagt hätte, öffentlich das Maul aufzureißen.

Heimlich aber redeten sie. Über meine Mutter. Und über mich. Ich sah es an ihren Blicken, ihren Gesten, den Zeichen, die sie hinter seinem Rücken machten. Ich blieb auf der Hut.

Eines Tages stellten mich drei Männer hinter dem Waffenzelt, junge, spanische Soldaten, die erst vor einem Jahr als Nachschub eingetroffen waren. Einer von ihnen erinnerte mich in seiner grobschlächtigen Gestalt an Puma. Seine Beine waren schnell, die Fäuste kräftig. Ich bekam sie zu spüren, als ich weglaufen wollte.

»Renn nur zu deinem Vater«, sagte er höhnisch, weil er genau wusste, dass der Krieger am Morgen mit einem Spähtrupp aufgebrochen war und nicht vor dem Abend zurück sein würde. »Heul dich bei ihm aus! Hätte er lieber deine Mutter hergebracht. Nein, besser noch deine Schwestern. Wir wollen auch unser Vergnügen haben!«

Ich hatte keine Chance, nicht einmal gegen einen von ihnen. Trotzdem begann ich, wie wild um mich zu treten. Seit dem Färbebecken war viel Zeit vergangen. Damals hatte ich geschworen, mich zu wehren, wenn ich angegriffen wurde. Ich wand mich in seinem eisernen Griff wie eine Schlange.

Es gelang mir, ihn in den Arm zu beißen. Mit einem Schrei ließ er mich los, um mich gleich im nächsten Augenblick an der Kehle zu packen.

Er drückte zu, langsam, unerbittlich. Ich zappelte. Ich rang nach Luft.

»Angst?«, feixte der Zweite. »Pisst du schon? Ich hab gehört, eure Pisse sei braun wie Pferdescheiße. Worauf wartest du noch? Du wirst uns doch nicht enttäuschen?«

Sein Rapier schnellte vor und zerriss den Stoff in meinem Schritt. Ich spürte, wie sie alle auf mein Geschlecht starrten.

»Stich zu, Salvador!«, sagte der Dritte. »Und ab mit dem lächerlichen kleinen Ding! Dann wird es wenigstens ein paar gelbe Idioten weniger geben. Der Himmel wird dich eines Tages für diese kluge Entscheidung belohnen!«

Sie lachten. Aber sie ließen mich stehen und verschwanden in ihren Zelten. Ich bedeckte mich, so gut ich konnte.

Von mir erfuhr der Krieger kein Wort, so sehr schämte ich mich, aber irgendjemand trug es ihm zu, noch am selben Abend.

Seine Strafe fiel hart aus.

Er ließ die Übeltäter an Pfähle binden. Nackt, von Kopf bis Fuß beschmiert mit dem süßen Saft des Maisstängels. Sie blieben ohne Wasser, ohne Nahrung, einen Tag lang und eine Nacht. Binnen kurzem waren sie schwarz von Stechmücken, die im Herbst besonders angriffslustig sind. Sie schrien, sie wimmerten um Gnade, er aber blieb ungerührt. Als ein heftiger Wolkenbruch niederging, der das baldige Ende der Regenzeit ankündigte, befahl er ihnen, das Maul aufzusperren und zu trinken.

Im Morgengrauen ließ er sie abnehmen. Sie lebten kaum mehr; und jener, der das Rapier geführt hatte, starb nach ein paar Tagen. Die anderen beiden wandten fortan den Kopf ab, wenn sie mir begegneten.

Sie verachteten mich nicht mehr. Jetzt hassten sie mich.

Am liebsten wäre auch ich gestorben, so einsam fühlte ich

mich. Ich musste mit dem Krieger reden. Er war für mich eingestanden, auch wenn mir missfiel, wie er es getan hatte. Vielleicht würde ich ihn heute Vater nennen. Zum ersten Mal.

Er hörte zu, während ich redete, mit halb geschlossenen Lidern, scheinbar teilnahmslos. Sein Brustkorb hob und senkte sich gleichmäßig. Dann stand er auf und begann, im Zelt auf und ab zu laufen, wie ich es bereits an ihm kannte.

»Ich bin enttäuscht«, sagte er schließlich auf Quechua, obwohl wir sonst meist spanisch sprachen, wenn wir allein waren. »Schade – ich habe mehr von dir erwartet. Ich dachte, du hättest verstanden, aber du hast es nicht. Also muss ich es dir noch einmal erklären: Es geht mir nicht allein um dich, Luis. Ich hätte genauso gehandelt, wenn es um jemand anderen gegangen wäre. Die Moral der Truppe darf nicht untergraben werden. Niemals. Von niemandem. Das wäre der Anfang vom Ende. Du trägst die Uniform des Königs, damit bist du einer von uns. Nur darauf kommt es an. Die Farbe deiner Haut spielt keine Rolle.«

Seine Stimme war unnatürlich hoch. Er log.

Mir war heiß, mein Körper glühte. Deswegen war mein Gesicht sicher noch dunkler. Ich betrachtete sein Raubvogelprofil. Ich wollte so sein wie er. Und wusste im gleichen Augenblick, dass ich stets daran scheitern würde. Nur zu gern hätte ich ihn geliebt. Aber er sorgte immer wieder dafür, dass ich ihn hassen musste.

»Du hast die Abmachung gebrochen«, sagte ich. Ich wollte ihm wehtun, wie er mir wehtat, beinahe jeden Tag. »Der Mond des Wollespinnens ist längst vorüber. Mutter hat eine Entscheidung verlangt. Aber sie ist ganz umsonst nach Cuzco gekommen. Sie konnte mich nicht mit nach Hause nehmen. Sie wird sehr böse sein.«

Er war zu mir herumgefahren.

»Sie hat mein Wort verschmäht. Jetzt muss sie eben sehen, was für sie übrig bleibt.«

»Du hast ihr versprochen, keinen Krieger aus mir zu machen«, sagte ich. Die Worte waren schmerzhaft für mich, doch ich konnte nicht aufhören. »Wir leben im Feldlager. Und die Schlacht kann jeden Tag beginnen.«

»Man ist noch lange kein Krieger, nur weil man ein Eisenkleid trägt und sich halbwegs auf einem Pferd halten kann«, sagte er. Die steile Falte zwischen seinen Brauen hatte sich vertieft. »Verstehst du denn gar nichts? Ich wollte, dass du siehst, dass du lernst und begreifst. Ich wollte dich zum Zeugen machen.«

Er trank einen Becher Wein aus, den ersten seit vielen Tagen. Er trank weniger in letzter Zeit. Er bereitete sich vor, auf das, was kommen sollte.

»Nur noch diese eine Entscheidung, Luis, diese eine Schlacht. Es hat lang genug gedauert. Die Waffen werden bald schweigen im Land der vier Winde. Endlich. Dann segeln wir beide nach Hause.« Sein Blick hielt mich gefangen. »Vorausgesetzt, du willst deinen alten Vater in seine Heimat begleiten.«

Er begann, in den Papieren auf dem Tisch zu suchen.

»Du hast dich doch sicherlich schon längst entschieden«, sagte er beiläufig.

Wortlos stürmte ich hinaus.

*

Ich sah die Lanzen, die Brustpanzer, die Hellebarden. Der Krieger hatte mich ins Waffenzelt geführt und mir jede einzelne Waffe erklärt. Im ersten Licht der Sonne glänzten sie silbrig. Mein Blick glitt zu den Fahnen. Zweimal der Doppeladler auf rotem Grund. Auf beiden Seiten flatterte der gekrönte Vogel im Wind.

Er tat so groß und mächtig, in meinen Augen aber war er erbärmlich. Wieso ließ er sich auf ein Stück Tuch bannen, anstatt sich in die Lüfte zu erheben wie der König der Anden?

Der Condor in mir bäumte sich auf.

Plötzlich hasste ich die Stiefel, das steife Leinen und das Eisen auf meinem Körper. Ich war keiner von ihnen. Ich gehörte nicht dazu. Warum war ich nicht längst schon wieder in Urubamba, bei meiner Mutter und dem Großvater?

Der Krieger hatte mir eingeschärft, nicht von seiner Seite zu weichen.

»Sieh genau zu, Luis«, sagte er. Nie hatte sein Helm stärker gefunkelt, nie war sein Waffenrock prächtiger gewesen. »Und präg dir ein, was du siehst. Die Armee des Königs tritt an gegen einen Verräter. Gonzalo Pizarro wird diese Nacht nicht mehr erleben. Ich möchte, dass du dabei bist, wenn er durch meine Hand stirbt.«

»Du bleibst im Hintergrund, *capitán*.« Die Stimme Pedro de la Gascas war sanft wie seine Erscheinung. Ein schmales, blasses Gesicht, das auch der Vollbart nicht männlicher machte. Helles Haar, das auf der Stirn zurückwich. Unter den kräftigen Soldaten wirkte der Gottesmann zerbrechlich. Ein Priester, der das Schwert genommen hatte. Es gab keinen unter den Männern, der nicht auf sein Wort hörte.

Sein Lachen klang heiser.

»Wenn alles nach Plan läuft, werden Pizarros eigene Leute die Arbeit für uns erledigen.«

»Und wenn nicht?« Der Krieger starrte auf die feindlichen Schlachtreihen. Unsere Seite war zahlenmäßig überlegen, aber Gonzalo Pizarro war es gelungen, annähernd tausend Männer hinter sich zu bringen.

»Vertrau auf Gott«, sagte la Gasca. »Er ist der Kämpfe ebenso müde wie wir. Dieses Land braucht endlich Frieden. Und Gesetze, die den Frieden dauerhaft ermöglichen.«

Ich hörte dumpfes Trommeln. Mein Magen zog sich zusammen.

»Greifen sie jetzt an?«, fragte ich leise.

Mein Pferd stellte die Ohren auf. Ich spürte, wie seine Unruhe wuchs.

»Möglich«, sagte der Krieger. »Auf jeden Fall geht dort

drüben Merkwürdiges vor. Ich sehe zwei Reiter – sie kommen direkt auf uns zu!«

Ein kurzer Befehl. Die Feuerwaffen wurden angelegt. Spannungsvolle Stille lag über dem Tal.

Aber es fiel kein Schuss.

»Sie schwenken die weiße Fahne«, sagte der Krieger. »Sie wollen überlaufen!«

Die Reiter hatten kaum unsere Linie passiert, als sich ein neues Häuflein Berittener drüben aus der Schlachtreihe löste. Und als wäre das nur ein Signal gewesen, ritten und liefen nun auch andere los. Binnen kurzem war die Ordnung aufgelöst. Gonzalo Pizarro ritt zwischen die Fliehenden und versuchte sie aufzuhalten. Aber er hatte seine Munition voreilig verschossen, und zum Nachladen blieb ihm keine Gelegenheit mehr. Man zerrte ihn vom Pferd, schlug ihn zu Boden, fesselte ihn. Verschnürt und blutend wurde er schließlich vor la Gasca gezerrt.

»Das wirst du noch bereuen.« Pizarro spuckte ihm ins Gesicht. »Meine Brüder haben nicht ihr Leben für dieses Land gegeben, damit du mich wie einen Verbrecher einsperren lässt. Mir stehen die versprochenen Ländereien zu und das Gold …«

»Du wirst nicht lange eingesperrt bleiben.« Pedro de la Gasca wischte sich ungerührt den Rotz ab. »Das Standgericht tagt noch heute. Dann kann Spanien endlich aufatmen – diesseits und jenseits des Ozeans.«

Ich war dabei, als das Urteil gefällt wurde.

Ich war Augenzeuge, als man ihn am anderen Morgen enthauptete. Der Scharfrichter war ein Stümper. Nach dem ersten Schlag hing Pizarros Kopf noch am Rumpf. Erst nach dem dritten Hieb rollte er neben den Richtblock. Sein rotes Gesicht schien mich anzugrinsen.

Ich drehte mich um und rannte davon.

*

Auf dem Weg zum Titicacasee, April 1548

Ich hatte längst vergessen, warum ich eingewilligt hatte, ihn zu begleiten. Der Krieger hatte so lange auf mich eingeredet, bis ich endlich nachgegeben hatte. La Paz de Nuestra Señora war sein Ziel, die neue Stadt des Goldes, in die alle strebten.

Langsam stiegen wir höher. Die dünne Luft bereitete den Spaniern Schwierigkeiten. Tagsüber war der Krieger schweigsam. Aber sobald die Sonne sank, begann er zu reden. Seine Gedanken kreisten nur um eines: unser künftiges Leben in Spanien.

»Ich habe alles durchdacht«, sagte er. »Wir bleiben zunächst in León. Dort steht unser altes Haus. Ich werde dir beibringen, was du wissen musst. Du hast sprachlich großes Talent, Luis. Nach ein paar Monaten wird dich keiner mehr von einem Einheimischen unterscheiden können. Als Nächstes kommt dann die Taufe.«

»Ich weiß nichts von eurem Gott«, sagte ich.

»Du wirst es lernen. Es gibt so vieles, was du lernen wirst.«

»Und wenn sie so sind wie jene Soldaten im Feldlager?«, fragte ich. »Du kannst meine Haut waschen, aber sie wird nicht weiß. Das weißt du so gut wie ich.«

»Es hat immer wieder dunkelhäutigere Männer in unserer Familie gegeben«, sagte er mit Nachdruck. »In vielen Generationen. Du wirst die Sonne meiden. Der Rest erledigt sich von selbst. Wer erwartet, einen echten Spanier zu sehen, sieht ihn auch. Nach zwei, drei Jahren verlassen wir León und machen einen neuen Anfang in einer anderen Stadt. Ich habe Santiago de Compostela im Auge. Eine gute Stadt. Eine fromme Stadt. Dort werden uns alle kennen als Diego Miguel Alvar und seinen Sohn Luis.«

»Was wird deine Frau dazu sagen?« Ich hatte nicht vergessen, dass Quilla sie erwähnt hatte.

»Gold hat schon immer eine beruhigende Wirkung auf sie ausgeübt«, sagte er. »Vorausgesetzt, es ist genug davon vorhanden. Außerdem kränkelt sie, seit langem schon. Sie hat mir nie Kinder geschenkt. Maria Isabella wird lernen müssen, sich mit der neuen Situation zurechtzufinden.«

»Und wenn ich nicht mitkomme?«

»Du kannst die Zeit nicht zurückdrehen«, sagte er. »Wenn die Konquistadoren nach Hause segeln, werden andere Weiße ins Land der vier Winde kommen. Viele, Luis, sehr viele. Für die Inkas brechen harte Zeiten an. Ich bedaure es, aber ich kann nichts daran ändern. Das Einzige, was ich tun kann, ist, dir ein neues Leben zu schenken. Und mir.«

Er sah mich an. Im Schein des Feuers waren seine Augen unergründlich.

»Du bist alles, was ich habe«, sagte er. »Endlich bekommt alles, was ich bislang getan habe, einen Sinn.«

*

Puno, Mai 1548

Er brachte mich zum Reden, wider meinen Willen. Am Titicacasee legten wir eine längere Rast ein. Wir rösteten Forellen am Feuer. Ein Stück entfernt grasten unsere Pferde, eines für jeden Reiter, sowie ein halbes Dutzend Packpferde. Der Krieger hatte zwei seiner Soldaten als Eskorte auf unserem Ritt nach Süden mitgenommen. Ich sah die Binsenboote auf dem riesigen See, der mir größer und tiefer erschien als das Meer, und musste an Großvater denken. Fast von selbst flossen seine Worte aus meinem Mund.

»Nach der großen Flut entstieg der Gott Viracocha dem Heiligen See und gründete die Stadt Cuzco. Er reiste herum, in Lumpen gekleidet, und wurde häufig für einen Bettler gehalten. Unterwegs hörte er von der wunderschönen Jungfrau Huaca Cavillaca.«

Ich merkte, wie er neben mir aufhorchte. Der Krieger streckte sich, veränderte seine Position am Feuer.

»Er verliebte sich in sie«, fuhr ich fort. »Doch sie wollte nichts mit ihm zu tun haben. Eines Tages beobachtete er sie, als sie unter einem Lucumabaum, der schöne gelb-rote Früchte trägt, webte. Er verwandelte sich in einen Vogel, flog zu dem Baum und hinterließ seinen Samen in einer der Früchte, die er neben Huaca fallen ließ. Sie aß die Frucht und wurde schwanger.«

»Er hat sie getäuscht«, murmelte er. »Wie ist es ihm bekommen?«

»Als das Kind ein Jahr alt war, wollte sie herausfinden, wer der Vater war. Sie rief die Geister der Region zusammen. Alle erschienen, prächtig gekleidet. Unter ihnen stand auch Viracocha, wie üblich in Lumpen. Keiner antwortete auf ihre Frage, wer der Vater sei. Da setzte sie ihren Sohn auf den Boden – und er kletterte auf Viracochas Schoß. Außer sich vor Zorn, dass ein Bettler sie getäuscht hatte, nahm sie den Kleinen und floh mit ihm zum westlichen Ozean. Dort stieg sie mit ihm ins Wasser, wo beide zu Stein verwandelt wurden.«

»Was tat Viracocha?«, fragte er heiser. »Ist er ihnen gefolgt?«

»Er suchte sie überall. Er fragte alle Wesen nach ihrem Verbleib. Je nachdem, ob sie ihm gute oder böse Nachricht überbrachten, verlieh er ihnen gute oder böse Gaben. Als das Stinktier ihm sagte, dass die Geliebte unerreichbar sei, strafte er es mit schrecklichem Gestank. Dem Condor dagegen, der ihm sagte, er werde die beiden sicherlich finden, schenkte er ein langes Leben. Und er verfügte, dass jeder, der einen Condor tötet, selbst zu Tode kommen wird ...«

Ich konnte nicht weitersprechen. Ich nahm meine Decken und zog mich in die Dunkelheit zurück.

Der Krieger folgte mir nicht, und ich war froh darüber. Als ich sicher sein konnte, dass er schlief, zog ich meine heimlichen Schätze hervor: die Kralle des Condors. Die getrocknete Schlangenhaut. Großvaters Feueropal.

Ich schloss meine Hand um ihn. Ich strengte mich an, die Träume zu rufen.

Nichts geschah.

Ich zog ein kleines Bündel Cocablätter aus meiner Gürteltasche. Ich kaute, schloss die Augen, versuchte es erneut.

Über mir der schwarze Himmel mit der dünnen Sichel des neuen Mondes. Es war bitter in meinem Mund. Der Speichel floss stärker.

Es war wie ein Sturz aus eisiger Höhe. Ich konnte nicht mehr fliegen. Ich sah nichts. Ich hatte alles verloren.

Die Kälte, die nach mir griff, war kaum zu ertragen. Ich zwang mich, dagegen anzukämpfen, sonst würde ich sterben. Ich schälte mich aus den Kleidern der Eroberer und schlüpfte in mein altes Gewand, das ich in einer der Satteltaschen versteckt hatte.

Die Soldaten schnarchten laut. Der Krieger lag ruhig auf der Seite. Er schlief. Es war zu dunkel, um seinen Ausdruck zu erkennen. Schweigend nahm ich Abschied von ihm. Ich erwartete nicht, ihn jemals wiederzusehen.

Ich löste die Zügel des Packpferdes, das die meisten Vorräte trug und glitt auf den warmen Rücken meiner Stute. Ich konnte den Atem der Tiere sehen, als ich aufbrach, und ich wusste, es würde noch kälter werden auf meinem langen Weg nach Hause.

Ich ließ den großen, alten See hinter mir, dem einst Viracocha entstiegen war und an dessen Ufer der Mann ruhte, der mein Vater war.

*

Urubamba, Juni 1548

Die letzte Strecke musste ich zu Fuß zurücklegen. Das Packpferd war längst an Schwäche verendet; meine Stute hatte sich auf dem letzten Pass ein Bein gebrochen. Tränenlos beendete ich ihr Leiden mit einem Messerstich.

Die Kälte hatte an mir gezehrt. Ich war nichts als ein Bündel hautbedeckter Knochen, getrieben von einem beharrlichen Willen.

Dichte Flocken fielen. Die Dorfstraße war menschenleer. Alles drängte sich drinnen an den Feuerstellen zusammen.

Als ich die rauchige Hütte betrat, entfuhr meiner Mutter ein dünner Laut. Sie ließ ihre Handspindel sinken und starrte mich an. Auf dem Webrahmen war ein heller Stoff gespannt.

Ich sah den großen Lucumabaum mit seinen gelb-roten Früchten. Und den Condor, der darunter fraß.

Großvater griff nach seinem Herzen, als wolle er verhindern, dass es ihm aus der Brust sprang. Das Fell des Silberlöwen rutschte von seinem Schoß.

»Willkommen zu Hause, Condor.«

In seinen Augen las ich, wie sehr er mich vermisst hatte.

Drittes Buch
HEILUNG

SIEBEN

Auf dem Weg zum Kloster San Juan de Ortega, August 1563

Der Eichenwald wurde dichter, der Weg steiler. Jakob, der zunächst mit Troppo vorausgestürmt war, blieb nun immer weiter hinter dem Hund zurück. Gelblich matt hingen die Blätter an den Bäumen, und zu ihren Füßen raschelte Laub wie mitten im Herbst.

»Alles trocken«, sagte Bruno. »Es hat hier lange nicht mehr geregnet.«

»Jetzt werden wir aber bald etwas abbekommen.«

Clara beäugte die schnell treibenden, dunklen Wolken, die sich im Westen zusammengeballt hatten. Grünliches Licht fiel durch die Bäume. Der Laubwald ging immer weiter zurück. Als sie die Hochebene erreicht hatten, rochen sie das Harz alter Kiefern.

»Hoffentlich finden wir bald einen Unterstand«, sagte Clara wie im Selbstgespräch. »Ich bin nicht gern im Freien, wenn es donnert und blitzt.«

»Unter einem Holzdach ist es gefährlicher«, wandte Bruno ein.

»Aber Stein schützt. Und ich gebe zu, allein die Vorstellung, ein Dach über dem Kopf zu haben, würde mich ruhiger machen.«

Sie beschleunigten ihre Schritte, obwohl der überwucherte Pfad es ihnen schwer machte.

»Als häusliche Frau habe ich dich nie kennen gelernt«, sagte Bruno nach einer Weile, »wir waren immer unterwegs, und ich glaubte zu sehen, dass es dir gefällt.«

»Zu Beginn war es eine Flucht«, erwiderte Clara. »Dann irgendwann fühlte ich mich frei, da hast du Recht. Doch der Weg zu Jakobus kommt mir inzwischen endlos vor. Weißt du, der Donnersohn, wie ihn die Bibel nennt, war mein Gefährte, seit ich denken kann. Jetzt habe ich manchmal das Gefühl, ihn irgendwo unterwegs verloren zu haben. Meine Zweifel häufen sich mit den Tagen, und in den Nächten plagen mich die Ängste.« Ihr Lächeln misslang. »Und leider sehe ich hier weit und breit keine weise Eremitin, die mir wieder Mut machen könnte.«

Sie blieb stehen, stemmte die Hände in die Seiten und atmete tief die Luft des Waldes ein. »Ich denke oft an Camille«, sagte sie im Weitergehen, »und manchmal beneide ich sie. Sie ist angekommen und weiß jetzt, wohin sie gehört.«

»Sie hat es verdient«, sagte Bruno. »Niemand weiß besser als ich, wie sehr.«

Überrascht sah Clara ihn an. Er aber starrte beim Gehen auf den Boden, als sei sein Blick festgesogen.

»Es wird dunkel.« Jakob blieb stehen. »Hätten wir nicht doch lieber im letzten Dorf bleiben sollen?«

»Schau, der Weg gabelt sich«, sagte Bruno. Ein starker Wind blies ihnen entgegen. Es war kühl geworden. »Ich denke, wir sollten uns links halten, in Richtung Westen. Von der Himmelsrichtung her müsste es richtig sein, aber ganz sicher bin ich mir nicht.«

»Du warst noch nie hier?«, sagte Clara.

Er stocherte im Heidekraut. »So weit bin ich damals nicht gekommen«, sagte Bruno. »Aber dieses Mal ist alles anders. Ich möchte so gern daran glauben.«

Er sah verloren aus, und Clara berührte seinen Arm.

»Ich muss mich bei dir entschuldigen«, sagte sie.

Er wandte sich ab. »Dafür gibt es keinen Grund.«

»Ich hatte versprochen, dir zuzuhören«, sagte Clara. »Stattdessen habe ich dir meine Geschichte erzählt. In der Nacht der Hochzeitsfeier, bevor Camille uns verlassen hat. Aber ich möchte dir gern zuhören, Bruno. Wann immer du willst.«

»Es rauscht hier so seltsam.« Jakob drängte sich zwischen sie. »Hört ihr nichts?« Bruno hob den Kopf und lauschte mit geschlossenen Augen. »Als ob der Wald flüstern würde«, sagte Jakob leise. »Und hinter uns hat es geknackt. Siehst du jemanden, werden wir verfolgt?«

Bruno drehte sich um die eigene Achse. Langsam, in einer ruhigen Bewegung.

»Da ist niemand«, sagte er. »Kein Mensch weit und breit. Nur Wind.« Die ersten dicken Tropfen fielen auf sie herab. Bruno lächelte. »Und Regen.«

»Da war ein Fauchen.« Der Junge war immer noch unruhig. »Ich hab es ganz genau gehört.«

»Vielleicht ein Luchs, der ebenso wenig nass werden möchte wie wir.« Troppo hatte er vorsorglich einen Strick um den Hals gebunden, damit er seinen Jagdgelüsten nicht nachgeben konnte. »Komm, Jakob, wir werden jetzt dafür sorgen, dass deine Mutter keine Angst haben muss.«

Doch Clara hatte sich längst von ihnen entfernt.

»Ich sehe Mauern.« Ihre Stimme flog mit dem Wind zu ihnen. »Hohe Mauern. Dort finden wir bestimmt ein trockenes Plätzchen.«

Sie stemmten sich gegen Böen, die ihnen entgegenfuhren, als wollten sie sie aufhalten. Der Regen stach in ihre Gesichter, und binnen kurzem waren ihre Umhänge schwer vor Nässe.

Was sie erwartete, war eine Enttäuschung. Das Gebäude zerfallen, das Dach nur noch zum Teil erhalten.

»Da wohnt schon lange niemand mehr«, sagte Bruno. »Schätze, wir werden dort drinnen nur ein paar hungrige Mäuse antreffen!«

»Lass es uns trotzdem versuchen«, bat Clara. »Die Mauern sehen aus, als könnten sie Blitz und Donner standhalten.«

»Aber wir haben doch kaum noch etwas zu essen!«

»Mir genügt ein Stück Brot. Den Rest kannst du dir mit Jakob teilen.«

Vorsichtig tasteten sie sich weiter. Das verlassene Gebäude schien verschiedensten Waldtieren als Unterschlupf gedient zu haben. Es roch streng nach Exkrementen, und als Jakob auf einen halb verwesten Igel trat, schrie er leise auf.

»Schade, dass er nicht frisch war!« Bruno warf den stachligen Kadaver durch eine Fensteröffnung ins Freie. »Manche der Gitans packen seinesgleichen in eine Schicht Lehm und rösten sie über dem Feuer.«

»Wer hier wohl einmal gelebt haben mag?« Clara dämpfte unwillkürlich ihre Stimme. »Inmitten dieses dichten, dunklen Waldes.«

»Ich kann ihn hören.« Jakob schien den Atem anzuhalten. »Er redet. Nein, er betet. Er spricht mit seinem Engel...«

»Jakob!« Clara klang streng. »Ich bin jetzt wirklich nicht in der Stimmung dafür. Was wir brauchen, ist ein trockener Platz zum Übernachten. Sobald das Gewitter vorüber ist...«

Sie stieß einen schrillen Schrei aus. Troppo bellte. Der Rabe krähte.

»Clara!« Bruno war mit einem Satz bei ihr. »Was hast du?«

»Da.« Sie deutete in eine dunkle Ecke. »Da liegt etwas. Es lebt. Es hat sich gerade bewegt.«

»*Ultreja!*« Der uralte Pilgergruß kam so leise, dass sie zunächst glaubten, sich verhört zu haben.

»*Quien eres?*«, fragte Bruno. Troppo knurrte, ließ sich aber beruhigen.

»*Un pelegrino. Como todos, no?*«

»Ja, du hast Recht, wir alle sind Pilger«, bestätigte Bruno. Er nickte Clara und dem Jungen beruhigend zu, als der nächste Blitz den Raum erhellte. »Ihr müsst keine Angst haben«, sagte er zu Clara und dem Jungen. »Er ist ein Pilger wie wir. Nicht mehr ganz jung, wie es aussieht. Er scheint sich in dem alten Gemäuer vor dem Gewitter verkrochen zu haben.«

Eine Sequenz greller Blitze in schneller Folge. Donnergrollen. Dann setzte rauschender Regen ein.

Der Fremde war groß und mager. Sein Körper steckte in einer verwaschenen Kutte. Seine bloßen Füße waren groß und schmutzig.

»Woher kommt ihr?« Ein Lächeln erhellte sein Gesicht.

»Er spricht unsere Sprache, Mutter! Und er muss klug sein, denn er hat vorsorglich Holz gesammelt, um Feuer zu machen.« Jakob setzte sich unbekümmert neben ihn auf den Boden. »Von weit her«, wandte er sich dem Pilger zu. »Einige Monde sind wir schon unterwegs. Aber wir wollen noch viel weiter, nach Westen, zum Grab des heiligen Jakobus.«

»Santiago!« Das Lächeln vertiefte sich. »Die Sterne haben euch geführt?«

»Nicht nur die Sterne«, sagte Jakob. »Wir hatten Glück. Denn wir haben Bruno unterwegs getroffen. Und Bruno kennt sich sehr gut aus. Wie heißt du?«

»Juan.« Der Mann hielt einen brennenden Kienspan an den kleinen Holzstoß und blies behutsam. Sein Gesicht mit den hellen Bartstoppeln erschien alterslos, soweit das ständig wechselnde Licht diese Feststellung erlaubte. »Und du? Wer bist du?«

»Ich bin Jakob. Das ist meine Mutter. Und das dort drüben mein Freund Bruno. Woher kommst du, Juan?«

Eine unbestimmte Geste. Dann schaute der Mann wieder ins Feuer.

»Ihr seid hungrig?«, sagte er.

»Eigentlich bin ich immer hungrig.« Jakob lachte. »Aber leider haben wir kaum noch etwas zu essen.«

Lautes Summen ließ ihn aufhorchen. Auch die anderen wandten die Köpfe nach dem durchdringenden Ton.

»Bienen«, sagte Clara. »Sie müssen irgendwo hier drinnen ihren Stock haben. Seht nur, sie sind ganz hell, fast weiß!«

Unvermittelt dachte sie an ihr zweites Kind, die Tochter, die sie verloren hatte. Das wehe Gefühl überschwemmte sie ohne Vorwarnung. Wie sehr hatte sie sich auf das leichte Gewicht des Neugeborenen auf ihren Armen gefreut, auf die Wärme des Köpfchens an ihrer Brust!

Aber das Kind war ohne jede Regung gewesen, der kleine Körper blau angelaufen. Wie ein gewundenes Seil lag die Nabelschnur um den kleinen Hals. Sie hatte ihre Tochter tot geboren.

Es gab einen schlichten Grabstein in Freiburg. Sie war nicht mehr dort gewesen, seit sie mit Jakob nach Genf gegangen war.

Wieso musste sie ausgerechnet jetzt daran denken?

Clara fuhr sich mit der Hand über die Augen. Jakob und Bruno bemerkten es nicht. Sie stocherten im Feuer, um es neu anzufachen, während der Fremde Clara betrachtete, offen, voll mitfühlender Freundlichkeit. Als ob er genau wüsste, was gerade in ihr vorging. Aber das war blanker Unsinn, denn sie waren sich noch niemals zuvor begegnet.

»Die Bienen waren so freundlich, mich an ihren Schatz zu lassen.« Juan löste seinen Blick von ihr, und sie war froh darüber. Er bot ihnen einen Tontopf an, bis zum Rand mit dunklem Honig gefüllt. »Komm, Jakob, bedien dich!«

»Und sie haben dich nicht gestochen?« Der Junge tauchte sein Brot hinein, und die lang vermisste Süße des Honigs erfüllte seinen Gaumen. Das Prasseln des Feuers entspannte ihn. Er formte kleine, feste Kugeln aus Honig und Brot und sah Bruno fragend an.

Der verstand sofort und nickte aufmunternd.

Jakob hielt sie Lia hin. Sie pickte sie nacheinander aus seiner flachen Hand, vorsichtig erst, schließlich zutraulicher. Das erste Mal, dass sie ihn so nah an sich heranließ, und Jakob war die Freude darüber anzusehen.

»Sie stechen nur, wenn sie sich bedroht fühlen«, sagte Juan. »Denn wenn sie gestochen haben, müssen sie sterben.

Vor allem muss man mit ihnen reden. Das ist das Wichtigste. Ich habe ihnen erklärt, wie hungrig ich bin. Und dass ich vielleicht noch ein paar ebenso hungrige Gäste haben werde.«

Auf einem Tuch zu seinen Füßen lagen schlanke, grüne Pflanzen, die aussahen, als habe er sie gerade erst gepflückt. Clara hob eine auf und rieb die Blätter zwischen ihren Fingern.

»Brennnesseln«, sagte sie. »Im Frühling kann man einen schmackhaften Salat daraus bereiten.«

»Sie tun zu jeder Jahreszeit gut«, sagte Juan. »Vorausgesetzt, man schneidet die Rispen mit den Samen ab und streift sie von den Stängeln.«

Alle aßen davon. Sie legten ihr Brot dazu und den Käserest. Die letzte volle Kalebasse machte die Runde. Es wurde still im Raum. Lia war bereits auf Brunos Schulter eingeschlafen. Troppo lag zu seinen Füßen, nah am Feuer.

Irgendwann ließ der Regen draußen nach.

Immer wieder glitten Claras Blicke zu dem Fremden. Wenn sie ihn ansah, breitete sich eine wohltuende Ruhe in ihr aus.

*

Es war ein Geräusch, das Jakob weckte, ein leises Sirren oder Rauschen. Er setzte sich auf. Neben ihm lag Clara und schlief. Am Fußende hatte sich Bruno eingerollt. Troppo lag Rücken an Rücken mit seinem Herrn, die Läufe von sich gestreckt in völliger Entspannung. Lias geduckter Körper krönte den Kopf des Hundes wie eine dunkle Federkappe. Er konnte alles mühelos erkennen mitten in der mondlosen Nacht.

Von nebenan kam ein heller Schein, für den er keine Erklärung hatte. Leise stand Jakob auf.

Es überraschte ihn, den Raum leer vorzufinden. Auf dem

Platz, wo Juan gelagert hatte, fand er das Tuch mit den Brennnesselresten und den geleerten Honigtopf. Ein paar trockene Zweige. Den Aschehaufen.

Für einen Augenblick glaubte der Junge die vagen Umrisse Juans auf dem Boden zu sehen, dann erlosch das Licht. Ungläubig schüttelte Jakob den Kopf und wollte eben den Rückzug antreten, da ließ ihn etwas innehalten.

Rosenduft.

*

Die Pilger aßen mit herzhaftem Appetit, und Fra Martín, der Küchenbruder, der ihnen in der Klosterküche Boheneintopf, Brot und Mandelmus aufgetischt hatte, schien sich daran zu erfreuen. Großzügig schenkte er von dem Bier nach, das Bruno zügig trank. Jakob hatte abgelehnt. Die Erinnerung an seine trunkene Übelkeit war noch zu lebendig. Der Mönch plapperte ohne Unterlass. Es kostete Bruno Mühe, halbwegs mit dem Übersetzen nachzukommen.

»Sie werden bald fertig sein mit der Renovierung des Hospizes«, sagte er. »Sie hoffen darauf, dass wieder mehr Pilger hier vorbeikommen. Früher müssen es viele gewesen sein, die den Weg durch die Oca-Berge in Richtung Burgos gewagt haben. Jetzt lassen sie sich an den Fingern einer Hand abzählen. Aber die Augustinerbrüder dieses Klosters sind guten Mutes. Wenn hier alles fertig ist, wollen sie sich an die Instandsetzung der Eremitei machen – eine Arbeit, die lange dauern wird.«

Er leerte seinen Krug.

»Das ist die Ruine, in der wir gestern vor dem Gewitter Schutz gefunden haben. Wo wir friedlich geschlafen haben, hat einst ein Heiliger gelebt.«

»Er soll von ihm erzählen!«, bat Jakob. »Frag ihn. Bitte!«

Der Küchenbruder musste nicht lange überredet werden.

»Der Heilige geriet als junger Mann in einen Sturm und

gelobte, sich künftig um Wallfahrer zu kümmern, falls er gerettet würde«, übersetzte Bruno. »Er hat sein Versprechen gehalten, dieses Kloster gegründet, wo er seit langem begraben liegt, viele neue Pfade durch unwirtliche Sumpfgegenden geschlagen, Brücken gebaut, Wegelagerer vertrieben. Nach seinem Tod geschahen Wunder an seinem Grab. Ein stummes Kind konnte wieder sprechen. Lahme liefen. Aussätzige wurden geheilt.«

Fra Martín genoss die Aufmerksamkeit seiner Zuhörer. Bruno übersetzte lächelnd.

»Frauen flehen ihn um Beistand an, wenn sie schwanger werden wollen. An seinem Grab zu beten, soll fruchtbar machen. Der Königin von Kastilien hat er auf diese Weise zu einem Sohn verholfen. Auf ihre Bitte öffnete man den Sarkophag des Heiligen. Es roch betörend nach Rosen; weiße Bienen umschwärmten seinen Leichnam, unversehrt noch nach Jahrhunderten. Neun Monate später kam sie mit einem gesunden Knaben nieder.«

»Bienen!«, sagten Clara und Jakob wie aus einem Mund.

»Zum Dank gab die Königin ihrem neugeborenen Kind seinen Namen«, fuhr Bruno fort.

»Und wie hieß er?«, fragte Jakob.

»Juan de Ortega. Jedenfalls heißt die Brennnessel so. Der heilige Johannes von der Brennnessel«, sagte Bruno. Er stutzte. Sah Jakob an. Dann Clara. Alle drei schwiegen verblüfft.

Der Küchenbruder musterte sie zunächst erstaunt, dann stellte er Bruno eine kurze Frage.

»Er will wissen, ob ein Fremder uns unterwegs mit Honig beschenkt hat«, sagte Bruno. »Wenn ja, behauptet er, dann wäre das nicht zum ersten Mal geschehen.«

Jakob nickte beklommen.

»Und ich habe Rosenduft gerochen«, sagte er. »Mitten in der Nacht. Als Juan schon fort war. Ich wollte es euch gleich sagen. Aber ihr habt so fest geschlafen, und ich hatte Angst, ihr würdet mir nicht glauben. Dabei roch es wie zu Hause in Mutters Garten.«

Fra Martín strahlte über das ganze Gesicht, nachdem er die Antwort verstanden hatte.

»Der Sternenweg zu Santiago ist voller Wunder«, übersetzte Bruno. »Jeden, der ihn geht, verwandelt er. Aber nur der kann sie erfahren, der reinen Herzens ist. Die Seele kann das Wunder finden. Denn sie ist das Geschenk Gottes.«

»Und er liegt wirklich hier? Gleich nebenan? In der Klosterkirche?«, sagte Jakob schließlich.

Bruno fragte nach, und der Mönch bestätigte es.

»Dann möchte ich zu Juan«, bat der Junge. »Kannst du mich zu seinem Grab bringen?«

*

León, August 1563

Als das Fieber endlich sank, veränderten sich seine Träume. Hatte er zunächst Flores gesehen, die sich mit wutverzerrtem Gesicht und spitzen Nägeln über ihn beugte, als wolle sie sein Inneres zerfetzen, begegnete ihm nun Teresa. Sie trug einen Spitzenschleier vor dem Gesicht und hatte die Hände ausgestreckt. Während er noch grübelte, ob sie ihn an sich ziehen oder wegstoßen wollte, fiel ihm eine Veränderung auf. Ihr Leib wölbte sich, und er überlegte, ob das Kind, das sie trug, seine oder ihre Hautfarbe haben würde.

Irgendwann veränderten sich ihre Züge, schließlich auch die Gestalt. Teresa wurde zu seiner Mutter Quilla in jungen Jahren, stark und schön, die ihre Arme um ihn schloss, die ihn hielt und schützte. Er wurde kleiner und kleiner, so winzig, dass er wieder zurück in ihren Schoß gleiten konnte – bis er plötzlich mit einem Schrei hochfuhr.

Federn. Krallen. Ein Krächzen.

Und das lang vermisste Gefühl, er könne seine Schwingen weit, weit ausbreiten ...

Im ersten Moment wusste Luis nicht, wo er war. Sonnenstrahlen krochen über den Boden. Helle Stoffbahnen bauschten sich am Fenster.

Plötzlich hellwach, tastete er nach dem Holzrahmen des schmalen Bettes, in dem er schon als Jugendlicher nach der Landung in Spanien geschlafen hatte, sah über sich den blauen Alkoven, und drüben, neben der Türe, die Glasschale mit den getrockneten Rosenblättern. Er fühlte ein Stechen in der linken Seite. Er musste vorsichtig atmen, um weitere Schmerzen zu vermeiden.

Ramón war sofort da, als er nach ihm rief.

Ramón, der ihm zu trinken und zu essen gab, wie offenbar viele Tage zuvor. Ramón war es auch, der ihn mit warmen Tüchern abrieb und geschickt den Verband wechselte. Die Wunde verheilte gut. Aber es dauerte noch eine geraume Zeit, bis er sich kräftig genug fühlte, um nachzufragen.

»Ein Nachbar hat gesehen, wie Ihr vor der Kirche niedergestochen wurdet«, sagte Ramón. »Er war sich zunächst nicht sicher, was er tun sollte, denn Ihr hattet ihn bislang offenbar noch nie zur Kenntnis genommen. Er hat euch trotzdem hierher bringen lassen. Ihr hattet Glück. Großes Glück, Herr. Denn ich war bereits wieder zu Hause.«

»Du hast einen Medicus kommen lassen?«, sagte Luis. Er hatte eine vage Erinnerung an einen dicken Mann, der grob an ihm herumgefuhrwerkt hatte.

Ramón nickte.

»Ein Stümper«, sagte er abfällig. »Jemand, der zu viel Silber für zu wenig Können fordert. Er hat nur gebrabbelt. Und sich wichtig gemacht. Er wusste nicht einmal, wie man den Puls fühlt. Als er dann auch noch versucht hat, irgendein stinkendes Öl in die Wunde zu reiben, das Euch angeblich kurieren sollte, hab ich ihn rausgeworfen.«

Luis betrachtete ihn amüsiert.

»Dann bist du also mein Medicus gewesen?«

Zum ersten Mal, seitdem er Ramón kannte, sah er ihn lachen.

»Nein, denn ich wusste bislang nichts über Stichwunden. Und ich bin fremd hier. Ich musste in der halben Stadt herumsuchen, bis ich endlich jemanden traf, den ich um Rat fragen konnte.« Er zögerte. »Eine Hebamme.«

»Eine Hebamme?«, sagte Luis.

»Ja. Marian. Man nennt sie hier im Viertel auch den ›Engel der Frauen‹. Was sollte ich tun? Ihr habt stark gefiebert, wart ohne Bewusstsein, und die Wundränder sahen alles andere als gut aus. Ich hatte Angst um Euch. Marian hat alles gesäubert und danach einen festen Verband angelegt. Den Rest muss Gott erledigen, hat sie gesagt. Und dennoch ist sie Tag für Tag erschienen, um nach Euch zu sehen. Sie hat Euch gerettet. Erst, als es Euch besser ging, hat sie mir gezeigt, was ich tun muss.«

»Dann schulde ich gleich mehreren Dank«, sagte Luis. »Dir, Ramón. Meinem Nachbarn. Und natürlich vor allem dem Engel der Frauen. Dabei dachte ich schon, ganz León sei gegen mich. Ich muss mich getäuscht haben.« Auf der Suche nach einer bequemeren Lage drehte er sich auf den Rücken und streckte sich genüsslich. »Aber ich muss dir sagen, ich habe mich gerne getäuscht!«

Ramón sah, wie er seine Hände ausstreckte und betrachtete.

»Das ist leider nicht besser geworden«, sagte er schnell. »Deshalb tragt Ihr noch immer Handschuhe. Ich hab es Marian auch gezeigt. Aber sie hat nur den Kopf geschüttelt. ›Das ist nicht meine Sache. Das muss ein anderer heilen‹, hat sie mir erklärt. ›Jemand mit anderen Fähigkeiten, als eine Hebamme sie haben kann.‹«

»Immerhin hat sie mir das Leben gerettet«, sagte Luis. Der Schmerz in der Seite ließ ihn die Spannung auf der Haut fast vergessen. »Damit kann ich zufrieden sein.«

»Vielleicht seid Ihr ja auch nur gesund geworden, weil ich zu Santiago gebetet habe«, sagte der Diener. »Der Apostel kann Wunder bewirken. Alle Welt weiß das. Ich habe so sehr gehofft, er würde uns nicht im Stich lassen. Wo wir doch aus seiner Stadt kommen! Und er hat tatsächlich geholfen.«

»Santiago«, sagte Luis langsam. »Du hast Recht, Ramón! Ich glaube, ich muss mich eines Tages persönlich bei ihm bedanken.«

Ein Gedanke begann in ihm zu keimen.

Das ist verrückt, dachte Luis im ersten Augenblick. Aber weshalb? Vielleicht war es ja das, wonach er so lange vergeblich gesucht hatte! Er beschloss, nichts zu überstürzen.

»Die Übeltäter hat man übrigens auf frischer Tat geschnappt«, sagte Ramón in seine Tagträumereien hinein. »Ihr wart nicht der Einzige, über den sie hergefallen sind. Sie sitzen im Kerker. Beide. Ich bin sicher, dass man sie aufknüpfen wird. Genauso, wie sie es verdient haben.«

»Ich hätte sterben können«, sagte Luis nachdenklich und richtete sich auf. »Aber ich bin noch einmal davongekommen. Öffne das Fenster, Ramón!«

»Das Fenster?«, kam es ungläubig zurück. »Jetzt?«

»Das Fenster. Ja, jetzt! Und bring mir bitte den großen Stein. Du weißt schon, jenen in der Truhe, der die Farben der Sonne in sich vereint.«

»Aber es ist beinahe Mittag, Herr«, sagte Ramón. Mit schweren Schritten ging er zur Truhe, schloss sie auf und holte das Kästchen heraus. Er legte den Feueropal in Luis' Hand. »Und die Sonne steht hoch. Die Hitze wird Euch zusetzen. Ihr seid noch sehr schwach. Ihr solltet Euch schonen, sonst ...« Mit sichtlichem Missfallen machte er sich am Fenster zu schaffen.

»Ich lebe, allein das zählt! Vielleicht war es mir noch nie so bewusst wie heute. Was gibt es zu essen?«

»Gebratenes Huhn.« Ramón stockte, entschied sich dann aber für die Wahrheit. »Und Linsen mit Zwiebeln. Marian hat gekocht. Sie kocht schon die ganze Zeit für Euch. Und für mich natürlich auch. Ich weiß, Ihr wolltet unter keinen Umständen eine Magd, aber sie wohnt ja nicht bei uns im Haus. Und wie sollte ich sonst für Euch sorgen, wo ich doch ...«

»Dein Engel scheint jede Menge erstaunlicher Talente zu besitzen! Und morgen möchte ich aufstehen. Vielleicht kann ich das Haus ja bald wieder verlassen. Aber zuvor will ich hier einiges verändern. Wirst du mir dabei helfen?«

Ramón nickte, doch die Skepsis in seinem Gesicht war unübersehbar.

»Ich gehe jetzt nach dem Essen sehen, Herr«, sagte er. »Ich bitte Euch, bewegt Euch einstweilen nicht zu sehr. Tut mir wenigstens diesen Gefallen!«

Der Stein lag warm in seiner Hand, beinahe wie ein lebendiges Wesen. Es gab keinen erkennbaren Grund für die Sehnsucht, die Luis plötzlich erfüllte. Ein Gefühl, als würde ein schwerer Gegenstand in tiefes Wasser sinken. Ein Sog, stark, kaum zu ertragen. Alles in ihm zog sich zusammen wie zu einem heißen Knoten.

Für ein paar Augenblicke glaubte er, ein Gesicht zu sehen. Das Gesicht einer Frau, das ihm unbekannt war und gleichzeitig unendlich vertraut. Dämmerlicht, etwas Blaues und Grünes, das vor ihm aufblitzte und sofort wieder verschwand.

Ernste Augen. Ein schlanker Hals. Langes Haar, das über ihn herabfiel, dunkel wie Rauch.

Sein Blick glitt fort, und was er sah, stimmte ihn froh. Vor ihm lag Wasser, als würde er schwimmen und von der Strömung weitergetragen werden, unendlich weit.

✽

Burgos, August 1563

»Tu es nicht, Bruno, bitte!« Die Stimme des Jungen war so eindringlich, dass seine Hand mitten in der Bewegung innehielt.

»Was machst du denn hier, Jakob?«, sagte Bruno verdutzt. Er ließ die Karten sinken. »Es ist sehr spät. Warum bist du nicht bei deiner Mutter in der Herberge?«

»Das Fenster war vergittert. Ich konnte nicht schlafen. Pack alles zusammen, nimm die Tiere und komm. Schnell! Sie werden dir sonst wehtun. Ich weiß es!«

Die kleine Taverne füllte sich stetig. Die Kunde von dem seltsamen Fremden, der gekommen war, um mit seinem Raben die Zukunft zu deuten, schien sich schnell herumgesprochen zu haben.

»Wir brauchen das Geld«, sagte Bruno. »Unsere Vorräte sind nahezu erschöpft. Deshalb werden Lia und ich heute eine Vorstellung geben.«

»Aber das dürft ihr nicht! Nicht heute. Nicht hier! Es ist zu gefährlich. Du musst mir glauben, bitte! Das Geld kriegen wir auch anderswo zusammen.«

Bruno konnte sich den flehenden dunklen Augen nicht länger widersetzen. Ein kleiner Tumult drohte zu entstehen, als er die Karten in die Schachtel legte und aufstand. Troppo war sofort an seiner Seite. Bruno gelang es schließlich, sich zwischen den aufgebrachten Menschen zur Tür zu schieben. Er lächelte, redete und gestikulierte nach allen Seiten.

»Was hast du ihnen denn gesagt?«, wollte Jakob wissen, als sie endlich draußen waren. Die Nacht war warm und windstill. In der Nähe war das Liebesfauchen einer Katze zu hören. »Sie wollten dich ja gar nicht mehr gehen lassen.«

»Dass ich morgen wiederkomme. Es war schwer genug, sie zu beruhigen. Die Menschen mögen es nicht, wenn man sie zum Narren hält, das musst du dir merken. Sonst werden sie gefährlich. Deshalb will ich jetzt auch endlich wissen, was los ist, Jakob. Und ich hoffe, du hast eine gute Erklärung für dein Verhalten.«

Aufgeregt strich sich der Junge das Haar zurück. Auf seiner Stirn standen Schweißperlen.

»Estrella hat man hier in Burgos fast gesteinigt«, sagte er. »Und zwar, als sie auf dem Markt ihre Karten gelegt hat. Ich hab es gelesen, Bruno, erst vorhin. Ich musste sofort zu dir. Ich wollte nicht, dass dir dasselbe zustößt.«

»Und wer ist diese Estrella?«, fragte Bruno. »Kenne ich sie?«

»Nein. Ein schönes Mädchen. Aus meinem Buch. Sie hat bunte Karten, mit denen sie die Zukunft deutet, aber ...«

Bruno packte seinen Arm.

»Soll das heißen, du hast mich bei der Arbeit gestört, nur weil dich eine Geschichte beunruhigt hat?«

»Es ist wahr, Bruno. Es ist *geschehen*.«

»Und selbst, wenn es tatsächlich geschehen ist, dann ist das doch schon lange her, oder nicht?«

»Ja. Aber Orte ändern sich nicht so schnell. Ich kann den Hass hier überall noch spüren, die Ablehnung, das Dunkle, das sie damals getroffen hat. Estrella wäre in Burgos zu Tode gekommen, hätte der Templer sie nicht gerettet. Und du hast doch niemanden, der dich retten könnte, Bruno!«

Seine Stimme überschlug sich.

»Außerdem ist es nicht eine Geschichte, sondern es sind zwei. Sie gehören zusammen, auch wenn es lange nicht danach aussieht. So, wie manche Menschen zusammengehören. Auch wenn sie es zunächst nicht wahrhaben wollen.«

Wenig überzeugt und immer noch leicht verärgert, zog Bruno das aufgeregte Kind mit sich weiter, bis sie an der Kathedrale angelangt waren, deren Ornamente wie steinernes Spitzenwerk in den dunklen Himmel ragten. Er drängte ihn auf eine der Stufen.

»Setz dich. Ich glaube, wir beide haben eine ganze Menge miteinander zu besprechen, mein Junge.« Bruno ließ sich neben ihm nieder. »Das Wichtigste zuerst: Es wird nichts aus deiner Mutter und mir. Auch wenn du dir noch so viel Mühe gibst. Schlag es dir aus dem Kopf. Sonst wirst du nur traurig.«

»Du magst sie nicht?«, sagte Jakob.

»Ich mag sie sogar sehr«, sagte Bruno. »Clara hat alles, wovon ich immer geträumt habe: Güte, Klugheit, ein großes Herz. Sie ist eine Kämpferin. Eine Frau, der niemals aufgibt. Und sie ist sehr schön. So schön, dass ich manchmal fast zu atmen vergesse, wenn ich sie zu lange ansehe.«

»Mein Vater ist schon so lange tot. Sie ist einsam. Auch wenn sie es nicht zugibt.«

»Da hast du Recht. Und ich bin sicher, eines Tages wird sich das ändern. Clara wird jemandem begegnen. Dem richtigen Mann. Ich würde mir wünschen, dass du ihm dann offen und freundlich entgegentrittst. Lehn ihn nicht ab, weil er nicht der ist, den du dir gewünscht hättest. Sondern gib ihm die Möglichkeit, sich dir zu zeigen.«

»Wie denn, wenn du es nicht bist?«

»Versuch es, Jakob. Dir zuliebe. Schau in das Gesicht deiner Mutter, wenn er neben ihr ist. Dann wirst du wissen, ob er gut für sie ist und damit auch für dich.«

»Aber warum kannst du nicht dieser Mann sein, Bruno? Ich wünsche es mir so sehr!«

»Es gibt Dinge, die du noch nicht verstehen kannst, weil du zu jung dafür bist. Lass es mich dir so erklären: Ich bin allein gewesen, mein ganzes Leben. Es scheint mein Schicksal zu sein, auch wenn ich es mir beileibe nicht ausgesucht habe. Daran wird sich vermutlich auch in Zukunft nichts ändern.«

»Du wirst uns verlassen«, sagte der Junge dumpf. »Darum geht es doch, und das verstehe ich sehr gut. Mutter hat es mir gesagt, und ich hab es ihr nicht glauben wollen. Aber sie hat Recht gehabt.«

Er sprang auf.

»Dann hau doch gleich ab«, sagte er plötzlich aufgebracht. »Mit deinem alten Hund und deinem komischen

Raben. Lass uns allein. Ich kenn das schon. Ich werd's aushalten.«

Bruno erhob sich, und ohne sich von der Gegenwehr des Jungen beeindrucken zu lassen, zog er ihn fest in seine Arme. Lia flog auf und umrundete sie flatternd, bis Jakob sich in die Wärme der Umarmung fügte.

»Ich weiß, wie sehr dir dein Vater fehlt«, sagte Bruno leise. »Aber du hast deine schönen Erinnerungen. Das ist sehr viel. Mein Vater lebte – und ich habe ihn dafür gehasst. Für das, was er war. Für das, was ich werden musste. Was ich tun musste. Seinetwegen. Wozu ich verdammt war.«

»Aber du bist von zu Hause fortgelaufen«, sagte Jakob. »Du hast dich doch anders entschieden. Hasst du ihn denn immer noch?«

»Nein«, sagte Bruno. »Ihm habe ich vergeben, obwohl ich nicht einmal weiß, ob er noch lebt. Mir nicht. Vielleicht macht mich das einsam.«

Er schob ihn ein Stück von sich und gab Lia ein Zeichen. Jakob beobachtete regungslos, wie der Vogel über ihm kreiste und hielt den Atem an, als sich Lia auf seiner Schulter niederließ.

»Ein Versprechen, Jakob«, sagte Bruno. »Hier im Schatten der alten Kathedrale. Willst du?«

Der Junge nickte mit enger Kehle.

»Wir bleiben zusammen. Bis wir beide am Ziel angelangt sind. Ich kann dir allerdings nicht garantieren, dass dein Ziel auch meines ist. Aber ich denke, du bist groß genug, um das zu verstehen. Einverstanden?«

Die Jungenhand legte sich in die des Mannes.

»Du bist mein Freund, Bruno! Deshalb hab ich dich ja auch warnen müssen. Denn wenn dir etwas zustößt, dann …«

Bruno versetzte ihm einen freundlichen Stoß.

»Das war klug von dir«, sagte er. »Und nun erzähl mir endlich die Geschichte aus deinem Buch fertig, damit ich weiß, womit wir noch zu rechnen haben. Im Gegenzug werde ich dir beibringen, wie man in fremden Städten zu ein paar anständigen Silbermünzen kommt. Denk bloß nicht, dass das einfach ist!«

Jakob rührte sich nicht.

»Was ist?«, fragte Bruno.

Der Junge hielt die linke Schulter ein wenig verkrampft, damit Lia ungestört sitzen konnte.

»Es gibt hier einen schönen Fluss. Nicht zu viel Wasser, aber auch nicht zu wenig, glaube ich. Ich will schwimmen können, bevor ich dreizehn werde.«

Die Muttergottes war eine ernste junge Frau. Sie trug ein rotes Kleid mit einem blauen Mantel und saß auf einer Bank. Neben ihr stand Jesus, ein kräftiger, kleiner Junge, der dem Betrachter offen entgegenblickte. Im Hintergrund glänzte ein Fluss im Abendlicht, beinahe so breit und gemächlich wie der Arlanzón, in dem Bruno und Jakob heute gebadet hatten. Die aufgeregten Rufe klangen noch in ihren Ohren und schienen sich mit dem feierlichen Klang der Instrumente zu vermischen.

Lange hatte sie kein Bild mehr so angezogen. Auf der Suche nach einer Jakobusstatue war sie in der Kathedrale Santa María darauf gestoßen und sofort davor niedergekniet. Clara wusste nicht, wie lange sie es schon in sich aufnahm. Es schien in sie einzusickern, als wollte es sie gänzlich erfüllen.

Ohne Bruno wäre Jakob niemals so bald wieder zu einem fröhlichen Jungen geworden, das wusste Clara. Es stimmte sie froh und traurig zugleich. Bei den heutigen Schwimmübungen war es ihm nicht leicht gefallen, die Bewegungen von Armen und Beinen gleichzeitig auszuführen. Vom Ufer aus hatte sie den Ärger in ihm aufsteigen sehen. Er wollte Bruno doch so gern beeindrucken! Als ihn die ersten hastigen

Züge über Wasser hielten, war er unendlich stolz gewesen.

Sie schrak aus ihren Gedanken, als sich die Türen der Kathedrale öffneten. Frauen strömten herein, Frauen in Festtagsgewändern, Frauen, die bunte Sträuße in den Armen trugen und langsam zum Altar gingen.

Plötzlich musste sie weinen.

Sie tat nichts gegen die Tränen, und sie hätte nicht einmal sagen können, wem sie galten.

Suzanne, die niemals zur Frau reifen würde.

Dem Zuhause, das sie für immer verloren hatte.

Den Blumen in den Armen der unbekannten Frauen, die sie nicht kannte, und die ihr zeigten, wie fremd sie hier war.

Der Erinnerung an die Weihbuschen, die sie Jahr für Jahr an Mariä Himmelfahrt an der Seite ihrer Mutter in das Freiburger Münster getragen hatte.

Ihrer Sehnsucht nach Heinrich.

Jakob, der in wenigen Tagen dreizehn wurde.

Der Gewissheit, dass die Zeit mit Bruno begrenzt war.

Dem Schmerz, dass sie an alldem nichts zu ändern vermochte.

Sie barg ihr Gesicht in den Armen, als sie plötzlich eine warme Hand auf ihrem Kopf spürte.

Dunkle, freundliche Augen. Ein Strahlenkranz von Falten, der sich beim Lächeln vertiefte.

Sie blickte in das Gesicht einer alten Frau.

»*Somos mujeres*«, sagte sie. »*Es una mujer como nosotras.*«

Gemeinsam hoben sie ihre Blicke zurück zur Madonna, und Clara verstand jedes Wort.

»Bete zu ihr. Sie wird dich verstehen. Sie kennt die Freuden und die Schmerzen. Maria ist eine von uns.«

✳

Auf der Meseta, August 1563

Der Himmel wurde bleich; der Morgenstern verblasste. Sie brachen auf, um die kurze Kühle der frühen Stunden zu nutzen. Jakob leichtfüßig und geschmeidig; Clara und Bruno um einiges schwerfälliger. Die langen, sonnendurchglühten Tage auf der kargen Hochebene machten ihnen zu schaffen. Das Licht, das in den Augen stach. Der immer gleiche Blick auf stoppelige, abgeerntete Getreidefelder. Der nur trügerisch nahezu greifbare Horizont, hinter dem sich die kargen Ansiedlungen versteckten.

Ihre Schatten zeigten nach Westen. Und sie liefen ihnen hinterher, Tag für Tag. Manchmal sehnten sie sich nach den anstrengenden Steigungen, die hinter ihnen lagen.

»Da läufst du und läufst, und du wirst ihn nicht los, deinen Schatten«, sagte Bruno nachdenklich. »Immer hast du ihn bei dir. Wie eine Mahnung.«

»Ich finde es schön, dass er sich niemals von mir trennt«, rief Jakob vor ihnen. »Mir gefällt, dass er zu mir gehört, wie die Nacht zum Tag.«

Er beugte den rechten Arm, um Lia zu streicheln, die inzwischen öfter auf seiner Schulter saß, um schließlich dann doch wieder zu Bruno zurückzufliegen. Ihr Gewicht war Jakob niemals Last, immer nur Freude. Wenn sie die Federn spreizte und dabei seine Wange kitzelte, begann er zu summen, was ihr besonders zu gefallen schien. Ein paarmal hatte sie schon zart an seinem Ohr geknabbert, eine große Auszeichnung, wie Bruno dem Jungen mit ernsthafter Miene versichert hatte.

Sonst blieb er schweigsam, und seitdem sie Frómista hinter sich gelassen hatten, hatte er kein Wort mehr gesprochen. Clara dagegen hatte dort in San Martín eine lange stumme Zwiesprache mit Jakobus gehalten und fühlte sich seitdem getröstet und wieder von ihm behütet. Inzwischen plagten sie andere Sorgen. Übelkeit und Brechreiz schwächten sie, und nirgendwo unterwegs entdeckte sie Klettwurz, Pfefferminze, Wermut oder irgendein anderes ihr bekanntes Kraut, das dagegen geholfen hätte. Sie schleppte sich weiter, so gut es ging, aber die Pausen, die sie benötigte, wurden immer länger.

Eine leichte Besserung trat ein, als sie neben der Klosteranlage in Villacázar de Sirga Wilde Kamille entdeckte, aus der sie sich einen Tee zubereitete.

»Was ist mit dir?«, unterbrach Bruno sein Schweigen.

»Mein Magen rebelliert«, sagte sie. Sie jammerte nicht, sie stellte es nur fest. »Und mein Darm nicht minder. Scheint, dass mir die eintönige Kost nicht bekommt. Zu Hause haben wir auch sehr einfach gegessen, aber mein Garten hat für die notwendige Abwechslung gesorgt.«

»Du sprichst sehr häufig von deinem Garten«, sagte Bruno, während Jakob sie bedrängte, sich von ihm die Tasche abnehmen zu lassen, wogegen sie sich wehrte. »Man könnte fast denken, es handle sich um ein lebendiges Wesen.«

»Für mich war er das«, sagte Clara. »Manchmal hatte ich das Gefühl, die Bäume und Sträucher würden mich erkennen, sobald ich sie berührte. Diesem Werden und Vergehen zuzusehen, hat mich vieles gelehrt; es hat mich sehr froh gemacht. Auch und gerade in dunklen Zeiten, wo der Mut mich verlassen wollte.«

»Du wirst wieder einen Garten haben«, sagte Jakob. »Er wird noch schöner sein! Ich kann ihn schon genau vor mir sehen.«

Sie lächelte ihm zu.

»Ich fühle mich schon stärker«, sagte sie. »Allein, wenn ich darüber rede.« Ihr blasses Gesicht und die verkrampfte Haltung verrieten, wie sehr sie sich zusammennahm.

Der nächste Ort empfing sie mit einem Rudel abgemagerter Hunde, die sie feindselig ankläfften. Troppo knurrte zurück, und Bruno hielt ihn kurz angeleint. Viele der Häuser schienen unbewohnt, einige der Strohdächer waren löchrig. Obwohl die Abendsonne dem Sandstein, aus dem sie gebaut waren, einen warmen Ton gaben, lag etwas Düsteres über der Ansiedlung. Ein Mann, den Bruno anhielt, um nach einem Wirtshaus zu fragen, spuckte vor ihm und ging wortlos weiter. Auch die Frau, die ihnen schließlich Auskunft erteilte, schien das nur widerwillig zu tun.

»Am liebsten würde ich weiterwandern.« Trotz der Wärme zog Clara fröstelnd die Schultern hoch. »Sie mögen hier keine Fremden. Das zeigen sie unmissverständlich. Vielleicht hält man uns wieder einmal für Landstreicher.«

»Dann müssen wir mit ihnen reden«, schlug Jakob vor, »und ihnen sagen, wer wir sind und wohin wir wollen.«

»Ich fürchte, diese Mühe können wir uns sparen«, sagte Clara. «Hast du nicht gesehen, wie hastig die junge Frau ihr Kind ins Haus gezogen hat, als wäre ihr der Leibhaftige begegnet? Lasst uns noch ein Stück weitergehen. Und macht euch um mich keine Sorgen. Ich schaff das schon!«

»Du brauchst Ruhe«, widersprach Bruno. »Und eine ordentliche Suppe, die dir den Magen füllt. Diese Leute sind wie ihr Land: hart, ohne Umschweife, direkt. Sie müssen jeden Halm, jede Ähre dem trockenen, steinigen Boden abzwingen. Es ist ein schweres Leben.«

Sie hob den Blick und schaute zum Horizont, wo die Sonne gerade unterging. Der rote Ball schien alles, was er berührte, in Feuer zu verwandeln. Feuer, Erde, Steine – es gab nichts, wo das Auge sich ausruhen konnte. Aber dann entdeckte Clara gegen Süden etwas anderes.

»Bäume«, sagte sie. »Und etwas Grün. Dort drüben scheint ein Bach zu sein. Dort können wir rasten, wenn es denn unbedingt notwendig ist.«

Bruno bestand auf der warmen Mahlzeit, und die drei verzehrten in der kargen Wirtsstube einen reichlich fetten Eintopf. Außer ihnen saßen noch ein paar Einheimische auf den harten Holzbänken, schweigsame Gesellen, die sie anstarrten, als wünschten sie ihnen nichts Gutes.

»Lass uns gehen«, flüsterte Clara. »Ich werde mich bestimmt gleich besser fühlen, sobald ich ihren finsteren Blicken entkommen bin.«

Sie nahmen ihren Weg in ein kleines Tal, das magere Wiesen säumten, bis sie schließlich am Bach angelangt waren.

»Nur ein Rinnsal!«, maulte Jakob. »Nichts zum Schwimmenlernen. Da ist ja kaum mehr Wasser drin als in einer großen Pfütze.«

»Aber immerhin genug, um unseren Durst zu stillen und den der Tiere.« Bruno machte sich daran, für alle das Nachtlager zu richten.

Clara wälzte sich unruhig hin und her, als die anderen schon eingeschlafen waren. Über ihr ein Meer von Sternen. Wenn sie die Augen zusammenkniff, schienen sie sie einzuhüllen wie eine riesige, funkelnde Decke. Doch was in ihren Eingeweiden tobte, war nicht dazu angetan, beschauliche Betrachtungen anzustellen.

Hastig stand sie auf, lief ein Stück den Bach entlang und erleichterte sich hinter einer großen Pappel. Sie horchte zum Nachtlager. Alles blieb still. Weder Bruno noch Jakob schienen etwas mitbekommen zu haben.

Sie sah nach oben, erkannte den Großen Wagen und musste lächeln. Die Sterne führten sie auf ihrem langen Weg nach Westen. Der heilige Johannes von der Brennnessel hatte die Dinge ganz richtig gesehen.

Eine schwielige Hand verschloss ihren Mund, ein schwerer Körper drückte den ihren fest in den Staub. Sie hörte Keuchen und schnell hervorgestoßene Worte, die sie nicht verstand.

Er lag auf ihr. Ein fremder Mann, der ihr den Mund zuhielt und mit der anderen Hand ihr Kleid bis über die Schenkel hochgezogen hatte. Er hatte sich bereits entblößt.

Sie spürte sein hartes Glied, das zwischen ihren Schenkeln rieb.

Angst lähmte ihren Körper, ihr Kopf aber war hellwach. Er musste sie beobachtet haben, war ihr gefolgt und hatte sie überfallen, als sie am Bach eingeschlafen war.

Einer der finsteren Gesellen aus der Gaststube?

Sie konnte sich an keines der Gesichter mehr erinnern, aber dem Gestank des Fusels nach, der aus seinen Poren strömte, war es gut möglich.

Er war noch jung und schien stark zu sein. Selbst jetzt, als ihr Arme und Beine endlich wieder gehorchten, als sie trat und sich wand, um ihn abzuschütteln, gelang es ihr nicht, ihm zu entkommen.

Seine Augen waren nah über ihr.

Da war etwas in seinem Blick, das ihr die Kehle zuschnürte. Keine Lust. Er wollte sie demütigen und verletzen. Und wenn sie dabei starb, so wäre es ihm egal.

Ein einziger Gedanke war in ihr. Jakob. Er brauchte sie. Sie durfte ihn nicht verlassen, nicht auch noch sie.

Clara hielt die Luft an und schob ihre Hand zwischen sich und den Mann. Es kostete sie Überwindung, doch dann griff sie zu. Überrascht zuckte er zurück und löste für einen Augenblick die Pranke von ihrem Mund.

Sie schrie so laut sie konnte

Als er ihre Lippen wieder mit seinen dreckigen Fingern bedecken wollte, biss sie ihn voller Ekel.

Der Mann jaulte auf. Ihr Widerstand schien seinen Zorn nur anzustacheln. Ihr Mund war wieder verschlossen.

Mit aller Kraft drückte er sie gegen den steinigen Boden. Ihre Innereien rebellierten gegen das schlechte Essen, das sie vor Stunden nur mit Widerwillen gegessen hatte. Eine neue Welle von Übelkeit stieg in ihr hoch. Wenn sie sich jetzt erbrach, konnte sie daran ersticken. Sie wand sich und würgte unter Krämpfen, und entwickelte dabei eine Kraft, dass es dem Kerl offenbar unheimlich wurde.

Die Hand löste sich von ihrem Mund; er zuckte zurück, als der Schwall sie und ihn beschmutzte.

»*Zorra!*«

Er holte zum Schlag aus, als sein Arm nach hinten gerissen wurde. Ein Krachen war zu hören, gefolgt von einem dumpfen Aufschrei, als Bruno sich mit seinem ganzen Gewicht auf den Mann warf.

»Lauf!«, schrie er Clara zu. »Lauf weg! Ich werd dem Hurensohn noch ein paar Knochen mehr brechen!«

Clara, die sich zitternd bedeckte, hörte ein kurzes, entsetztes Aufheulen. Als der andere sich zur Gegenwehr entschloss, war nur noch ein wildes Durcheinander von Armen und Beinen zu sehen.

Schließlich hielt Bruno den Angreifer am Boden, dass dieser dalag wie gekreuzigt, und als er dem Mann sein Knie in die Hoden rammte, gönnte Clara es dem Mistkerl von Herzen. Doch sie erschrak, als sie den Ausdruck in Brunos versteinertem Gesicht sah und er wie von Sinnen mit den Fäusten auf den anderen eindrosch, dessen regungsloser Körper nur noch von der Wucht seiner Schläge bewegt wurde.

»Hör auf!«, sagte Clara. Zögernd kam sie näher. »Es ist genug.«

»Es kann gar nicht genug sein!« Jetzt trafen seine Hiebe den Kopf, Blut floss aus aufgeplatzten Lippen und bedeckte Brunos Fäuste.

»Du bringst ihn ja um!« Ihre Stimme war jetzt scharf. »Ich will nicht, dass du ihn tötest.«

Bruno hielt inne und taumelte zurück. Er keuchte. Er schaute auf, ohne sie zu sehen. Sein Gesicht war grau.

Der Mann auf dem Boden gab einen gurgelnden Laut von sich. Er versuchte, auf die Füße zu kommen und spuckte aus. Blut und Zähne.

»Er lebt«, sagte Bruno tonlos. »Das hat er allein dir zu verdanken.«

»Ja«, sagte sie. »Gib mir deine Hand.«
Sie lehnte sich sanft gegen ihn.
»Wir müssen reden, Bruno«, sagte sie. »Es wird Zeit.«

*

Sie saßen auf Claras Umhang, nah genug, um den schlafenden Jakob im Auge zu behalten, aber weit genug entfernt, um ihn nicht zu stören. Der Angreifer hatte sich davongemacht. Sie fragten sich, ob er mit anderen aus dem Dorf zurückkommen würde. Bruno hielt es für möglich, Clara dagegen für eher unwahrscheinlich.

»Wo war eigentlich Troppo?«, fragte sie in die Stille.

»Schläft noch immer seinen Rausch aus. Er wird wohl heimlich die Weinpfützen in der Taverne aufgeschleckt haben. Jedenfalls hat er eine beachtliche Fahne.«

»Fang an«, sagte Clara. »Erzähl. Ich will alles wissen.«

»Das kann ich nur, wenn du mich nicht ansiehst«, sagte Bruno.

Sie rührte sich nicht.

»Ich mag dein Gesicht, und ich möchte es ansehen, während du sprichst.«

»Ich habe Menschen getötet«, sagte er. »Mit diesen Händen.« Er schien auf eine Reaktion zu warten, aber sie blieb ganz still. »Mein Großvater war Scharfrichter, mein Vater war es, und als ich heranwuchs, schien es selbstverständlich, dass auch ich eines Tages das Amt übernehmen würde. Ich hatte einen Bruder, aber Hans starb, als er elf war. Der Tod hat ihn davor bewahrt. Der Einzige, der übrig blieb, war ich.«

»Du hattest keine Wahl.« Ihre Stimme war weich.

»Nein. Du wächst hinein in das Töten, langsam, ganz allmählich. Du erlernst es wie jedes andere Handwerk auch. Mein Vater hat früh damit begonnen. Er brachte Tiere mit, kleine zunächst, später größere. An ihnen konnte ich üben. Er wollte vor allem, dass ich lerne, meine Gefühle zu beherrschen. Ich musste die herrenlosen Hunde töten, freche, lustige Gesellen, die in unserem Zwinger bellten.«

»Es ist dir schwer gefallen?«, sagte sie vorsichtig.

»Ich habe nicht darüber nachgedacht. Die erste Schwelle in mir war bereits überwunden. Ich wuchs heran, ich spürte, dass die ganze Stadt uns verachtete. Da keimten Wut und Enttäuschung in mir, ein Aufbegehren. ›Für euch sind wir nur Aussätzige, aber ich kann euch töten‹, dachte ich. ›Eines Tages werdet ihr euch alle noch vor mir fürchten.‹ Ich begann mich zu hassen, wurde stumm, verkroch mich, so gut es ging. Du kannst dir nicht vorstellen, wie einsam ich war.«

»Doch«, sagte sie. »Und es ist gar nicht mal besonders schwer.«

»Ich hatte viele Male zugesehen, wenn mein Vater seine Arbeit verrichtete. Ganz aus der Nähe. Es ist das Blut, das sich verändert. Erst hell und rot, dann wird es dunkel und braun. Wie Dreck. Ich konnte mich nie daran gewöhnen. Er hat…« Ein Schlucken. »Er hat darauf bestanden. ›Du musst es lernen‹, hat er gesagt. ›Reine Übungssache. Du darfst nichts dabei empfinden, sonst gehst du unter.‹«

Sein Gesicht war schmerzlich verzerrt. »Wie sollst du nichts dabei empfinden, wenn du einem Menschen das Leben nimmst, Clara?«

Bruno zog die Schultern hoch.

»Sie sterben nicht gleich, wenn du sie hängst. Sie werden schnell ohnmächtig, weil das Blut im Hals nicht mehr fließen kann, das ja. Aber sie zappeln und bewegen sich noch lange. Und manchmal ergießen sie sich im Sterben. Dann ist es, als ob das Leben sich noch einmal gegen den Tod aufbäumen würde.«

»Ist das nicht irgendwie tröstlich?«, sagte Clara. »Trotz allem?«

Er schien sie gar nicht zu hören.

»Das Schlimmste waren die Scheiterhaufen. Mein Vater wusste das, und deshalb wollte er vermutlich ein Exempel statuieren. Ich war inzwischen als Zweiter Scharfrichter von Metz bestellt. Aber ich hatte noch nie jemanden brennen lassen.«

»Hexerei?«, flüsterte Clara.

»Eine Ketzerin. Sie gehörte zu den Armen von Lyon.«

Ihre Augen weiteten sich.

»Ich hab ihr vorher Gift gegeben. Ich hätte nicht ertragen, dass sie lebendig verbrennt, aber als sie dann am Pfahl angebunden war, der ganze Markt voll von Gaffern war und ihr kleines Mädchen in das Feuer lief, ohne die Flammen zu spüren...«

Seine Hände fassten ins Leere.

»Ich hab die Stadt verlassen«, stieß er hervor. »Ich wollte weg – weit weg. Nie mehr bin ich nach Hause zurückgekehrt. Lange Zeit nicht einmal in Gedanken. Selbst das hab ich mir untersagt. Aber seitdem ist es in mir. Ich habe getötet. Du pilgerst an der Seite eines Henkers, Clara!«

Sie legte ihre Hände um sein Gesicht und hob seinen Kopf. Sie sah ihn lange an.

»Du bist Bruno«, sagte sie. »Allein das zählt. Und du hast viel zu geben, sehr viel sogar. Sieh doch nur einmal Jakob an – wie glücklich du ihn gemacht hast!«

»Du verachtest mich nicht?«

»Weil du dein Schicksal tragen musst?« Sie löste ihre Hände. »Der Scharfrichter von Genf hat Jakob freigelassen«, sagte sie. »Er hat mir mein Kind wiedergegeben, das der eigene Onkel schuldlos hinrichten lassen wollte. Bis heute weiß ich nicht, mit welchen Konsequenzen für sein eigenes Leben. Ein Henker, Bruno! Ich hab ihn als einen der gütigsten Menschen kennen und schätzen gelernt.«

»Was glaubst du, war er auch einsam?«

»Vielleicht. Aber du bist schon lange kein Scharfrichter mehr – sondern ein Bänkelsänger, ein Feuerakrobat, ein Wahrsager. Du bist jemand, der anderen Freude bereitet. Spürst du das nicht, Bruno?«

Er betrachtete seine Hände.

»Bisweilen, wenn ich die Laute zupfe oder mit dem Feuer arbeite, dann fühle ich mich lebendig«, sagte er. »Wenn ich mit Jakob zusammen bin. Aber kaum bin ich allein, beginnt alles wieder von vorne. Die Bilder, die Gerüche, die Geräusche. Der Tod. Manchmal habe ich Angst, den Verstand zu verlieren.«

Vorsichtig glitt Clara an seiner Seite zu Boden und schloss die Augen.

Bruno wollte von ihr abrücken, er hatte sie erschöpft, erschreckt. Es war zu viel für sie, er hatte es gewusst. Dann sah er ihre ausgestreckte Hand. Vorsichtig legte er sich neben sie.

Eine Weile blieb es still.

»Spürst du es?«, flüsterte sie. »Das Leben?«

Er lag steif neben ihr, aber schließlich lehnte er seine Stirn an ihre Schulter und weinte.

*

Sahagún, August 1563

Seine Hand zitterte vor Spannung wie sein ganzer Körper, und Jakob hoffte, dass niemand es bemerkte – am wenigsten Bruno. Aber er stand gerade und aufrecht vor San Tirso, dessen Backsteinfassade noch vor kurzem im Licht der untergehenden Sonne geglüht hatte.

Die Nacht lag wie ein dunkles Tuch über der Stadt, und das einzige Licht weit und breit war die Fackel in seiner schweißnassen Hand. Jakob hielt sie leicht angewinkelt in Augenhöhe, ausreichend vom Mund entfernt.

Die Flüssigkeit in seinem Mund war bitter.

Er konzentrierte sich. Unterdrückte tapfer den Schluckreflex. Sie kann dein Inneres verätzen, hörte er Brunos besorgte Stimme. Bist du dir wirklich sicher, Jakob? Willst du es wagen?

Er wollte. Kein Zweifel mehr. Heute war seine Nacht.

Er atmete ein. Er hustete nicht. Er ließ die Fackel nicht aus den Augen.

Er verstärkte seine Konzentration. Jetzt atmete die Menge vor ihm wie ein einziges Wesen.

Er blies in die Flamme, kurz. Kraftvoll.

Ein brausendes Geräusch.

Jakob erschrak nicht. Nichts brannte oder schmerzte. Stattdessen brandete Beifall auf, wie eine warme Woge.

Er verbeugte sich tief. In ihm jubelte und sang es. Wenn er sich jetzt noch den Mund abwischte, wie Bruno es ihm gezeigt hatte, konnte er das Spiel mit dem Feuer beliebig oft wiederholen.

*

»Ich bin stolz auf dich!« Clara umarmte ihn stürmisch, nachdem die Leute sich verlaufen hatten. Jakob hatte die Münzen aufgehoben und eingesteckt. Ihr Gewicht in seinem Beutel machte ihn fast übermütig. »Obwohl ich glaubte, das Herz würde mir stehen bleiben, als ich das Feuer aus deinem Mund kommen sah.«

Verlegen machte er sich frei.

»Ich bin doch kein kleines Kind mehr, Mutter«, sagte Jakob. »Schließlich bin ich heute dreizehn geworden.«

»Du hast deine Sache wirklich gut gemacht«, sagte Bruno. »Und du hast Talent, Jakob. Aber das wusste ich schon, als wir noch Wasserspucken geübt haben. Nicht zu viel und nicht zu wenig, darin liegt das Geheimnis.«

»Mein schönstes Geschenk«, sagte Jakob ernst. »Nichts im Leben bedeutet mir mehr als das!«

»Ich an deiner Stelle wäre nicht so voreilig.« Bruno kraulte Lias Rücken, und der Vogel betrachtete den Jungen mit schräg gestelltem Kopf. »Ich glaube nämlich, da möchte jemand zu dir.«

Er stieß einen kurzen Pfiff aus.

Der Rabe schien nachzudenken. Dann hob er sich von Brunos Schulter, um auf Jakobs Kopf zu landen.

Röte schoss in Jakobs Wangen.

»Das ist nicht dein Ernst!«

Bruno zog die Schultern hoch.

»Sieht ganz so aus, als hätte Lia ihre Entscheidung schon getroffen.« Er grinste. »Und du weißt ja, wie eigen sie ist. Was soll ich da noch machen?«

»Wir werden beide auf sie aufpassen«, sagte Jakob. »Das ist die beste Lösung. Ab jetzt ist sie mein *und* dein Vogel.«

Vorsichtig holte er sie herunter. Sie wehrte sich nicht, als er sie kurz an sich drückte, flog dann auf und ließ sich schließlich auf seiner Schulter nieder.

»Das kannst du auch allein sehr gut«, sagte Bruno. »Mit dreizehn ist man ein Mann. Und wer das Feuer besiegen kann, bringt auch alles andere zustande. Vergiss das niemals, Jakob. Egal, was geschieht.«

*

León, August 1563

Die Kerzen vor der Kapelle der Jungfrau der Hoffnung waren wie ein Flammenmeer. Wenn Clara die Augen senkte, züngelten sie golden vor ihr. Der Dom war nahezu leer gewesen, als sie ihn betreten hatte. Jetzt füllte er sich langsam, die Messe würde bald beginnen. Sie sah die Jungfrau an, deren Leib sich sichtbar wölbte, und dachte an die Freuden und Ängste, die sie gefühlt hatte, als sie mit Jakob schwanger gewesen war. Niemand hätte ein aufmerksamerer und liebevollerer Begleiter sein können, als es Heinrich damals gewesen war, und wieder fühlte sie Sehnsucht nach ihm.

»So lange hab ich es ohne dich ausgehalten.« Ihre Lippen schienen sich ohne ihren Willen zu bewegen. »Alles musste ich allein mit mir ausmachen, und ich hab mich nie darüber beklagt. Aber meine Kräfte sind verbraucht, Heinrich. Ich weiß nicht, ob ich es auch in Zukunft noch kann. Ich sehne mich nach einem Gefährten. Auch wenn keiner jemals deinen Platz einnehmen wird. Das musst du wissen, Liebster. Vor allem das.«

Zwei Kerzen waren heruntergebrannt. Clara zog eine kleine Kupfermünze aus der Tasche und warf sie in den Metallbehälter. Dann nahm sie zwei neue Kerzen vom Stapel und zündete sie an.

»Das Licht meines Vaters«, flüsterte sie. »Das Wachs des Lebzelters. So hat alles begonnen.«

Sie glaubte die Augen der Statue auf sich zu spüren, offen und klar.

»Ich werde dich niemals vergessen«, sagte sie. »Und diesen Ring lege ich nicht ab bis zu meinem Tod, wie ich es damals gelobt habe. Aber es muss noch Platz geben für ein anderes Leben, Heinrich. Ich bin zu lebendig, um immer allein zu sein.«

Sie hörte ein Hüsteln und wandte den Kopf.

Das blaue Licht, das durch die hohen Fenster strömte, machte sie ruhiger.

*

Bruno lief durch die Straßen Leóns, als hetze ihn eine Hundemeute. Jetzt bedauerte er, dass Jakob mit Troppo und Lia im Hospiz auf ihn wartete, wie er ihn angewiesen hatte.

Ohne seine Tiere fühlte er sich ruhelos. Der Gedanke, irgendwann ohne den Vogel weiterzuziehen, machte ihn plötzlich traurig. Aber es gab kein Zurück. Der Rabe würde es gut haben bei dem Jungen, das wusste er.

Claras Bild schob sich vor sein inneres Auge.

Sie hatte seine Beichte ruhig und liebevoll angehört und ihm Absolution erteilt. Und dennoch war seitdem etwas anders zwischen ihnen geworden. Als hätte er ein Anrecht verloren, das er nie besessen hatte. Die Selbstverständlichkeit der Weggefährten war verblasst; es gab Worte, die nicht ausgesprochen, Gesten, die nicht zu Ende geführt wurden.

In ihm war Aufruhr. Er begehrte sie, das wusste er. Mehr noch, er liebte sie.

Und dennoch würde er niemals mit ihr leben.

An seinen Schultern spürte er den groben Stein der großen Kathedrale und starrte blicklos in den wolkenlosen Himmel. Bruno sehnte sich nach Händen, die sein Gesicht streichelten.

*

Das Blau der großen Glasfenster schien direkt in ihn einzuströmen. Luis spürte, wie Ruhe ihn erfasste. Es mussten Dutzende sein, unzählige Quellen bunten Lichts, die das Innere von Santa María de la Regla erhellten.

Er dachte an die klare Luft der Anden, an die schönsten Edelsteine, die er je in Händen gehalten hatte, an das Funkeln, das sich manchmal zeigte, wenn seine Augen geschlossen waren.

Unwillkürlich hob er die Hände, um sie diesem Blau entgegenzuhalten, und zum ersten Mal vergaß er, dass er Handschuhe trug.

Vor ihm kniete eine Frau in einem einfachen grauen Kleid. Auffallend war nur ihr Haar, das dunkel über ihren Rücken fiel, glänzend und dicht. Als sie sich bewegte, sah er etwas an ihrer Hand leuchten, das ihn erstarren ließ.

Ein Ring mit zwei Edelstein, grün und glänzend der eine, milchig blau der zweite, durch eine Goldzarge miteinander verbunden. Das Zwillingsstück zu dem Ring an seinem Finger, den das dünne Leder verbarg!

Er sah ihr klares Profil, den schlanken Hals, den Schwung der Lippen – fremd und dennoch unendlich vertraut.

Sie drehte sich zu ihm um, als hätte sie auf ihn gewartet. Sah ihn lange an, mit ernsten, grauen Augen, ohne zu lächeln, dann wandte sie in einer anmutigen Bewegung den Kopf wieder nach vorn.

Luis wollte sprechen, aber sein Hals war wie zugeschnürt, seine Glieder wie gelähmt.

»Ist Euch übel?«, hörte er nach einer Ewigkeit die Stimme einer alten Frau. »Braucht Ihr Hilfe, *Señor*?«

Er schüttelte den Kopf, hilflos wie ein Kind oder ein Greis. »Es ist nichts«, sagte er mühsam. »Nur... mein erster Ausgang nach einer Verletzung. Scheint, als hätte ich mir zu viel vorgenommen.«

Seine Augen glitten umher, noch während er redete. »Habt Ihr die Frau gesehen?«, sagte er.

»Die Frau?«, wiederholte die Alte. »Welche meint Ihr?«

Die Bank vor ihm war leer. Die Fremde mit dem Ring, der ein Zwilling seines hätte sein können, war verschwunden.

DIE TRÄUME DES CONDORS 7:
DER STEIN

Urubamba, Winter 1548

Ich war keinen Tag zu früh nach Hause gekommen. Mutter war krank, wenngleich es ihr noch einige Zeit gelang, mich zu täuschen. Sie trug so viele Schichten von Kleidern übereinander, dass ich zunächst nicht bemerkte, wie mager sie während meiner Abwesenheit geworden war. Irgendwann fiel mir auf, dass sie lustlos im Essen stocherte; ebenso wenig entging mir ihr trockenes Hüsteln. Aber ihre Augen funkelten, wenn sie mich ansah, und mit ihren geröteten Wangen erschien sie mir so schön und voller Leben wie nie zuvor.

Ihre Hände ruhten keinen Augenblick, nicht tagsüber, und sogar wenn ich nachts erwachte, hörte ich das regelmäßige Klacken des Webstuhls. Ehrfürchtig bewunderte ich, was sie erschufen – Quillas Geschichte. Ich sah das kleine Mädchen, das am Tag des Tributs zur Sonnenjungfrau gekürt worden war. Seinen Aufenthalt im Palast und die Begegnung mit dem König. Atahualpas Fall – und grausamen Tod. Die Flucht zusammen mit Tuzla in die Wolkenstadt. Das Zusammentreffen mit dem Krieger. Alles, was mir die Träume offenbart hatten, solange ich noch hatte träumen können. Schon der Gedanke daran, was ich verloren hatte, machte meine Kehle eng.

»Wie geht es weiter?«, drängte ich in der Hoffnung, die gewebten Figuren würden mir endlich den Ausgang der Geschichte erzählen.

Meine Mutter schüttelte den Kopf und lächelte.

»Geduld«, sagte sie, bevor ein neuerlicher Hustenanfall sie quälte. Verstohlen fuhr sie mit einem Tuch über ihren Mund und steckte es schnell in den Ärmel, als sie Großvater kommen hörte.

Er ließ sich nicht täuschen. Er wusste von dem Auswurf.

»Du musst dich schonen, Ususi«, sagte er besorgt. »Wenn schon nicht meinetwillen, dann tu es für den Jungen!«

Ihr Lächeln vertiefte sich, doch ich konnte es nicht erwidern, denn ich sah die Schweißperlen auf ihrer Stirn.

»Plötzlich läuft mir die Zeit davon«, sagte sie. »Früher besaß ich davon im Übermaß. Jetzt aber kommt es mir vor, als würde mir ein Dieb jeden Tag mehr davon stehlen.«

Er wandte sich ab und ließ sie in Frieden, aber ich sah, wie bekümmert er war.

In den nächsten Wochen keimte unsinnige Hoffnung in mir auf. Sie war inzwischen zu schwach, um zu weben, aber noch besaß sie die Kraft, um aufrecht im Bett zu sitzen und mit der Handspindel zu arbeiten. Ihre Haut gewann eine gesunde Farbe zurück, und wenn sie mit mir sprach, lagen Festigkeit und Entschlossenheit in ihrer Stimme.

Bis zu der Nacht, die alles veränderte.

Draußen fegte ein später Wintersturm, der dickes Weiß auf die Hütten legte und alle Wege unpassierbar machte. Niemand konnte sich an ein solches Unwetter erinnern zu einer Zeit, wo doch der Frühling bevorstand, nicht einmal die Ältesten, die sonst die besten Geschichten zu erzählen wussten. Jeder im Dorf dichtete die Öffnungen seiner Hütte ab mit allem, was zur Hand war. Auch Großvater machte sich an die Arbeit und gab mir Anweisungen, bis nicht mehr der feinste Windhauch hindurchdrang.

Kraftlos sah Mutter zu, wie wir arbeiteten. Großvater

hatte sein Silberlöwenfell über sie gelegt, damit sie es warm hatte. Irgendwann bemerkte ich, dass sie zur Seite gesunken war. Ihr Gesicht war blass vor Schmerzen, als ich sie vorsichtig aufrichtete. In meinen Armen war sie leicht wie ein Kind.

Ich fühlte Wut in mir aufsteigen. Der Gedanke, sie zu verlieren, war unerträglich.

»Wieso unternimmst du nicht endlich etwas?«, blaffte ich Großvater an. »Du bist der Heiler, zu dem alle von weit her gelaufen kommen, und versagst bei deiner eigenen Tochter!«

Er sah mich an, müde und unendlich traurig.

»Glaubst du, ich hätte nicht bereits alles versucht?«, sagte er schließlich. Zum ersten Mal klang er wie ein alter Mann. »Nicht alle Götter angerufen? Aber gegen ihre Krankheit bin ich scheinbar machtlos.«

»Hilf ihr!« Meine Stimme überschlug sich. »Rette sie!«

»Ich kann nicht.«

»Und weshalb nicht?« Ich wollte ihn schütteln.

»Als sie dich dem Krieger übergeben hatte, flog ihre Seele fort, und eine große Leere entstand in ihr. Sie wurde größer, als sie aus der goldenen Stadt zurückkam, weil sie dich nirgendwo gefunden hatte. Du warst mit ihm fortgegangen. Für immer – so fürchtete sie.«

»Aber ich bin doch hier.« Meine Brust schmerzte. »Ich bin zurückgekommen!«

»Ihre Augen sehen dich«, sagte er. »Aber ihr Herz glaubt nicht daran.« Er schwieg einen Moment. »Sag mir, ist dein Herz bei ihm geblieben?«

Mir war elend zumute. Großvater redete weiter, leise, wie zu sich selbst.

»Ihre Seele war schon zu weit fort. In dieser Leere haben sich böse Geister eingenistet – Dämonen. Der Sog war zu stark, zu dunkel. Die Krankheit konnte Einzug halten. Jetzt ist sie übermächtig geworden. Es gibt keine Medizin dagegen. Ususi wird sterben, weil sie nicht mehr leben will.«

»Aber sie muss leben!« Ich war voller Angst. »Sie darf nicht gehen – nicht auch noch sie.«

Ich zuckte zusammen, als seine Hand meine Wange traf. Noch nie hatte er mich geschlagen.

»Beherrsche dich«, sagte er halblaut. »Heute geht es nicht um dich. Wenn du ihr etwas schenken möchtest, dann sei bei ihr. Wie ein Sohn. Wie ein Mann. Mehr kannst du nicht für sie tun.«

*

Wir wachten neben ihrem Bett. Draußen fauchte der Sturm wie ein wütender Puma und hüllte die Welt in Schnee. Drinnen sorgten abwechselnd Großvater und ich dafür, dass das Feuer nicht ausging.

Sie aß schon seit Tagen nicht mehr, und seit dem Morgen verweigerte sie jede Flüssigkeit. Trotzdem schimmerte ihre Haut im Schein der Talglichter, und ihre Augen waren dunkel und tief wie schwarze Sterne.

Zwischendrin fuhr sie auf. Ihr Atem rasselte.

»Zu wenig Zeit«, sagte sie. »Leider. Mein Leben – wird nicht fertig.«

Ich versuchte, ihr ein paar Tropfen Tee einzuflößen, aber sie drehte den Kopf zur Seite.

»Du musst träumen.« Sie war kaum noch zu hören. »Träume, Condor. Dann wirst du alles verstehen.«

Ihre Brust hob und senkte sich in schmerzhaften Stößen.

»Gibt es denn gar nichts, was es ihr leichter machen könnte?«, sagte ich verzweifelt.

»Nimm ihre Hand«, sagte Großvater. »Quilla hat keine Angst. Sie weiß, wie man kämpft. Sie hat es immer gewusst.«

Irgendwann musste ich eingenickt sein. Als ich hochschrak, war es dunkler in der Hütte, so als wären die Wolken von draußen nun doch ins Zimmer gedrungen.

Und dann spürte ich sie am eigenen Leib, die Dämonen der Traurigkeit, die meine Mutter in Besitz genommen hatten. Jetzt, da sie im Sterben lag, ließen sie wieder von ihr ab. Zögerlich, unwillig und gleichzeitig mehr als begierig, das nächste Opfer zu überfallen. Ich fühlte, wie sie an meiner Haut schabten, um leichter in mich einzufahren, wie sie meinen Kopf umnebelten, wie sie meine Seele bedrängten, ebenfalls fortzufliegen, um sie endlich einzulassen.

Sie waren stark, mächtiger als alles, was mir jemals begegnet war, und für ein paar Augenblicke fühlte ich mich so schwach, dass ich keinerlei Widerstand mehr leisten konnte. Sollten sie doch kommen, mich besetzen und von innen auffressen – dann war wenigstens alles vorbei, und ich konnte ihr folgen!

Das Dunkel umkreiste mich in Spiralen, die sich immer enger um mich schlossen. Ich riss die Augen auf, aber ich konnte kaum noch etwas erkennen. Die ganze Hütte war erfüllt von ihrer stinkenden, widerlichen Präsenz.

Verzweifelt berührte ich meinen Körper, der dieser Attacke nicht mehr standhalten konnte – als meine Hand plötzlich etwas Hartes ertastete.

Der Feueropal. Der Stein des Lichts!

Ich hob ihn hoch, mit letzter Kraft, und streckte ihn dem Dunkel entgegen.

»Nein!« Der Schrei, den ich ausstieß, schien nicht aus meiner eigenen Kehle zu kommen.

Alles war zum Stillstand gekommen. Vom Lager drang kein Laut zu mir, und auch Großvater rührte sich nicht. Hatten sie ihn genommen anstatt meiner?

Dann bewegte sich das Dunkel, floss zusammen, wurde kleiner und dünner, bis es fast durchsichtig war, und löste sich nach und nach ganz auf.

Benommen schaute ich um mich.

Großvaters Augen waren feucht. Mutters Züge hatten sich entspannt. Man hätte beinahe glauben können, sie lächelte.

*

Sie schlief den Schlaf der Ewigkeit in einem tief ausgehobenen Schneebett, bis das Wetter sich endlich so weit besserte, dass wir sie begraben konnten. Ein warmer Wind war aufgekommen, der die Wolken vertrieb und das große Weiß zum Schmelzen brachte. Auch er war stärker als gewöhnlich. Sein Lied sang in meinen Ohren und rauschte in meinem Blut. Ich hatte Mühe, mich zu bewegen; meine Glieder waren schwer, fast wie taub.

Die Frauen des Dorfes hatten den starren Körper meiner Mutter mit Tierfett und zerstoßenem Mais eingerieben. Man wickelte sie in ein neues Kleid, das sie während meiner Abwesenheit gewebt haben musste und noch nie getragen hatte, aus schneeweißer Alpakawolle mit schwarzen Vögeln und einem roten Mond. Ich bestand darauf, dass man ein Lamafell darüberlegte, damit sie nicht frieren musste.

Dann bewegte sich der Zug zu den Höhlen.

Es war immer noch zu kalt, um sie in den festgefrorenen Boden zu legen, aber Pachamama war auch in den Felsen anwesend, um sie für immer in ihren Leib aufzunehmen. Mutter bekam Krüge voller Maisbier mit auf die letzte Reise, ihre Lieblingsspeisen, Amulette, die Handspindel, den Webstuhl. Großvater hinderte mich daran, auch den Feueropal in die Felsnische zu legen.

»Du wirst ihn noch brauchen«, sagte er. »Und dort, wo sie nun hingeht, hat sie keine Verwendung mehr dafür.«

Ich hatte ihre Arbeit vom Webstuhl heruntergerissen und mich in die Stoffbahnen gewickelt, was mir viele missbilligende Blicke eintrug, aber ich kümmerte mich nicht darum.

Ich starrte auf das Bündel, das einst meine Mutter gewesen war.

In mir war es kalt und leer.

Das Fell des Silberlöwen floss als glänzender Umhang von den Schultern meines Großvaters, und ich spürte, dass er über die Kraft der großen Katze verfügte. Fast glaubte ich noch ihre Ausdünstung zu riechen, ein scharfer, wilder Geruch, der die anderen zurückweichen ließ. Er hatte gerade zu beten begonnen, als Unruhe unter den Leuten aufkam.

Nicht alle waren uns in die Höhle gefolgt; einige waren im Eingang zurückgeblieben. Sie hatten Mutter verachtet und beschimpft, weil sie mir das Leben geschenkt hatte – einem Kind des Konquistadors. Der Fluch, der im Leben auf ihr gelastet hatte, schien nicht einmal im Tod von ihr genommen. Ich wurde wütend. Nicht einmal jetzt waren sie bereit, meiner Mutter die nötige Ehrerbietung zu erweisen.

Großvater hielt plötzlich inne.

»Was ist los da draußen?«, fragte er. »Wollt ihr die Göttin beleidigen?«

Zornig ging er zum Ausgang. Ich folgte ihm.

Ein Teil der Leute hatte sich ängstlich an der Seite zusammengeschart; der andere bildete einen Kreis um einen einsamen Reiter – den Krieger.

Großvater stieß einen hohen Ton aus, der einem Vogelschrei glich und in meinen Ohren brannte.

Das Pferd stieg.

Vergeblich versuchte der Krieger, es zu beruhigen. Der Hengst scheute, stieg abermals, als er den Raubtiergeruch witterte, der dem Pumafell entströmte.

Großvater war ihm zu nah gekommen.

Die angstvoll ausschlagenden Hufe trafen ihn. Auf der Brust, am Kopf. Er sank zu Boden, und Blut quoll aus seinem Mund.

Er lebte nicht mehr, das wusste ich sofort.

Mit einem Ausdruck fassungslosen Entsetzens sah der Krieger mich an.

Die Leute schlossen sich zusammen. Wie ein einziger Leib näherten sie sich Ross und Reiter. Keiner sagte ein Wort. Ihr Heiler war tot. Sie waren zu allem bereit.

»Luis!«, schrie der Krieger. »Zu mir. Wir müssen weg.«

Der Hengst machte einen Satz nach vorn, und der Krieger beugte sich herunter. Er packte mich und zog mich zu sich hinauf. Dann gab er dem Pferd die Sporen.

*

Den Ritt nach Cuzco erinnere ich nur in Bruchstücken. Das Schnauben des Pferdes unter der doppelten Last. Schnee, der unter den Hufen aufwirbelte. Hastige Unterbrechungen, bei denen er mich zwang, zu essen und zu trinken. Unter dem Waffenrock aus der Satteltasche schabte der Stoff, den meine Mutter gewebt hatte, auf meiner Haut.

Ich sprach nicht ein einziges Wort. Der Krieger war es, der auf mich einredete, leise, geduldig, unermüdlich, aber er erreichte mich nicht. Meine Ohren und mein Herz waren verschlossen, aus Angst, die Seelen meiner Mutter und meines Großvaters seien uns gefolgt. Ich fühlte mich so schuldig, dass ich am liebsten nicht mehr geatmet hätte.

Aber mein Wunsch wurde nicht erfüllt.

Meine Brust hob und senkte sich in gleichmäßigem Rhythmus. Ich blieb am Leben.

Meine Erinnerung setzt erst wieder ein, nachdem wir das Quartier des Gouverneurs erreicht hatten. Die Räume, die Wände, die Möbel – alles erschien mir unwirklich. Ich wehrte mich nicht gegen die spanischen Kleider, aber ich bestand darauf, Mutters Webstück unter mein Kissen zu legen.

Ich schlief schlecht. Bilder quälten mich, doch wenn ich morgens zerschlagen erwachte, konnte ich mich nicht mehr an sie erinnern.

»Wir segeln nach Hause, Luis.« Der Krieger sagte es mir jeden Tag aufs Neue. »Ein anderes Leben wartet auf dich. Du wirst dich hineinfinden, das weiß ich. Du musst kein Soldat werden, das verspreche ich dir. Wir werden etwas für dich finden, das dir gefällt.«

»Du hast ihn getötet.« Der einzige Satz, den ich sagen konnte.

»Es war ein Unfall, Luis! Ich wünschte, ich könnte es ungeschehen machen. Aber der Geruch des Fells... Hätte er kein Fell getragen, dann...«

Du hast sie auf dem Gewissen, schickte ich stumm und zornig hinterher. Beide.

Der Krieger wusste, was ich dachte. Ich sah es an seinen hochgezogenen Schultern, an seiner düsteren Miene.

Eines Abends wuchteten Soldaten zahllose Kisten nach oben.

»Wir packen, Luis.« Zum ersten Mal, seitdem wir Cuzco erreicht hatten, sah ich ihn lächeln. »Wir reiten an die Küste. Nach Callao. Dort liegt unsere Karavelle vor Anker.«

*

Ich drückte den Stein in meiner Hand, so fest ich konnte. Ich schloss die Augen. Dachte an unsere Hütte, an Mutter, an Großvaters Augen.

Das Dunkel wird langsam heller. Ich fliege nicht, noch nicht, aber ich kann die Flügel spüren, zum ersten Mal seit langem.

Ich spreize mein Gefieder.
Stark, glänzend schwarz. Ich stoße mich ab. Die Luft ist kühl, als ich an Höhe gewinne, kühler als in meiner Erinnerung.
Die Wolkenstadt.
Mein Herz schlägt schneller vor Freude und Angst.

Unter mir sehe ich Quilla, wie sie dem Krieger nachschleicht. Er ist vor ihr, führt sein Pferd am Halfter, dreht sich nicht um, kein einziges Mal. Wie ein Pumaweibchen hat sie seine Spur aufgenommen, lässt sich nicht abschütteln, obwohl er den Weg mehrmals ändert.

Ich kreise über ihnen, ausgehungert. Nicht mehr lange und ich muss Beute schlagen, sonst verliere ich meine Kraft.

Das Wiehern eines Pferdes!
Der Krieger ist nicht mehr allein. Er redet mit einem anderen Mann. Ein Konquistador wie er. Mit Haaren so rostig wie die Blätter im Herbst.
Quilla verbirgt sich ganz in ihrer Nähe. Ihr Gesicht ist blass und traurig.

Ein beißender Geruch steigt in meine Nase – Feuer!
Ich steige höher, um der Gefahr auszuweichen. Die Menschen unter mir werden kleiner und kleiner, bis ich sie kaum noch erkennen kann. Nebel zieht auf.
Ich ringe nach Luft.

Ich erwache ...

*

»Was tust du da?« Ich erkannte den Krieger, der mit seinen Stiefeln auf ein schwärzliches Etwas im Kamin trat.
»Nichts«, sagte er. »Schlaf weiter, Luis. Es ist gleich vorbei.«
Gestank kroch in meine Nase, lag quälend in meinem Mund. Ich starrte in das Feuer, noch benommen vom Beginn meiner Reise. Etwas hatte mich unterbrochen. Mich auf unsanfte Weise von meinem Flug zurückgeholt.
Und als ich wieder zum Kamin schaute, erkannte ich, was die Flammen gerade fraßen: Quillas gewebte Geschichte.

»Ein Neuanfang, Luis.« Seine Stimme war fest. »Ich bin dein Vater. Du bist mein Sohn. Das ist das Wichtigste. Nur das zählt ab jetzt. Und niemand in der Welt wird jemals wieder zwischen uns kommen.«

»Ich hasse dich«, flüsterte ich. »Wenn ich doch nur dein Leben gegen ihres eintauschen könnte!«

Acht

León, August 1563

Sie gaben sich alle Mühe, leise zu sein, aber er hörte trotzdem, dass sie stritten. Jakob tastete nach dem Buch. Sein Vater hatte einen bräunlichen Einband darum schlagen lassen, der im Lauf der langen Pilgerschaft Flecken bekommen hatte und ganz speckig geworden war. Dem Jungen machte es nichts aus. Das Buch war sein ständiger Begleiter geworden, und wenn es dunkel wurde, half es ihm, einzuschlafen. Am liebsten hätte er auch noch den Stammbaum herausgezogen, aber das Papier war vom vielen Auf- und Zufalten schon so mürbe geworden, dass er Angst hatte, es könne zerfallen. Und sie brauchten ihn doch – jetzt, wo sie beinahe am Ziel angelangt waren.

Es war stickig in der engen Kammer, die der Wirt Clara und ihm zum Schlafen zugewiesen hatte. Bruno war nebenan untergebracht, kaum komfortabler. Die Türen standen angelehnt, und der Junge konnte alles verstehen, was sie sagten.

»Geht nicht dorthin!« Brunos Stimme klang dumpf. »Was wollt ihr dort? Es wird ihm nur wehtun.«

»Du weißt doch, dass Jakob es sich in den Kopf gesetzt hat«, sagte Clara. »Seitdem wir in León sind, bedrängt er mich geradezu. Ich kann ihm die Bitte nicht abschlagen, Bruno! Und ich kann beim besten Willen nicht verstehen, weshalb dich das so in Rage bringt.«

Lia trippelte unruhig am Fußende. Am liebsten wäre es Jakob gewesen, sie hätte neben seinem Kopf geschlafen, wie sie es bei Bruno immer gemacht hatte, aber bis er sie so weit hatte, musste er noch viel Geduld aufbringen.

»Was will er dort finden?« Bruno hatte die Stimme erhoben. »Eine Ruine? Geborstene Mauern, wie wir sie unterwegs tausendfach gesehen haben? Und selbst, wenn das alte Haus noch bewohnt sein sollte, dann garantiert nicht von euren Vorfahren. Du bist seine Mutter, Clara. Du trägst die Verantwortung. Du hättest es ihm rechtzeitig ausreden sollen.«

»Für ihn ist es die Erfüllung eines Traums«, sagte Clara. »Und dafür bin ich gern verantwortlich. Heinrich hat immer erklärt, wie wichtig die Wurzeln sind. Ich habe diese Botschaft an unseren Sohn weitergegeben.«

Abrupt erhob sich Jakob. Der Rabe flog auf und ließ sich auf seiner Schulter nieder.

»Ich habe mich seit Jahren bemüht, meine Wurzeln mit Stumpf und Stiel auszureißen«, sagte Bruno. »Du kennst meine Geschichte.«

Troppo begann zu kläffen, als wollte er einen eigenen Kommentar dazu abgeben. Es dauerte, bis Bruno ihn wieder zur Ruhe gebracht hatte.

»Geht nicht dorthin!«, wiederholte er nun drängender. »Lass uns León verlassen und weiter nach Santiago de Compostela pilgern!«

Er stand zum dunklen Fenster gewandt, die Schultern hochgezogen wie so oft in letzter Zeit. Der Junge, der an der Tür stehen geblieben war, spürte seinen Kummer. Die ganze Reise über hatte er ihn gespürt. Aber in den letzten Tagen war noch etwas Neues hinzugekommen, was er nicht benennen konnte, etwas Unfassbares, das Bruno von ihm wegzutreiben schien, etwas, das ihm mehr und mehr Angst machte.

»Ich will zu dem Haus«, sagte Jakob bittend. »Ich *muss* dorthin. Kannst du das denn nicht verstehen, Bruno?«

»Dann geht«, sagte der Mann in die Nacht hinein. »Aber geht ohne mich. Ich warte hier auf euch.«

»Wie könnten wir das?«, sagte der Junge.

Bruno machte eine kleine Bewegung in seine Richtung.

»Du bist der Einzige, der die Sprache spricht – und du bist unser Freund«, fuhr Jakob fort. »Ohne dich schaffen wir es nicht. Wirst du uns helfen, Bruno? Bitte.«

Langsam wandte sich Bruno dem Jungen zu. Es war zu dunkel, um den Ausdruck in seinem Gesicht erkennen zu können.

*

»Das muss es sein.« Jakob deutete auf das zweistöckige weiße Haus.

»Wieso bist du dir da so sicher?« Bruno war widerstrebend stehen geblieben. »Die sehen doch alle gleich aus.«

»Weil alles stimmt: die Calle de Conde Luna. Die vergitterten Fenster. Der Löwenklopfer. Ich weiß, wir sind hier richtig. Und der Mann, den du eben gefragt hast, hat es auch gesagt. Bitte, Bruno! Du hast es mir versprochen.«

An seiner schrillen Stimme erkannte Clara, wie aufgeregt er war. Und auch sie hatte Unruhe erfasst. Es war eine Sache, in der Stube die verschlungenen Linien des Familienbaumes nachzufahren, eine andere, tatsächlich vor dem Haus zu stehen, in dem vor dreihundert Jahren alles seinen Anfang genommen hatte. Von außen hatte es nichts Außergewöhnliches. Man sah ihm an, dass es alt war, aber es wirkte gut erhalten. Nirgendwo Spuren von Verfall, wie Bruno es prophezeit hatte.

Ihr Blick glitt zu ihm. Er atmete angestrengt; seine Miene war düster.

»Du klopfst«, sagte er knapp. »Wenn es denn unbedingt sein muss.«

Sie griff nach dem eisernen Ring, der im Maul des Löwenkopfes hing, wog sein Gewicht in ihrer Hand. Ein Gefühl von Unwirklichkeit überkam sie. Vielleicht war alles ja nur ein Traum, aus dem sie jeden Augenblick erwachen konnte. Sie ließ den Ring hart gegen das Holz schlagen.

Drinnen blieb es still.

In der engen Gasse war es brütend heiß. Clara spürte, wie sich Schweiß unter ihren Achseln sammelte, und war froh, dass sie das Gepäck in der Herberge gelassen hatten. Von nebenan war das Klopfen und Hämmern der Silberschmiede zu hören, die noch nicht an Feierabend zu denken schienen. Gegen seine sonstige Gewohnheit hatte Jakob nicht einen Blick für ihre Arbeit gehabt, so zielstrebig war er hierher gelaufen.

»Klopf noch einmal!«, sagte Jakob. »Sie werden uns nicht gehört haben.«

Sie hatte den Ring schon in der Hand, da ging die Türe auf. Ein untersetzter, rotblonder Mann stand vor ihnen. Er trug einen dunklen Rock. Seinem breiten Gesicht war keinerlei Regung anzusehen.

»*Que quieren?*«, fragte er.

Bruno zögerte, aber Jakobs drängender Blick brachte ihn zum Reden. Er sagte, worum der Junge ihn gebeten hatte, langsam, Wort für Wort.

»*Buscamos al los Alvar. Viven aqui?*«

Der Mann nickte knapp.

»Die Familie Alvar lebt hier!« Jakob klatschte vor Freude in die Hände. »Ist das nicht wunderbar, Mutter? Ich habe Recht gehabt.« Er packte Brunos Ärmel. »Sag ihnen, wer wir sind. Und dass wir mit ihnen reden wollen. Bitte!«

»*Podríamos hablar con uno de ellos?*«, fuhr Bruno fort. »*Esta mujer y son hijo*« – er wies auf Clara und Jakob – »*son parientes de los Alvar. Vienen de lejos y yo les ho acompañado hasta aquí.*«

»*Lo siento. Don Luis Alvar no recibe visitas.*«

Die Tür war ins Schloss gefallen, bevor sie reagieren konnten. Clara erholte sich als Erste von der Überraschung.

»Was hat er gesagt?«, wollte sie wissen.

»Dass der Herr des Hauses keinen Besuch wünscht«, erwiderte Bruno, dem die Antwort zu gefallen schien. »Er scheint seinen Diener genau instruiert zu haben.«

»Das war mehr als deutlich«, sagte Clara. »Und was machen wir jetzt?«

»Es muss ein Missverständnis sein.« Ungläubig schüttelte Jakob den Kopf. »Du hast dich getäuscht. Oder er hat dich vielleicht nicht richtig verstanden. Wir klopfen noch einmal und erklären alles. Dann wird er uns schon reinlassen.«

»Oder auch nicht. Sie könnten ihre Gründe haben, warum sie keine Besucher empfangen«, wandte Bruno ein. »Nicht immer ist es ratsam, die Vergangenheit aufzurühren. Wieso nimmst du es nicht als Zeichen, Jakob? Du hast es versucht. Aber es sollte nicht sein.«

»Ich denke nicht daran, aufzugeben«, widersprach der Junge heftig. »Jetzt, wo wir schon einmal hier sind.«

Er lief ein paar Schritte zurück, formte seine Hände zum Trichter und begann zu schreien.

»Wir sind hier – Jakob und Clara Weingarten. Wir sind mit euch verwandt. Wir haben das Buch, Blancas Vermächtnis, und den schönen, großen Baum, den mein Vater gemalt hat! Bitte, macht uns auf! Dann können wir euch alles zeigen.«

Überall in der Gasse wurden Fenster geöffnet. Wenige Meter weiter unterbrach ein Silberschmied seine Arbeit und kam auf die Straße gelaufen. Frauen blieben stehen und musterten neugierig die seltsame kleine Gruppe.

»Es ist gut, Jakob«, sagte Clara verlegen. »Wenn du weiter so schreist, läuft noch die halbe Stadt zusammen. Lass uns morgen noch mal wiederkommen ...«

Die Türe öffnete sich mit Schwung. Troppo sträubte das Fell und begann zu knurren.

Sie rang nach Luft, als sie sah, wer vor ihr stand: der Mann aus der Kathedrale. Der Mann mit den Handschuhen, der bis in ihr Innerstes geschaut hatte.

Auch jetzt lag sein Blick ruhig auf ihrem Gesicht.

»Ich wusste es«, sagte er langsam, als prüfe er jedes Wort. »Wir mussten uns wiedersehen.«

»Aber er spricht ja unsere Sprache, Mutter!«, rief Jakob aufgeregt. »Er versteht uns! Wir sind angekommen.« Er rannte einfach los, Lia auf der Schulter, bis er ganz nah vor dem Fremden stand. »Ich bin Jakob. Jakob Weingarten. Der Rabe heißt Lia. Und das ist meine Mutter. Clara Weingarten. Heißt du mit Nachnamen Alvar?«

»Ja. Ich bin Luis Alvar.«

»Dann bist du mit uns verwandt! Wir sind auf dem Weg zum Grab des heiligen Jakobus. Wir haben ein Buch dabei und eine Ahnentafel. Und ich kenne dieses Haus, ganz genau sogar, aus Blancas Aufzeichnungen ...« Er hielt inne. »Es ist so viel auf einmal, dass ich gar nicht weiß, wo ich anfangen soll. Mutter, du musst mir helfen!«

Luis schaute zu Clara, dann zu Bruno, den er erst jetzt wahrzunehmen schien. »Ich möchte sehr gern verstehen«, sagte er. »Alles. Aber es gelingt mir leider nicht.«

Bruno machte einen Versuch, sich vorzustellen, aber statt seines Namens kam nur ein Krächzen über seine Lippen.

»Das glaube ich gern«, sagte Clara, die seine Verwirrung gar nicht zu bemerken schien. »Und wenn du weiter so herumschreist, Jakob, und alles durcheinander erzählst, wird es kaum einfacher werden.« Sie lächelte, als sie sich zu Luis wandte. In ihr war es mit einem Mal so hell und frei, dass sie gar nicht damit aufhören konnte. »Es ist eine lange Geschichte, *Señor* ...«

»Luis«, unterbrach er sie.

»... eine lange Geschichte, Luis«, wiederholte Clara und spürte, wie sie errötete, als sie seinen Namen aussprach. »Wir brauchen bestimmt eine ganze Weile, bis alles erzählt ist.«

»*Pasen.*« Luis trat zur Seite, und mit einer einladenden Geste bat er sie in das Innere des schönen alten Hauses. «Kommt herein. Ich mag lange Geschichten.«

»Du lädst uns ein?«, fragte Jakob atemlos. »Meinen Raben auch? Du musst keine Angst haben. Ich werde aufpassen, dass Lia nichts anstellt, das verspreche ich!«

Jakob hatte den Flur schon betreten, als ihm plötzlich etwas auffiel.

»Was ist, Bruno? Wieso kommst du nicht?« Er wandte sich an Luis. »Die Einladung gilt doch auch für ihn? Er ist unser bester Freund. Sein Hund heißt Troppo. Du hast doch nichts gegen Hunde, oder?«

»Ganz und gar nicht«, sagte Luis. »Und natürlich gilt die Einladung auch für Bruno. Seid herzlich willkommen!«

Bruno hatte sich nicht von der Stelle gerührt. Er verzog den Mund zu einem angestrengten Lächeln.

»Ich hab noch einiges in der Stadt zu erledigen. Und ein Übersetzer ist ja zum Glück nicht nötig.«

Er wirkte so einsam, dass Clara glaubte, ihn berühren zu müssen. Luis stand zwischen ihnen, sie befürchtete, er könnte hören, wie ihr Herz ihm entgegenschlug. Sie fühlte sich wie eine Verräterin.

»Du kommst dann also nach, Bruno?«, fragte sie.

Er nickte vage.

»Lass uns nicht zu lange warten«, rief Jakob. »Sonst muss ich alles zweimal erzählen!«

»Einverstanden.« Bruno setzte sich in Bewegung.

Er blieb erst stehen, als er Troppos weiche Schnauze an seiner Hand spürte. Jakob und seine Mutter waren im Haus der Alvars verschwunden.

Wie konnte er ahnen, dass es so schnell gehen würde? Er hatte den Blick gesehen. Er hatte nicht damit gerechnet, dass er Zeuge sein musste, wie Clara dem Mann begegnete, der bereits zu ihr zu gehören schien. Er hatte nur gewusst, wie sehr es ihn schmerzen würde.

In seinem Körper breitete sich Schwere aus. Ein Gefühl, als würde er durch den Erdboden sinken. Er wollte nach dem Hund pfeifen, aber selbst dafür fehlte ihm auf einmal die Kraft.

*

Als die Nacht kam, war der Junge vom vielen Reden so müde geworden, dass sein Kopf auf den Tisch sank. Luis trug ihn nach nebenan und legte ihn auf das Bett, ohne dass Jakob auch nur für einen Moment erwachte.

Befangenheit überfiel sie, als Luis zurückkehrte und sie plötzlich miteinander allein waren. Ramón hatte die Teller abgeräumt. Vor ihnen auf dem Tisch lag Heinrichs sorgsam gemalter Baum, den der Junge voller Stolz erklärt hatte.

Luis Hände fuhren über die Namen unten am Stamm. Blanca Alvar. Diego Alvar ...

»Diego«, sagte er leise. »Der Name meines Vaters. Ich bekam ihn auch. Als ich schon hier lebte. Zuvor aber war ich ein anderer ...«

Er hielt inne. »Es ist schon spät«, sagte er. »Und ich habe noch viel vor mir.«

»Ja, du musst es selbst lesen«, sagte Clara. Ihre Hände strichen über den Einband. Sie wünschte, er wäre unversehrt, ohne die Flecken, die speckigen Stellen und abgestoßenen Ecken. Aber sie hatten es sicher hierher gebracht. Sie schob das Buch zu ihm hin. »Dann wirst du begreifen, welcher Eifer meinen Sohn erfasst hat.«

»Und du?«, fragte Luis. »Was ist mit dir?«

»Ich kenne die Geschichte nur durch Jakob.« Sie zögerte kurz, dann entschloss sie sich zur Wahrheit. »Ich kann nicht lesen. Die Buchstaben sind Fremde für mich. Ich habe versucht, mit ihnen Freundschaft zu schließen, aber es hat nicht geklappt.«

»Du bist sehr ehrlich.« Luis sah sie mit einer Offenheit an, gegen die es keinen Widerstand gab.

»Mir fehlt das Talent zu lügen«, sagte sie und versuchte ein Lächeln. »Wahrscheinlich liegt es daran.«

Er nahm ihre Hand, berührte den Ring, den sie am Zeigefinger trug. Sie spürte das weiche Leder an ihrer Haut. Er trug noch immer Handschuhe. Anscheinend legte er sie niemals ab.

Ob seine Hände entstellt waren? Sie würde es erfahren. Sobald der richtige Zeitpunkt gekommen war.

»Er ist mir sofort aufgefallen«, sagte Luis. »Im ersten Augenblick. Ein alter Schmuck.«

»Er stammt aus Heinrichs Familie«, sagte Clara. »Aus eurer Familie. Ein einziges Mal hätte ich ihn beinahe weggegeben. Um Jakobs Leben zu retten. Aber zum Glück blieb es mir dann doch erspart. Weißt du, dass es einmal zwei dieser Ringe gegeben haben soll? So steht es wenigstens in dem Buch. Und Jakob sagt, alles darin sei wahr.«

Luis stand auf, lehnte sich an die Wand gegenüber und sah sie an. Im Kerzenlicht waren seine Augen dunkel, aber Clara wusste, dass sie grün waren. Leuchtend grün.

»Es ist wie ein Traum«, sagte er. »Vielleicht brauche ich Zeit, um mich daran zu gewöhnen.«

»Ein Traum?« Clara trank einen Schluck Wein und stellte den Becher schnell wieder ab, damit er das Zittern ihrer Hände nicht sah. »Wieso sprichst du eigentlich so gut unsere Sprache?«

»Das verdanke ich meinem Freund«, sagte Luis. »Gerhard Paulus. Ein Goldschmied aus dem Elsass. Ein Mann mit vielen Talenten. Als ich nach Spanien kam, war es leichter für mich, seine schwierige Muttersprache zu erlernen, als die, die mein Vater von mir verlangte.«

»Du bist nicht hier geboren, Luis?«

»Nein.« Sie spürte sein Zögern, die fast körperliche Anstrengung, bevor er weiterredete. »Ich stamme aus dem

Land der vier Winde. Jenseits des Ozeans. Die Spanier nennen es Peru. Ich rede nicht gern darüber. Aber dir, der Frau, die keine Lügen mag, gebührt die Wahrheit.«

Er zögerte abermals. Der Ring! Sollte er ihr den Ring an seiner Hand zeigen?

Er tat es nicht. Noch nicht.

»Peru«, wiederholte Clara. »Das Land der vier Winde, das klingt schön. Davon hab ich noch nie gehört.«

Er wandte den Kopf zum Fenster. Sie betrachtete sein Profil, die Nase, die an einen Raubvogel erinnerte, die Fältchen in den Mundwinkeln, den Bartschatten auf den Wangen. Ein Gesicht, das ihr Herz rührte, und sie wusste nicht einmal, warum.

»Ich würde dir gern davon erzählen«, sagte er. »Jetzt, wo alles anders ist.«

Irgendwo draußen war das entfernte Bellen eines Hundes zu hören.

»Bruno ist nicht gekommen«, sagte Clara unruhig. »Das passt gar nicht zu ihm. Bisher konnten wir uns immer auf ihn verlassen.«

Luis sah sie fragend an.

»Jakob liebt ihn sehr. Er hat viel für ihn getan. Und ihm vieles beigebracht, was ein Junge wissen muss.«

»Und du?«, sagte er leise. »Was ist Bruno für dich?«

Sie hielt seinem Blick stand. »Der beste Begleiter auf dem Weg zu Jakobus. Ein Mensch, dessen Freundschaft ich als Geschenk betrachte.«

»Dann wird er morgen früh da sein«, sagte Luis.

Clara nickte. Und wünschte, sie hätte ihm glauben können.

*

Es war nicht das Lied der Amsel, die ihn sonst jeden Morgen weckte, wenn sie im Mandelbaum des Innenhofes trillerte, sondern das Geräusch ungestümer Schritte, treppauf, treppab. Luis fuhr auf, steif, weil er im Sitzen eingeschlafen war, die Hand noch auf den letzten Seiten des aufgeschlagenen Buchs. Die Lampen waren ausgebrannt; seine Augen fühlten sich an, als wären sie voller winziger Steinsplitter.

Kaum hatte er die Türe geöffnet, hörte er Jakobs aufgeregtes Rufen.

»Lia? Wo bist du? Komm, mein Vögelchen, komm zu Jakob!« Schnalzende Geräusche, die offensichtlich zu keinem Erfolg führten, denn der Junge rief weiter. »Wo hast du dich versteckt? Bitte sag doch etwas!«

Er schien erleichtert, als Luis auftauchte.

»Du musst mir helfen – mein Rabe ist fort. Wo kann sie nur sein? Wenn Lia weggeflogen ist, dann ...«

»Durch vergitterte Fenster? Dann müsste sie kleiner als eine Heuschrecke sein«, sagte Luis. »Sie wird irgendwo hier im Haus sein. Wir sehen nach!«

»Unten und im ersten Stock war ich schon.« Jakob klang bedrückt. »Da ist sie nicht.«

»Dann oben.« Er zog den Jungen mit sich. »Wir werden sie schon finden.«

Aber jedes Zimmer, in das sie schauten, war leer. Keine Spur von Lia. Nirgendwo.

»Sie kann sich doch nicht in Luft aufgelöst haben.« Jakobs Unterlippe begann zu zittern. »Vielleicht im Kamin ...«

»Wie sollte sie denn da hineingekommen sein? Nein, ich glaube, ich weiß jetzt, wo sie steckt! Ramón wird wieder einmal vergessen haben abzuschließen.«

Luis nahm die Stufen, die zum Dachboden führten trotz seiner Seitenschmerzen so schnell, dass Jakob ihm kaum folgen konnte.

»Die Tür steht offen!«, rief Luis. »Wie ich es mir schon dachte.«

Der Junge starrte auf die abgedeckten Möbel, den blinden, alten Spiegel, der ihnen den Weg verstellte.

»Lia!«, rief er zaghaft. »Lia? Bist du da?«

Ein Krächzen war die Antwort.

Jakob stürmte an Luis vorbei, bis er vor der Truhe stand, auf deren hoch gestellten Deckel der Rabe hockte. Mit schief gelegtem Kopf duldete Lia, dass er sie am Hals kraulte. Dann spreizte sie das Gefieder, flog auf und ließ sich zutraulich auf seiner Schulter nieder.

»Sie ist so schlau!«, sagte Jakob glücklich. »Sie kann sogar die Zukunft deuten ...« Er hielt inne, als sein Blick auf die schwere Truhe fiel, in der etwas Helles schimmerte.

Luis, der ihm gefolgt war, beugte sich hinab. Vorsichtig griff er hinein und nahm einen Bogen heraus. Mürbe fühlte er sich an, er war nachgedunkelt und stockfleckig geworden.

»Papier!«, sagte er. »Das kann nur Diegos Papier sein! Es muss hier oben seit vielen, vielen Jahren liegen. Seit man ihn verhaftet hatte und Blanca geflohen war ...«

»Du hast das Buch also schon gelesen«, sagte Jakob überrascht. Er beugte sich in die Kiste, und als er weitere Bogen herausholen wollte, zerfielen sie unter seinen ungestümen Händen.

»Blancas Vermächtnis und die Pilgerfahrt ihrer Tochter Pilar. Ich habe beide Bücher gelesen. Von Anfang bis Ende«, sagte Luis. »Jetzt tut mir der Rücken weh und meine Augen sind wie ausgetrocknete Gewässer. Aber es hat sich gelohnt.«

»Dann ist alles wahr.« Jakob deutete auf die Kiste. »Dieses Papier beweist es. Es ist keine ausgedachte Geschichte. Blanca hat aufgeschrieben, was *geschehen* ist. So, wie ich es immer gesagt habe.«

»Das ist es wohl«, sagte Luis. »Und Pilar hat diese Tradition mit ihrem Bericht weitergeführt. Außerdem gibt es noch etwas anderes im Haus, was beweist, dass die Geschichte nicht ausgedacht ist – der Gang, den Diego und sein französischer Freund Roger gegraben haben, um heimlich zu flüchten. Er ist unten im Keller. Erstaunlich gut erhalten, trotz der langen Zeit, die seitdem vergangen ist. Ramón hat ihn zufällig entdeckt. Willst du ihn sehen, Jakob?«

Jakob nickte strahlend.

»Und ob ich das will! Bruno wird erst Augen machen, der alte Zweifler! Wo steckt er eigentlich? Schläft er noch? Er ist doch sonst immer als Erster wach.«

»Er ist noch nicht da«, erwiderte Luis.

»Bruno ist nicht gekommen? Bist du sicher?«

»Ich hätte ihn gehört. Ich war die ganze Nacht wach.«

»Dann muss ich ihn suchen.« Jakob schien ihn nicht mehr zu hören. »Auf der Stelle muss ich zu ihm.«

Er drängte sich an Luis vorbei. Lia krallte sich in seine Schulter, aber er spürte es nicht.

»Sag meiner Mutter, wir sind bald wieder zurück«, rief er, schon auf der Treppe. »Bruno und ich.«

*

Er war so schnell gelaufen, wie er nur konnte, aber das letzte Stück vor der Herberge wurde er plötzlich langsamer. Sein Herz klopfte wie wild. Lia schien seine Aufregung zu spüren. Sie rieb ihren Kopf an seiner Wange, als wollte sie ihm Mut machen.

»Gleich sehen wir ihn, und dann wird alles gut«, sagte Jakob halblaut. »Der Geheimgang wird ihm gefallen. Und erst das Papier! Dann weiß Bruno endlich, dass er mir in Zukunft ruhig glauben kann.«

In der Gaststube fand er nur den älteren Wirt, der ihnen vor zwei Tagen die Zimmer zugewiesen hatte.

»*Sus pertenencias están en la otra habitátion*«, sagte er, ohne von seiner Arbeit aufzuschauen. »*El otro hombre ya pagó por las noches.*«

Jakob, der kein Wort verstand, wollte an ihm vorbei nach oben. Der Wirt bekam ihn zu fassen und hielt ihn fest.

»Lass mich los!«, sagte Jakob. »Ich will doch nur zu Bruno!«

»Bruno – weg.« Der Wirt spuckte die fremden Wörter aus wie faulige Oliven.

»Was soll das heißen?« Jakob machte sich frei.

»Bruno – weg«, wiederholte der Mann und machte eine unmissverständliche Geste. »*Se fue.*«

Tränen schossen Jakob in die Augen.

»Du lügst.« Er wollte nicht heulen vor dem groben Kerl und starrte zu Boden. Es konnte nicht sein. Es durfte nicht sein!

Aber er wusste im gleichen Augenblick, dass der Mann die Wahrheit gesagt hatte. Sein Gefühl der letzten Tage hatte ihn nicht getrogen. Bruno hatte ihn verlassen.

»*Espera!*« Der Mann kam mit ihren Taschen zurück und den Umhängen. »*Toma!*« Er streckte ihm einen Zettel entgegen. »*Para ti.*«

»Du lügst schon wieder.« Jakobs Hand zitterte, als er das zerknitterte Papier entgegennahm. »Bruno kann ja gar nicht schreiben.«

*

Erst als er weit genug von der Herberge entfernt war, las Jakob die Nachricht. Er lehnte sich an eine Mauer, froh, einen Halt zu finden, und starrte auf das Geschriebene.

Es waren krakelige Buchstaben, ungelenk, wie ein Kind schreiben würde, das die Feder kaum halten kann, oder jemand, der wenig Übung hat. Er überflog sie zunächst, stutzte, las dann aber die kurzen Zeilen halblaut, um wenigstens ein letztes Mal in seiner Vorstellung Brunos Stimme zu hören.

LEb WoHL, mEin FreUNd, es wAr eINe schÖne ZEit. Sei nICht bÖse auf mIch. Du wIRst vielleicHt erst spÄTer verSTeHen, dass iCh mEin VerSPrecHen dOch geHalten habe. AUf, mEIne WEIse.

PAss auf mEIne Lia aUf. Aber iCh weIß, sie wIrd es gUt bei dIr hABen. Und aUf, deIne schÖne MUtter. JeTzt, wo dU ein MAnn bist und WaSser und FeUer bäNDigen kaNNst.

ICh wERde eUch nIEMals verGeSsen, aBer ich mUss weiter. Und ich muss ALLeiN sein.

BRUNO

Es gab keinen Grund, die Tränen zurückzuhalten. Trotzdem fuhr Jakob sich mit dem Ärmel ruppig über das Gesicht, aber es kamen immer neue. Erst als sich ein älterer Mann zu ihm niederbeugte und in freundlichen Worten, die er nicht verstand, auf ihn einredete, gelang es ihm, sich zusammenzureißen.

Wie von alleine trugen seine Beine ihn zum Fluss.

Dort ließ er sich ins verdorrte Gras fallen und sah lange den blinkenden Wellen zu. Irgendwann begann Lia an seinem Ohrläppchen zu knabbern und gab ihm damit zu verstehen, dass sie hungrig war.

Jakob nahm die Taschen und die Mäntel. Schweiß lief über seinen Rücken, als er die steile Uferböschung erklommen hatte.

Wie hast du es nur angestellt?, dachte er, als er in die Calle de Conde Luna einbog. Wen hast du dazu gebracht, für dich zu schreiben – und noch dazu in einer fremden Sprache? Oder hast du uns angelogen und hattest doch lesen und schreiben gelernt?

Der Junge schniefte, bevor er den Löwenklopfer betätigte.

Es würde Brunos letztes Geheimnis bleiben.

*

Auf dem Weg nach Astorga, September 1563

Das Ödland lag schon lange hinter ihnen, aber immer wenn Luis die Augen schloss, sah er noch die Pappeln an den nahezu ausgetrockneten Wasserläufen vor sich. Sie hatten Schwierigkeiten gehabt, frisches Trinkwasser zu finden, was ihn daran erinnerte, wie kostbar das Wasser zu Hause stets gewesen war.

Die karge Landschaft hatte viele seiner alten Erinnerungen lebendig werden lassen. Dazu kam die körperliche Erfahrung des tagelangen Laufens, die er beinahe vergessen hatte. Nicht nur sein Gesicht war heiß und schweißnass. Er schwitzte unter dem engen Leder und hätte die lästigen Handschuhe am liebsten abgestreift und weggeworfen. In den ersten Tagen hatte er mit Schmerzen in den Waden zu kämpfen, und wenn er abends die Stiefel auszog, brannten seine Füße, als habe er sie ins Feuer gehalten. Die Stichwunde klopfte, aber sie blieb geschlossen. Er lernte, einseitig zu atmen, um Schmerzen zu vermeiden, und langsam gewöhnte er sich wieder an das Gehen.

Luis bemühte sich, ein gelassenes Gesicht aufzusetzen, besonders vor dem Jungen. Jakob schien ihn ständig zu beobachten. Kein Blick, keine Geste blieben unbemerkt. Gleichzeitig machte der Junge keinen Hehl daraus, wie tief ihn Brunos Verschwinden getroffen hatte. Luis konnte sich des Gefühls nicht erwehren, dass er insgeheim ihn dafür verantwortlich machte.

Die bedrückte Stimmung hatte auch Clara erfasst. Brunos wortloser Abgang schien sie unablässig zu beschäftigen. Seine Ankündigung, er werde mit Jakob und ihr nach Santiago de Compostela pilgern, schien sie zu erfreuen, aber sie zeigte diese Freude nur verhalten.

»Wenn du willst, bist du uns willkommen«, war alles, was sie dazu gesagt hatte. Nicht einmal angesehen hatte sie ihn dabei. »Aber wir brechen schon morgen auf.«

Es blieb ihm kaum Zeit, das Nötigste zusammenzupacken und Ramón für die Dauer seiner Abwesenheit Instruktionen für das Haus zu geben, so sehr drängten Clara und der Junge zum Aufbruch. Der Diener schien mehr als zufrieden, dass er in León bleiben sollte. Er wollte Marian heiraten. Stotternd wie ein verliebter Jüngling kam er damit heraus. Nach allem, was geschehen war, hatte Luis keine Einwände, dass sie ins Haus kam.

Ob Clara und der Junge hofften, Bruno unterwegs einzuholen?

Er glaubte dies eine ganze Weile. Er meinte es an ihrem Blick zu sehen, wann immer sie eine Rast einlegten. An dem suchenden Umherspähen, sobald sie in eine Herberge kamen. Aber sie hatten kein Glück. Niemand, den sie unterwegs befragten, wollte den Mann und seinen zweifarbigen Hund gesehen haben.

Miteinander sprachen sie nur wenig, und Luis fragte sich schon, ob der Schatten Brunos sie für immer getrennt hatte.

Als sie Villadangos del Páramo erreicht hatten, das in einem kleinen Tal lag, verließ Clara abends noch einmal die Unterkunft und blieb so lange fort, dass Luis begann, sich Sorgen zu machen. Er warf einen Blick auf Jakob, der ruhig neben ihm schlief. Sie waren die Einzigen im Schlafsaal des Hospizes, dessen fleckige Wände und aufgerissene Strohsäcke verrieten, wie selten Pilger geworden waren.

Wo konnte sie sein?

Er angelte nach seinen Stiefeln, stellte sie dann aber wieder zurück. Barfuß machte er sich auf den Weg zur Kirche, die ihm als erste und beste aller Möglichkeiten in den Sinn kam. Die harte Erde unter seinen Sohlen war noch warm von der Hitze des Tages. Seine Füße genossen es, dem ledernen Gefängnis entronnen zu sein. Er begann zu laufen. Er fühlte sich beinahe wie damals.

Luis fand sie auf den Stufen. Sie weinte.

»Was macht dich so traurig, Clara? Willst du es mir sagen?« Er setzte sich neben sie.

»Ich weiß nicht, ob ich das kann. Heute weiß ich gar nichts mehr. Ich war in der Kirche, und dann ...«

»Kirchen machen mich immer traurig«, sagte Luis. »Alle. Sogar der Dom in León mit seinen schönen blauen Fenstern und dem milden Licht. Vielleicht, weil ich in ihnen etwas suche, das ich doch nicht finden kann.«

Sie schüttelte den Kopf.

»Das ist es nicht, Luis. Wie soll ich es dir nur erklären?«

Sein Blick hielt sie fest. »Versuch es einfach, Clara.«

»Für mich war Jakobus stets ein Freund. Jemand, zu dem ich ging, wenn ich traurig war. Oder einen Rat brauchte. Manchmal hatte ich Angst, ich hätte ihn verloren. Aber wenn ich gebetet habe, ihn gerufen, war er dann doch wieder da. In mir. Aber eben ...«

»Was ist geschehen?«, fragte Luis. »Was hat dich so erschreckt?«

»Jakobus ist ein Krieger – kein friedlicher Pilger, wie ich ihn bislang kannte! Ich habe ihn mit dem erhobenen Schwert in der Hand gesehen und einem grimmigen Gesicht, als wolle er alles in Grund und Boden schlagen. Das ist nicht mein Tröster in der Not!«

Er zögerte, dann legte er seine Hand auf ihren Rücken. Clara saß ganz still. Ihr Schluchzen verebbte allmählich. Die Wärme kroch ihr Rückgrat hinunter. Es tat unendlich gut, sie zu spüren.

»Alles ist so anders geworden«, sagte sie leise. »Früher wusste ich, was ich denken, was ich glauben sollte. Auch wenn es eine schwierige Zeit in Genf war, in der wir uns verstecken mussten und nur heimlich zur Messe zusammenkommen konnten. Aber dann habe ich erlebt, wie brutal mein Schwager zu meinem Jungen war. Und seitdem wir unterwegs sind, bin ich so vielem begegnet, das ich nicht verstehe. Wieso überall dieses Kämpfen, Luis, dieser

Schmerz? Diese Gewalt? Weshalb tun die Menschen sich das gegenseitig an?«

»Vielleicht, weil manche glauben, zum Kämpfen geboren zu sein. Wenn sie nicht kämpfen, haben sie Angst, nicht zu leben.«

Er spürte ihren überraschten Blick. Er entschloss sich zu rückhaltloser Offenheit.

»Mein Vater war einer dieser Krieger«, sagte Luis. »Ein Mann des Schwertes mit Leib und Seele. Jahrelang. Irgendwann wurde sogar er des Kämpfens müde. Aber zuvor sind viele Menschen durch seine Hand gestorben. Ich habe keinerlei Reue bei ihm gespürt. Nicht einmal, als er gestorben ist.«

Es wurde ihm leichter. Er streckte seine bloßen Füße in die Nachtluft.

»Du hast Blasen«, sagte Clara. »Ich mach dir Umschläge, wenn wir wieder im Hospiz sind, sonst kannst du bald nicht mehr weiterlaufen!«

Eine wegwerfende Geste.

»Es ist nichts«, sagte Luis. »Nichts gegen ...«

»Du hasst ihn«, erriet Clara und musste an das denken, was Bruno ihr erst vor kurzem anvertraut hatte. War diese Wiederholung wirklich nur ein Zufall? »Obwohl dein Vater tot ist. Weshalb?«

»Das zu erzählen, Clara, würde sehr lange dauern.«

»Wir haben noch viele Tage vor uns, bevor wir das Apostelgrab erreichen werden«, sagte Clara. »Ich würde deine Geschichte gern hören.« Sie erschrak, als sie sich sprechen hörte. Hatte sie etwas ganz Ähnliches nicht auch zu Bruno gesagt? Bruno war fort. Sie wollte das Gleiche nicht auch bei Luis riskieren.

Das gleichzeitige Gefühl von Nähe und Fremdheit verwirrte sie, als sie ihn ansah. Die Anziehung, die sie spürte, war so stark, dass es ihr Angst machte. Auf seltsame Weise war sein Körper ihr vertraut, sein Geruch, seine Bewegungen, seine Haut, als hätte sie ihn tausendmal gehalten, ihn tausendmal liebkost. Dabei kannte sie ihn doch kaum! Seit Heinrichs Tod hatte sie keinem Mann gegenüber mehr so empfunden. Aber sie vermochte nicht zu erraten, welche Gedanken ihm in diesem Moment durch den Kopf gingen.

»Was ist mit Jakob?«, sagte Luis unvermittelt. »Wird er zurechtkommen? Ohne seinen großen Freund?«

»Er hat schon so viel verloren«, erwiderte Clara. »Seinen Vater, als er noch ganz klein war. Seine Base, auf besonders schreckliche Weise. Camille, ein Mädchen, das einige Zeit mit uns unterwegs war, bis sie eine neue Familie gefunden hat. Und nun auch noch Bruno, den er so geliebt hat. Ich wünsche mir so sehr für Jakob, dass das endlich aufhört!«

»Ich glaube, ich weiß, was in ihm vorgeht. Ich war in seinem Alter, als das begann, was mein Vater ›mein zweites Leben‹ nannte. Für mich war es ein Sturz ins Nichts. Denn ich hatte alles verloren, was mir etwas bedeutet hat.«

»Du glaubst, es geht nicht mehr weiter.« Ihre Stimme war leise. Jetzt war sie es, die die Hand ausstreckte und auf seinen Arm legte. Ein Schutz. Eine Geste der Zuneigung. Sie spürte, wie dringend er beides brauchte. »Aber es wird Morgen und Abend und wieder Morgen und wieder Abend – und du atmest immer noch. Sonne und Mond gehen auf und unter, der Wind weht, die Blumen blühen. Du betrachtest verblüfft deine Glieder, die sich bewegen. Du hörst, wie deine Stimme antwortet, obwohl du dich selber wie tot fühlst...«

»Genauso war es«, sagte Luis überrascht.

»Ich hatte noch Glück«, sagte Clara. »Trotz allem. Denn nach Heinrichs Tod gab es Jakob, für den ich sorgen musste. Wäre er nicht gewesen, ich weiß nicht, was geschehen wäre.«

»Ich bin sehr froh«, sagte Luis, »dass du weitergeatmet hast.«

※

Manjarin, September 1563

Als sie die Maultierherde überholt hatten, war die Stimmung noch gut gewesen. Nun aber, den steifen Wind im Gesicht und die Last des steilen Anstiegs in den Beinen, verdüsterte sie sich. Jakob stapfte mühsam voran, das Gesicht weiß und nass vor Anstrengung. Zweimal hatte Clara ihn schon zu einer Rast überreden wollen, aber er hatte nur missmutig abgelehnt.

»Ich will endlich diesen Pass hinter mich bringen«, knurrte er. »Ich kann Berge nicht mehr sehen!«

»Warte bis zur nächsten Ebene«, versuchte Luis zu scherzen, »dann wirst du anders reden.«

Jakob drehte sich nicht einmal um.

Luis sah die Hunde als Erster, einen Braunen mit schmalem Kopf und einen kurzhaarigen Schwarzen, bullig, auf kräftigen Beinen. Sie rannten direkt auf sie zu.

Pass auf! Das ist nicht Troppo, den du gut kennst, wollte er noch rufen, aber da war es schon zu spät.

Sie gingen Jakob von beiden Seiten an. Sie knurrten.

Der Junge war stehen geblieben. Hinter ihm spürte Luis seine Angst. Der Rabe begann mit den Flügeln zu schlagen.

»Haut ab!«, rief Jakob mit unnatürlich hoher Stimme. »Lasst mich in Ruhe.«

Luis packte Claras Stock und ging auf die Hunde zu. Der schmale Braune wich zurück, der Schwarze aber schoss nach vorn. Sein Biss war halbherzig, und Jakob schrie eher vor Schreck als vor Schmerz. Lia kreischte, als hätte es sie erwischt. Der Angreifer duckte sich mit hochgezogenen Lefzen.

»Beweg dich nicht«, rief Luis. »Schau ihn nicht an. Tu einfach so, als würdest du ihn gar nicht bemerken.«

Instinktiv hatte Clara sich im Hintergrund gehalten. Sie war angespannt, doch ohne Angst. Luis handelte mit Bedacht, sie vertraute ihm. Seine Schritte waren ruhig. Er hob langsam den Stock und schlug ihn dann mit einer schnellen Bewegung auf den Boden. Die Drohgebärde genügte.

Die Hunde machten sich davon. Jakob zitterte, als Luis die Wunde untersuchte.

»Damit das klar ist«, sagte der Junge. »Ich bin kein Feigling.«

»Vor wilden Hunden sollte jeder Respekt haben, der auch nur ein Quäntchen Verstand besitzt. Du kannst von Glück sagen, dass er nicht fester zugebissen hat. Der Hund ist ein Feigling, nicht du.«

Jakob zuckte zusammen, als Luis die Wunde säuberte. Aber sein Atem wurde ruhiger. Clara verband ihn mit einem sauberen Tuch.

»Ich brauche jetzt dringend eine Pause«, sagte Luis. Er sah, dass Jakob humpelte und sein Gesicht deutlich blasser war als sonst. »Nach diesen Aufregungen. Und wie ist es mit euch?«

»Dort drüben liegt ein Dorf.« Jakobs ausgestreckter Finger wies ein Stück nach unten. »Ich sehe Strohdächer. Wir könnten nach einem Quartier fragen.«

»Wenn die Leute hier nur ein wenig netter sind als ihre Hunde«, sagte Luis lächelnd, »dann sollten wir das unbedingt tun.«

※

Ponferrada, September 1563

Kaum war der Junge eingeschlafen, begannen sie zu flüstern. Tagsüber waren ihre Gespräche kurz, fast einsilbig. Aber sobald sie nachts im Hospiz nebeneinander lagen, kamen die Worte wie von selbst.

»Er sieht dich wieder anders an, seitdem du ihn vor den Hunden gerettet hast«, sagte Clara. »Ich kenne meinen

Sohn. Er wird seinen Widerstand nicht mehr lange aufrechterhalten.«

»Was hat ihn eigentlich so gegen mich aufgebracht? Brunos Verschwinden? Macht er mich dafür verantwortlich?«

»Vielleicht. Und das Buch. Er hat mich nach dem Namen deines Vaters gefragt. Als ich sagte, er hätte Diego geheißen, hat sich etwas in ihm verschlossen.«

»Diego – der Schurke, der seine Schwester Blanca nicht freigeben wollte«, sagte Luis. »Nicht für einen anderen Glauben. Und erst recht nicht für die Liebe zu einem Mann. Er war sogar bereit, sie zu töten, nur um sie ganz zu besitzen. Kein schöner Gedanke, von ihm abzustammen!«

»Das können wir uns nicht aussuchen«, sagte Clara. »Die Wurzeln sind älter als wir.«

»Das hab ich mir auch gesagt«, flüsterte Luis. »Aber es hat mir keinen Trost gebracht.«

»Deinem Vater verdankst du dein Leben. Ihm und deiner Mutter. Ist das nichts?«

»Und ihr hat er es genommen«, sagte Luis heftig. »Sind wir damit nicht quitt? Er hätte sie ebenso gut mit eigenen Händen töten können. Oder mit seinem Schwert, das ihm so viel bedeutet hat. Stattdessen hat er mich auf seine Seite gezogen. Langsam, unmerklich, damit ich mich nicht wehren konnte. Ich bin mit ihm gegangen, anstatt bei ihr zu bleiben. Irgendwann bin ich aus meiner Verblendung aufgewacht und zurück nach Hause gelaufen. Aber ich bin zu spät gekommen. Sie hat nur noch wenige Wochen gelebt.«

»Du warst damals ein Junge, fast noch ein Kind. Wie solltest du wissen, was richtig war und was falsch?«

Er schwieg. Sie hörte seine gleichmäßigen Atemzüge.

»Das Gift war schon zu tief in mich eingesickert«, fuhr Luis nach einer Weile fort. Es tat gut, endlich davon zu erzählen. Es ihr zu erzählen. »Ich sollte ein anderer werden. Einer wie er. Ein echter Spanier – und kein dreckiger Mestize mehr sein, den die Weißen verachten.«

Er wartete auf eine abwehrende Reaktion, eine Geste der Ablehnung, aber es geschah nichts dergleichen. Clara lauschte ruhig und aufmerksam. Er spürte, wie nah sie ihm war.

»Der Krieger hat alles versucht. Mich unterrichten lassen, mich gekleidet und erzogen. Der Tod seiner spanischen Gattin kam genau im richtigen Augenblick. Wir haben die Stadt gewechselt, um weit genug von León alle Mitwisser auszuschalten. Ich wette, er hätte mir sogar die Haut abziehen lassen, um sie weiß zu waschen, wäre das möglich gewesen. Doch was immer er auch versucht hat: Ich war und blieb der Sohn einer Inkafrau.«

»Erzähl mir von deiner Mutter!«, bat Clara. »War sie schön?«

»Es ist schön mit dir.« Sie hörte, wie er sich bewegte. »Schön, endlich über all das sprechen zu können. Und schön, in deiner Nähe zu sein.«

Seine Hand berührte ihren Arm, und wie beim letzten Mal spürte Clara, wie die Hitze sich durch das feine Leder rasch ausbreitete.

Sie musste sich wegdrehen, so heftig wurde ihr Verlangen nach ihm. Sie wollte ihn haben, ganz nah, wollte, dass er sie berührte, wollte ihre Brüste an seiner Haut spüren, seinen Atem in ihrem Mund schmecken. Es war so lange her, dass sie so gefühlt hatte. Vielleicht hatte sie sogar noch nie zuvor so gefühlt.

Aber nebenan lag ihr Sohn. Der traurig war und Bruno vermisste.

Clara ballte die Hände zu Fäusten. Sie schämte sich für ihre Lust. Und war gleichzeitig so glücklich darüber, dass sie fast geweint hätte.

*

In der Senke des Bierzo, September 1563

Bei dem Dorfbrunnen von Valtuille de Arriba verband Jakob seine Wunde neu. Er bestand darauf, es selbst zu tun, wie auch schon die beiden Tage zuvor. Clara, die den ganzen Tag bleierne Müdigkeit geplagt hatte, war ein Stück entfernt im Schatten einer alten Eiche eingeschlafen.

»Es heilt«, sagte Luis. »Kein Eiter. Keine Entzündung. Da bleibt kaum eine Narbe, Jakob.«

Der Junge nickte, dann schöpfte er Wasser in seine Hand und ließ den Raben trinken.

»Lia ist auch wieder ganz munter«, sagte er. »Ich bin froh darüber. Sie hatte sich so erschreckt.«

»Sie ist deine Erinnerung an Bruno«, sagte Luis. »Deshalb liegt dir so viel an ihr.«

»Ich würde ihn auch ohne Lia niemals vergessen.« In der Stimme lag ein Anflug von Trotz. »Ich weiß, dass du ihn nicht weggeschickt hast. Aber Bruno ist gegangen, weil wir dich gefunden haben. Wie hätte ich wissen sollen, dass es so kommen würde! Ich hatte es mir gewünscht, einen von euch zu treffen, seitdem ich das Buch gelesen hatte. Aber ich wollte doch damit nicht meinen besten Freund vertreiben!«

»Du bist nicht schuld, dass er gegangen ist. Und sicher hat er dich nicht gern verlassen«, sagte Luis. »Er hatte wohl einen Grund, den wir beide nicht kennen. Ich habe ihn nur kurz gesehen. Aber Bruno kam mir wie ein Mann vor, der weiß, was er tut.«

Der Junge schwieg. Luis spürte, dass ihn die Antwort tröstete.

»Ich mag diesen Diego nicht«, sagte Jakob nach einer Weile. »Er hat seiner Schwester Blanca so wehgetan.«

»Ich mag ihn auch nicht«, sagte Luis. »Und doch gehört er zu meinen Vorfahren. Sogar der Name hat sich überliefert. Diego hieß auch mein Vater.« Er hielt kurz inne. »Diego ist mein zweiter Taufname«, sagte er dann.

»Du willst damit sagen, dass du nichts dafür kannst«, sagte Jakob. »Richtig?«

»Ich will damit sagen, dass ein Name nichts darüber sagt, wie ein Mensch ist oder wie er sich verhält. Die Entscheidung, ob er gut oder böse sein will, hat nichts mit dem Namen zu tun.«

Den ganzen Tag waren sie durch Weinberge gewandert. Unübersehbar neigte der Sommer sich langsam seinem Ende zu. Überall grünes Reblaub mit dicken, dunklen Trauben. Unterwegs waren ihnen Weinbauern begegnet, die erste Vorbereitungen für die Ernte trafen. Zwei junge Burschen, die sie schon zuvor getroffen hatten, ließen am Brunnen ihre Körbe und Hacken fallen und spritzten sich gegenseitig nass.

Sehnsüchtig sah Jakob ihnen zu. Ein einsamer, kleiner Junge, dachte Luis plötzlich.

Einer von den beiden Burschen unterbrach plötzlich das übermütige Spiel. Er holte aus – und ein kräftiger Spritzer landete direkt in Jakobs Gesicht. Der Junge erschrak, dann fing er an zu lachen und plantschte zurück. Die beiden anderen revanchierten sich kräftig, bis alle außer Atem waren. Bevor sie sich zurück an die Arbeit machten, knuffte der ältere von ihnen Jakob freundlich im Vorübergehen.

»Was ist eigentlich mit deinen Händen?«, fragte Jakob, als er sich Luis wieder zugewandt hatte.

»Eine unschöne Angelegenheit. Nicht ansteckend, aber lästig.«

»Du redest nicht gern darüber?«

»Es wird vergehen«, sagte Luis. »Irgendwann.«

Jakob lehnte am Brunnenrand. Er hob den Kopf und sah Luis an, offen und direkt, als wolle er sich sein Gesicht in allen Einzelheiten einprägen.

»Ich höre euch übrigens«, sagte er beiläufig. »Nachts, wenn ihr denkt, ich würde schlafen. Aber ich schlafe nicht. Ich bin dreizehn. Kein kleines Kind mehr.« Er zögerte. »Du siehst nicht aus wie wir. Wieso ist deine Haut so dunkel?«

»Das Erbe meiner Mutter«, sagte Luis. »Sie war noch dunkler als ich. Wie die meisten Menschen im Land der vier Winde. So heißt das Land, in dem ich geboren wurde – Peru.«

»Peru«, wiederholte Jakob nachdenklich. »Das klingt sehr weit entfernt.«

»Es *ist* sehr weit entfernt. Ein großer Ozean liegt dazwischen. Ich habe dort gelebt, bis ich so alt war wie du. Erst dann bin ich nach Spanien gekommen.«

»Dann war dort alles ganz anders, als du klein warst?«

»Nicht alles«, sagte Luis. »Aber vieles. Ich war oft allein und hab mir Freunde gewünscht. Ich glaube, das Gefühl kennst du.« Jakob nickte. »Ich hatte meinen Großvater. Ein besonderer Mann. Jemand, der andere Menschen wieder gesund machen konnte. Die Berge, die sehr hoch und schroff sind. Bis weit in das Frühjahr hinein sind sie von Schnee bedeckt. Und ich hatte den Himmel, der einen ganz schwindelig machen kann. Mit schwarzen Vögeln, deren Schwingen so breit sind, dass man ...« Er brach ab.

»Du hast noch immer Sehnsucht danach«, sagte Jakob. »Ich spüre es, wenn ich dich reden höre.«

»Ja«, sagte Luis. »Du hast Recht. Und es ist gut, dass ich mich jetzt daran erinnere.«

*

O Cebreiro, September 1563

Als sie die Passhöhe fast erreicht hatten, kam der Nebel. Plötzlich war nichts mehr zu sehen, weder Farnkraut noch Ginster, und die hellen Strohdächer der Häuser, die eben noch tief unter ihnen im späten Sonnenlicht geleuchtet hatten, waren mit einem Mal verschluckt.

Sie wurden immer langsamer, bis sie schließlich stehen blieben.

»Wir müssen eng zusammenbleiben«, sagte Luis. »Ein falscher Schritt – und man kann abrutschen.«

»Ist es noch weit?«, sagte Clara. »Du musst den Weg doch eigentlich kennen!«

»Wir müssen gleich da sein. Aber mir ist der Weg so fremd wie euch. Ich bin mit Paulus auf einer anderen Strecke nach Léon geritten.«

Vorsichtig tasteten sie sich weiter, als plötzlich die Wand vor ihnen aufriss. Sie blickten in eine Senke, sahen einen Bach, Bäume, saftig grüne Weiden, denen die Hitze des Sommers nichts hatte anhaben können. Sie hörten das Meckern von Bergziegen.

Dann wurde der Nebel wieder dichter, und als sie die ersten Häusern erreichten, war alles in feuchtes Grau gehüllt.

Der erste Mann, der ihnen begegnete, konnte ihnen weiterhelfen. Er wies Luis, der die Unterhaltung führte, den Weg zu zwei runden Hütten mit Strohdächern, die unweit des Klosters standen, und, wie er sagte, schon seit Jahrhunderten als Unterkunft für Pilger dienten.

»Es gibt sogar eine Schänke«, dolmetschte Luis, »wo wir uns stärken können.«

Der Mann sprach noch eine ganze Weile mit Luis, ehe er seinen Sack schulterte und weiterging.

»Was hat er noch gesagt?«, wollte Jakob wissen.

»Er konnte es gar nicht glauben, dass wir noch bis Santiago weiterwandern wollen. ›Ihr müsst sehr fromme Leute sein‹, hat er gesagt.«

»Sehr müde Leute auf jeden Fall«, sagte Clara mit einem Seufzen. »Ich glaub, ich bin sogar zu müde, um zu essen. Am liebsten würde ich mich gleich schlafen legen.«

Luis sah, wie Jakobs Miene sich verdüsterte.

»Ich muss etwas essen«, sagte er. »Aber ich hab nichts dagegen, wenn es schnell geht.«

Der Junge entspannte sich.

Sie bekamen eine Kohlsuppe, in der zähes Ziegenfleisch

schwamm. Aber das dunkle Brot, das der Wirt ihnen auf den Tisch stellte, war noch warm und das Bier stark.

Kaum waren die beiden fertig, begann auch Jakob zu gähnen.

»Ich bring dich zu deiner Mutter«, sagte Luis. »Komm!«

Er wartete, bis der Junge das rauchgeschwärzte Innere des runden Baus erreicht hatte, dann drehte er um und ging den Weg ein Stück zurück.

Noch immer war es sehr neblig. Luis entschied sich für eine Abzweigung, einen kleinen Pfad, der bergauf führte. An einem umgestürzten Baum blieb er stehen.

Das Gefühl, über der Welt zu sein, die irgendwo dort unten lag. Beinahe wie Schweben ... wie Fliegen ...

Er tastete nach dem Feueropal, den er seit Tagen nicht mehr berührt hatte. Jetzt lag er in seiner Hand, und sofort fühlte er seine Wärme.

Leichtigkeit.

Ein Prickeln lief über seine Haut.

Luis ließ sich ins Gras sinken. Er schloss die Augen.

Seine Schwingen trugen. Er war bereits über den Wolken.

DIE TRÄUME DES CONDORS 8:
DER FLUG

Wind in meinen Federn. Gespenstisches Licht, milchig fahl. Ich bin hoch gestiegen, der Nebel unter hat mir alles verschluckt.
Dann reißen die Wolken auf.
Ich gleite hinunter. Auf dem Dach eines Hauses lande ich – Quillas Haus.

Sie sitzt auf dem Bett und weint. Tuzla versucht, sie zu trösten.

»Ich bin an allem schuld«, sagte sie schluchzend. »Niemals hätte ich ihm vertrauen dürfen – einem Konquistador!«

»Was willst du tun? Ihn umbringen?«

»Dafür ist es schon zu spät. Der andere, verstehst du? Der mit dem Feuerhaar. Jetzt sind es schon zwei, die Bescheid wissen. Der Krieger hat uns verraten. Die Spanier werden bald hier sein. Das Gold lockt sie und wir, die Frauen.«

»Dann müssen wir jetzt alle sterben?« Tuzla ist blass vor Angst.

»Nein.« Quilla wischt ihre Tränen weg. »Sollen sie das Gold haben – uns werden sie nicht finden.«

Ich kreise nicht länger über der Wolkenstadt. Nach Süden führt mich mein Weg, von den Berggipfeln hinab in die Hochebene. Staub wirbelt auf. Ich wittere Beute. Nicht nur der Geruch von Aas lässt mich hungrig werden …

Zwei Dutzend Pferde. Männer in ledernen Brustpanzern. Der Krieger reitet an der Spitze. Sein Gesicht ist wächsern wie eine Maske. Sein Herz so schwer wie ein Stein.

Er ruft den Soldaten einen Befehl zu. Lässt sie absitzen und Rast machen. Einige von ihnen beginnen heimlich zu murren. Ihre Augen glitzern fiebrig. Sie können es kaum noch erwarten – das Gold. Die dunklen Frauen...

Einer von ihnen geht zum Krieger, als die anderen schon schlafen. Der Rotschopf. Der ihm nachgeschlichen ist. Jener, der das Geheimnis des Kriegers entdeckt und ihn zum Handeln gezwungen hat.

»Du würdest uns doch nicht täuschen, Diego?« Seine Stimme ist hart wie Metall. »Uns, deine Kameraden?«

»Sind wir nicht auf dem Weg zur Wolkenstadt, wie ich versprochen habe? Was willst du noch?«

»Resultate, Diego. Ergebnisse. Für meinen Geschmack dauert der Ritt schon zu lang. Kann es sein, dass du uns an der Nase herumführst? Dann solltest du dieses hübsche kleine Spiel schleunigst beenden! Du weißt doch, was mit Überläufern passiert? Mit Soldaten, die die Interessen der Krone verletzen?«

»Dieben schneidet man in Spanien die Hände ab. Räuber macht man einen Kopf kürzer. Reicht dir das, Pedro? Oder soll ich dir noch mehr erzählen?«

Der Rotschopf lässt sich nicht einschüchtern.

»Sie sitzt überall, nicht wahr, Diego? Diese Inkahure. In deinem Kopf, deinem Herzen. Arme fromme Maria Isabella, die in Léon um dich weinen muss! Sie hat dich längst an die andere verloren. Die Indianerin hat dich umgarnt, ihr schöner Körper dich trunken gemacht. Ich wette, du würdest mich am liebsten den nächsten Abhang hinunterstoßen.« Ein hässliches Lachen. »Aber das wagst du nicht! Weil du weißt, was meine Männer dann mit dir anstellen würden.«

Er kommt ihm ganz nah. Er riecht nach Schweiß und Gier.

»Versuche nicht, uns zu täuschen, Diego, sonst bist du tot!«

»Und du wirst niemals erfahren, wo die Wolkenstadt liegt.«

Ich spüre starke Wirbel, die mich nach unten ziehen. Auf einmal sind meine Flügel schwer von Nässe. Ich tauche in die Regenwolken, tiefer und immer tiefer...

Quilla und Tuzla haben die Sonnenjungfrauen in die Höhlen an der Ostseite des Berges gebracht – Totenhöhlen. Manche weinen und zittern, haben Angst vor den Mumien und Knochen, die weiter innen liegen.

Quilla fordert sie auf, ruhig zu sein.

»Wo wären wir besser geschützt als tief im steinernen Leib der Pachamama? Wer könnte uns mehr Kraft geben als die Seelen der toten Sonnenjungfrauen, die vor uns nach Westen gegangen sind? Seid tapfer, meine Schwestern, seid stark! Die Vorräte reichen für einige Wochen. Bis dahin sind die Spanier längst wieder abgezogen!«

Sie wendet sich zum Gehen. Tuzla folgt ihr.

»Geh nicht, Quilla!« Frauen hängen sich weinend an ihren Arm. »Was sollen wir tun ohne dich?«

Sie macht sich behutsam frei. Außer Tuzla kennt keiner ihr Geheimnis – das Kind, das sie trägt.

»Ich muss gehen«, sagt sie. »Ich wünschte, ich könnte bei euch bleiben. Aber ich kann es nicht.«

Mein Kamm ist scharf. Mein Schnabel vermag zu töten. Meine schuppigen Fänge sind stoßbereit.

Ich lande.

Pferdekadaver. Tote. Der ganze Hügel voller Leichen. Ein Festmahl für den Condor.

Ich fresse, bis ich zu platzen drohe...

Der Krieger hat seinen Plan ausgeführt. Pedro, der ihn verraten und ausschalten wollte, sobald sie am Ziel angelangt waren, wusste nicht, dass mehr als die Hälfte der Männer insgeheim auf der Seite des Kriegers stand.

Noch vor dem Morgengrauen wollten die Aufständischen die anderen überwältigen und zum Umkehren zwingen. Aber sie konnten nicht ahnen, wie stark deren Widerstand sein würde. Die Männer des Kriegers mussten kämpfen, töten, um nicht selbst getötet zu werden.

In seiner Seele ist es dunkel. Noch mehr, immer noch weitere sinnlose Tote. Keine Gräber. Das Land der vier Winde wird dafür sorgen, dass sie verschwinden.

Der Krieger lässt seine Männer zurückreiten. Er wird ihnen folgen, verspricht er, schon bald. Er reitet scheinbar planlos, kreuz und quer, macht Umwege, bis er sicher ist, dass ihm dieses Mal niemand folgt.

Er bindet sein Pferd an einen Baum und betritt die Wolkenstadt zu Fuß. Allein.

Ein Baum dient mir zur Rast. Ich bin so satt, so vollgefressen, dass es mir schwer fällt, die Augen offen zu halten. Mein Körper ist mächtig und schwer. Die Flügel hängen herab.
Ich schlafe. Ich träume...

»Auf den Boden!«

Quilla spürt, wie die Erde unter den Hufen der Pferde bebt, noch bevor die Reiter da sind. Tuzla und sie pressen sich auf den harten Boden, vergessen fast zu atmen.

Erst als der Staub sich lichtet, wagen sie aufzustehen. Sie wollen zurück nach Urubamba, zurück ins Haus des Heilers.

Die beiden Frauen gehen weiter, schweigend.

Kurz darauf erreichen sie das Totenfeld. Sie starren auf die aufgerissenen Münder der Männer, die verkrümmten Glieder, das getrocknete Blut. Zerfetztes Fleisch, Gesichter ohne Augen.

Die Condore haben ihr Schlachtfest bereits gehalten.
»Jetzt bringen sie sich schon gegenseitig um«, sagt Tuzla und schlägt erschrocken die Hände vor ihr Gesicht.
»Zu spät«, sagt Quilla. »Zu spät für unser Volk.«

Am liebsten würde ich noch ruhen, aber etwas macht mich unruhig. Ich trudle mit dem warmen Wind nach oben, das kostet am wenigsten Kraft.
Ein Nebelfeld. Kaum noch Sicht.

Wolken jagen wie dichte Nebelschwaden durch die Stadt. Die Häuser sind menschenleer. Die Tempel verlassen.
Wo sind die Frauen?
Der Krieger läuft durch die Gassen, stößt hier eine Türe auf, dort eine. Alles leer. Nirgendwo eine Spur von Leben.
Eine Geisterstadt. Als hätte es das Lachen und die Gebete der Sonnenjungfrauen niemals gegeben.
Kälte legt sich um sein Herz. Wieso hat er nicht mir ihr geredet? Wieso Quilla nicht rechtzeitig eingeweiht in seinen Plan? Er hat dem, der ihn verfolgt hat, nur scheinbar nachgegeben. Niemals dachte er daran, die Jungfrauen in der Wolkenstadt den Spaniern tatsächlich auszuliefern. Aber das kann er seiner Liebsten nicht mehr sagen.
Hassen wird sie ihn nun. Und für einen Verräter halten.
Der Preis, den er zu zahlen hat, ist hoch. Für immer hat er sie verloren.

Es wird heller. Ich sehe einen Bergkamm, sanfter, leicht gerundet, dazwischen Spitzen von Grün. Ich muss tiefer gekommen sein, ohne es bemerkt zu haben.
Ich sehe einen Baumstumpf. Ich lande im Gras.
An meiner Seite ist es warm. Ich bin angekommen. Möchte ruhen, nicht mehr aufsteigen.

Ich erwache...

Neun

O Cebreiro, September 1563

Es waren Claras Arme, die ihn hielten, Claras Küsse, die sein Gesicht bedeckten.

»Wach auf, Luis!«, sagte sie. »Wo bist du? Was ist mit dir? Hörst du mich?«

Er öffnete die Augen. Noch immer waren vereinzelt Wolken am Himmel, aber er sah den vollen Mond. Inmitten von leuchtenden Sternen.

»Der Condor«, murmelte er. »Ich war der Condor. Und ich habe geträumt – endlich.«

Sie schmiegte ihre Wange an seine.

»Du hast so fremd ausgesehen«, sagte sie. »Als ob dein Körper nur noch eine Hülle sei, ohne Geist. Ohne Seele. Als könnte ich dich niemals mehr erreichen.«

Er zog sie an sich. Ihre Finger verschränkten sich.

»Jetzt kann ich ihm verzeihen, dass er ihr gewebtes Leben verbrannt hat«, sagte Luis. »Verstehst du, Clara? Er hat sie nicht verraten. Er wollte sie schützen. Aber er konnte es ihr nicht mehr sagen.«

»Nein«, sagte sie. »Noch verstehe ich es nicht, aber du wirst mir alles erzählen.« Sie richtete sich auf. »Wir haben Zeit, Luis.«

Clara legte die Hände an seinen Hals, zog seinen Kopf heran und küsste ihn, zart zunächst, um schließlich die Lippen zu öffnen. Er erwiderte den Kuss, und ein Strom des Begehrens floss durch seinen Körper. Seine Hände waren überall, auf ihren Brüsten, ihren Hüften.

»Hier? Unter den Sternen?«, flüsterte sie.

»Willst du es nicht?«

»Ich will nicht, dass uns jemand sieht.«

Er stand auf, zog sie hoch. Es fühlte sich noch immer seltsam an, wieder festen Boden unter den Füßen zu haben.

»Komm mit«, sagte Clara. »Dort unten ist eine Scheune.«

Das Tor quietschte leise, als sie es öffnete. Ein warmer Geruch von Heu schlug ihr entgegen.

Clara griff mit den Händen hinein, mied seinen Blick. »Ein duftendes Bett.« Sie spürte einen Luftzug. Mondlicht fiel in einem schmalen Spalt auf den Boden.

Sie konnte kaum atmen. »Sollten wir das Tor nicht besser schließen?«, fragte sie.

»Ich will dich spüren und sehen«, sagte er. »Damit ich mein Glück wirklich begreife.«

Clara wollte antworten, blieb dann aber stumm. Sie ließ den Umhang von den Schultern gleiten. Knöpfte ihr Kleid auf. Die Bluse fiel ins Heu. Der Rock folgte nach einem kleinen Zögern. Plötzlich war jede Scheu verflogen. Sie liebte ihn. Sie gehörte zu ihm. Sollte er sehen, wer sie war.

»Wie schön du bist!«

Sie begann zu zittern, als er seine Kleider auszog. Sie zitterte vor Kälte, vor Verlangen. Vor Angst. Dann war er bei ihr, umschlang sie, wärmte sie mit seiner Lust, flüsterte ihr zärtliche Worte ins Ohr, in einer Sprache, die sie nicht kannte und doch verstand.

»Deine Hände«, sagte sie. »Zieh die Handschuhe aus.«

Jetzt war er es, der plötzlich wieder schüchtern war.

»Was auch immer es ist«, sagte Clara. »Ich will es sehen.«

Die Hände waren noch immer gerötet, die ehemals offenen Stellen aber waren verheilt. Clara schien die Male, dunkle Flecken, die zurückgeblieben waren, gar nicht zu sehen.

Sie starrte auf den Ring an seinem Finger. Hob langsam ihre eigene Hand, bis beide Ringe nebeneinander waren.

»Woher?«, flüsterte sie.

»Ein Geschenk.« Luis lächelte. »Nein, ein Wunder. Geahnt hab ich es immer, aber seitdem ich dich getroffen habe, bin ich mir sicher.«

»Glaubst du, dass es vorherbestimmt war?«

»Unser Zusammentreffen?«

»Ja. Glaubst du, das Schicksal hat versucht, uns zusammenzuführen?«

»Das glaube ich nicht, Clara. Das weiß ich.«

Seine Lippen auf ihren Schläfen, ihren Augen, ihrem Mund. Ungestüm, fast schmerzhaft, dann wieder voller Zärtlichkeit. Ihr Körper antwortete auf seine eigene Weise. Clara hob sich ihm entgegen. Spürte die Glätte seiner Haut, seine Erregung, sein Drängen. Ihr Körper vibrierte. Ihr Schoß öffnete sich. Es war, als endete die Welt hinter den Mauern dieser Scheune.

*

Kloster Samos, September 1563

Jakob sagte kein Wort am nächsten Morgen, aber Clara spürte, dass seine Blicke immer wieder forschend zwischen ihr und Luis hin- und hergingen. Sie waren rechtzeitig zurück gewesen, noch vor dem ersten Dämmern, und hatten ihn tief schlafend vorgefunden. Dennoch schien er zu wissen, was geschehen war.

Das Wetter hatte sich inzwischen wieder verschlechtert; Nebelschwaden zogen durch das Dorf, und es fiel feiner Nieselregen. Sie waren froh um die heiße Weizensuppe, die man ihnen in der Schänke auftischte, und Jakob stopfte sich die Taschen voll mit dem Schmalzgebackenen, das die Wirtin ihm lächelnd schenkte.

Nach dem Dorf fiel das Gelände steil ab. Vor ihnen dehnte sich eine Bergkette bis zum Horizont.

Sie mussten langsam gehen, um auf dem nassen Weg nicht auszugleiten. Ginsterhecken und Brombeerbüsche hatten den Pfad vielerorts überwuchert; nasse Farne streiften ihre Beine. Die Umhänge über die Köpfe gezogen, bewegten sie sich vorsichtig bergab.

Dann stieg der Weg erneut an, steiler als erwartet, bis es in vielen Kurven wieder abwärts ging.

Nach einiger Zeit ließ der Regen nach. Sie schälten sich aus den feuchten Kleidern. Clara schüttelte die Umhänge aus und hängte sie an dem tief hängenden Ast einer Eiche auf. An der Rückwand einer Hütte ließen sie sich auf einer windgeschützten Bank nieder und stillten ihren Durst aus den Kalebassen. Jakob verschlang, bereits wieder hungrig, die Hälfte seines Proviants.

Luis hielt sich ein Stück abseits, damit der Junge mit seiner Mutter allein sein konnte.

»Er kann Bruno nicht ersetzen«, sagte Jakob unvermittelt. »Niemand kann das. Ich hoffe, das weißt du.«

»Keiner kann einen anderen ersetzen«, sagte Clara. »Bruno war ein Freund für mich. Ich bin traurig, dass er nicht mehr bei uns ist. Aber meine Gefühle für Luis sind anders, Jakob.«

»Du kennst ihn doch gar nicht.«

»Gesehen hab ich ihn zum ersten Mal in León. Im blauen Licht des Doms. Und meiner Seele war er sofort vertraut. Ein Wiedererkennen. Als wären wir schon seit langer Zeit zusammen.«

»Und mein Vater?«, unterbrach Jakob sie. Er klang verletzt. »Hast du den jetzt ganz vergessen?«

»Wie könnte ich das, Jakob. Ich habe Heinrich geliebt. Er war alles für mich. Als er starb, war es, als sei auch mein Leben zu Ende. Zum Glück gab es dich, unseren Sohn. Und es gab jede Menge Schwierigkeiten, die zu bewältigen waren. Wir hatten Schulden zu bezahlen, wir sind nach Genf gegangen. Ein Fehler, wie wir beide inzwischen wissen. Damals freilich erschien es mir richtig.«

»Und das andere Kind«, sagte er leise. »Das kleine Mädchen, das nicht geatmet hat.«

Sie wollte ihn umarmen. Aber er saß so steif da, so voller Abwehr, dass sie es nicht wagte.

»Das war sehr schmerzhaft, Jakob. Es war das unheimliche Gefühl, den Boden unter den Füßen zu verlieren. Ich habe überlebt. Ich hatte Glück. Aber ich bin danach in eine Art Schlaf verfallen. Jahrelang hat mich kein Mann mehr interessiert. Keinen hab ich mehr wahrgenommen. Nicht einmal Mathieu, der so unbedingt mein Mann werden wollte. Du weißt es, Jakob. Ich hatte niemals Heimlichkeiten vor dir.«

»Und jetzt ist es nicht mehr so?« Die Frage kam schnell. Er sah sie nicht an. Sie spürte, wie wichtig ihre Antwort für ihn war.

»Ich bin aufgewacht, Jakob. Und es ist schön, sich so lebendig zu fühlen!«

»Was soll nun werden?« Er klang verdrossen. »Bleibt er für immer bei uns? Oder wird er auch wieder gehen, wie die anderen Menschen in unserem Leben?«

»Das weiß ich nicht. Ich wünsche mir sehr, dass er bei uns bleibt. Aber wie auch immer er sich entscheidet – du musst keine Angst haben, denn eines werde ich immer sein: deine Mutter.«

»Lass uns aufbrechen.« Jakob griff nach seinem Umhang. »Es wird sonst zu heiß.«

*

Als der Eichenwald sich lichtete, ging es in der Nachmittagssonne leicht bergauf. Links unten sahen sie in einem grünen Tal die Dächer einer weit verzweigten Klosteranlage.

»Das muss Samos sein«, sagte Luis. »Der Mann in der

Schänke hat davon gesprochen.« Er lächelte Clara an. »Möchtest du deinen Freund Jakobus besuchen?«

»Wir könnten dort übernachten«, sagte sie. »Sie haben bestimmt Platz für müde Pilger.«

Ohne viele Worte waren Luis und sie übereingekommen, heute Nacht bei Jakob zu bleiben. Trotz der Sehnsucht, miteinander allein zu sein, wollten sie ihm Zeit geben, um sich an die neue Situation zu gewöhnen.

Der Junge blieb stehen, lauschte ins Tal.

»Glocken«, sagte er. »Fünfmal haben sie geschlagen.«

»Wenn wir uns beeilen«, sagte Clara, »kommen wir gerade richtig zur Vesper. Dann können wir die Mönche singen hören.«

Luis wartete auf einer Bank neben der Kirche. Die warme Abendsonne entspannte ihn. Er war überrascht, als er feststellte, dass er glücklich war.

Plötzlich öffnete sich das Portal. Jakob blinzelte gegen die späte Sonne und ging dann auf Luis zu.

»Schon vorbei?«, fragte Luis.

»Ich hab es plötzlich drinnen nicht mehr ausgehalten«, sagte der Junge. »Obwohl der Gesang der Brüder schön war.« Er zögerte. »Sie wollten zuerst nicht, dass Lia auch dabei ist. Aber Mutter und ich haben so getan, als würden wir sie nicht verstehen. Das kann manchmal ganz nützlich sein.«

Mit einem abgebrochenen Zweig stocherte Jakob im Boden.

»Du magst keine Kirchen«, sagte er schließlich. »Weshalb?«

»Ich fühle mich fremd in ihnen«, sagte Luis, »obwohl ich inzwischen schon so viele Jahre hier lebe. Im Land der vier Winde wohnen die Götter in Tempeln, und die Menschen bringen ihnen …«

»Es gibt doch nur einen Gott«, unterbrach ihn Jakob.

»Hörst du den Wind?«, sagte Luis. »Fühlst du die Wärme? Spürst du den Boden, der dich trägt?«

Aus den Augenwinkeln bemerkte Luis den skeptischen Blick des Jungen. Er konnte ihn so gut verstehen.

»All das hören und fühlen die Menschen in Peru auch. Dieses Wunder erscheint ihnen göttlich. Und dafür haben sie verschiedene Namen: Pachamama, Viracocha, Inti ...Wasser, Erde, Feuer, Luft...«

»... alles hat er erschaffen«, sagte Jakob.

Luis wandte sich ihm zu.

Der Junge sah ihn durchdringend an. »Und die Liebe?«

»Die Liebe ist vielleicht sein größtes Geschenk an die Menschen«, sagte Luis. »Aber wir müssen lernen, es anzunehmen.«

*

Portomarín, September 1563

Auf dem Weg durch die kleinen Schieferdörfer lief der Junge mit seinem Raben voraus.

»Er will uns Zeit zum Alleinsein geben«, sagte Clara.

»Oder er möchte für sich sein«, sagte Luis. »Er wird erwachsen.«

Seltsame Klänge ließen sie innehalten.

»Das klingt wie eine arme Kreatur mit Bauchweh«, sagte Clara.

Ein Mann mit einem seltsamen Gebilde kam ihnen entgegen. Um den Bauch trug er einen dicken Ledersack geschnallt, aus dem zwei Holzklöppel baumelten. Eine lange, dünne Pfeife ragte oben heraus.

Luis wurde von Jakob bestürmt, sich das Instrument von dem Mann genau erklären zu lassen, und er sprach länger mit dem Musikanten, der zwischendrin immer wieder den Kopf schüttelte, bevor er ganze Sätze wiederholte.

»Ich habe ihn kaum verstanden«, sagte Luis, als der Mann weitergezogen war. »Ein wirklich seltsamer Dialekt, den sie hier sprechen! Er ist auf dem Weg zu einer Hochzeit. Und das Ding, auf dem er bläst, ist eine Gaita. Eigentlich gehören noch Trommeln dazu. Er sagt, Hirten hätten es vor langer Zeit erfunden. Und wer es richtig beherrscht, kann damit böse Geister vertreiben.«

Die Landschaft, die sie durchwanderten, war grün, wie frisch gewaschen nach einem kräftigen Regenguss. Der Himmel weit, schon herbstlich klar.

In der Ferne sahen sie die Dächer von Portomarín, an den Hang eines Hügels geschmiegt. Vor ihnen lag der Miño, der trotz des warmen Wetters reichlich Wasser führte.

»Ich möchte schwimmen!« Jakob lief ans Ufer voraus.

»Er sieht wild aus. Gefährlich«, sagte Clara beim Näherkommen. »Ist das wirklich eine gute Idee, Jakob?«

Der hatte jedoch schon das Hemd ausgezogen und entledigte sich gerade seiner Schuhe. »Was ist mir dir?«, sagte er zu Luis. »Du auch?«

»Warum nicht?« Luis streifte seine Sachen ab und folgte ihm ins Wasser.

Tatsächlich war die Strömung nicht zu unterschätzen und trieb die beiden ein ganzes Stück flussabwärts. Aber das Wasser war klar und erfrischend. Außerdem schien es reichlich Fische zu geben. Jakob versuchte, sich genau daran zu erinnern, was Bruno ihm beim Schwimmen gezeigt hatte, aber es gelang ihm nicht ganz, es auch auszuführen. Mit den Armen ging es ganz passabel, seine Beine aber machten, was sie wollten.

»Du kannst dich an einem Ast festhalten«, sagte Luis, der seine übergroße Anstrengung bemerkte. »Dann wird es einfacher.«

Der Junge befolgte seinen Rat. Jetzt wurden auch die Bewegungen der Beine gleichmäßiger.

»Du schwimmst ja wie ein Fisch«, sagte Luis lachend und hielt sich neben Jakob fest.

»Das hat Bruno mir beigebracht«, sagte der Junge. »Das

und vieles andere.« Ein kurzer Seitenblick. »Du kannst nicht zufällig Feuerspucken?«

»Feuerspucken? Leider nicht!«

»Aber ich kann es. Es ist gar nicht besonders schwer. Wenn man vorsichtig ist.«

»Bruno?«, fragte Luis.

»Bruno.« Jakob nickte.

Er ließ sich zurückfallen, und sofort trieben die Wellen ihn weiter. Luis blieb hinter ihm.

»Wenn es sein müsste«, rief Jakob ihm über die Schulter zu, »könntest du Claras Sohn wohl auch lieben?«

*

Arzúa, September 1563

Die Straße zu ihren Füßen musste uralt sein. Ein grober Belag, Steine, deren Kanten im Lauf der Zeit vom vielen Gehen rund und abgeschliffen worden waren. Wo sich Fels dazwischenmischte, sah man die tieferen Spuren von Wagenrädern.

»Wer hier wohl schon alles vor uns gegangen sein mag?«, fragte Clara.

»Es gibt eine ganz besondere Stelle in der Kathedrale von Santiago«, sagte Luis. »Eine helle Säule, auf die alle ihre Hand legen. Die Linien im Stein sind ganz tief geworden im Lauf der vielen, vielen Jahre. Unzählige Pilger haben sie schon berührt.«

»Du auch?«, sagte Jakob.

»Nur mit den Augen«, sagte Luis.

»Gehst du deshalb Jakobus jetzt entgegen?«

»Nein«, sagte Luis. »Ich will ihm danken, dass er mich vor dem Tod gerettet hat. Und dass ich euch getroffen habe. Euch beide.«

»Du glaubst, Jakobus hat dir geholfen?«, fragte Jakob neugierig weiter.

»Nicht nur dabei.« Luis streifte langsam die Handschuhe ab.

Die Augen des Jungen weiteten sich.

»Der Ring!«, rief er. »Der zweite aus dem Buch. Das muss er sein! Woher hast du ihn?«

»Ein Freund hat ihn mir geschenkt«, sagte Luis. Er schien zu zögern, dann ließ er die Handschuhe einfach fallen. »Paulus. Ein Goldschmied. Du wirst ihn kennen lernen, sobald wir in Santiago sind.«

»Dein Goldschmied interessiert mich nicht!« Jakobs Miene war bockig. »Du weißt doch, dass ich Drucker werden will. Wie mein Vater.«

»Ein Goldschmied interessiert mich nicht«, wiederholte Luis. »Das hab ich damals auch gedacht, als ich Paulus zum ersten Mal gesehen habe.«

Er musste sich anstrengen, mit Jakob Schritt zu halten, so schnell war der Junge auf einmal. Clara blieb an seiner Seite. Kein Wort, das er sagte, wollte sie versäumen.

»Es ging mir schlecht. Sehr schlecht. Mein Vater hatte mich an Bord einer Karavelle geschleppt, und ich war seekrank.«

»Was ist das – seekrank?«, wollte Jakob wissen.

»Dir ist übel, dein Magen kann nichts bei sich behalten. Alles verschwimmt vor deinen Augen. Du willst nur noch sterben – sonst gar nichts mehr. Ich war voller Zorn, voller Angst, voller Trauer. Meine Mutter war tot. Und mein Großvater. Ich wollte nicht nach Spanien. Und niemand würde mich umstimmen können, das hatte ich mir heimlich geschworen.«

»Und diesem Goldschmied ist es gelungen?«

»Er ist in meine Kajüte gekommen, als wir bereits auf hoher See waren, und hat ein Säckchen Steine vor mir ausgeschüttet«, fuhr Luis fort. »›Was soll das‹, hab ich gefragt. Ich war sehr wütend.

›Die waren schon lange vor dir da und werden noch da

sein, wenn es dich längst nicht mehr gibt‹, lautete seine Antwort.

›Und was geht mich das an?‹, wollte ich wissen.

›Nichts. Oder alles – je nachdem. Ich könnte jemanden brauchen, der sich dafür interessiert.‹ Mein Spanisch reichte damals kaum aus, um ihn zu verstehen. ›Jemand, der gern unabhängig werden möchte. Irgendwann.‹ Ich drehte den Kopf zur Wand. Ich hätte ihn schlagen können.

›Willst du ein Mann werden oder für immer die Kreatur deines Vaters bleiben?‹ Paulus' Stimme war auf einmal sehr scharf.

Ich habe mich umgedreht und ihn angesehen. Mir gefiel sein Gesicht. Wir wurden Freunde. Und das sind wir noch heute.«

»Und was hat das alles mit mir zu tun?«, sagte Jakob.

»Paulus kennt jeden Handwerker in Santiago de Compostela«, sagte Luis. »Es dürfte nicht schwer sein, mit seiner Hilfe einen Lehrmeister zu finden, der dich in der Druckkunst unterweist.«

*

Sie lag still in seinen Armen, nachdem sie sich geliebt hatten.

»Wird es so bleiben?«, fragte Clara leise, »wenn wir die Stadt des Apostels erreicht haben?«

»Sicherlich nicht«, sagte Luis. Er fühlte, wie sie erstarrte. Seine Hand streichelte ihren Bauch. »Denn unser Leben beginnt doch erst.«

»Hast du keine Angst, Luis?«

»Natürlich. Es gibt alte Rechnungen. Meine Haut wird nie weiß sein. Bisher hab ich mich immer versteckt. Aber ich bin es so leid, dieses Versteckspielen.«

»Ich liebe die Farbe deiner Haut«, sagte sie. »Ich liebe dich.«

Er zog sie an sich. »Könntest du dir vorstellen, mit mir fortzugehen«, sagte Luis. »Eines Tages?«

»Zurück ins Land der vier Winde?«

»Vielleicht«, sagte er. »Die Welt ist so weit.«

Sie hörten, wie der Junge sich nebenan herumwarf.

»Er kämpft noch immer«, sagte Clara.

»Lass ihm Zeit«, sagte Luis. »Er wird sich daran gewöhnen. Auch an das Glücklichsein.«

*

Santiago de Compostela, September 1563

»Hier müssen wir durch?« Jakob sah ihn aufmerksam an.

»Die *puerto del camino*, das Tor des Jakobswegs«, sagte Luis. »Wenn wir dem Weg folgen, gelangen wir direkt zur Kathedrale.«

»Ich bin so aufgeregt«, sagte der Junge. »Mein Herz schlägt fast so schnell wie das von Lia. Dürfen Vögel eigentlich auch in die Kirche?«

»Du nimmst sie einfach mit«, sagte Clara. »Wie bisher. Lia gehört doch zu dir.«

Links und rechts schoben sich Häuser eng zusammen. Die Gassen waren sauber. Ein nächtlicher Schauer hatte sie gereinigt.

»Ich sehe sie!«, rief Jakob. »Da ist sie, die Kathedrale.«

Clara und Luis folgten ihm, Arm in Arm.

Jakob rannte über den Platz, bis er am Portal angelangt war. Dort wartete er auf sie. Er griff nach Claras Hand, dann, nach einem winzigen Zögern, mit der anderen nach der Rechten von Luis.

»Hinein?«, fragte der Junge. »Alle zusammen?«

»Wir gehen hinein«, sagte Luis.

»Wir gehen hinein«, wiederholte Clara. »Wir sind angekommen.«

Epilog
JAKOB

Meine Hände sind und bleiben schmutzig, wie oft ich sie auch schrubbe. Ich bin stolz darauf. Druckerschwärze hat sich in den Poren der Haut festgesetzt, ist mir unter die Fingernägel gekrochen. Wenn ich sie an die Nase halte, ist er wieder da, jener strenge Geruch meines Vaters, den ich niemals vergessen habe. Inzwischen habe ich gelernt, dass die Farbe aus Lampenruß, Leinöl, Pech, Firnis, Eiweiß und ein paar Geheimzutaten besteht, die keine Werkstatt jemals freiwillig preisgeben würde.

Noch ist der Winkelhaken der Setzer mir verwehrt. Es hapert mit meinem Spanisch, obwohl ich mich anstrenge, schnell zu lernen. Aber ich darf schon den Druckerballen bedienen, mit dem die Farbe aufgetragen wird. Zehn Männer sind wir in der kleinen Werkstatt von Antonio Oñati, und ich bin der jüngste Lehrling.

Sein Druckerzeichen sind zwei gekreuzte Krücken: die Stöcke des Jakobspilgers. Es steht in jedem Buch, das unsere Werkstatt verlässt. Seit letzter Woche arbeiten wir an einem umfangreichen Werk: die Geschichte einer Pilgerfahrt von Frankreich nach Santiago de Compostela. Ich bin neugierig, aber schon jetzt weiß ich genau, es kann niemals so spannend sein wie das, was ich in meinem Kopf habe. Mit dem Aufschreiben bin ich bereits ein ganzes Stück weiter, obwohl ich von der schweren Arbeit abends manchmal so müde bin, dass ich am Tisch einschlafe. Doch ich mache weiter, bis alles fertig ist, damit die Geschichte der zwei Ringe niemals vergessen wird.

Vielleicht kann ich den Meister eines Tages dazu überreden, sie zu drucken. Dann würde es zwei Bücher geben, in denen steht, was *geschehen* ist.

Wenn ich meine Mutter ansehe, wird mein Herz ganz leicht. Ihr Gesicht hat sich verändert, ist voller und weicher geworden, und in ihren Augen ist so viel Licht. Sie singt und summt, und wenn sie im Haus arbeitet oder in dem kleinen Garten, den sie angelegt hat, spüre ich ihre Fröhlichkeit wie eine sanfte Welle. Natürlich sind die Pflanzen noch klein und schwächlich. Sie müsse vieles lernen, sagt sie, weil hier ganz andere Arten gedeihen als in Genf. Vor allem, geduldig zu sein. Was nicht gerade einfach für sie ist. Darin ähneln wir beide uns.

Ein Zögling aber steht in voller Blüte: ein schlanker Kirschbaum, der viele Früchte tragen wird. Luis hat ihn für sie pflanzen lassen.

Luis Alvar, den sie morgen heiraten wird.

Gestern hat er mir den Stein gegeben, und weil Feiertag war und ich nicht arbeiten musste, hab ich ihn den ganzen Tag mit mir herumgetragen. Es fühlt sich gut an. Ab jetzt wird der Feueropal mich immer begleiten.

Die Hand wird warm, sobald man ihn hineinlegt, und ein prickelndes Gefühl läuft durch den ganzen Körper.

Ich müsse aufpassen, hat Luis gesagt, weil seine Kraft sehr groß sei. Er könne Wünsche erfüllen, einen sehend machen. Luis hat sogar behauptet, der Stein hätte ihm die Kraft verliehen, zu fliegen, aber das erscheint mir doch zu unwahrscheinlich.

Ich mag seine Geschichten, auch wenn ich sie nicht alle glaube. Ich mag seine Art. Vor allem aber mag ich, dass er meine Mutter so froh gemacht hat.

Sieh in ihr Gesicht!, hat Bruno mir damals gesagt. Dann wirst du wissen, wer der Richtige für sie ist. Es muss Luis sein. Er hat sie zum Leuchten gebracht.

Sie wird morgen ein rotes Kleid tragen, zu dem ihr Haar besonders dunkel aussieht. So gekleidet erscheint sie mir wie eine Königin.

Vor mir liegt der Baum, den Vater gemalt hat. Ich betrachte ihn wieder einmal. Luis' Namen hab ich schon dazugeschrieben und die liegende Acht gezeichnet, die Hochzeit bedeutet. Wenn ich meine Arbeit betrachte, kommt es mir vor, als hätten die Wurzeln und die Krone des Baumes sich endlich gefunden. Unter Luis' Namen und dem meiner Mutter habe ich einen feinen Strich gezogen, mit dem bloßen Auge kaum sichtbar. Ich muss noch etwas Geduld haben, obwohl es mir schwer fällt – besonders schwer.

Habe ich schon erzählt, dass sie ein Kind erwartet?

Der Priester wird die beiden trauen, zu Füßen von Jakobus, der ihnen seinen Segen bereits erteilt hat. Wenn mir die Messe zu lang wird, stehe ich leise auf, wie ich es öfters heimlich getan habe. Ich gehe durch das Kirchenschiff und stelle mich neben die Säule Jesse im Vorraum, die keiner der Pilger versäumt.

Auch meine Hand hat die Mulde gespürt, die unzählige Hände vor ihr geschaffen haben. Aber eine Hand fehlt noch – Brunos Hand.

Ich warte.

Historisches Nachwort

Europa im 16. Jahrhundert

Europa in der Mitte des 16. Jahrhunderts ist ein Kontinent voller Kämpfe und Krisen. Die Kirche befindet sich in hellem Aufruhr – besonders seit dem Anschlag der Thesen Luthers 1519, die eine Revolution auslösen sollten. Seine Lehre erobert den Norden und Westen des Deutschen Reiches; seine quälende Angst um das Heil der Seele erfasst wie eine Brandfackel auch die benachbarten Länder, in denen Reformatoren wie Zwingli und Calvin mit eigenen Forderungen »nachziehen«.

Natürlich regiert Rom auf diese Herausforderung und läutet nach einer ersten kurzen Schockphase die Gegenreformation ein. Der Kampf um die Seelen der Menschen wird zum Glaubenskrieg, zur religiösen Auseinandersetzung von Nachbarn und Brüdern.

Das 16. Jahrhundert hat mehr als jede andere Epoche zu einer festen geistigen Ausrichtung beigetragen. Zahlreich sind die Beispiele für tiefe Frömmigkeit und Gottergebenheit. Viele Menschen beteiligen sich an Prozessionen und Wallfahrten. Almosen werden in nie zuvor gekannter Höhe gespendet. Als neue Form der Andacht kommen der Rosenkranz und der Kreuzweg auf. Die Lehre von der unbefleckten Empfängnis verbreitet sich, verbunden mit einer tiefen Verehrung für Anna, die Mutter Marias. Mysterienspiele rühren Menschenmassen zu Tränen. Andachtsbücher und Wallfahrtsführer werden zu Tausenden gedruckt. Zwischen 1457 und 1520 erscheinen 156 Ausgaben der Vulgata.

Europa hat seit der Entdeckung Amerikas 1492 durch Kolumbus endgültig seine engen Grenzen gesprengt. Eroberer ziehen in die Neue Welt, angelockt vom sagenhaften Silber- und Goldreichtum, der dort auf sie zu warten scheint. Das vormalige Ende der Welt – Finisterrae – ist längst zum Sprungbrett für lockende und gefährliche Abenteuer geworden.

Nie zuvor gab es diese Gleichzeitigkeit des Ungleichzeitigen, nie lagen Frömmigkeit und Geschäftssinn, Hingabe und Spielertum so dicht nebeneinander. Der Kampf der »einzig wahren« (die protestantische) gegen die »allein selig machende« (die katholische) Kirche gewinnt von Jahrzehnt zu Jahrzehnt an Intensität.

In diesem aufgeheizten Klima ist »Die sieben Monde des Jakobus« angesiedelt. In einer Epoche voller Seuchen, Kriege und Hungersnöte, der Verfolgung, Inquisition und Bespitzelung gewinnt die Wallfahrt zum heiligen Jakobus in Santiago de Compostela neue, sinnstiftende Bedeutung. Sein Grab ist Zuflucht, Erleuchtung, Heimat; der Weg dorthin durch das zerrissene und verfeindete Europa nicht nur ein Spiegel der eigenen Seele, sondern auch der Zeit. Nach wie vor gilt: Keiner, der den *Camino* geht, kehrt unverändert zurück.

Der Jakobsweg ist mehr denn je die »Straße der Sterne«, die jeden zu sich selbst führt.

Kinderhexen

Das Phänomen der »Hexe« ist Thema zahlreicher Romane, und auch in der historischen Forschung nimmt es mittlerweile einen beachtlichen Raum ein. Inzwischen gibt es auch zahlreiche feministische Ansätze dazu, die mal mehr, mal weniger erhellend wirken. Wahr ist, dass sich die Hexenverfolgungen des Spätmittelalters und der frühen Neuzeit in erster Linie gegen Frauen richteten.

Weniger bekannt ist, dass besonders gegen Ende des 16. und zu Beginn des 17. Jahrhunderts immer mehr Kinder als »Hexen« bezeichnet wurden und zu den Opfern der Verfolgung gehörten. Ebenfalls vielen neu dürfte der beachtliche Anteil von Jungen in dieser Gruppe sein. Die *Lex Carolina* von 1552 entschied, dass Diebe, die weniger als vierzehn Jahre zählten, nicht zum Tod verurteilt werden durften. Bei Zauber- und Hexereidelikten dagegen, die als Verbindung mit diabolischen Kräften als Gottesschändung und damit schwerstes aller Verbrechen galt, ging man gegen kleine Kinder – manche von ihnen gerade erst drei Jahre! – ebenso hart und brutal vor wie gegen Erwachsene: Sie mussten mit der Todesstrafe rechnen und konnten froh sein, wenn sie nicht bei lebendigem Leib verbrannt, sondern »nur« gehängt wurden.

Von den vielen entsetzlichen Beispielen, auf die ich während meiner umfangreichen Recherchen gestoßen bin, hat mich eines ganz besonders berührt, und ich habe mir erlaubt, diese historische Person quasi »auszuleihen« und sie aus der Gegend von Freising, wo sie um 1716 gelebt haben mag, ins Genf des Jahres 1563 zu verpflanzen: den »krumpen« Görgl, einen Landstreicherjungen, der wegen seines schiefen Rückens gehänselt wurde.

Er spricht vom Satan, um sich offenbar wichtig zu machen. Vom historischen Görgl wird berichtet, er könne rote und weiße Ferkel machen. Als man ihn einkerkert und foltert, gesteht er, was immer seine Peiniger hören mögen: Teufelspakt, Abschwörung Gottes und der Mutter Gottes, Verleugnung aller Heiligen, die Teilnahme an Hexentänzen.

Das weitere Schicksal »meines« Görgls im Roman ist nicht detailliert beschrieben, aber angesichts des oben Genannten unschwer vorstellbar. Es lag mir daran, die Not eines Außenseiters darzustellen, der mit allen Mitteln versucht, sich ein Stück vom »ordentlichen« Leben zu stehlen, dabei kläglich scheitern muss – und andere in noch größere Not bringt.

Scharfrichter

Der Scharfrichter wurde im Mittelalter auch als Henker, Freimann, Schinder oder Züchtiger bezeichnet. Seine Tätigkeit umfasste den unmittelbaren Umgang mit den Hinzurichtenden und war eine offizielle Tötungshandlung. Erst im Gefolge der *Peinlichen Gerichtsordnung Karls V.* wurde das Scharfrichteramt eigens zum Handwerk erhoben.

Dennoch galt es als unehrenhaft. Der Scharfrichter wurde von der Bevölkerung gemieden, da man an dämonische und magische Kräfte glaubte, die von ihm ausgingen. Man brauchte ihn – aber man hielt sich von ihm fern, als sei er ein Aussätziger. Er musste abgesondert wohnen und durfte nur unter seinesgleichen heiraten, hatte mancherorts sogar die Messe heimlich zu besuchen. Städtische Ämter waren ihm verwehrt, er durfte keinen Grund erwerben, war von allen Zünften ausgeschlossen. Und er war nur beschränkt geschäftsfähig. Diese soziale Position wurde auch auf die Kinder übertragen, vererbte sich somit von einer Generation auf die nächste.

In der Figur des Bruno, der unter dieser Diffamierung leidet und aus eigener Kraft den Ausbruch und Aufbruch wagt, obwohl ihn die Erinnerung an das Gewesne nie verlässt, habe ich jemanden gezeichnet, der typisch für die beginnende Neuzeit ist: alte Strukturen zerfallen, Neues wird langsam möglich. Trotzdem bleibt Bruno ein Außenseiter, jemand, der seinen Weg allein geht.

Waldenser

Im Roman ist das Schicksal Brunos eng mit dem Camilles verknüpft, deren Mutter im Feuer sterben musste. Über diese »Ketzer« zu schreiben, die die Amtskirche über Jahrhunderte in Atem gehalten haben, würde Bände füllen. Den Namen haben sie von ihrem Gründer, Petrus Waldes, einem Kaufmann aus Lyon – daher auch die andere verbreitete Bezeichnung »Die Armen von Lyon« –, der 1176 beschloss, seinen Reichtum und seine Familie aufzugeben und »Christus nachzufolgen«. Seine Lehre fußte auf drei Grundelementen: das Evangelium, die Armut und das Predigen.

Die Waldenser sind die einzige häretische Bewegung aus dem Hochmittelalter, die sich bis zur Reformationszeit behaupten konnte. Um die Mitte des 16. Jahrhunderts schlossen sich die verbleibenden Anhänger der Reformation an und bildeten eine eigene reformierte Kirche.

Die Eroberung des Inkareiches

Die Welt endet im 16. Jahrhundert nicht mehr an den Grenzen Europas. Längst sind Seeleute und Abenteurer zu den Küsten des neu entdeckten Kontinents Amerika aufgebrochen.

Es erschien mir reizvoll, der Flut der vorhandenen fiktionalen und wissenschaftlichen Literatur zu diesem Thema eine Figur entgegenzusetzen, die in sich bereits die Spaltung trägt. Dies ist Luis Alvar, Sohn einer Inkamutter und eines Konquistadors, der in seinen Träumen die Unterwerfung seines Volkes qualvoll nachempfindet und dennoch lernen muss, mit dem spanischen Erbe in sich weiterzuleben. Diego Miguel Alvar, der »Krieger« meines Romans, ist keine historische Person – aber er könnte ohne weiteres einer der Männer gewesen sein, die mit dem Schwert in der Hand im neuen Kontinent ihr Glück zu machen hofften. Trotzdem bleibt auch er ein Suchender, dem verwehrt ist, wonach er sich am meisten sehnt: die Versöhnung mit seinem einzigen Sohn – dem Condor.

Straße der Sterne

Dreihundert Jahre vor diesen Begebenheiten ziehen fünf Pilger und der Begleiter eines blinden Mädchens auf den Straßen Europas nach Santiago. Ihre Wege kreuzen sich. Ihre Schicksale sind verschlungen.

Am Schluss der Geschichte gibt es zwei Ringe, die die Liebe besiegeln. Dreihundert Jahre später tauchen sie wieder auf: einer am Finger der jungen Witwe Clara, der andere an der Hand von Luis Alvar, dem Mann aus dem Land der vier Winde, dessen Name früher Condor lautete ...

Literaturempfehlungen

- Audisio, Claudio: Die Waldenser. Geschichte einer religiösen Bewegung. München, 1996
- Flornoy, Bertrand: Rätselhaftes Inkareich. Zürich, 1958
- Giesecke, Michael: Der Buchdruck in der frühen Neuzeit. Frankfurt am Main, 1994
- Kirkpatrick, F. A.: Die spanischen Konquistadoren, Bern o. J.
- Molnar, Amedeo: Die Waldenser. Geschichte und Ausmaß einer europäischen Ketzerbewegung. Freiburg im Breisgau, 1993
- Nowosadtko, Jutta: Scharfrichter und Abdecker. Der Alltag zweier »unehrlicher Berufe« in der frühen Neuzeit. Paderborn, 1994
- Riebe, Brigitte: Straße der Sterne. München, 2003
- Waisbard, Simone: Machu Picchu. Die heilige Stadt der Inka. Bergisch Gladbach, 1989
- Weber, Hartwig: Hexenprozesse gegen Kinder. Frankfurt am Main/Leipzig, 1991
- Zweig, Stefan: Castellio gegen Calvin oder: Ein Gewissen gegen die Gewalt. Frankfurt am Main, 1983

Danksagung

Große Unterstützung bei der umfangreichen Recherche zu diesem Roman erhielt ich von zwei jungen Wissenschaftlern – dem Historiker Michael Behrendt und der Ägyptologin und Altamerikanistin Sabine Albers –, die viel mehr geleistet haben als die üblichen Bibliotheksdienste.

Mein herzliches Dankeschön gilt Daxi, die mich zu dieser Weiterführung des Jakobswegs inspiriert und ermuntert hat.

Danke an Reinhard für alles.

Diana Verlag

Maria Barbal

Wie ein Stein im Geröll

Conxa ist gerade dreizehn, als ihre Eltern, arme Bauern in den katalanischen Pyrenäen, sie zu einer kinderlosen Tante bringen. An Arbeit mangelt es auch hier nicht, und für Gefühle kennt die Tante keine Worte, aber das Mädchen ist zumindest versorgt. Als sie einige Jahre später ihre große Liebe Jaume heiratet, erlebt Conxa sogar ein bescheidenes Glück. Doch der hereinbrechende Bürgerkrieg macht auch vor dem abgelegensten Gebirgsdorf nicht Halt – und verändert Conxas Leben für immer ...

»So ein schmales ruhiges Buch, und – es enthält nicht nur ein ganzes Leben, es enthält eine ganze verschwindende Welt.« *Elke Heidenreich*

978-3-453-35246-9

www.diana-verlag.de

Diana Verlag

BRIGITTE RIEBE
Straße der Sterne

Regensburg 1246: Pilar, die Tochter eines reichen Händlers, hat durch eine Krankheit ihr Augenlicht verloren. Von einer Pilgerreise zum Grab des heiligen Jakobs in Santiago de Compostela erhofft sie sich Heilung. Doch schon der Weg zu dem wundertätigen Ort hält für die junge Frau schicksalhafte Begegnungen und schockierende Enthüllungen bereit – eine höhere Macht, so scheint es, hat ihre Hand im Spiel...

»Spannung pur bis zur letzten Seite« *Freundin*

»Wer Ken Folletts *Die Säulen der Erde* verschlungen hat, wird auch von Brigitte Riebes Romanen begeistert sein.« *Neue Osnabrücker Zeitung*

978-3-453-35213-1
www.diana-verlag.de

BRIGITTE RIEBE

Pforten der Nacht

So farbenprächtig wie das Mittelalter selbst!

Köln im Jahre 1338: Als Kinder schworen sie sich ewige Freundschaft: Esra, Neffe eines Rabbiners und Johannes, Sohn eines wohlhabenden Kaufmanns. Beide begehren gegen ihre Familien auf. Esra wehrt sich gegen die engen Fesseln des Ghettos, Johannes will Mönch werden. Aber die Freundschaft droht zu scheitern – denn beide kämpfen um die Liebe derselben Frau: Anna, die Halbwaise aus dem Färberviertel. Doch die Pest bricht aus und das Schicksal kettet die Rivalen auf tragische Weise aneinander...

978-3-453-35226-1

www.diana-verlag.de

Diana Verlag

Diana Verlag

KIRSTEN SCHÜTZHOFER
Die Kalligraphin

Eine starke Frau zwischen Kunst und Verbrechen

1689: Als Sklavin gelangt die junge Habar auf das Gut Schwarzbach in Sachsen. Dort wird das exotisch aussehende Mädchen bestaunt, aber auch wegen seiner Fremdartigkeit und seines muslimischen Glaubens angefeindet. Kraft schöpft sie aus der Kunst der Kalligraphie, die ihr Vater sie gelehrt hat. Als sie jedoch gezwungen wird, diese besondere Fähigkeit zur Fälschung von Dokumenten einzusetzen, gerät Habar in höchste Gefahr...

978-3-453-35269-8

www.diana-verlag.de